R de REBELDE

colección andanzas

Libros de Sue Grafton
en Tusquets Editores

ANDANZAS

A de adulterio
B de bestias
C de cadáver
D de deuda
E de evidencia
F de fugitivo
G de guardaespaldas
H de homicidio
I de inocente
J de juicio
K de Kinsey
L de ley
M de maldad
N de nudo
O de odio
P de peligro
Q de quién

FABULA

A de adulterio
B de bestias
C de cadáver
Q de quién

R de REBELDE
SUE GRAFTON

Traducción de Carlos Milla Soler

BT 3/21/07 92195

Título original: *R is for Ricochet*

SPANISH
FIC
GRAFTON

1.ª edición: mayo 2005

© de la traducción: Carlos Milla Soler, 2005
Diseño de la colección: Guillemot-Navares
Reservados todos los derechos de esta edición para
Tusquets Editores, S.A. - Cesare Cantù, 8 - 08023 Barcelona
www.tusquets-editores.es
ISBN de la obra completa: 84-7223-147-X
ISBN: 84-8310-305-2
Depósito legal: B. 20.525-2005
Fotocomposición: Foinsa - Passatge Gaiolà, 13-15 - 08013 Barcelona
Impreso sobre papel Goxua de Papelera del Leizarán, S.A. - Guipúzcoa
Limpergraf, S.L. - Mogoda, 19-31 - 08210 Barberà del Vallès
Encuadernación: Reinbook
Impreso en España

418 9051

Para mi abuelo, Taylor, con el corazón lleno de afecto

AGRADECIMIENTOS

La autora desea dar las gracias a las siguientes personas por la inestimable ayuda que le han prestado: a Steven Humphrey; a Boris Romanowsky, supervisor de convictos en libertad condicional de California; a Alice Sprague, fiscal del condado de Alameda, California; a Pat Callahan, relaciones públicas de la Prisión Estatal para Mujeres de Valley; a John Dovey, celador, al teniente Larry J. Aaron, encargado de información pública, y a Pam Clark, responsable de relaciones entre la comunidad y los convictos en libertad condicional, quienes trabajan en la Penitenciaría para Mujeres de California; a Bruce Correll, ayudante jefe retirado de la oficina del sheriff de Santa Bárbara; a Lorrinda Lepore, investigadora de la oficina del fiscal del condado de Ventura; a Bill Kracht, gerente de The Players Club; a Joan Francis, de Francis Pacific Investigations; a Julianna Flynn y a Kurt Albershardt; a Gail y a Harry Gelles.

Gracias también, por las generosas muestras de apoyo y experiencia en la trama que finalmente descartamos durante la edición de este libro, a Bill Turner, sargento retirado de la Brigada de Investigación de la oficina del sheriff, en el condado de Santa Bárbara; a Dona Cohn, del bufete Cohn; a los abogados Joseph M. Devine, Lawrence Kern y Philip Segal, del bufete Kern, Noda, Devine & Segal; a Daniel Trudell, presidente de Accident Reconstruction Specialists; a James F. Lafferty, doctor en biomecánica e ingeniería mecánica; al doctor Anthony Sances Jr., presidente del Instituto de Biomecánica; y a Nancy Degger, presidenta de Rudy Degger & Associates. Quizá la incluyamos en la próxima entrega.

1

Ésta es la pregunta básica: dada la naturaleza humana, ¿hay alguien capaz de cambiar realmente? En general, todos vemos con claridad los errores cometidos por los demás; en cambio, nos cuesta más reconocer los nuestros. En la mayoría de los casos, el paso por la vida refleja una verdad fundamental sobre quiénes somos ahora y quiénes hemos sido desde nuestro nacimiento. Nos mostramos optimistas o pesimistas, alegres o depresivos, crédulos o cínicos, propensos a buscar la aventura o a evitar los riesgos. Y la terapia puede reforzar nuestras cualidades buenas o compensar nuestras carencias, pero en lo esencial hacemos lo que hacemos porque siempre lo hemos hecho así, incluso cuando el resultado es malo..., o quizá sobre todo cuando el resultado es malo.

He aquí una historia acerca de las relaciones amorosas: amor correspondido, amor malogrado y ciertos asuntos situados en algún punto intermedio.

Aquel día salí del centro de Santa Teresa a la una y cuarto de la tarde y me dirigí a Montebello, a unos quince kilómetros al sur. El parte meteorológico prometía unas temperaturas máximas entre veinte y veinticinco grados. La nubosidad matutina había dado paso al sol, un respiro bien recibido en medio de los cielos encapotados que suelen deslucir los meses de junio y julio. Había almorzado en mi escritorio, obsequiándome con un sándwich cortado en cuartos de pan blanco con queso, pimiento y aceitunas, mi tercer sándwich favorito. ¿Entonces cuál era el problema? Ninguno. La vida me sonreía.

Al trasladar estos hechos sobre el papel, me doy cuenta de lo que debería haberme resultado evidente desde un principio. Pero los acontecimientos parecieron desarrollarse a un ritmo tan rutinario que me eché en el surco, metafóricamente hablando. Soy mujer, investigadora privada, tengo treinta y siete años y trabajo en la pequeña localidad de Santa Teresa, en el sur de California. Acepto casos diversos, no siempre lucrativos, pero mis ingresos me bastan para vivir bajo techo, comer y pagar las facturas. Ciertas empresas me encargan que indague los antecedentes de empleados potenciales; busco a personas desaparecidas o localizo a herederos con derecho en particiones de bienes. De vez en cuando investigo demandas relacionadas con incendios provocados, fraudes o muertes con indicio de delito.

En mi vida privada me he casado y divorciado dos veces, y la mayoría de mis relaciones posteriores han terminado en desastre. Tengo la impresión de que cuanto mayor me hago, menos entiendo a los hombres. De ahí mi tendencia a rehuirlos. No tengo una vida sexual de la que hablar, eso por descontado, pero al menos no vivo con la angustia de los embarazos no deseados o las enfermedades de transmisión sexual. He aprendido por experiencia propia que el amor y el trabajo es una combinación difícil.

Conducía por un tramo de autopista conocido en otro tiempo como Montebello Parkway, construido en 1927 tras una campaña de recaudación de fondos que permitió la creación de las vías de acceso y las medianas ajardinadas que aún hoy pueden verse. Dado que se prohibieron las vallas publicitarias y las estructuras comerciales, esa sección de la 101 conserva su encanto, salvo durante los atascos en hora punta.

En 1948 Montebello vivió una transformación similar, cuando la Asociación para la Mejora y Protección de Montebello solicitó con éxito la eliminación de las aceras, los bordillos de hormigón, los carteles y cualquier otra cosa que alterara el ambiente rural. Montebello es conocido por sus más de doscientas residencias de lujo, muchas de ellas erigidas por hombres que amasaron sus fortunas vendiendo productos de consumo doméstico tan corrientes como la sal y la harina.

Iba a reunirme con Nord Lafferty, un anciano cuya fotografía aparecía con cierta frecuencia en las notas de sociedad del *Santa Teresa Dispatch*. Generalmente esto ocurría con motivo de una más de sus considerables aportaciones a alguna fundación benéfica. Dos edificios de la Universidad de California en Santa Teresa llevaban su nombre, al igual que un pabellón del Hospital Clínico de Santa Teresa y una colección de libros raros que había donado a la biblioteca pública. Me había telefoneado dos días antes para anunciarme que tenía «una modesta tarea» de la que deseaba hablarme. Sentí curiosidad por saber cómo había dado con mi nombre y, más aún, por el trabajo en sí. Soy investigadora privada en Santa Teresa desde hace diez años, pero tengo un despacho pequeño y, por norma, no suelo interesar a los ricos, quienes por lo visto prefieren trabajar por mediación de sus abogados en Nueva York, Chicago o Los Ángeles.

Tomé la salida de St. Isadore y doblé al norte en dirección a las montañas que se extienden entre Montebello y el Parque Nacional de Los Padres. En otro tiempo, esta zona presumía de contar con hoteles elegantes, plantaciones de cítricos y aguacates, olivares, una tienda de artesanía y productos del lugar, y la estación de mercancías de Montebello, por donde pasaban los trenes de la Southern Pacific Railroad. Siempre me ha gustado leer sobre la historia local e imaginarme la región tal como era hace ciento veinticinco años. La tierra se vendía entonces a cincuenta y dos centavos la hectárea. Montebello sigue siendo un paraje bucólico, pero los bulldozers han arrasado buena parte de su encanto. La construcción de bloques de apartamentos, urbanizaciones y los enormes y ostentosos castillos de los nuevos ricos a duras penas compensan lo que se perdió o fue destruido.

Me desvié a la derecha por West Glen y seguí por la tortuosa carretera de dos carriles hasta Bella Sera Place, que está rodeada de olivos y pimenteros y asciende gradualmente hasta una meseta que ofrece una vista panorámica de la costa. El penetrante aroma del mar fue desvaneciéndose a medida que subía, y dio paso a un olor a salvia y laurel. Las laderas estaban densamente pobladas de milenrama, mostaza silvestre y amapolas. El sol vespertino había teñido los peñascos de un tono dorado, y un viento tibio y racheado empezaba a agitar la hierba seca. La carretera ascendía sinuosamente por un pasadizo de robles que concluía a la entrada de la residencia de Nord Lafferty. Rodeaba la finca una tapia de piedra de dos metros y medio de altura con carteles de PROHIBIDO EL PASO.

Aminoré la marcha al acercarme a la ancha verja de hierro. Me asomé por la ventanilla y pulsé el botón de un panel empotrado. Demasiado tarde: una cámara instalada en lo alto de uno de los dos pilares de piedra fijaba su ojo hueco en mí. Debí de pasar la inspección porque la puerta se abrió a un ritmo pausado. Accioné la palanca del cambio de marcha, crucé la verja y avancé por el camino de ladrillos a lo largo de unos cuatrocientos metros.

A través de una cerca de pinos, atisbé una casa de piedra gris y lancé un suspiro. Por lo visto, aún quedaba un vestigio del pasado. Cuatro enormes eucaliptos cubrían la hierba de una penumbra moteada y la brisa impulsaba varias sombras en forma de nube sobre las tejas rojas. La casa de dos plantas dominaba mi campo visual, a cuyos lados se proyectaban dos alas idénticas de un solo piso rematadas con balaustradas de piedra a cada extremo. Una serie de cuatro arcos protegía la entrada y proporcionaba un porche cubierto en el que había unos muebles de mimbre. Conté doce ventanas en la segunda planta, separadas por unos pares de ménsulas ornamentales, que parecían sostener los aleros. Entré en un aparcamiento con espacio suficiente para diez coches y dejé mi VW azul claro allí, tan ufano, como en una película de dibujos animados, entre un lustroso Lincoln Continental y un Mercedes berlina. No me molesté en cerrar la puerta, dando por supuesto que un sistema de vigilancia electrónica nos observaba a mi vehículo y a mí mientras me dirigía al camino de entrada.

Los jardines eran amplios y estaban bien cuidados; los trinos de los pinzones realzaban el silencio. Llamé al timbre y escuché en el interior el sonido hueco de las campanillas, un repique bitonal que parecía el golpeteo de un mazo contra el hierro. La anciana que abrió la puerta vestía un anticuado uniforme negro con mandil blanco. Sus medias opacas eran del color carne típico de las muñecas. Mientras la seguía por el pasillo embaldosado de mármol, la suela de crepé de sus zapatos producía un ligero chirrido. No me había preguntado mi nombre, pero quizás yo era la única visita que esperaban aquel día. El pasillo tenía las paredes revestidas de roble y el techo decorado con molduras de escayola blanca en forma de galones y flores de lis.

Me acompañó a la biblioteca, también forrada de roble. Unas monótonas hileras de libros encuadernados en piel ocupaban las estanterías, que se alzaban hasta el techo; una escalera de caracol guiada por un raíl metálico permitía el acceso a los anaqueles superiores. La habitación olía a madera seca y a papel antiguo. En el hueco de la chimenea de piedra cabía de sobra una persona de pie; un fuego reciente había dejado un tronco de roble parcialmente ennegrecido y un ligero olor a leña. El señor Lafferty estaba sentado en uno de los dos sillones a juego.

Calculé que tendría más de ochenta años, edad que antes consideraba senil. Con el tiempo he tomado conciencia de lo mucho que varía el proceso de envejecimiento. Mi casero, de ochenta y siete años, es el benjamín de su familia y tiene cuatro hermanos con edades comprendidas entre la suya y los noventa y seis años. Los cinco son ancianos vitales, inteligentes, aventureros, competitivos y proclives a pelearse entre sí, aunque siempre de buenas maneras. El señor Lafferty, en cambio, parecía ser viejo desde por lo menos hacía veinte años. Era extremadamente delgado y tenía unas rodillas tan huesudas como un par de codos dislocados. Sus otrora angulosas facciones se habían suavizado con el paso de los años. En los orificios de la nariz le habían insertado discretamente dos pequeños tubos de plástico transparente, que lo ataban a una sólida bombona de oxígeno de color verde, colocada sobre un soporte con ruedas, a su izquierda. Tenía hundido un lado de la mandíbula y una horrible cicatriz le recorría la garganta, secuela de una grave intervención quirúrgica.

Me examinó con sus ojos tan oscuros y brillantes como dos puntos de lacre marrón.

–Le agradezco que haya venido, señorita Millhone. Soy Nord Lafferty. –Me tendió una mano surcada de venas. Hablaba con voz ronca, apenas un susurro.

–Encantada de conocerle –musité, y avancé para estrecharle la mano. La suya era pálida, y los dedos, gélidos al tacto, le temblaban.

Me indicó por gestos que me sentara.

–Quizá quiera acercar ese sillón. Me operaron de tiroides hace un mes, y más recientemente me han extirpado unos pólipos de las cuerdas vocales. Me han dejado esta especie de estertor que pasa por voz. No es doloroso pero sí molesto. Le pido disculpas si le resulta difícil entenderme.

–Hasta el momento no tengo el menor problema.

–Bien. ¿Desea una taza de té? Puedo pedirle al ama de llaves que lo prepare, pero me temo que tendrá que servirlo usted misma. Ya no tiene el pulso más firme que yo...

–Gracias, pero no me apetece. –Acerqué el sillón y tomé asiento–. ¿Cuándo se construyó esta casa? Es preciosa.

–En 1893. Un hombre llamado Mueller compró doscientas sesenta hectáreas al condado de Santa Teresa, de las que se conservan veintiocho. La casa tardó seis años en construirse y, según la leyenda, Mueller murió el día en que los albañiles dejaron por fin sus herramientas. Desde entonces, los sucesivos ocupantes han ido de mal en peor..., excepto yo. En fin, toco madera. Compré la finca en 1929, justo después de la crisis. El propietario lo perdió todo. Fue al pueblo, subió al campanario y se tiró por encima de la barandilla. La viuda necesitaba el dinero, y entonces aparecí yo. Naturalmente, me criticaron. La gente dijo que me aproveché de la situación. Pero la casa me había gustado desde el momento en que la vi. Alguien la habría comprado, así que mejor yo que otro.

Tenía dinero para el mantenimiento, cosa que no podía afirmarse de muchas personas en aquella época.

–Tuvo suerte.

–Sin duda. Amasé fortuna con un negocio de artículos de papel, por si siente usted curiosidad o es demasiado educada para preguntarlo.

Sonreí.

–Educada no sé, pero siempre he sido curiosa.

–Afortunada, pues, considerando su profesión. Supongo que es una mujer ocupada, de modo que iré al grano. Me facilitó su nombre un amigo suyo, un hombre al que conocí durante mi última estancia en el hospital.

–Stacey Oliphant –dije, acudiéndome el nombre a la memoria.

Había colaborado en un caso con Stacey, un inspector de homicidios de la oficina del sheriff ahora retirado, y con mi viejo amigo el teniente Dolan, del Departamento de Policía de Santa Teresa, también retirado. Stacey combatía el cáncer, pero lo último que había oído era que se le había concedido un aplazamiento. El señor Lafferty asintió con un gesto de la cabeza.

–A propósito. Me pidió que le dijese que las cosas le iban bien –comentó–. Lo internaron para una serie de pruebas. Por suerte, todas dieron negativas. Paseábamos juntos por los pasillos cada tarde, y a mí me dio por hablar de mi hija, Reba.

Yo estaba ya pensando en fugas, heredera desaparecida o una investigación de antecedentes de alguien que pudiera mantener una relación romántica con Reba.

–Es mi única hija –prosiguió–, y supongo que la he malcriado, pese a que no era mi intención. Su madre se marchó cuando ella era muy pequeña –hizo un gesto con la mano–, así de alta. Yo estaba volcado en los negocios y dejé su educación a cargo de las niñeras. Si hubiese sido un niño, la habría mandado a un internado, tal como hicieron mis padres conmigo, pero la quería en casa. Volviendo la vista atrás, comprendo que obré con poco criterio, pero en su día no me lo pareció. –Se interrumpió y bajó la cabeza en un gesto paciente, como si reprendiese a un perro

17

por abalanzarse sobre él–. Da igual. Ya es tarde para lamentarse. No sirve de nada. Qué voy a hacerle. –Me clavó la mirada desde debajo de su huesuda frente–. Posiblemente se pregunta adónde quiero ir a parar.

Me encogí de hombros en respuesta y aguardé a oír lo que tenía que decir.

–Reba sale en libertad condicional el 20 de julio, es decir, el próximo lunes. Necesito que alguien la recoja y la traiga a casa. Se quedará conmigo hasta que rehaga su vida.

–¿En qué centro está? –pregunté con la esperanza de no aparentar tanto asombro como sentía.

–En la Penitenciaría para Mujeres de California. ¿Conoce el sitio?

–Está en Corona, a unos trescientos kilómetros al sur. Nunca he tenido que ir, pero sé dónde es.

–Bien. Espero que pueda hacer un hueco en su agenda para el viaje.

–No hay problema, pero ¿por qué yo? Cobro quinientos dólares al día. No necesita una investigadora privada para un encargo de este tipo. ¿No tiene amigos su hija?

–Ninguno al que yo esté dispuesto a pedírselo. Por el dinero no se preocupe; es secundario. Mi hija es complicada, antojadiza y rebelde. Quiero que usted se ocupe de que acuda a las citas con la asistenta social que le asignen y de cualquier otro requisito que deba cumplir cuando la pongan en libertad. Le pagaré la tarifa completa incluso si no trabaja todo el día.

–¿Y si a ella no le gusta esa supervisión?

–Eso no importa. Le he dicho que voy a contratar a alguien para ayudarla, y ella ha accedido. Si usted le cae bien, colaborará, al menos hasta cierto punto.

–¿Puedo preguntarle qué hizo?

–Dado el tiempo que va a pasar en su compañía, tiene derecho a saberlo. La condenaron por malversar fondos de la empresa en la que trabajaba, Alan Beckwith y Asociados. Se dedicaba a gestiones inmobiliarias, inversiones en bienes raíces, proyectos urbanísticos y cosas por el estilo. ¿Conoce al señor Beckwith?

18

–He visto su nombre en los periódicos.

Nord Lafferty negó con un gesto de la cabeza.

–A mí me inspira muy poca simpatía. Conozco a la familia de su mujer desde hace años. Tracy es una chica encantadora. No me explico cómo acabó con semejante individuo. Alan Beckwith es un advenedizo. Él se presenta como empresario, pero nunca he entendido bien a qué se dedica. Nuestros caminos se han cruzado en numerosas ocasiones, y no puedo decir que me haya causado una impresión favorable. Según parece, Reba tiene un alto concepto de él. Aunque debo reconocerle un mérito: habló en defensa de mi hija antes de pronunciarse la sentencia. Fue un gesto generoso de su parte, pues no estaba obligado a hacerlo.

–¿Cuánto tiempo ha pasado su hija en la cárcel?

–Ha cumplido veintidós meses de una condena de cuatro años. El juicio no llegó a celebrarse. En su primera comparecencia ante el juez, a la que yo, lamento decir, no asistí, Reba se declaró indigente, de modo que el tribunal le asignó un defensor público para ocuparse del caso. Después de consultarlo con el abogado, renunció a su derecho a una vista preliminar y se declaró culpable.

–¿Así sin más?

–Por desgracia, sí.

–¿Y su abogado lo aceptó?

–Se opuso enérgicamente, pero Reba se negó a escucharlo.

–¿De cuánto dinero estamos hablando?

–De trescientos cincuenta mil dólares en un plazo de dos años.

–¿Cómo se descubrió el robo?

–Durante una auditoría. Reba era una de las pocas empleadas con acceso a la contabilidad. Lógicamente, las sospechas recayeron sobre ella. Ya se había metido en problemas antes, pero nada de esta envergadura.

Sentí el impulso de protestar, pero me mordí la lengua. Él se inclinó hacia delante.

–Si tiene algo que decir, hable con entera libertad. Me ha comentado Stacey que es usted una persona franca; por mí no se contenga. Puede ahorrarnos un malentendido.

19

–Me preguntaba por qué usted no intervino. Un abogado influyente quizás hubiese cambiado las cosas.

Fijó la mirada en sus manos.

–Debería haberla ayudado..., lo sé..., pero ya llevaba muchos años acudiendo en su rescate. Toda su vida, para serle sincero. Al menos, eso me decían mis amigos. Insistían en que Reba tenía que afrontar las consecuencias de sus actos porque, si no, nunca aprendería. Dijeron que eso la fortalecería, que, dadas las circunstancias, salvarla era la peor alternativa.

–¿Quiénes se lo decían?

Nord Lafferty vaciló por primera vez.

–Yo tenía una amiga, Lucinda. Nos hacíamos compañía desde hacía años y me había visto interceder por Reba en incontables ocasiones. Insistió en que me mantuviera firme. Seguí su consejo.

–¿Y ahora?

–Francamente, quedé consternado cuando condenaron a Reba a cuatro años de cárcel. No tenía la menor idea de que la pena sería tan severa. Pensé que el juez anularía la sentencia o accedería a la libertad bajo fianza, como sugirió el defensor público. El caso es que Lucinda y yo discutimos, debo añadir que amargamente. Rompí la relación y corté mis lazos con ella. Era mucho más joven que yo. A posteriori, tomé conciencia de que ella velaba por sus propios intereses, con la esperanza de casarse conmigo. Reba sentía una profunda antipatía hacia ella. Lucinda lo sabía, claro está.

–¿Qué pasó con el dinero?

–Reba lo perdió en el juego. Siempre la han atraído las cartas, la ruleta, las máquinas tragaperras. Le encanta apostar en las carreras de caballos, pero no tiene talento para eso.

–¿Es ludópata?

–Su problema no es el juego, sino perder –comentó el anciano esbozando una débil sonrisa.

–¿Consume drogas o alcohol?

–Debo contestar que sí a lo uno y a lo otro. Es rebelde por naturaleza. Verá, tiene una vena desenfrenada, como su madre. Espero que esta experiencia en la cárcel le haya enseñado a comedirse. En cuanto a su trabajo, señorita Millhone, iremos viéndolo sobre la marcha. Pongamos dos o tres días, una semana a lo sumo, hasta que ella se readapte. Puesto que sus responsabilidades son limitadas, no le exigiré un informe por escrito. Presénteme una factura y le pagaré la tarifa diaria, más todos los gastos derivados.

–Parece un trabajo sencillo.

–Me olvidaba. Si advierte el menor indicio de recaída, quiero saberlo. Y quizá con las debidas advertencias, esta vez pueda evitar el desastre.

–Eso es mucho pedir.

–Soy consciente de ello.

Consideré la proposición brevemente. Por lo común, no me gusta hacer de niñera y potencial chivata, pero en este caso su inquietud parecía justificada.

–¿A qué hora la ponen en libertad?

2

En el camino de regreso al pueblo recogí la ropa de la tintorería y pasé por un supermercado cercano para comprar varias cosas que me proponía dejar en casa antes de volver al trabajo. Albergaba la esperanza de encontrarme con Henry, mi casero, antes de que llegase, ese mismo día, su visita femenina. Me entretuve haciendo recados a fin de procurarme un pretexto para explicar mi inesperada aparición, a primera hora de la tarde. Henry y yo compartimos confidencias, pero jamás sobre su vida amorosa. Sabía que si deseaba información al respecto me convenía proceder con astucia.

Originalmente mi estudio fue un garaje para un solo coche, anexo a la casa de Henry mediante un techado, ahora cerrado con paredes de cristal. En 1980 mi casero convirtió ese espacio en el acogedor estudio que tengo alquilado desde entonces. Lo que empezó siendo un sencillo cuadrado de cinco metros de largo es ahora una «magnífica habitación» con mobiliario completo, que incluye una salita de estar, una cocina estilo velero, una galería y un cuarto de baño, con un altillo donde hay un dormitorio y un segundo cuarto de baño, a los que se accede por una escalera de caracol. Es un espacio compacto y hábilmente diseñado para aprovechar hasta el último centímetro utilizable. Si tenemos en cuenta los colgadores y cubículos, las paredes de teca y roble lustrados y algún que otro ojo de buey, el estudio presenta la escala y el ambiente propios del interior de un barco.

Encontré aparcamiento a dos puertas de casa. Saqué los productos de limpieza y las dos bolsas de comida del coche. No podría haber llegado en mejor momento. Cuando empujé la chirriante verja metálica y seguí el camino hacia la parte trasera, Henry entraba en su garaje de dos plazas. Había llevado su Chevy cupé amarillo claro con cuatro ventanas laterales a la revisión anual y volvía en ese momento. El exterior del coche deslumbraba de tan lustroso, y probablemente el interior, además de impecable, estaba perfumado con un ambientador de aroma a pino. Compró el vehículo en 1932, y lo había cuidado con tal esmero que una juraría que estaba aún en garantía, en el supuesto de que por entonces los coches se vendiesen con garantía. Tiene un segundo vehículo, una ranchera que utiliza para las tareas rutinarias y algún que otro viaje al aeropuerto de Los Ángeles, a ciento cincuenta kilómetros al sur. El Chevy cupé lo reserva para las grandes ocasiones; sin duda, aquélla era una de ellas.

A menudo olvido que tiene ochenta y siete años. También me cuesta describirlo desde un punto de vista que no sea bochornosamente laudatorio, dado que nos separa una diferencia de edad de cincuenta años. Es elegante, tierno, atractivo, esbelto, apuesto, vigoroso y amable. En su época activa, se ganaba la vida como panadero, y aunque lleva retirado veinticinco años, hace aún los mejores panecillos de canela que he probado. Si me viese obligada a achacarle algún defecto, quizá mencionaría su discreción en lo que se refiere a asuntos del corazón. La única vez que lo vi enamorado, no sólo fue engañado sino que casi le robaron todo su dinero. Desde entonces ha andado con pies de plomo. O bien no se ha tropezado con nadie interesante, o ha mirado hacia otro lado hasta que apareció Mattie Halstead.

Mattie era la artista residente en un crucero caribeño en el que viajaron él y sus hermanos el pasado abril. Poco después de volver del crucero, ella lo visitó en una ocasión, cuando iba camino de Los Ángeles para entregar sus cuadros a una galería. Un mes más tarde Henry realizó un viaje sin precedentes a San Francisco, donde pasó una velada con ella. Había mantenido la relación en el mayor secreto, pero yo advertí que amplió notablemente su vestuario y empezó a levantar pesas. La familia Pitts (al menos por parte de la madre de Henry) ha sido siempre longeva, y él y sus hermanos gozan de muy buena salud. William es un poco hipocondriaco y Charlie está prácticamente sordo, pero aparte de eso dan la impresión de que vivirán eternamente. Lewis, Charlie y Nell residen en Michigan, pero se hacen frecuentes visitas, unas planeadas y otras no. William y mi amiga Rosie, la dueña de un bar a media manzana de casa, celebrarían su segundo aniversario de boda el 28 de noviembre. Ahora parecía que Henry albergaba propósitos semejantes..., o ésa era mi esperanza. Las aventuras amorosas de los demás son mucho menos arriesgadas que las propias. Yo veía con ilusión todos los placeres del amor sin sufrir sus peligros.

Henry se detuvo al verme, y cuando llegué a su lado, le acompañé hasta su casa. Noté que llevaba el pelo recién cortado y vestía una camisa vaquera azul y unos pantalones de algodón perfectamente planchados. Incluso había sustituido sus habituales chancletas por un par de zapatos náuticos con calcetines negros.

–Voy a dejar las bolsas –dije–. Espéreme un momento.

Aguardó mientras abría la puerta de mi estudio y descargaba las bolsas en el suelo, junto a la entrada. Nada de lo que había comprado se estropearía en los próximos treinta minutos. Al reunirme con él, comenté:

–Se ha cortado el pelo. Le queda muy bien.

Se llevó la mano a la cabeza con timidez.

–Al pasar por delante de la barbería, caí en la cuenta de que lo necesitaba desde hacía tiempo. ¿Te parece que me lo han dejado demasiado corto?

–No tema. Le rejuvenece.

Mattie tenía que ser una idiota si no se daba cuenta de que Henry era un encanto.

Dejé abierta la mosquitera mientras él sacaba las llaves y abría la puerta trasera de su casa. Lo seguí adentro y lo observé colocar la compra sobre la encimera de la cocina.

–¡Qué bien que venga Mattie! –exclamé–. Seguro que tiene ganas de verla.

–Será sólo una noche.

–¿Y qué celebran?

–Pintó un cuadro por encargo para una mujer de La Jolla. Va a entregarle ése y un par más por si no le gusta el primero.

–Me alegro de que haya encontrado tiempo para visitarle. ¿Cuándo llega?

–Si el tráfico lo permite, tiene previsto estar aquí a las cuatro. Dijo que se registraría en el hotel y telefonearía en cuanto se hubiese arreglado. Accedió a cenar aquí siempre y cuando no me suponga una molestia. Le dije que prepararía algo sencillo, pero ya me conoces.

Empezó a vaciar la bolsa: un paquete envuelto en papel blanco de la carnicería, patatas, repollo, cebolletas y un tarro enorme de mayonesa. Henry abrió la puerta del horno y comprobó su tartera de alubias cociéndose con melaza, mostaza y un trozo de tocino. Vi dos hogazas de pan recién hechas sobre la encimera. En el centro de la mesa de la cocina había una tarta de chocolate bajo una cúpula de cristal, junto a un ramillete de flores de su jardín: rosas y espliego que había dispuesto artísticamente en una tetera de porcelana.

–La tarta tiene una pinta estupenda –comenté.

–Es un bizcocho de doce capas. Nell me ha dado la receta original de nuestra madre. Hemos intentado hacerla durante años, pero ninguno de nosotros ha obtenido nunca un resultado comparable. Por fin, Nell consiguió el secreto, pero dice que da mucho trabajo. He desperdiciado media docena de capas mientras la preparaba.

–¿Qué más cenarán?

Henry sacó del armario una sartén de hierro colado y la colocó sobre la cocina.

–Pollo frito, alubias, ensalada de patata y ensalada de repollo, zanahoria y cebolla con mayonesa. He pensado que podíamos disfrutar de una cena al aire libre en el patio, a no ser que baje la temperatura. –Abrió el armario de las especias y revisó el contenido hasta dar con un frasco lleno de eneldo seco–. ¿Por qué no cenas con nosotros? A Mattie le encantará verte.

–Hacer vida social es lo último que necesita. ¿Después de seis horas en la carretera? Dele una copa y déjela que ponga los pies en alto.

–No te preocupes por ella. Tiene mucha energía. Estaría encantada, no me cabe duda.

–Veremos cómo van las cosas. Ahora debo volver al despacho, pero pasaré por aquí en cuanto vuelva.

Ya había decidido rehusar la invitación, pero no quería parecer descortés. En mi opinión necesitaban estar solos un rato. Me asomaría a saludar, básicamente para satisfacer mi curiosidad respecto a ella. No acababa de entender si Mattie era viuda o divorciada, porque durante su última visita me fijé en que aludía varias veces a su marido. En cierto momento, mientras Henry se recuperaba de una hinchazón en la rodilla, ella se fue sola de excursión llevándose sus acuarelas para pintar un rincón de las montañas que a su esposo y a ella les encantaba desde hacía años. ¿Todavía no había salido de ese atolladero emocional? Estuviese vivo o muerto el maridito, la idea no me gustaba. Entretanto Henry se afanaba en mantener una actitud indiferente, quizá por negar sus sentimientos o en respuesta a las señales que ella le sugería. Siempre cabía la posibilidad de que todo fuesen imaginaciones mías, desde luego, pero no lo creía. En todo caso, tenía intención de cenar en el bar de Rosie, resignada ya a mi habitual dosis semanal de amenazas y ofensas que la camarera me dedicaba.

Dejé a Henry con sus preparativos y regresé al despacho, desde donde telefoneé a Priscilla Holloway, la asistenta social que habían asignado a Reba Lafferty para el seguimiento de su libertad condicional. Nord Lafferty me había facilitado su nombre y número de teléfono al final de nuestra entrevista. Me encontraba ya junto a mi coche, abriendo la puerta, cuando la anciana ama de llaves me llamó desde la entrada y se apresuró hacia mí por el camino con una fotografía en la mano.

–El señor Lafferty se ha olvidado de darle esto –dijo sin aliento–. Es una fotografía de Reba.

–Gracias. Muy agradecida. Se la devolveré en cuanto regresemos.

–Ah, no es necesario. Me ha dicho que puede usted quedársela.

Volví a darle las gracias y me guardé la foto en el bolso. Ahora, mientras esperaba a que Holloway, la asistenta social, atendiese el teléfono, la examiné de nuevo. Habría preferido una más reciente.

Aquélla era de cuando Reba contaba entre veinticinco y treinta años y tenía un aspecto malicioso. Miraba fijamente a la cámara con unos ojos grandes y oscuros y los carnosos labios entreabiertos como si se dispusiese a hablar. El cabello le caía hasta los hombros, teñido de rubio obviamente a un precio considerable. Tenía la tez clara, con un asomo de rubor en las mejillas. Después de dos años de dieta carcelaria, quizás hubiese engordado unos kilos. Con todo, supuse que la reconocería.

Al otro lado de la línea, una mujer dijo:

–Holloway al habla.

–Hola, señora Holloway. Me llamo Kinsey Millhone. Soy investigadora privada...

–Ya sé quién es. He recibido una llamada de Nord Lafferty. Me ha dicho que la ha contratado para recoger a su hija.

–Por eso la llamo, para que me dé su autorización.

–Bien. Ocúpese usted. Me ahorrará el viaje. Si está de vuelta en el pueblo antes de las tres, tráigala al despacho. ¿Sabe dónde queda?

Dado que no lo sabía, me dio la dirección.

–Hasta el lunes –dije.

Pasé el resto de la tarde ocupada con el papeleo, básicamente clasificando y archivando en un vano intento por ordenar mi mesa. También leí un folleto acerca del reglamento de la libertad condicional impreso por el Departamento Penitenciario de California.

Al regresar a mi estudio por segunda vez aquel día, no vi señal alguna de la cena al aire libre en la mesa del patio. Quizás Henry había preferido servirla dentro de la casa. Crucé hasta la puerta trasera y me asomé. Pero mis esperanzas de que disfrutasen de una velada romántica se vieron frustradas por la presencia de William en la cocina. Aparentemente ofendido, Henry permanecía sentado en la mecedora con su habitual vaso de Jack Daniel's, mientras Mattie sostenía en la mano una copa de vino blanco.

William, dos años mayor que su hermano, y Henry parecen gemelos. Su mata de pelo blanco clareaba mientras que Henry la conservaba intacta, pero tenía los ojos del mismo azul intenso y el mismo porte erguido de militar. Vestía un elegante traje con chaleco y llevaba la cadena del reloj de bolsillo a la vista. Llamé al cristal de la ventana con los nudillos y Henry me indicó que entrase. William se incorporó al verme, y supe que se quedaría de pie a menos que lo instase a sentarse. Mattie se levantó para saludarme; aunque no llegamos a abrazarnos, nos estrechamos la mano y nos dimos un fugaz beso.

Mattie, alta y esbelta, tenía poco más de setenta años y llevaba el cabello, sedoso y plateado, recogido en un moño en lo alto de la cabeza. Sus pendientes de plata, enormes y artesanales, destellaban a la luz.

–Hola, Mattie –saludé–. ¿Cómo está? Debe de haber llegado a la hora prevista.

–Me alegro de verte. Sí, así es. –Lucía una blusa de seda de color coral y una falda larga estampada sobre unas botas de ante sin tacón–. ¿Quieres tomar una copa de vino con nosotros?

–Creo que no, pero gracias. Tengo cosas que hacer y ando con un poco de prisa.

–Toma una copa de vino –insistió Henry, taciturno–. ¿Por qué no? Quédate también a cenar. William ya se ha invitado solo, así que da igual. Como Rosie no podía aguantarlo pegado a sus faldas, nos lo ha mandado aquí.

–El pobre ha sufrido un pequeño ataque de histeria sin motivo –explicó William–. Acababa de volver del médico y sabía que a ella le interesaría conocer los resultados de mis análisis de sangre, sobre todo el HDL. Quizá queráis echarles un vistazo vosotros mismos.

Tendió el papel señalando con actitud trascendente la larga columna de números del lado derecho de la hoja. Recorrí con la mirada sus niveles de glucosa, sodio, potasio y cloro antes de advertir la expresión de Henry. Tenía los ojos tan cerca del puente de la nariz que pensé que iban a cruzarse. William decía:

–Ya veis que mi índice de riesgo LDL-HDL es de 1,3.

–Ah, lo siento. ¿Eso es malo? –reaccioné.

–No, no. El médico ha dicho que era excelente..., «a la luz de mi sintomatología general». –El hilo de voz de William parecía corroborar su debilidad.

–Me alegro por usted. Es fantástico.

–Gracias. He telefoneado a nuestro hermano Lewis y también se lo he dicho. Él tiene el colesterol a 214, dato que considero alarmante. Dice que hace lo que puede, pero sin mucho éxito. ¿Puedes pasarle el papel a Mattie cuando lo hayas mirado?

–William, ¿por qué no te sientas? –dijo Henry–. Me está dando tortícolis de verte.

Se levantó de la mecedora y sacó una copa del armario de la cocina. La llenó de vino hasta el borde y me la entregó derramándome parte del líquido en la mano. William se negó a sentarse hasta que hubo apartado mi silla de la mesa. Me acomodé murmurando un agradecimiento, y después, de manera ostensible, recorrí con el dedo la columna de resultados y los márgenes de referencia de su informe médico.

–Está en buena forma –comenté al tiempo que le tendía el papel a Mattie.

–En realidad, aún tengo palpitaciones, pero el médico me ha cambiado la medicación. Según dice, tengo una salud de hierro para un hombre de mi edad.

–Si tan buena salud tienes, ¿por qué vas a urgencias día sí, día no? –replicó Henry.

William miró a Mattie con una lánguida caída de ojos. A renglón seguido comentó:

–Mi hermano descuida su salud y no admite que algunos seamos precavidos.

Henry soltó un bufido. William se aclaró la garganta y dijo:

–En fin, cambiemos de tema. Mattie, confío en no entrar en intimidades, pero Henry me ha dicho que tu marido falleció. ¿Puedo preguntar cuál fue la causa, si no es indiscreción?

La exasperación de Henry era palpable.

–¿A eso lo llamas cambiar de tema? Es más de lo mismo: muerte y enfermedad. ¿No puedes pensar en otra cosa?

–No me dirigía a ti –repuso William antes de volver a concentrar la atención en Mattie–. Espero que no sea doloroso recordarlo.

–A estas alturas ya no –contestó la mujer–. Barry murió hace seis años de un problema de corazón. Si no recuerdo mal, los médicos utilizaron el término isquemia cardiaca. Daba clases de joyería en el Instituto de Artes y Oficios de San Francisco. Era un hombre con mucho talento pero un poco excéntrico.

–Isquemia cardiaca. –William asentía con la cabeza–. Conozco bien el término. Viene del griego, *ischein,* que significa «oprimir» o «retener», combinado con *haima,* o «sangre». Lo acuñó un profesor alemán de patología a mediados del siglo XIV. Rudolf Virchow, un hombre notable. ¿Qué edad tenía tu marido?

–William... –entonó Henry.

Mattie sonrió.

–De verdad, Henry, no es ninguna molestia. Murió dos días antes de cumplir setenta años.

William hizo una mueca que expresaba aflicción.

–Es triste cuando un hombre se va en la flor de la vida –dijo–. Yo mismo he sufrido varios episodios de angina de pecho, a los que he sobrevivido milagrosamente. No hace ni dos días hablaba por teléfono con Lewis del estado de mi corazón. Sin duda recordarás a nuestro hermano.

–Claro. Espero que él, Nell y Charles estén bien de salud.

–Tienen una salud excelente –contestó William. Se acomodó en la silla y bajó la voz–. ¿Tu marido tuvo algún aviso antes del ataque fatal?

–Sintió dolores en el pecho, pero se negó a visitar al médico. Barry era un fatalista. Opinaba que a uno le llega su hora tanto

31

si toma precauciones como si no. Comparaba la longevidad con un despertador en el que Dios fija la hora en el momento en que naces. Nadie puede saber cuándo sonará el timbre, pero no le veía sentido a intentar adelantarse al proceso. Disfrutaba mucho de la vida, eso debo reconocérselo. La mayoría de mis familiares no llegan a los sesenta años, y se amargan desde el primer hasta el último minuto temiendo lo inevitable.

–¿Has dicho sesenta? Es asombroso. ¿Incide algún factor genético?

–No lo creo. Hay casos de todo tipo. Cáncer, diabetes, insuficiencia renal, enfermedad pulmonar crónica...

William se llevó las manos al pecho. Yo no lo veía tan contento desde que tuvo la gripe.

–EPOC. Enfermedad pulmonar obstructiva crónica. El propio término me trae recuerdos. De joven, tuve una afección pulmonar...

Henry dio una palmada.

–Bueno, se acabó. Ya se ha hablado bastante del tema. ¿Por qué no cenamos?

Fue a la nevera y sacó la fuente de cristal con la ensalada de col, que plantó en la mesa con más fuerza de la necesaria. El pollo frito estaba en una bandeja sobre la encimera, todavía caliente. Lo colocó en el centro de la mesa junto a unas pinzas. La tartera de loza estaba ahora sobre la cocina, al fondo, emanando su olor a alubias y hoja de laurel. Extrajo los utensilios de servir de un tarro de cerámica y luego alargó los platos a William, quizá con la esperanza de desviar su atención mientras llevaba a la mesa el resto de la cena. William puso un plato en cada sitio mientras interrogaba a Mattie sobre la muerte de su madre de una meningitis bacteriana aguda.

Durante la cena Henry intentó llevar la conversación a un territorio neutral. Planteó las preguntas de rigor sobre el viaje en coche de Mattie desde San Francisco, el tráfico, el estado de las carreteras y cuestiones similares, lo que me otorgó sobradas oportunidades para observarla. Sus ojos eran de color gris claro y apenas iba maquillada. Tenía unas facciones muy marcadas, con la nariz, los pómulos y la mandíbula tan pronunciados y bien proporcionados como los de una modelo. Su piel presentaba indicios de exceso de sol, que conferían a su tez un lustre rubicundo. Me la imaginé horas y horas en el campo con su caja de pinturas y su caballete.

Supuse que William reflexionaba sobre alguna enfermedad terminal mientras yo calculaba cuándo podría presentar mis excusas para marcharme. Me proponía arrastrar a William conmigo para que Henry y Mattie se quedasen un rato a solas. No perdí de vista el reloj mientras daba cuenta del pollo frito, la ensalada de patata, la ensalada de col, las alubias y la tarta. La cena, por supuesto, estaba deliciosa, y comí con mi habitual velocidad y entusiasmo. A las 20:35, cuando yo formulaba una mentira verosímil, Mattie dobló su servilleta y la dejó en la mesa junto al plato.

—En fin, tengo que irme. He de hacer unas llamadas desde el hotel —dijo.

—¿Se marcha? —pregunté procurando disimular mi decepción.

—Ha tenido un día largo... —explicó Henry mientras se levantaba para retirarle el plato. Lo llevó al fregadero, donde, sin dejar de hablar, lo enjuagó antes de meterlo en el lavavajillas—. Puedo envolverte un poco de pollo por si te apetece más tarde.

—No me tientes. Estoy llena pero no atiborrada. Ha sido un placer, Henry. No sabes cuánto te agradezco el esfuerzo que ha supuesto una cena así.

—Me alegra que te haya gustado. Te traeré el chal de la habitación. —Se secó las manos con un paño de cocina y se dirigió hacia el dormitorio.

William dobló su servilleta y echó atrás su silla con un chirrido.

—Yo también debería irme. El médico ha insistido en que siga mi régimen a rajatabla y duerma ocho horas. Quizás haga un poco de calistenia ligera antes de acostarme para facilitar la digestión. Sin grandes esfuerzos, claro está.

Me volví hacia Mattie.

–¿Tiene algún plan para mañana? –pregunté.

–Por desgracia salgo a primera hora, pero volveré dentro de unos días.

Henry trajo un suave chal de lana con turquesas dibujadas y se lo puso sobre los hombros. Ella le dio una palmada en la mano con afecto y recogió un enorme bolso de piel que había dejado junto a la silla.

–Espero que volvamos a vernos pronto –me dijo.

–Yo también.

–Te acompaño afuera. –Henry le rozó el codo.

–No hace falta. Yo la acompañaré encantado. –William se alisó el chaleco.

Le ofreció el brazo a Mattie, que posó la mano en la sangría del codo y lanzó una breve mirada a Henry cuando los dos salían por la puerta.

3

El sábado por la mañana dormí hasta las ocho, me duché, me vestí, preparé una taza de café y me senté ante la encimera de la cocina, donde desayuné mi ritual tazón de cereales. Después de lavar el tazón y la cuchara, regresé a mi taburete y examiné el lugar. Soy exageradamente ordenada y había hecho una limpieza a fondo esa misma semana. Mi agenda social estaba intacta; sabía que pasaría el sábado y el domingo sola, como casi todos los fines de semana. Por lo general no me molesta, pero aquel día me sentía inquieta. Me aburría. Estaba tan desesperada por tener algo que hacer que pensé en volver al despacho para preparar los expedientes de otro caso que había aceptado. Por desgracia, el bungalow que uso como despacho es deprimente y no me sentía motivada para pasar un minuto más sentada a mi escritorio. ¿Qué otra cosa podía hacer, si no? No tenía ni la más remota idea. En un momento de pánico, tomé conciencia de que ni siquiera tenía un libro que leer. Estaba a punto de salir hacia la librería para hacer acopio de libros de bolsillo cuando sonó el teléfono.

–Hola, Kinsey. Soy Vera. Me alegra encontrarte ahí. ¿Tienes un minuto?

–Claro. Iba a salir, pero no es nada urgente –contesté.

Vera Lipton había sido colega mía en la compañía de seguros La Fidelidad de California, donde pasé seis años investigando incendios provocados y muertes con indicio de delito. Ella era la gestora de casos y yo trabajaba como colaboradora independiente. Después ella dejó el empleo, se casó con un médico y se convirtió en una mamá a jornada completa. La había visto en abril con su marido, el doctor Neil Hess. Llevaban a cuestas un cachorro de perdiguero color miel y a su hijo de dieciocho meses, cuyo nombre olvidé preguntar. Se le notaba el embarazo de su segundo hijo y, a juzgar por el tamaño de su barriga, salía de cuentas en cuestión de días. Dije:

–¿Cómo está el bebé? El día en que te vi en la playa parecías a punto de parir.

–No me digas... Arqueaba la espalda como una mula. Sentía punzadas en las dos piernas, y la cabeza del niño me presionaba tanto la vejiga que me mojaba las bragas. Rompí aguas esa misma noche y Meg nació la tarde del día siguiente. Oye, te he llamado porque nos encantaría que vinieras a visitarnos. Últimamente nunca te vemos.

–Me parece bien. Dame un telefonazo y quedaremos en algo.

Se produjo una pausa.

–Eso estoy haciendo. Te llamo para invitarte a tomar una copa con nosotros. Estamos reuniendo a varias personas para una barbacoa esta tarde.

–¿De verdad? ¿A qué hora?

–A las cuatro. Ya sé que te aviso con poco tiempo, pero espero que no tengas otro compromiso.

–Casualmente no. ¿Qué celebráis?

Vera se echó a reír.

–No celebramos nada. Me ha parecido que sería agradable, así de sencillo. Hemos invitado a varios vecinos. Algo informal. Si tienes un lápiz a mano, apunta la dirección. ¿Por qué no te pasas un rato antes y nos ponemos al corriente de nuestras cosas?

Anoté los datos sin ninguna convicción. ¿Por qué me llamaba así sin más?

–Vera, ¿seguro que no tramas algo? No te lo tomes a mal, pero en abril charlamos cinco minutos. Antes de eso hubo un lapso de cuatro años. No me malinterpretes. Me encantaría veros, pero me resulta un tanto extraño.

–Pues...

–Cómo –dije sin molestarme siquiera en darle entonación de pregunta.

–Está bien, te seré sincera. Pero prométeme que no gritarás.

–Te escucho. Ya me está dando dolor de estómago.

–Owen, el hermano menor de Neil, ha venido a pasar el fin de semana con nosotros. Hemos pensado que debías conocerlo.

–¿Por qué?

–Kinsey, de vez en cuando hombres y mujeres coinciden. ¿Lo sabías?

–¿Hablas de una cita a ciegas?

–No es una cita a ciegas. Se trata de tomar unas copas y comer algo. Habrá un montón de gente, y no tendrás que vértelas con él a solas. Nos sentaremos en la terraza trasera. El menú consistirá en queso fundido y galletas saladas. Si te cae bien, fantástico. Si no, no pasa nada.

–La última vez que me buscaste novio conocí a Neil –le recordé.

–Pues ahí lo tienes. Ya ves lo bien que salió.

Guardé silencio un momento.

–¿Cómo es Owen?

–Aparte de que anda casi arrastrando los nudillos por el suelo, no está mal. Mira, le diré que rellene una solicitud. Tú puedes hacer la investigación de los antecedentes. Pásate por aquí a las tres y media. Llevo puestos los únicos vaqueros que no se me han descosido.

Colgó mientras yo decía:

–Pero...

Escuché el tono de marcado en pleno estado de desesperación. De pronto entendí que aquello era un castigo por eludir las obligaciones de mi trabajo. Debería haberme ido al despacho. El universo sigue el rastro de nuestros pecados y nos impone castigos severos y crueles, como una cita con un desconocido. Subí la escalera de caracol y abrí el armario para echar un vistazo a mi ropa. Esto es lo que vi: mi vestido negro multiuso, que es el único que tengo, adecuado para funerales y otras ocasiones fúnebres, pero no tanto para conocer a hombres, a menos que ya estén muertos; tres vaqueros, un chaleco tejano, una falda corta y la americana de *tweed* que compré cuando comí con mi prima Tasha, dieciocho meses atrás; un vestido de cóctel de color verde oliva del que me había olvidado, regalo de una mujer que más tarde voló en pedazos; varias prendas desechadas por Vera, incluidos unos pantalones negros de seda tan largos que había tenido que enrollar la cintura. Si me los ponía, me pediría que se los devolviese, obligándome a volver a casa literalmente desnuda de cintura para abajo. En todo caso, dudaba que unos bombachos fuesen lo más idóneo para una barbacoa. No iba a cometer un error de ese tipo. Con un gesto de indiferencia, opté por mis habituales vaqueros y un jersey de cuello alto.

A las tres y media en punto llamaba a la puerta de Vera. La dirección que me había dado quedaba en la parte alta de la ciudad, al este, en un barrio de casas antiguas. Vivían en un ruinoso caserón victoriano pintado de gris oscuro con molduras blancas y un porche de madera en forma de «L» con florituras en la barandilla. La puerta tenía un rosetón en el centro que tiñó de rosa la cara de Vera cuando me miró desde el interior. Detrás de ella el perro ladró de entusiasmo, impaciente por saltar encima del visitante y babosearlo. Vera abrió la puerta sujetando el perro por el collar para evitar que se escapase.

–No pongas cara de pena –dijo–. Se te ha concedido un respiro. He mandado a los hombres a comprar pañales y cerveza, así que disponemos de unos veinte minutos para nosotras. Anda, entra.

Llevaba el pelo muy corto con mechas rubias. Lucía unas gafas de montura metálica y enormes lentes azuladas. Vera era la clase de mujer que atraía las miradas allí adonde iba. Tenía una figura robusta, aunque había perdido los kilos que ganó con el embarazo de Meg. Llevaba unos vaqueros ajustados, un holgado blusón de manga corta e intrincada forma y los pies descalzos. De tanto cargar a los niños en brazos se le habían reafirmado los bíceps.

38

Mantuvo la puerta abierta y ladeó el cuerpo para que el perro no pudiese abalanzarse sobre mí, al menos de momento. Éste, por su parte, había doblado su tamaño desde que lo vi en la playa. No parecía un chucho malévolo, pero era muy efusivo. Vera se agachó hacia la cara del animal, le rodeó el hocico con la mano y dijo «¡No!» en un tono que no surtió efecto. Al perro pareció gustarle la atención y le lamió la boca a la primera oportunidad.

–Éste es *Chase*. No le hagas caso. Enseguida se calmará.

Me esforcé por mantenerme indiferente al perro mientras él, ladrando alegremente, brincaba alrededor y me tiraba del dobladillo del pantalón con los dientes. Con las patas apuntaladas en la alfombra del vestíbulo para poder destrozar mis vaqueros, emitió un gruñido de cachorro. Yo me quedé allí inmóvil, cautiva, y dije:

–Vaya, ¡qué divertido es esto, Vera! Me alegro de haber venido.

Fui el blanco de su mirada, pero pasó por alto el sarcasmo. Sujetó el perro por el collar, lo apartó de un tirón y lo llevó a rastras hasta la cocina. La seguí. El techo del vestíbulo era alto. A la derecha había una escalera, y la sala de estar se hallaba a la izquierda. Un pasillo corto conducía derecho a la cocina, en la parte trasera. El suelo era el habitual campo de minas salpicado de piezas de madera, juguetes de plástico y huesos de perro abandonados. Vera empujó a *Chase* al interior de una caseta del tamaño de un baúl. Aunque esto no desanimó al perro, me sentí culpable. Acercó un torvo ojo a uno de los respiraderos de la caseta y me dirigió una mirada llena de esperanza.

La cocina era espaciosa, y vi una amplia terraza a la que se accedía por una puerta ventana. Los armarios eran de cerezo oscuro, y las encimeras, de mármol verde oscuro con una cocina de seis quemadores en medio. Tanto el bebé como el niño, al que Vera me presentó como Peter, estaban bañados y a punto de acostarse. Cerca del fregadero, una mujer con un uniforme azul claro, provista de una manga de repostería, decoraba media docena de huevos duros partidos por la mitad con un relleno amarillo en forma de estrella.

–Te presento a Mavis –dijo Vera–. Ella y Dirk han venido a ayudar para ahorrarme trabajo. La canguro está al llegar.

Saludé en un susurro, y Mavis me sonrió en respuesta sin detenerse, mientras apretaba la manga para extraer el relleno. Había adornado el borde de la fuente con perejil. En la encimera, tenía dos bandejas con canapés listas para el horno y otras dos fuentes, una con verduras recién cortadas y la otra con un surtido de quesos de importación con uvas intercaladas. Con eso ya estaba todo dicho en cuanto al queso fundido, que a mí personalmente, como persona de gustos sencillos, me encanta. Saltaba a la vista que la fiesta venía planeándose desde hacía semanas. De pronto sospeché que la primera candidata para la cita a ciegas había cogido la gripe y me habían elegido a mí para ocupar su puesto: era la sustituta.

Dirk, con pantalón de etiqueta y una chaqueta blanca corta, trajinaba cerca de la despensa, donde había improvisado una barra de bar con distintas clases de vasos, una cubitera, una imponente fila de botellas de vino y otras bebidas.

–¿A cuánta gente esperas? –le pregunté a Vera.

–A veinticinco personas, más o menos. Lo hemos organizado en el último momento y mucha gente no podrá venir.

–Seguro.

–Todavía no bebo alcohol por la pequeñaja aquí presente.

Meg, la niña, estaba atada a una sillita en medio de la mesa de la cocina y miraba alrededor con una vaga expresión de satisfacción. Peter, de veintiún meses, había sido inmovilizado en otra. Tenía la bandeja salpicada de cereales Cheerios y guisantes que capturaba y se comía cuando no decidía aplastarlos.

–Ésa no es su cena –explicó Vera–. Es sólo para mantenerlo ocupado hasta que llegue la canguro. Por cierto, Dirk puede prepararte una copa mientras yo subo a Peter. –Retiró la bandeja de la sillita y la dejó a un lado. A continuación tomó al niño en brazos y se lo apoyó en la cadera–. Enseguida vuelvo. Si Meg empieza a llorar, lo más probable es que quiera que la cojan en brazos.

Vera desapareció con Peter por el pasillo camino de la escalera.

–¿Qué quieres beber? –preguntó Dirk.

–Una copa de Chardonnay estaría bien.

Lo observé mientras sacaba una botella de Chardonnay de la cubitera. Llenó una copa y, al tiempo que la deslizaba hacia mí por encima de la barra improvisada, le añadió una servilleta de cóctel.

–Gracias –dije.

Vera había sacado unas lonchas de queso brie y rebanadas finas de pan, unos cuencos con frutos secos y aceitunas verdes. Me comí una procurando no romperme un diente con el hueso. Sentía curiosidad por ver las otras habitaciones de la planta baja, pero no me atrevía a dejar sola a Meg. Ignoraba lo que era capaz de hacer un bebé atado a una sillita. ¿Podía saltar al suelo?

En un extremo de la cocina habían colocado dos sofás tapizados con tela de motivos florales, dos sillones a juego, una mesa baja y un sistema de cine en casa dispuesto a lo largo de la pared. Copa de vino en mano, rodeé la estancia mirando distraídamente las fotos de familiares y amigos en marcos de plata. No pude evitar preguntarme si alguno de aquellos hombres era Owen, el hermano de Neil. Lo imaginé más bien bajo y probablemente moreno, como Neil.

A mis espaldas, Meg emitió un sonido de impaciencia que indicaba que seguirían otros al doble de volumen. Dispuesta a atender mis responsabilidades, dejé la copa para liberar a la niña de su sillita. La levanté; estaba tan poco preparada para su ligero peso que casi la lancé por el aire. Tenía el pelo oscuro y fino, los ojos de un color azul muy vivo, con las pestañas delicadas como plumas. Olía a polvos de talco y, quizás, a algo reciente y marrón depositado en su pañal. Asombrosamente, después de fijar en mí la mirada, apoyó la cara en mi hombro y empezó a roerse el puño. Se revolvió y, a juzgar por los gruñidos porcinos que dejó escapar,

41

empezaba a sentir una necesidad alimenticia que yo esperaba que no estallase antes de que volviera su madre. La sacudí un poco y eso pareció satisfacerla por el momento. Ya había agotado mi amplia experiencia en el cuidado de los niños.

Fuera, en la terraza de madera, oí unas pisadas masculinas. Neil abrió la puerta trasera con una bolsa de supermercado de la que sobresalían unos pañales desechables. El hombre que entró después de él llevaba dos paquetes de seis botellas de cerveza. Neil y yo cruzamos un saludo, y luego él se volvió hacia su hermano y dijo:

—Kinsey Millhone, éste es mi hermano, Owen.

—Hola —contesté.

La niña a la que sostenía en brazos descartó el apretón de manos. Owen, hablando por encima del hombro, respondió con los saludos de rigor mientras ponía la cerveza en las diestras manos de Dirk. Neil colocó la bolsa en un taburete y sacó el paquete de pañales.

—Permitidme que suba esto —se excusó—. ¿Quieres que me lleve a Meg?

—Estoy bien —dije, y para mi sorpresa lo estaba. Cuando Neil se fue, eché una ojeada a la niña y descubrí que se había dormido—. ¡Oh, vaya! —exclamé sin atreverme casi a respirar. No sabía si el tictac que oía era mi reloj biológico o el mecanismo de relojería de una bomba.

Dirk preparaba un Margarita para Owen; el hielo tintineaba en la cubitera. Aproveché que no atendía para examinarlo: comparado con su hermano, Owen era alto, de más de metro ochenta, al contrario de Neil, quien rondaba mi metro sesenta y ocho de estatura. Llevaba el pelo rubio rojizo, ligeramente salpicado de gris. Era esbelto, mientras que Neil tenía una complexión fuerte, los ojos azules, las pestañas rubias y la nariz más bien grande. Me miró de refilón y yo bajé la vista discretamente hacia Meg. Vestía unos pantalones de algodón y una camisa azul marino de manga corta que revelaba el sedoso vello de sus antebrazos. Tenía los dientes sanos y su sonrisa parecía sincera. En una escala del uno al diez –siendo el diez Harrison Ford–, le daría un ocho o incluso un ocho alto, muy alto.

Se acercó a la encimera junto a la que yo me encontraba y tomó un canapé. Empezamos a charlar distendidamente, cruzando la clase de preguntas y respuestas poco inspiradas que tienden a intercambiar los desconocidos. Me contó que estaba de visita y vivía en Nueva York, donde trabajaba como arquitecto diseñando edificios comerciales y viviendas. Yo, por mi parte, le dije a qué me dedicaba y desde cuándo. Afectó más interés del que probablemente sentía. También me informó de que tenía otros tres hermanos, de quienes él era el segundo empezando por abajo. La mayor parte de la familia, añadió, se había dispersado a lo largo de la Costa Este, y Neil era el único que permanecía en California. Le solté que yo era hija única y no entré en detalles.

Al cabo de un rato bajaron Neil y Vera. Ella tomó a la niña en brazos y se sentó en el sofá. Se desabrochó torpemente la blusa, sacó un pecho y empezó a amamantar a Meg mientras Owen y yo nos esforzábamos por mirar a otro lado. Poco después llegaron varias parejas. Se sucedían las presentaciones a cada dos nuevas incorporaciones. Los invitados fueron ocupando gradualmente la cocina, repartiéndose en corrillos, y algunos salieron al pasillo y a la terraza. Cuando apareció la canguro, Vera se llevó a Meg arriba y regresó con una blusa distinta. El ruido aumentó. A Owen y a mí nos separó la concurrencia, lo que no me importó porque me había quedado sin nada que decirle.

En un esfuerzo de cordialidad, parloteé con cualquier desdichado con quien cruzaba una mirada. Todos parecían bastante amables, pero las reuniones sociales son agotadoras para alguien de carácter introvertido como yo. Lo soporté mientras pude y finalmente me encaminé hacia el vestíbulo, donde había dejado el bolso. La buena educación exigía que agradeciera la velada y me despidiera de los anfitriones, pero no vi a ninguno de los dos y pensé que lo oportuno era escabullirse sigilosamente.

Cuando cerré la puerta y bajé la escalera del porche de madera, vi que por el camino se acercaba Cheney Phillips. Llevaba una camisa de seda de color rojo intenso, pantalón de etiqueta en tono crema y unos relucientes mocasines italianos. Cheney era un policía de Santa Teresa asignado a la Brigada Antivicio, según mis últimas noticias. Antes me lo encontraba en un antro llamado Café Caliente –también conocido como CC–, situado a un paso de Cabana Boulevard, cerca de la reserva ornitológica. Corría el rumor de que había conocido a una chica en el CC con quien se había casado en Las Vegas apenas seis semanas después. Recordé la punzada de desilusión con que recibí la noticia. De eso hacía tres meses.

–¿Te vas tan pronto? –preguntó Phillips.

–Hola. ¿Qué haces aquí? –dije a mi vez.

Él ladeó la cabeza.

–Vivo en la puerta de al lado.

Seguí su mirada en dirección a una casa victoriana de dos plantas idéntica a la que acababa de abandonar. Pocos policías pueden permitirse vivir en una residencia de ese tamaño y solera en Santa Teresa.

–Pensaba que vivías en Perdido.

–Así era. Allí me crié. Al morir, un tío mío me dejó una pasta, y decidí invertirla en bienes raíces.

Cheney tenía treinta y cuatro años, tres menos que yo, la cara enjuta y el pelo oscuro y rizado; medía aproximadamente un metro setenta y era delgado. Una vez me contó que su madre vendía inmuebles de lujo, y su padre, X. Phillips, era el propietario del banco X. Phillips de Perdido, un pueblo a cincuenta kilómetros al sur. Era evidente que se había educado en un ambiente de privilegios.

–Una casa preciosa –comenté.

–Gracias. No te invito a visitarla porque aún no he acabado de instalarme.

–Quizás en otra ocasión –respondí sintiendo curiosidad por saber cómo era su mujer.

–¿En qué andas últimamente?

–En nada extraordinario. Un poco de todo.

–¿Por qué no vuelves a la fiesta y tomas una copa conmigo? –propuso–. Tenemos que hablar.

–Imposible –respondí–. He de ir a otro sitio y ya llego tarde.

–¿Tal vez en otro momento?

–Por supuesto.

Me despedí con un gesto y di unos pasos hacia atrás antes de dar media vuelta y dirigirme hacia el coche. ¿Por qué había dicho eso? Podía haberme quedado a tomar una copa, pero no me veía con ánimos de aguantar un minuto más en medio de tanta gente. Demasiadas personas y demasiado parloteo.

A las seis y cuarto estaba otra vez en casa. Sentía alivio por estar sola pero a la vez un cierto abatimiento. Aunque en ningún momento me había interesado conocer al cuñado de Vera, me había desilusionado: la cita a ciegas se había convertido en una cita aguada. Se trataba de un hombre agradable, sin especial interés; mejor así. Era muy posible que el malestar guardase más relación con Cheney Phillips que con Owen Hess, pero no quería creerlo. ¿Qué sentido tenía?

4

Salí camino de la cárcel a las seis de la mañana del lunes. El viaje fue aburrido y caluroso. En Santa Teresa tomé por la 101 hasta la 126, que dobla hacia el interior en Perdido. La carretera discurre entre el río Santa Clara, a la derecha, y una cerca de cables de alta tensión, a la izquierda, bordeando los lindes meridionales del Parque Nacional de Los Padres. Había visto mapas topográficos de la zona, que detallaban numerosas sendas de excursionismo a través de aquel terreno inhóspito y montañoso. Docenas de arroyos surcan el fondo de los cañones. Existen muchísimos sitios de acampada repartidos a lo ancho de las 88.900 hectáreas que constituyen ese espacio natural. Si no fuera por mi extraordinario rechazo a los insectos, los osos negros, las serpientes de cascabel, los coyotes, el calor, las ortigas y el polvo, quizá disfrutaría viendo los tan cacareados precipicios de arenisca y los pinos que crecen en ángulos extraños sobre las laderas sembradas de peñascos. Tiempo atrás, incluso desde la seguridad de la carretera, avisté en más de una ocasión algunos de los últimos cóndores de California trazando círculos en el cielo, desplegadas sus alas de tres metros con la elegancia de una cometa.

Dejé atrás los huertos de aguacates y naranjales rebosantes de fruta madura y los puestos de venta cada cuatro o cinco kilómetros. Encontré un semáforo en rojo cada tres pequeñas comunidades de viviendas recién construidas y magníficos centros comerciales. Al cabo de una hora y media, llegué al cruce de la 125 y la 5 y seguí por esta última en dirección sur. Tardé una hora más en llegar a Corona. Para las familias proclives al encarcelamiento, no había mejor augurio que cumplir las penas en aquella zona, donde se encuentran el Correccional de Menores de California, la Penitenciaría para Hombres de California y la Penitenciaría para Mujeres de California, los tres a tiro de piedra. El paisaje era llano y polvoriento, interrumpido por esporádicos cables de alta tensión y depósitos de agua; las parcelas estaban separadas por alambradas de púas. A intervalos aparecía una rala hilera de árboles, pero resultaba difícil verle el sentido. No daban sombra y apenas aislaban de los coches que circulaban a toda velocidad. Las casas tenían terrados y un aspecto ruinoso, e iban acompañadas de unas ajadas construcciones anexas. Crecían árboles gruesos y nudosos cuyas ramas amputadas estaban, si no muertas, como mínimo deshojadas. Como puede afirmarse de casi toda la tierra yerma de California, el desarrollo urbanístico arraigaba como una invasión de mala hierba.

A las ocho y media esperaba dentro de mi coche en el aparcamiento contiguo al centro de tramitación de la Penitenciaría para Mujeres de California. Durante muchos años esta institución fue conocida como La Frontera. El «campus» (como lo llamaban en sus inicios) de cincuenta hectáreas se inauguró en 1952, y hasta la fecha, 1987, ha sido la única cárcel de California que acogía a mujeres delincuentes. Entré un rato antes en el edificio, donde enseñé al agente mi documento de identificación con foto y le anuncié que estaba allí para recoger a Reba Lafferty, cuyo número de historial en el Departamento Penitenciario de California, curiosamente, coincidía con mi fecha de nacimiento. El agente verificó su lista, encontró el nombre y avisó a Recepción y Puesta en Libertad.

El hombre me había sugerido que aguardase en el aparcamiento, así que volví al VW. Cabe decir que la comunidad de Corona era un tanto deprimente para mi gusto. Una traza de humo amarillo flotaba en el horizonte como la estela de una avioneta fumigadora. Soplaba un fuerte viento y había moscas por todas partes. La camiseta se me pegaba a la espalda y sentía una película de humedad en la cara, esa clase de sensación que a uno lo despierta de un sueño profundo cuando acaba de coger una gripe.

La vista a través de la valla metálica de tres metros de altura había mejorado. Vi un césped verde, unos senderos e hibiscos con hermosas flores rojas y amarillas. La mayoría de los edificios eran de color parduzco y apenas se alzaban del suelo. Las internas paseaban por los patios en grupos de dos o tres. Según había leído, recientemente se había completado la construcción de una unidad especial dotada de ciento diez camas. El personal carcelario ascendía a unas quinientas personas, mientras que la población reclusa oscilaba entre novecientas y mil doscientas. Predominaban las mujeres blancas de edades comprendidas entre treinta y cuarenta años. La prisión ofrecía cursos tanto de estudios académicos como de formación profesional, incluida la programación informática. La actividad manufacturera, sobre todo textil, producía camisas, pantalones cortos, blusones, delantales, pañuelos y prendas para equipos contra incendios. Asimismo, La Frontera era un importante centro formativo de bomberos, que luego destinarían a las cerca de cuarenta zonas protegidas del estado.

Miré por enésima vez la fotografía de Reba Lafferty tomada antes de sus problemas con la ley y su cuarentena por delito grave. Si había incurrido en el consumo abusivo de drogas y de alcohol, los excesos no se reflejaban en su rostro. Ya nerviosa, volví a guardar la foto en el bolso y jugueteé con el sintonizador de la radio. Las noticias de la mañana eran la acostumbrada y desalentadora mezcla de asesinatos, trapicheos políticos y agoreros pronósticos económicos. Cuando el locutor anunció el intermedio, yo estaba ya en condiciones de abrirme las venas.

A las nueve levanté la vista y advertí movimiento cerca de la salida de vehículos. Habían abierto la verja y un furgón de la oficina del sheriff, a punto de abandonar el recinto, aguardaba al ralentí mientras el conductor presentaba los papeles al agente del puesto de control. Ambos intercambiaron comentarios jocosos. Me apeé del coche. El furgón cruzó la verja, trazó un amplio giro a la derecha y redujo la marcha hasta detenerse. Dentro vi a varias mujeres, reclusas en libertad condicional camino del mundo real, vueltas hacia la ventana como una hilera de plantas en busca de luz. Las puertas del furgón se abrieron y cerraron con un silbido y el vehículo se alejó.

Reba Lafferty permaneció de pie en el pavimento vestida con unas zapatillas carcelarias, unos vaqueros y una sencilla camiseta blanca sin el beneficio de un sujetador. Todas las reclusas tienen la obligación de entregar sus prendas personales al llegar a la prisión, pero me sorprendía que su padre no le hubiese enviado algo suyo para ponerse antes de volver a casa. Estaba claro que se había visto forzada a comprar allí la ropa que llevaba, ya que todas esas prendas eran propiedad del gobierno. Al parecer, había rehusado el sujetador carcelario, que probablemente favorecía igual que un aparato ortopédico. También se exige a las reclusas que abandonen el recinto sin nada en las manos, excepto los doscientos dólares en efectivo que les corresponden. Asombrada, vi que tenía exactamente el mismo aspecto que en la foto. Dada la avanzada edad de Nord Lafferty, le había calculado a Reba unos cincuenta años. Aquella chica no pasaba de los treinta.

Ahora llevaba el pelo muy corto y mojado de la ducha. Durante el encarcelamiento había perdido el tinte rubio y tenía de punta los mechones de su moreno natural, como si se los hubiese enderezado con espuma. Me la imaginaba con unos kilos de más, y sin embargo estaba extremadamente delgada, lo que le daba un aspecto de fragilidad. Noté los huecos huesudos de sus clavículas bajo la tela barata de la camiseta. Tenía la tez clara, aunque un poco cetrina, y oscuras ojeras. Sin duda, Reba poseía cierta sensualidad en la pose, en su andar arrogante.

La saludé con un gesto de la mano, y ella cruzó la carretera en dirección a mí.

–¿Has venido a buscarme? –preguntó.

–Así es –dije–. Soy Kinsey Millhone.

–Estupendo. Yo soy Reba Lafferty. Pongámonos en marcha de una puta vez –dijo mientras nos estrechábamos la mano.

Fuimos al coche y durante la hora siguiente no hubo más conversación que ésa. Prefiero callar a hablar de banalidades. El silencio no me incomodó. Por cambiar de camino, tomé la 5 hasta el cruce con la 101. Un par de veces me planteé hacerle alguna pregunta, pero me pareció que las que acudieron a mi mente no eran asunto mío. Encabezaban la lista: «¿Por qué robaste el dinero?» y «¿Cómo la cagaste y te dejaste atrapar?».

Fue Reba quien finalmente rompió el silencio.

–¿Te ha contado mi padre por qué me encerraron?

–Dijo que te quedaste un dinero, sólo eso –respondí.

Caí en la cuenta de que había eludido la palabra «malversación», como si fuese una grosería mencionar el delito por el cual la habían condenado. Reba apoyó la cabeza en el respaldo del asiento.

–Es un hombre encantador –dijo–. Se merecería una hija mucho mejor que yo.

–¿Qué edad tienes, si no es indiscreción?

–Treinta y dos años.

–No te ofendas, pero pareces una niña –comenté–. ¿Qué edad tenía tu padre cuando naciste?

–Cincuenta y seis años. Mi madre tenía veintiuno. He ahí una pareja ideal. No hay duda de lo que ella buscaba. Se largó, y a mí me dejó como a una camada de gatos.

–¿Habéis mantenido el contacto?

–No. La vi una vez cuando tenía ocho años. Pasamos un día juntas..., mejor dicho, medio día. Me llevó a Ludlow Beach y se pasó el rato observándome cómo jugaba con las olas hasta que tuve los labios morados. Comimos en aquel chiringuito, ¿sabes cuál te digo? El que está cerca de High Ridge Road.

–Lo conozco bien –repuse.

–Tomé un batido y comí almejas fritas, cosa que no he vuelto a probar desde entonces. Recuerdo que, sabiendo que ella vendría, me noté los nervios en el estómago desde el momento en que me desperté. De camino al zoo, me mareé en el coche y acabó llevándome a casa.

–¿Qué quería tu madre?

–Quién sabe. Fuera lo que fuese, no ha vuelto a quererlo desde entonces. Pero mi padre es un hombre extraordinario. Por ese lado he tenido suerte.

–Él se siente culpable de tu suerte.

Reba se volvió y se quedó mirándome.

–¿Cómo? Nada de esto es culpa suya –soltó.

–Piensa que no te prestó suficiente atención cuando eras niña.

–Debo darle la razón, pero ¿qué tiene que ver con esto? Mi padre tomó sus decisiones, y yo, las mías.

–En general, es mejor evitar las que acaban llevándote a la cárcel.

–Tú no me conociste en esa época. –Sonrió–. Siempre estaba borracha o colocada, y a veces las dos cosas.

–¿Cómo conservabas tu empleo?

–Reservaba la bebida para las noches y los fines de semana. Pero fumaba maría antes y después del trabajo. Nunca tomé drogas duras: heroína, crack o speed. Con éstas puedes acabar realmente mal.

–¿Nadie notó nunca que estabas colocada?

–Mi jefe.

–¿Cómo te las arreglaste para llevarte el dinero? Uno diría que para eso se necesita tener la mente despejada.

–Créeme, para ciertas cosas siempre tenía la mente despejada. ¿Has estado alguna vez en la cárcel?

–En una ocasión pasé una noche –contesté con el mismo tono que si hablase de una excursión con las *girl scouts*.

–¿Por qué?

–Por agredir a un policía y resistirme a ser detenida.

–¡Vaya! –Reba se echó a reír–. ¿Quién iba a decirlo? Pareces de lo más remilgada. Juraría que cruzas la calle con el semáforo en verde y nunca pones un número por otro en la declaración de la renta.

–Así es. ¿Te parece mal?

–Es aburrido –contestó–. ¿Nunca te apetece desmelenarte? ¿Arriesgarte a darte un batacazo?

–Me gusta mi vida tal como es.

–¡Qué lata! Yo me volvería loca.

–A mí lo que me vuelve loca es perder el control.

–¿Y qué haces para divertirte?

–No sé... Leo mucho y salgo a correr.

La chica me miró esperando el final del chiste.

–¿Eso es todo? ¿Lees mucho y sales a correr? –dijo por fin.

–Si te paras a pensarlo suena patético. –Me eché a reír.

–¿Adónde vas cuando sales?

–No puede decirse que «salga» exactamente, pero si me apetece cenar o tomar una copa de vino, suelo ir a un local de mi barrio, el bar de Rosie. Puesto que la dueña es un ogro, puedo comer tranquila sin que me acose ningún hombre.

–¿Tienes novio?

–La pelota está en el tejado. –Recurrí al modismo con intencionada vaguedad. Prefería que no ahondase demasiado en esa dirección. La miré–. Si no te importa que lo pregunte, ¿te habías metido antes en problemas?

Se volvió para mirar por la ventanilla de su lado.

–Depende de tu baremo. Pasé dos veces por rehabilitación y cumplí seis meses en la cárcel del condado por pagar con un cheque sin fondos. Cuando salí, mi economía se había ido a pique, así que me declaré insolvente. He ahí lo más extraño. En cuanto presenté la declaración de quiebra, me ofrecieron por correo un montón de tarjetas de crédito, y todas preautorizadas. ¿Cómo podía resistirme? Lógicamente, eché mano de ellas: treinta mil dólares antes de que me cerraran el grifo.

–¿En qué te gastaste treinta mil dólares?

–Ah, ya sabes. Lo de siempre. Apuestas, drogas... Me pulí un buen fajo en las carreras de caballos y luego fui a Reno a jugar a las máquinas. Participé en una partida de póquer con apuestas a lo grande, pero las cartas no me favorecieron. Aunque yo no me amedrentaba fácilmente. Imaginé que iba a perder cierto número de manos hasta que el juego empezase a beneficiarme. Por desgracia, no llegué a ese punto. De pronto descubrí que no tenía ni un centavo y acabé viviendo en la calle. Eso fue en 1982. Mi padre me llevó a su casa y liquidó mis deudas. ¿Y tus vicios? Alguno tendrás...

–Bebo vino y algún que otro Martini. Antes fumaba tabaco, pero lo dejé.

–Igual que yo. Lo dejé hace un año. Eso sí es difícil.

–Lo que más –convine–. ¿Por qué lo dejaste?

–Sólo para demostrarme que era capaz –respondió–. ¿Y otras cosas? ¿Nunca has probado la coca?

–No.

–¿Quaaludes, Vicodan, Percocet?

Me volví y la miré fijamente.

–Lo digo por preguntar algo –dijo.

–Fumé maría en el instituto, pero luego me enmendé.

Echó la cabeza a un lado y exclamó:

–¡Vaya muermo!

Me reí.

–¿Por qué «muermo»?

–Vives como una monja. ¿Dónde ves tú la diversión?

–Me divierto mucho.

–No te pongas a la defensiva. No estaba juzgándote.

–Yo creo que sí.

–Tal vez un poco. Es más que nada curiosidad.

–¿Por qué?

–Por saber cómo alguien se las arregla en este mundo sin vivir en el borde del abismo.

–Puede que lo averigües tú misma.

–Yo no apostaría por eso, pero la esperanza es lo último que se pierde.

A medida que nos acercábamos a Santa Teresa, una bruma pálida y tenue se ondulaba sobre el paisaje. Tomé el desvío hacia la playa, con las palmeras recortándose oscuras contra el blanco suave del Pacífico. Reba mantenía la vista fija en el océano desde que surgió ante nuestros ojos, al sur de Perdido. Cuando dejamos atrás la salida de Perdido, volvió la cabeza y siguió el horizonte con la mirada mientras se alejaba en la niebla.

–¿Has oído hablar del Double Down? –me preguntó.

–¿Qué es eso?

–El único salón de póquer de Perdido, el escenario de mi caída. Pasé muy buenos momentos allí, pero ya es agua pasada, o eso espero.

La carretera torció hacia el interior, y Reba contempló el vaivén de los naranjales a ambos lados. Empezaron a arracimarse las casas y las tiendas hasta que apareció el pueblo propiamente dicho: edificios de estuco blanco de dos y tres plantas con tejados rojos, palmeras, pinos. En fin, una arquitectura definida por la influencia española.

–¿Qué has echado más de menos? –inquirí.

–A mi gato. Tiene el pelo largo, color naranja y atigrado, y lleva conmigo desde que tenía seis semanas. Entonces parecía una borla. Ahora es un viejales de diecisiete años.

Al tomar la salida de Milagro, consulté el reloj. Eran las 12:36.

–¿Tienes hambre? –dije–. Tenemos tiempo de comer algo antes de ir a ver a la asistenta social.

–Genial. Estoy famélica desde que hemos salido.

–Habérmelo dicho. ¿Tienes alguna preferencia?

–El McDonald's. Me muero por una hamburguesa con queso.

–Yo también.

Durante la comida dije:

–¿Qué has hecho durante estos veintidós meses?

–He aprendido programación. Lo pasé en grande. Y he memorizado las estadísticas carcelarias.

–Parece divertido.

Reba empezó a hundir las patatas fritas en un charco de ketchup y a comérselas como si fueran gusanos. Mientras, comentaba:

–Pues lo es. Me he pasado mucho tiempo en la biblioteca leyendo todos los estudios que existen sobre mujeres reclusas. Antes esos artículos no me decían nada. Ahora todo me afecta. En 1976, por ejemplo, había once mil mujeres en las cárceles estadounidenses. El año pasado la cifra subió de golpe a veintiséis mil. ¿Quieres saber por qué? La liberación de la mujer. Hasta hace poco los jueces se compadecían de las mujeres, sobre todo si tenían hijos pequeños. Pero ahora, al menos en cuanto a ir a la cárcel, hay igualdad de oportunidades. Gracias, Gloria Steinem. Aun así, sólo el tres por ciento de las delincuentes cumplen pena de prisión. Y otro dato: hace cinco años, los asesinos puestos en libertad habían cumplido menos de seis años de condena. ¿No es increíble? Asesinas a alguien y después de seis años en el talego vuelves a la calle. Con la mayoría de las violaciones de la libertad condicional te acaba cayendo un «breje», que en proporción es mucho. Si doy positivo en un control de consumo de drogas, me llevan de vuelta en el autobús.

–¿Qué es un «breje»?

–Un año. Ya ves que el sistema está podrido. Si no, ¿cómo explicas la libertad condicional? Cumples la pena en la calle. ¿Qué clase de castigo es ése? No te imaginas la cantidad de desalmados que andan sueltos por ahí. –Sonrió–. En fin, vayamos a ver a la asistenta social y acabemos con esto cuanto antes.

5

Los asistentes sociales destinados al control de los presos en libertad condicional ocupaban un edificio amarillo de obra vista y escasa altura, con mucho cristal y aluminio y largas líneas horizontales, sin duda un estilo típico de los años sesenta. Unos cedros de color verde oscuro crecían bajo un voladizo que se extendía a lo largo de toda la fachada. El aparcamiento era amplio, y encontré una plaza sin dificultad. Apagué el motor.

–¿Quieres que te acompañe? –le dije a Reba.

–No es mala idea –contestó ella–. Quién sabe cuánto tiempo tendré que esperar. Me vendrá bien la compañía.

Atravesamos el aparcamiento y doblamos a la derecha en dirección a la entrada. Al cruzar la puerta de cristal, nos hallamos ante un pasillo largo y gris con despachos a ambos lados. Por lo que se veía, no había recepción, aunque al final del pasillo varios hombres aguardaban sentados en sillas plegables. Una pelirroja corpulenta con un grueso expediente en la mano asomó desde un despacho y llamó a uno de los individuos que estaban ociosamente apoyados contra la pared: un sesentón de aspecto triste vestido con un pantalón y una americana raídos y no demasiados limpios. Había visto antes a hombres parecidos a ése durmiendo en los portales y tomando colillas de los ceniceros llenos de arena de los vestíbulos de los hoteles.

La mujer nos miró de arriba abajo y se fijó en mi acompañante.

–¿Eres Reba? –preguntó.

–La misma.

–Soy Priscilla Holloway. Hablamos por teléfono. Estoy contigo en un abrir y cerrar de ojos.

–Estupendo. –Reba la observó mientras se alejaba–. Es mi asistenta social.

–Lo suponía.

Priscilla Holloway era una mujer de más de cuarenta años, bronceada, con facciones pronunciadas y huesos grandes. Tenía el cabello pelirrojo, que llevaba recogido en una trenza que le caía hasta media espalda. En los holgados pantalones de un color oscuro se advertían arrugas de estar sentada. Vestía una blusa blanca, con los faldones por fuera, y una chaqueta roja de punto con cremallera abierta por delante; una discreta manera de ocultar el arma enfundada a un costado. Era de complexión atlética, y seguramente practicaba esa clase de deportes rápidos y extenuantes: frontón, fútbol, baloncesto, tenis. En la escuela primaria, ante una chica de ese tamaño me habría muerto de miedo, pero por entonces aprendí que si cultivaba una amistad así, me sentiría protegida en el patio el resto de la vida.

Reba y yo fuimos a reclamar nuestro pequeño espacio de pasillo, donde probamos las más diversas posturas para encontrar la más cómoda durante la espera. Reba miraba con especial interés un teléfono público que había colgado de la pared.

–¿Llevas suelto? Tengo que hacer una llamada local.

Abrí el bolso y realicé un rápido registro del fondo en busca de monedas extraviadas. Tras entregarle un puñado, se acercó al teléfono y descolgó el auricular. Introdujo las monedas, marcó el número y volvió el cuerpo para colocarse en un ángulo que me impidiese leerle los labios mientras hablaba. Pasó tres minutos al teléfono, y cuando por fin devolvió el auricular a la horquilla, la noté más contenta y relajada de lo que la había visto hasta ese momento.

–¿Todo en orden? –dije.

–Sí. Me he puesto en contacto con un amigo. –Apoyó la espalda en la pared y se deslizó por ella para tomar asiento en el suelo.

Diez minutos después apareció Priscilla Holloway, quien acompañó a su trasnochado cliente a la puerta. Le dirigió una amonestación y luego se volvió hacia Reba.

–¿Vienes?

Reba se apresuró a levantarse diciendo:

–¿Y ella? –Se refería a mí.

–Puede reunirse con nosotras dentro de un momento. Primero tú y yo tenemos que comentar un par de cosas. –A renglón seguido me explicó–: Saldré a buscarla ahora mismo.

Las dos se alejaron por el lúgubre pasillo. Reba parecía la mitad de grande que Holloway. Reconciliada con la idea de esperar, dejé el bolso en el suelo y me apoyé en la pared. Entonces se abrió la puerta de cristal y entró Cheney Phillips, que pasó ante mí y siguió adelante. Se asomó a la puerta abierta de Priscilla Holloway, habló con ella, se volvió y vino en dirección a mí. Puesto que aún no me había reconocido, tuve un momento para observarlo.

Conocía a Cheney desde hacía tiempo, pero no habíamos tenido oportunidad de trabajar juntos hasta una investigación de asesinato, dos años antes. En el transcurso de varias conversaciones, me contó que lo abandonaron de niño, y ya a temprana edad puso la mira en hacer carrera dentro de las fuerzas del orden. La última vez que nuestros caminos se cruzaron trabajaba en misiones secretas para la Brigada Antivicio, pero probablemente ahora su cara era demasiado conocida para eso. Iba de punta en blanco, como siempre: pantalón oscuro y americana de raya diplomática, ancha en los hombros y entallada en la cintura. Llevaba una elegante camisa de color azul marino, a juego con una corbata en un azul ligeramente más claro. Tenía el pelo moreno y rizado y unos ojos castaños cuya expresión revelaba una curiosa mezcla de mentalidad policial e insinuación. Cuando me enteré de que se había casado, en mi agenda mental trasladé su nombre de un lugar destacado, cercano a los primeros puestos, a una categoría que clasifiqué como «suprimido sin prejuicio».

Cruzamos una breve mirada, y cuando cayó en la cuenta de que era yo, se detuvo en el acto.

–Kinsey. No puedo creerlo. –Se llevó una sorpresa–. Precisamente estaba pensando en ti.

–¿Qué haces aquí? –dije.

–Ando tras un preso en libertad condicional. ¿Y tú?

–Hago de niñera de una chica hasta que rehaga su vida.

–Trabajo misionero.

–No precisamente –contesté–. Me pagan.

–Cuando nos encontramos el sábado, quería preguntarte por qué no te veo ya en el Café Caliente. Me dijo Dolan que estabas colaborando con él en un caso. Pensaba que te pasarías por allí.

–A mi edad ya no voy de bares, a excepción del de Rosie –expliqué–. ¿Y tú qué tal estás? Lo último que supe fue que te habías marchado a Las Vegas para casarte.

–Vaya, las noticias vuelan. ¿Y qué más te han contado?

–Que os conocisteis en el Café Caliente y al cabo de seis semanas os fugasteis.

Cheney esbozó una sonrisa agridulce.

–Dicho así, suena muy burdo.

–¿Qué fue de tu otra novia? Pensaba que salías con alguien desde hacía años.

–Nuestra relación no funcionaba. Ella se dio cuenta antes que yo y me dio calabazas.

–¿Y tú qué hiciste? ¿Casarte por despecho?

–Supongo que eso lo explicaría. ¿Qué tal está tu amigo Dietz?

–Señorita Millhone, ¿quiere reunirse con nosotras?

Al volverme, vi que Priscilla Holloway se acercaba.

Cheney siguió mi mirada. Sus ojos se posaron en la asistenta social y luego otra vez en mí.

–Será mejor que no te entretenga más. –Phillips se despidió.

–Encantada de volver a verte –repuse.

–Te llamaré en cuanto tenga un momento –le dijo Priscilla cuando él ya daba media vuelta para marcharse.

Volví la cabeza y lo observé mientras salía por la puerta de cristal y se encaminaba hacia el aparcamiento.

–¿De qué conoce a Cheney? –preguntó la asistenta.

—De un caso en el que trabajamos juntos. Es un hombre muy agradable.

—Sí, muy amable. ¿Ha ido bien el viaje?

—Como una seda. Pero en la penitenciaría hacía mucho calor.

—Y seguro que había muchos insectos —añadió ella—. Es casi imposible abrir la boca sin tragarse alguno.

El despacho era pequeño, y los muebles, sencillos. La ventana daba al aparcamiento; la vista quedaba cortada a tiras por una polvorienta persiana de lamas. En el alféizar había una cámara Polaroid y, sobre una pila de gruesos expedientes, dos instantáneas de Reba. Supuse que Priscilla guardaría fotografías recientes en el expediente por si Reba decidía fugarse. A su lado del escritorio había archivadores, y al nuestro, dos sillas de metal. Reba estaba sentada en la más próxima a la ventana. Priscilla tomó asiento en su butaca giratoria y me miró.

—Dice Reba que la escoltará hasta el pueblo —dijo.

—Sólo un par de días, hasta que se haya reacomodado.

Priscilla se inclinó hacia delante.

—Ya he hablado de esto con ella, pero creo que no estará de más repetírselo a usted para que conozca los límites. Nada de drogas ni alcohol, nada de armas de fuego, nada de cuchillos con la hoja más larga de cinco centímetros, excepto los cuchillos de su casa o de su lugar de trabajo. Nada de ballestas de ninguna clase. —Se interrumpió con una sonrisa y dirigió el resto de observaciones a Reba como para dar mayor énfasis—. Nada de trato con delincuentes conocidos. Cualquier cambio de residencia debe comunicarse en menos de setenta y dos horas. Nada de viajes a una distancia superior a ochenta kilómetros sin autorización. Reba, no pasarás fuera del condado de Santa Teresa más de cuarenta y ocho horas y no podrás salir de California sin mi consentimiento por escrito. Si te detiene la policía y no tienes ese papel mágico, volverás a la cárcel.

—Estoy al loro —dijo Reba.

—Una cosa más. Si buscas empleo, deberás saber que la libertad condicional te prohíbe cualquier puesto de confianza: no puedes encargarte de nóminas, ni de impuestos, ni tener acceso a cheques...

–¿Y si mi jefe está al corriente de mis antecedentes? –intervino Reba.

Holloway guardó silencio.

–En ese caso, coméntamelo antes. –Se volvió hacia mí–. ¿Alguna pregunta?

–Por mi parte, no. Yo sólo la acompaño.

–Le he dado a Reba mi número de teléfono por si me necesita. Si no estoy, debe dejarme un mensaje en el contestador. Lo compruebo cuatro o cinco veces al día –me explicó Holloway.

–De acuerdo –asentí.

–Entretanto, me preocupan dos cosas. Primero, la seguridad pública. Segundo, el éxito de su reinserción. No metamos la pata, ¿entendido?

–Coincido con usted –dije.

Priscilla se levantó y se inclinó sobre el escritorio para estrechar la mano de Reba y luego la mía.

–Buena suerte. Encantada de conocerla, señorita Millhone.

–Llámeme Kinsey –dije.

–Bien, Kinsey, si puedo ayudar en algo hágamelo saber.

Cuando Reba y yo estuvimos otra vez en el coche, comenté:

–Holloway me cae bien. Parece buena persona.

–A mí también. Dice que soy la única mujer que tiene bajo su cargo. Todos los demás reclusos en libertad condicional que le han asignado son 288A o 290.

–¿Qué quieren decir esos números?

–Delincuentes sexuales –dijo–. 228A significa pederasta. A un par de ellos se los considera depredadores sexualmente violentos. En fin, una agradable compañía. Aunque veas a uno de esos tipos, nunca adivinarías qué clase de gente son. –Sacó un folleto doblado con el título *Departamento Penitenciario* en la portada. Lo leyó por encima y pasó la página–. Como mínimo, no me han catalogado en Máximo Control. Ésos sí que lo pasan mal. Tendré que verla una vez por semana, pero dice que si me comporto, pronto lo dejará en una vez al mes. Igualmente deberé asistir a las reuniones de Alcohólicos Anónimos y estaré sujeta al control de drogadicción, pero eso se reduce a mear en un tarro. No es tan grave.

–¿Y en cuanto al trabajo? ¿Buscarás un empleo?

–Mi padre no quiere. Piensa que me provoca mucha tensión. Además, no es un requisito de mi libertad condicional y a Holloway le trae sin cuidado siempre y cuando no me meta en líos.

–Entonces vayamos a tu casa.

A las dos y media dejé a Reba en la casa de su padre y me aseguré de que tenía los números de teléfono de mi estudio y del despacho. Le sugerí que se tomase un par de días para instalarse, pero me contestó que había pasado dos años encerrada, ociosa y aburrida, y le apetecía salir. La exhorté para que me llamase por la mañana para fijar la hora a la que podía pasar a recogerla.

–Gracias –dijo, y abrió la portezuela del coche.

La anciana ama de llaves la esperaba en el porche. A su lado descansaba un enorme gato de pelo largo y color anaranjado. En cuanto Reba cerró la portezuela, el gato bajó del porche y se acercó a ella con parsimonia. Reba se inclinó y lo tomó en brazos. Lo meció con la cara hundida en su pelaje, una muestra de devoción a la que el gato parecía considerarse acreedor. Reba lo llevó al porche. Esperé hasta que ésta abrazó al ama de llaves y desapareció dentro de la casa con el gato debajo del brazo. A continuación, puse el coche en marcha y conduje de vuelta a Santa Teresa.

Pasé por el despacho y dediqué el tiempo necesario a devolver llamadas telefónicas y comprobar la correspondencia. A las cinco, una vez concluidas mis tareas, cerré mi despacho y fui en coche hasta casa. Una vez allí, abrí el buzón, saqué el habitual surtido de correo basura y facturas y empujé la chirriante verja, absorta en el anuncio de un sastre de Hong Kong que me ofrecía sus servicios. Otro folleto cantaba las excelencias de un banco hipotecario que proporcionaba dinero en el acto con una simple llamada. ¿No era una mujer con suerte?

En el jardín trasero, Henry regaba el patio con un chorro de agua tan grueso como el palo de una escoba. Con él, empujaba hacia la hierba las hojas y la arenilla acumuladas sobre las losas. El sol vespertino asomaba entre las nubes; por fin llegaba el verano. Henry llevaba una camiseta y un pantalón con las perneras cortadas, y los pies largos y elegantes enfundados en un par de chancletas gastadas. Detrás de él, William, luciendo su postinero traje con su habitual chaleco y apoyado en un bastón negro de malaca con empuñadura de mármol labrado, ponía especial cuidado en que el agua de la manguera no le salpicase. Discutían, pero se interrumpieron el tiempo suficiente para saludarme cortésmente.

–William, ¿qué le ha pasado en el pie? Nunca le había visto con bastón.

–El médico ha pensado que me ayudaría a mantener el equilibrio.

–Es puro adorno –informó Henry.

William hizo caso omiso del comentario.

–Perdonen la interrupción –me disculpé–. Debo de haberlos sorprendido en plena charla.

–Henry está indeciso respecto a Mattie –dijo William.

–¡No estoy indeciso! Soy sensato. Tengo ochenta y siete años. ¿Cuánto tiempo de vida me queda?

–No digas tonterías –repuso William–. Nuestra familia siempre ha llegado al menos a los ciento tres años. ¿Recuerdas lo que dijo ella de la suya? Tuve la impresión de que estaba recitando un párrafo del *Manual de diagnosis y terapia de los laboratorios Merck*. ¿Cáncer, diabetes y enfermedades cardiacas? Su madre murió de meningitis, nada menos. Oye bien lo que te digo: Mattie Halstead dejará este mundo mucho antes que tú.

–¿Por qué voy a preocuparme por eso? Ninguno de nosotros va a «dejar este mundo» en breve –repuso Henry.

–Estás cometiendo una estupidez –insistió su hermano–. Esa mujer se sentiría afortunada de tenerte a su lado.

–¿Por qué, si puede saberse?

–Necesitará a alguien que la ayude a sobrellevar sus últimos días de vida. Estar enfermo y solo no es plato de gusto para nadie.

–¡A ella no le pasa nada! Tiene una salud de hierro. Vivirá veinte años más que yo, que es más de lo que puedo decir de ti.

William se volvió hacia mí.

–Lewis no sería tan tozudo... –me comentó.

–¿Qué tiene que ver Lewis con esto? –preguntó Henry.

–Él la aprecia –le aclaró William–. Por si no lo recuerdas, se mostró muy atento con ella en el crucero.

–De eso hace dos meses.

–Explícaselo, Kinsey. Quizá tú consigas que entre en razón.

–No sé qué decir, William. –Me asaltó cierta inquietud–. Soy la persona menos indicada para dar consejos sobre el amor.

–Tonterías. Has estado casada dos veces.

–Pero no salió bien ninguna de las dos.

–Al menos a ti no te asustaba comprometerte. Henry se comporta como un cobarde...

–¡No es así! –El malhumor de Henry iba en aumento.

Pensé que iba a dirigir la manguera hacia su hermano, pero se acercó al grifo y cortó el agua con un chirrido.

–Es una idea absurda. Para empezar, Mattie tiene su vida en San Francisco, y yo he echado raíces aquí. En el fondo soy un hombre hogareño, y ya ves cómo vive ella, un crucero tras otro, circunnavegando el mundo a la mínima ocasión.

–Los cruceros por el Caribe no suponen ningún problema –corrigió William.

–Se pasa semanas y semanas de viaje. A eso nunca renunciará.

–¿Por qué habría de renunciar? –dijo William exasperado–. Deja que haga lo que le dé la gana. Tú puedes vivir seis meses allí y otros seis aquí. Un cambio de aires te sentará bien. No me vengas con la cantinela de las «raíces». Ella puede conservar su casa, y tú la tuya, y podéis ir y venir.

–No quiero ir a ninguna parte. Quiero estar aquí.

–Te diré cuál es tu problema. No quieres arriesgarte en nada –le reprochó William.

–Tú tampoco.

–Eso no es verdad. No, señor. Estás muy equivocado. Diantre, me casé a los ochenta y seis, y si eso no es correr riesgos, pregúntale a ella –dijo señalándome.

–Desde luego que lo es –musité obediente, con la mano en alto como en un juramento–. Pero..., discúlpenme, señores... –Los dos hermanos se volvieron para observarme–. ¿No creen que los sentimientos de Mattie también cuentan? Quizás ella no está más interesada en Henry que él en ella.

–Yo no he dicho que no esté interesado. Hablo de la situación desde el punto de vista de Mattie –intervino Henry.

–¡Ella está interesada, cretino! –prorrumpió William–. Si vuelve al pueblo mañana... Ella misma lo dijo. ¿No lo oíste?

–Porque le viene de camino. No para verme a mí.

–Claro que sí. Si no, ¿por qué no pasa de largo? –William se desesperaba.

–Porque tiene que repostar gasolina y estirar las piernas.

–Cosa que podría hacer sin tomarse el tiempo de verte.

–Ahí William tiene toda la razón –tercié–. Coincido con él.

Henry empezó a enrollar la manguera, retirando los trozos de hierba cortada y la arenilla, mientras zanjaba el asunto:

–Es una persona estupenda y valoro su amistad. Dejemos el tema. Ya me he cansado.

William se volvió hacia mí.

–Así ha empezado esto –me contó–. Yo no he hecho más que señalar lo evidente: que ella es una persona maravillosa y que a él más le vale darse prisa y no dejarla escapar.

–¡Viejo chiflado! –exclamó Henry.

Despidió a William bruscamente y se encaminó a la casa, abrió la mosquitera y cerró de un portazo. Apoyado en el bastón, William movió la cabeza en un gesto de desesperación.

–Siempre ha sido igual de obstinado. Se niega a razonar. Tiene arrebatos de mal genio a la menor discrepancia.

–No sé qué decirle, William –opiné–. Yo que usted me mantendría al margen y dejaría que lo resolviesen ellos solitos. Son mayorcitos.

–Sólo pretendo ayudar.

–A Henry le revienta que lo ayuden.

–Porque es muy testarudo.

–Todos lo somos.

–Pues algo hay que hacer. Ésta podría ser su última oportunidad en el amor. No resisto ver cómo la estropea. –Se oyó un sonido metálico, William se llevó la mano al bolsillo del chaleco y consultó el reloj–. Ha llegado la hora del tentempié. –Sacó unos anacardos de una bolsita de celofán que abrió con los dientes. Se llevó dos a la boca y los masticó como si fuesen píldoras–. Ya sabes que padezco hipoglucemia. Dice el médico que no debo pasar más de dos horas sin comer, si no quiero correr el riesgo de sufrir vahídos, sofocos, palpitaciones y temblores, como sin duda habrás observado.

–No me había dado cuenta, la verdad –reconocí.

–He ahí el problema. El médico me ha recomendado que enseñe a mis familiares y amigos a reconocer los síntomas, porque es vital que se administre el tratamiento inmediatamente. Un vaso de zumo o unos frutos secos pueden ser decisivos. Naturalmente, quiere que me someta a unas pruebas, pero entretanto debo seguir una dieta rica en proteínas. Supongo que sabes que, con una producción de glucosa insuficiente, el ataque puede desencadenarlo el alcohol, los salicilatos o, muy rara vez, la ingestión del fruto del akee, que provoca lo que se conoce comúnmente como náusea jamaicana...

Ahuequé una mano en torno a la oreja.

–Me parece que mi teléfono está sonando –tercié–. Tengo que irme.

–Por supuesto. Como te veo interesada, en la cena puedo contarte más detalles.

–Estupendo –dije.

Me dirigí hacia mi puerta.

–En cuanto a Henry –entonó William señalándome con el bastón–, ¿no crees que es mejor sentir algo intensamente aunque por ello uno pueda resultar herido?

También yo le señalé.

–Ya hablaremos luego.

6

Mantuve una breve discusión conmigo misma acerca de la necesidad de salir a correr cinco kilómetros. Me había saltado el footing de esa mañana a fin de llegar a las nueve a la penitenciaría. He descubierto que, conforme avanza la jornada, mi sentido de la virtud y la determinación mengua a marchas forzadas. Casi todos los días, cuando llego a casa del trabajo, el último de mis deseos es ponerme la ropa de deporte y arrastrarme hasta la calle. En cuestiones de ejercicio físico, no soy tan fanática como para no escaquearme alguna que otra vez; sin embargo, vengo observando en mí una creciente tendencia a aprovechar cualquier excusa para apoltronarme en lugar de salir a correr. Sin darle demasiadas vueltas, subí por la escalera de caracol para cambiarme.

Me descalcé los mocasines, me quité los vaqueros y la camiseta y me puse el chándal y las zapatillas deportivas Sauconys. En tales circunstancias, hago un trato conmigo misma. Si corro durante diez minutos y me resulta realmente insoportable, puedo dar media vuelta y regresar a casa. Sin vergüenza ni culpabilidad. Habitualmente, una vez transcurridos los primeros diez minutos, he cogido el ritmo y me siento a gusto. De modo que me até la llave de mi casa al cordón de una zapatilla, cerré la puerta y empecé a caminar con paso enérgico.

Ahora que se había disipado la bruma estival, los vecinos habían salido a sus jardines para cortar el césped, regar y podar las flores marchitas de los rosales alineados junto a las cercas. El aire olía al agua salada del mar mezclada con el aroma de la hierba recién segada. Vivo en un tramo estrecho de Albinil Street. Con los vehículos estacionados a ambos lados, apenas queda espacio para que circulen dos coches. Los eucaliptos y los pinos piñoneros dan sombra a las disparejas casas de estuco y madera, en su mayoría pequeñas, construidas a principios de los años cuarenta.

Cuando llegué al circuito de footing, ya había entrado en calor y comencé a trotar. Sólo tuve que hacer frente a las quejas de ciertas partes de mi cuerpo, que paulatinamente fueron adaptándose a la acompasada cadencia de la carrera. Cuarenta minutos después volvía a estar en casa, resollando y bañada en sudor, pero orgullosa de mí misma. Entré en el estudio, me quité el chándal y me di una breve ducha de agua caliente. Mientras me secaba, sonó el teléfono. Tras improvisar un *sarong* con la toalla, descolgué el auricular.

–¿Kinsey? Soy Reba. ¿Te pillo en mal momento?

–Salgo de la ducha, pero supongo que aguantaré un minuto antes de quedarme helada. ¿Qué hay?

–Poca cosa. Mi padre no se encontraba bien y se ha acostado. El ama de llaves se ha marchado y la enfermera ha llamado para avisar de que llegaría tarde. Me preguntaba si has quedado con alguien para cenar.

–No. Podríamos vernos. ¿Has pensado en algún sitio en particular?

–¿No has mencionado un bar en tu barrio?

–El bar de Rosie. Me disponía a ir allí. No puede decirse que sea un sitio elegante, pero al menos está cerca.

–Sólo necesito salir. Me gustaría verte, aunque no quisiera estropearte los planes.

–¿Qué planes? No tenía nada previsto. ¿Tienes medio de transporte?

–No te preocupes por eso. Salgo para allá en cuanto aparezca la enfermera. ¿Te va bien sobre las siete?

–Me parece una hora razonable.

–Perfecto. Estaré allí en cuanto pueda.

–Te esperaré sentada a una buena mesa. –Le di la dirección.

70

Tras colgar el aparato, seguí con mi rutina: me puse otros vaqueros, una camiseta negra limpia y unas zapatillas. Bajé y dediqué unos minutos a ordenar mi ya ordenada cocina. Luego encendí las luces, me senté en la sala de estar y hojeé el periódico del pueblo para ponerme al día de las necrológicas y otros acontecimientos de la actualidad.

A las 18:56, bajo la tenue luz del día, recorrí la media manzana que separaba mi estudio del bar de Rosie. Dos grupos de vecinos tomaban cócteles a la entrada de sus casas y conversaban de porche a porche. Un gato cruzó la calle y deslizó su cimbreño cuerpo entre las estacas de una cerca. Olí el perfume de los jazmines.

El bar de Rosie es uno de los seis pequeños comercios de mi manzana, entre los que se incluyen una lavandería, un servicio de reparación de electrodomésticos y un taller mecánico que siempre tiene cacharros en fila en el camino de entrada. Ceno en el bar de Rosie dos o tres veces por semana desde hace siete años. Se halla en un edificio que quizás en otro tiempo fuese el mercado del barrio, y la fachada presenta un aspecto desastrado. Las ventanas son de cristal cilindrado, pero el irregular parpadeo de los letreros de neón de varias marcas de cerveza, los pósters, los anuncios y los carteles deslavazados del Departamento de Sanidad impiden que se filtre la luz. Que yo recuerde, el bar de Rosie nunca ha pasado de la categoría media.

En local es alargado y estrecho, con los techos altos y oscuros igual que una hojalata prensada. A la derecha, unos reservados toscamente construidos de madera contrachapada forman una «L». A la izquierda se hallan la larga barra de caoba, las dos puertas de vaivén de la cocina y un corto pasillo que conduce a los servicios, situados en la parte trasera. Ocupan el resto del espacio varias mesas de formica y, en cada una, unas sillas con patas cromadas y tapicería de plástico gris marmolado en los asientos, todos ellos rajados aquí o allá y posteriormente reparados con cinta adhesiva. El ambiente huele siempre a cerveza derramada, palomitas de maíz, humo de tabaco antiguo y detergente con aroma a pino.

71

La noche del lunes, en que los bebedores diurnos y los ruidosos aficionados a los deportes se recuperan de los excesos del fin de semana, suele ser tranquila. Mi reservado preferido estaba vacío, como casi todos los demás, a decir verdad. Me senté a un lado, de manera que vería la llegada de Reba al cruzar la puerta. Examiné la carta, una hoja en ciclostil dentro de una funda de plástico. Rosie las imprime con una máquina en la parte trasera, y la borrosa letra morada es apenas legible. Dos meses atrás instituyó un nueva carta, muy parecida a un portafolios de piel, con una lista escrita a mano de «Platos húngaros *du jour*, del día», como ella los llamaba. Algunos ejemplares desaparecieron y otros fueron utilizados a modo de peligrosos proyectiles cuando algún que otro aficionado del equipo de fútbol rival discutía acaloradamente sobre el último gran partido. Por lo visto, Rosie había renunciado a sus pretensiones de *haute cuisine* y pronto volvió a poner en circulación sus viejas hojas en ciclostil. Recorrí con la mirada la lista de platos, sin saber por qué me molestaba siquiera. Rosie toma las decisiones gastronómicas por mí, obligándome a elegir cualquiera de las exquisiteces húngaras que se le antoja al tomar nota del pedido.

En ese momento William trabajaba detrás de la barra. Hizo una pausa para tomarse el pulso con dos dedos de una mano apretados contra la arteria carótida y el fiel reloj de bolsillo en la otra. Entró Henry y le miró con el rabillo del ojo. Mientras los observaba, Rosie se encaminó desde la barra con una copa de desabrido vino blanco que ella hace pasar por Chardonnay. Tenía unas raíces de dos centímetros de canas a ambos lados de la raya del pelo. Antes decía tener sesenta y tantos años, pero ahora se muestra tan reservada al respecto que debe de haber rebasado la frontera de los setenta. Es menuda, tiene el pecho estrecho y saliente, y lleva el pelo teñido de un tono entre cinabrio y tostado. Rosie dejó la copa de vino sobre mi mesa.

–Es un vino nuevo. Muy bueno. Tú tomar sorbo y decirme qué parecer. Sale dos dólar la botella menos que otra marca.

Tomé un sorbo y asentí a sus palabras.

–Muy bueno –contesté. Pero el vino me corroía el esmalte de los dientes–. Veo que Henry y William no se hablan.

–Digo a William que se meta en sus asuntos, pero él no escuchar. Yo horrorizada de ver dos hermanos peleados por una mujer.

–Lo superarán –dije–. ¿Tú qué opinas? ¿Crees que Mattie tiene los ojos puestos en Henry?

–Yo qué sé. Ese Henry tener gancho. Tendrías que ver ancianitas coquetear con él en crucero. Era cómico. Por otra parte, su marido morir. Quizás ella no querer relación con un hombre. Quizá querer toda libertad para ella y a Henry como amigo.

–Eso es lo que me preocupa, pero William está convencido de que hay algo más.

–William convencido de que ella no vivir dos años más. Quiere Henry dar prisa por si acaso cae muerta ya.

–Pero si pasa de los setenta...

–Muy joven –susurró Rosie–. Ojalá yo estar tan bien a su edad.

–Lo estarás, no te quepa duda –comenté. Tomé la carta y fingí estudiarla–. Espero a otra persona, así que pediré después. La verdad es que todo suena muy apetitoso. ¿Qué me recomiendas?

–Una suerte que preguntes. Para ti y tu acompañante, yo preparo un *krumpli paprikas*. Es estofado hecho con patata hervida, cebolla y salchicha cortada en trozos. Siempre servirse con pan de centeno y al lado ensalada de pepino o pepinillos en vinagre, a elegir. ¿Cuál querer? Pepinillos, yo creer. –Se apresuró a tomar nota en el bloc.

–Oh, pepinillos en vinagre, mi plato preferido. Irán perfectos con este vino.

–Traigo comida enseguida que él llegue.

–Es «ella», no «él».

–Lástima –dijo cabeceando. Añadió un enfático signo de exclamación al pedido y regresó a la barra.

Reba apareció por la puerta a las siete y cuarto y me buscó con la vista. Vio que le hacía señas desde el reservado y se encaminó hacia mí. Había cambiado los vaqueros y la camiseta por un pantalón holgado, un jersey rojo de algodón y unas sandalias. Tenía mejor color y sus ojos parecían enormes en el óvalo perfecto de su cara. Ya no llevaba el pelo de punta y se había remetido unos mechones detrás de las orejas, con lo que éstas sobresalían como las de un elfo. Llegó al reservado, se sentó al otro lado y saludó:

–Perdona el retraso. Al final he venido en taxi. Ahora resulta que el carnet de conducir me caducó estando en el talego. He preferido no conducir sin permiso por si me paraban. Podría haberlo renovado en la cárcel, pero no encontré el momento. ¿Y si mañana vamos al Departamento de Tráfico?

–Claro. Por mí, no hay inconveniente. Si te parece, te recojo a las nueve y resolvemos lo del carnet y cualquier otra gestión que tengas pendiente.

–Tal vez necesite algo de ropa. No me vendría mal comprar varias cosas. –Reba alargó el cuello, volvió la cabeza e hizo una rápida inspección del bar, donde la clientela iba llegando poco a poco–. ¿Te importaría cambiarme el sitio? No resisto sentarme de espaldas a la puerta.

Salí del reservado y le cedí mi asiento, aunque de hecho tampoco a mí me entusiasmaba sentarme de espaldas a la puerta.

–¿Cómo te las arreglabas en la cárcel?

–Allí fue donde aprendí a guardarme la espalda. Sólo me fío de lo que puedo ver. Lo demás asusta demasiado para mi gusto. –Tomó una carta y la recorrió con la mirada.

–¿Pasaste miedo?

Levantó sus ojos oscuros y enormes y, con una sonrisa fugaz, los fijó en mi cara.

–Al principio sí. Al cabo de un tiempo, más que miedo era cautela. Las celadoras no me preocupaban. No tardé ni dos segundos en entender cómo llevarme bien con ellas.

–¿Y cuál era la clave?

–La sumisión. Ser amable y educada. Hacía lo que me decían y obedecía todas las reglas. No representaba un gran esfuerzo y me facilitaba la vida.

–¿Y las otras reclusas?

–La mayoría estaba bien. No todas. Algunas eran mala gente, y no te convenía que te considerasen débil. Si te echabas atrás en algo, las tenías encima como moscas. ¿Una zorra me provoca? Yo se la devuelvo. Si va a más, yo hago lo propio hasta que al final comprende que más le vale dejarme en paz. El problema es que no quieres que te empapelen, y menos por acciones violentas... Entonces se arma la gorda..., y tienes que buscar la manera de defender tu terreno sin llamar la atención.

–¿Cómo lo conseguías?

–Tenía mis métodos. –Reba sonrió–. La verdad es que nunca me metí con nadie que no se metiese antes conmigo. Mi objetivo era la paz y la concordia. Tú vas por tu camino; yo por el mío. A veces eso no daba resultado y había que buscar otra solución. –Echó un vistazo a la carta–. ¿Qué es esto?

–Platos húngaros, pero descuida: Rosie ya ha decidido qué vamos a tomar. Si quieres, puedes discutirlo con ella, pero saldrás perdiendo.

–Igual que en la cárcel. Menudo panorama.

Rosie se acercó con otra copa de vino peleón. Antes de que lo dejase frente a Reba, se la quité de las manos y dije:

–Gracias. Es para mí. Reba, ¿qué te apetece beber?

–Una taza de té con hielo.

Rosie, solícita, tomó nota mentalmente como si fuera toda una periodista.

–¿Con o sin azúcar?

–Lo prefiero solo.

–Traigo limón aparte en una toallita para tú exprimir en el té sin caer pepitas.

–Gracias.

Cuando Rosie se marchó, Reba comentó:

–Habría rechazado el vino. No me molesta verte bebiendo. Lo digo en serio.

–Yo no estaba tan segura. No quiero ser una mala influencia.

–¿Tú? Imposible. No te preocupes por eso. –Dejó la carta y cruzó las manos sobre la mesa–. Tienes más preguntas. Lo noto.

–Sí. ¿Por qué motivo estaba en la cárcel esa mala gente de quien hablabas?

–Asesinato, homicidio. Muchas por vender drogas. Las condenadas a cadena perpetua eran las peores. Al fin y al cabo, ¿qué tenían que perder? Las confinaban, ¿y qué? ¡Pues muy bien! Ya ves tú qué problema.

–Yo no soportaría tener a toda esa gente alrededor. ¿No te volvía loca?

–Era horrible. Espantoso. A la larga, entre las mujeres que viven en estrecha proximidad, el ciclo mensual coincide. Supongo que eso debe de tener ventajas de cara a la supervivencia: todas éramos fértiles al mismo tiempo. Al síndrome premenstrual, añádele la luna llena, y aquello se convertía en un manicomio. Malhumor, peleas, lloreras, intentos de suicidio...

–¿Consideras que estar entre delincuentes empedernidas te ha corrompido?

–¿Corromperme? ¿En qué sentido?

–¿No aprendiste formas nuevas y mejores de violar la ley?

–¿Es una broma? –Se echó a reír–. Todas estábamos allí porque nos pillaron. ¿Por qué iba a tomar lecciones de toda esa mierda? Además, las mujeres no se sientan a enseñar a otras mujeres a robar bancos o trapichear con artículos robados. Hablan del pésimo abogado que las defiende y de si su caso pasa al tribunal de apelación. Hablan de sus hijos y sus novios y de lo que quieren hacer al salir, que por lo general tiene que ver con la comida y el sexo..., aunque no necesariamente en ese orden.

–¿Tuvo su lado bueno?

–Sí, claro. No bebo ni me coloco. Las borrachas y las drogatas son las que acaban en la cárcel. Salen en libertad condicional y a la primera de cambio las meten otra vez en el autobús y las llevan de vuelta a la Penitenciaría para Mujeres. La mitad de los casos ni siquiera recuerdan qué han hecho mientras estaban fuera.

–¿Cómo sobrevivías?

–Paseaba por el patio o leía libros, a veces hasta cinco por semana. También daba clases. Algunas chicas apenas sabían leer. No eran tontas; sencillamente no les habían enseñado. Yo las peinaba y miraba las fotos de sus hijos. Eso era duro, ver cómo intentaban mantener el contacto. Los teléfonos eran una fuente de conflictos. Si querías hacer una llamada por la tarde, tenías que conseguir que apuntaran tu nombre en una lista a primera hora de la mañana. Cuando te tocaba tu turno, disponías de veinte minutos como máximo. Las tortilleras cachas se pasaban allí todo el tiempo que les venía en gana y, si te quejabas, te ponían a caldo. Yo era una canija en comparación con la mayoría. Metro cincuenta y ocho, cuarenta y siete kilos. Por eso aprendí a actuar con astucia. Nada hay más dulce que la venganza, pero no te conviene dejar huellas por todas partes. Sigue mi consejo: nunca hagas nada que te delate.

–Lo tendré en cuenta –dije.

Rosie regresó con una bandeja en la que traía la taza de té con hielo de Reba, el limón envuelto en un paño y una ración de *krumpli paprikas* para cada una. Dejó el pan de centeno sobre la mesa, la mantequilla y los pepinillos en vinagre y desapareció de nuevo.

Reba se inclinó sobre la escudilla.

–Oh. Por un momento me ha parecido ver que algo se movía.

Mientras rebañaba la salsa con el último pedazo de pan con mantequilla, Reba miró por encima de mi hombro en dirección a la entrada del restaurante y abrió los ojos desmedidamente.

–¡Vaya, a quién tenemos aquí! –exclamó.

Me incliné a la izquierda para asomarme por el borde del reservado y seguir su mirada. La puerta se había abierto con la llegada de un hombre.

–¿Lo conoces? –le pregunté.

–Es Beck –dijo como si eso lo explicase todo. Salió del reservado–. Enseguida vuelvo.

7

Dejé pasar un plazo prudencial y luego los escudriñé a los dos, que seguían de pie junto a la puerta. El hombre era alto, flaco y desgarbado, y vestía unos vaqueros y una bonita cazadora de ante negra. Tenía las manos en los bolsillos de la cazadora y el cuello levantado; con todo, no ofrecía el aspecto de matón que cabía esperar. El pelo era una mezcla de rubio y castaño, y su media sonrisa creaba profundos pliegues en las comisuras de los labios. A su lado, Reba parecía muy menuda, casi una cabeza más baja que él, lo que le obligaba a inclinarse hacia ella mientras hablaban. Por una vez prioricé la comida sobre las especulaciones ociosas y continué rebañando la escudilla.

Al cabo de un momento se aproximaron y Reba dirigió un gesto hacia su acompañante para presentarlo.

–Kinsey, éste es Alan Beckwith. Trabajé para él. Alan, ésta es Kinsey Millhone.

Él tendió la mano y me fijé en su muñeca delgada, sus dedos largos y finos.

–Encantado. Casi todo el mundo me llama Beck.

A juzgar por las leves arrugas en la cara y la ausencia de bolsas, debía de tener treinta y tantos años.

–Lo mismo digo –contesté, y le estreché la mano–. ¿Te sientas con nosotras?

–Si no os importa... Pero no querría interrumpiros.

–Sólo estábamos charlando –dije–. Toma asiento.

Reba ocupó su lado del reservado y se deslizó en el asiento para dejarle sitio a Beck. Él se arrellanó, estirando las largas piernas. Iba afeitado, pero vi una sombra de barba. Tenía los ojos del color marrón intenso del chocolate. Me llegó un aroma a colonia, algo picante y ligero. Juraría que lo había visto antes..., no allí sino en el pueblo. Pero no alcanzaba a imaginar cuándo se habían cruzado nuestros caminos.

–¿Y qué? –Beckwith le dio una palmada a Reba en el dorso de la mano–. ¿Cómo estás?

–Bien. Contenta de volver a casa.

Mientras intercambiaban cortesías, los observé ajena a la conversación. Para tratarse de dos personas que en otro tiempo habían trabajado juntas, se los notaba incómodos, pero eso quizá se debía a que él era quien la había denunciado a la policía, hecho que podía enturbiar cualquier relación.

–Tienes buen aspecto –comentó él.

–Gracias. No me vendría mal un corte de pelo. Éste me lo hice yo. ¿Y tú qué te cuentas? ¿Qué has hecho últimamente?

–Poca cosa. He viajado mucho por trabajo. La semana pasada llegué de Panamá y puede que tenga que volver. Ya estamos instalados en el edificio nuevo, ocupando una parte del centro comercial que acabaron de construir esta primavera. Hay tiendas y restaurantes. La verdad es que el sitio está muy bien.

–Ese proyecto estaba en marcha cuando yo me fui y me consta que fue una murga. Enhorabuena.

–¿Lo has visto?

–Todavía no. Para ti debe de ser muy cómodo trabajar en el centro.

–Es la hostia.

Reba sonrió.

–¿Qué tal está la panda de la oficina? –preguntó–. He oído que Onni ocupó mi puesto. ¿Cómo le va?

–Bien. Le costó un poco familiarizarse con el trabajo, pero lo está haciendo de maravilla. Los demás siguen poco más o menos igual que siempre.

¿Qué fue lo que percibí? Palpaba el aire con mis antenas intentando identificar la naturaleza de la tensión que existía entre ellos. Beck proseguía:

–Tengo un nuevo negocio en perspectiva. Una propiedad comercial cerca de Merced. Acabo de reunirme con unos tíos que disponen de capital para invertir y quizá colaboremos. He entrado aquí para tomarme la copa de la buena suerte antes de ir a casa. –Desvió la atención hacia mí en un esfuerzo por incluirme en la conversación.

«Es todo un detalle», pensé. Nos señaló a Reba y a mí moviendo el dedo de una a otra como un limpiaparabrisas y preguntó:

–¿De qué os conocéis?

Abrí la boca para contestar, pero Reba se me adelantó.

–De nada. Ha venido a recogerme esta mañana y me ha traído al pueblo. Creía que iba a volverme loca encerrada en casa. Mi padre se ha ido a la cama temprano, y yo estaba tan nerviosa que no podía quedarme de brazos cruzados. El silencio empezaba a sacarme de quicio, y la he llamado.

–¿Vives por aquí? –Beck me examinó con la mirada.

–A media manzana. Tengo un estudio alquilado –expliqué–. De hecho, ese de ahí es mi casero. –Señalé hacia la mesa de Henry–. William, el camarero, es su hermano mayor y está casado con Rosie, la dueña del bar, por si te interesa saberlo.

–Un negocio familiar. –Beck sonrió.

Era uno de esos hombres que comprende la importancia de concentrar la atención en la persona con quien uno está hablando. Sin vistazos mal disimulados al reloj, sin furtivas miradas hacia la puerta para ver quién entra... En ese momento parecía tan paciente como un gato con la vista fija en una grieta de una roca por la que acaba de desaparecer una lagartija.

–¿Y tú vives en la zona? –pregunté.

Beck negó con la cabeza.

–En Montebello, en el cruce de East Glen con Cypress Lane.

Apoyé la barbilla en la mano.

–Creo que hemos coincidido antes en algún sitio –comenté.

–Nací y me crié en Santa Teresa. Mis padres tenían una casa en

Horton Ravine, pero hace años que murieron. Mi padre era el dueño del Clements.

Se refería a un lujoso hotel de tres plantas que quebró a finales de los años setenta. Los sucesivos propietarios también habían fracasado y al final el edificio se convirtió en una residencia para la tercera edad. Si no recordaba mal, su padre había participado en diversos negocios en el pueblo. Gente de pasta.

Al echar una ojeada alrededor, vi que Rosie se acercaba con una bandeja vacía, la mirada fija en Beck, su trayectoria tan directa e inalterable como la de un misil. Cuando llegó a la mesa, dejó claro que me dirigía a mí todos sus comentarios, una excentricidad suya sin mayor trascendencia. Rara vez mira a los ojos a un desconocido, sea hombre o mujer. Siempre trata a mis nuevos acompañantes como si fueran un apéndice mío. En este caso, me pareció un gesto coqueto, que, pensé, resultaba impropio de una mujer de su edad.

–¿Quiere algo beber tu amigo? –soltó.

–¿Beck? –dije.

–¿Tienen whisky de malta?

Rosie casi se retorció de gusto y le lanzó una mirada de aprobación con el rabillo del ojo.

–Tener MaCallum's, especial para él. De veintidós años. ¿Querer solo o con hielo?

–Con hielo. Uno doble con un poco de agua aparte. Gracias.

–Claro. –Rosie recogió la mesa, colocando los platos y cubiertos en la bandeja–. ¿Querer él comer, quizá?

–No, gracias. –Beck sonrió–. Huele muy bien, pero acabo de cenar. Quizá la próxima vez. ¿Es usted Rosie?

–Sí.

Beck se puso en pie y le tendió la mano.

–Es un honor conocerla. Me llamo Alan Beckwith –dijo–. ¡Bonito local!

En lugar de un verdadero apretón de manos, Rosie le cedió la posesión temporal de las yemas de sus dedos.

–La próxima vez prepararle algo especial. Comida húngara como no probar hasta día hoy.

–Trato hecho. Me encanta la cocina húngara –respondió él.

–¿Haber estado en Hungría?

–En Budapest, una vez, hace unos seis años...

Disimuladamente, observé la interacción entre ambos. Rosie adoptó un aire cada vez más juvenil a medida que avanzaba la conversación. Beck tenía demasiada labia para mi gusto, pero debo reconocer que estaba haciendo el esfuerzo. La mayoría de la gente encuentra que Rosie es una mujer de trato difícil, y en efecto lo es.

En cuanto se marchó a preparar su bebida, Beck se volvió hacia Reba y preguntó:

–¿Cómo está tu padre? Lo vi hace un par de meses y lo noté desmejorado.

–No anda muy bien. La verdad es que yo no tenía ni idea. Ha perdido mucho peso. Ya sabes que lo operaron de un tumor en la tiroides. Luego le encontraron pólipos en las cuerdas vocales y se los extirparon. Apenas se tiene en pie.

–Lo lamento. Se lo veía siempre tan activo...

–Sí, pero ha cumplido ya ochenta y siete años. Tarde o temprano tenía que empezar a tomarse las cosas con calma.

Rosie trajo un generoso vaso de whisky con hielo y una jarrita de agua, que dejó a un lado. Puso la bebida sobre un posavasos de cartón y le entregó una suave servilleta de papel. Advertí que había encontrado un tapete para la bandeja. Si Beck hubiese sido mi acompañante, habría estado midiéndole la entrepierna para el pantalón del traje de novio. Él tomó el vaso y, tras dar un pequeño sorbo, dirigió una sonrisa de aprobación a la camarera.

–Perfecto. Gracias.

Rosie, a falta de otros servicios que realizar, se marchó contra su voluntad. Entonces Beck se volvió hacia mí para preguntarme:

–¿Tú también eres de aquí?

–Sí.

–¿Dónde estudiaste?

–En Santa Teresa.

–Yo también. Quizá nos conocemos de eso. ¿En qué año terminaste la escuela?

–En 1967. ¿Y tú?

–Un año antes, en el 66. Es raro que no me acuerde de ti. Soy un buen fisonomista.

Pensándolo bien, tal vez tenía treinta y ocho años.

–Era una «tapiera».

Me refería a mi relación con los chicos malos que se sentaban en la tapia que delimitaba el recinto de la escuela por la parte trasera, que daba a la cuesta. Allí fumábamos tabaco y porros, y de vez en cuando añadíamos vodka a las botellas de naranjada. Aunque visto ahora era un comportamiento inofensivo, en nuestra época se consideraba escandaloso.

–No me digas –respondió Beck. Me escrutó con la mirada y a continuación tomó la carta–. ¿Qué tal es la comida?

–No está mal. ¿De verdad te gusta la cocina húngara, o lo has dicho por decir? –solté.

–¿Por qué iba a mentir en una cosa así? –Dejó caer la frase como insinuando que él nunca se habría molestado en mentir en algo tan trivial o prosaico–. ¿Por qué lo preguntas?

–Me sorprende que no hayas estado aquí antes.

–Había visto el bar pero, si he de serte sincero, siempre me había parecido un tugurio y no había reunido el valor para entrar. Hoy he tenido una reunión con ciertos tipos y, como estaba en el barrio, se me ha ocurrido probar. Debo reconocer que por dentro es más agradable que por fuera.

Mis antenas asomaron con un ligero zumbido. Era la segunda vez que explicaba cómo el azar lo había llevado hasta allí. Tomé la copa y bebí un sorbo de aquel brebaje. Ciertamente, el vino sabía tan mal como uno de esos productos que uno usa para limpiarse el alquitrán de los pies después de un día en la playa. Reba jugueteaba con la pajita de su taza de té con hielo.

Al mirar alternativamente la expresión de sus rostros, caí en la cuenta de lo ingenua que había sido. Por supuesto, Reba había organizado aquel encuentro de antemano. La cena conmigo no era más que una excusa para verse con él. La pregunta era la siguiente: ¿por qué? Me acomodé en la silla, apoyé la espalda contra la pared y los pies en el asiento fingiendo cierta distracción mientras observaba el desarrollo de la escena.

–Beck, ¿te dedicas a los bienes raíces? –pregunté.

Apuró la mitad del whisky que le quedaba y añadió agua al resto. Agitó el vaso con un tintineo de cubitos.

–Así es. Tengo una empresa inversora. Trabajo sobre todo en pequeños proyectos urbanísticos. Antes me ocupaba de alguna gestión inmobiliaria, pero últimamente es poco habitual. ¿Y tú qué haces?

–Soy investigadora privada.

Sonrió desconcertado.

–No está mal para una persona que inició su carrera haraganeando detrás de la escuela.

–No niego que fue un buen aprendizaje. En compañía de un puñado de quinquis en ciernes, llegas a saber cómo piensan. –Consulté el reloj con un gesto exagerado–. No sé tú, Reba, pero para mí va siendo hora de retirarme. Tengo el coche a media manzana de aquí. Dame un minuto para ir a buscarlo y te llevaré a casa.

Beck miró a Reba con fingida sorpresa.

–¿No vas motorizada? –preguntó.

–Tengo coche, pero mi carnet ha caducado –explicó.

–¿Qué te parece si te llevo yo y así le ahorramos a Kinsey el viaje?

–No me importa –dije–. Tengo aquí las llaves.

–No, no. La acompañaré con mucho gusto. No tiene sentido que te des semejante paseo.

–Es verdad –intervino Reba–. Será menos molestia para él que para ti.

–¿Estás seguro?

–Claro –contestó Beck–. Me pilla de camino.

–Por mí no hay inconveniente. Quedaos aquí si os apetece, yo pagaré la cuenta. Os invito –sugerí cuando ya salía del reservado.

–Gracias. Ya dejaré yo la propina –contestó Beck.

–Encantada de conocerte. –Volví a estrecharle la mano y luego miré a Reba–. Nos veremos mañana a las nueve. ¿Quieres que te llame antes?

–No hace falta. Pásate por casa cuando quieras –dijo–. En realidad, yo también debería marcharme. Ha sido un largo día y estoy hecha polvo. No te importa, ¿verdad, Beck?

–Como quieras. –Beck se bebió de un trago el whisky rebajado con agua.

Me acerqué a la barra y pagué la cuenta. Al volver la cabeza, vi que Beck se había levantado y sacaba del bolsillo unos billetes prendidos con un clip. Lo observé cómo dejaba un par de ellos de propina, probablemente cinco dólares, teniendo en cuenta lo mucho que aquel hombre deseaba impresionarnos. Aguardaron a que yo me reuniese con ellos y salimos todos juntos. Para entonces, Henry había desaparecido. Los bebedores de última hora seguían entrando con cuentagotas.

Fuera, en la noche cerrada, la luna aún no había asomado. Se respiraba un aire limpio y todo estaba en silencio salvo por el cantar de los grillos. Incluso el ruido de las olas parecía haberse apagado. Los tres nos encaminamos con parsimonia hacia la esquina charlando de nada en particular.

–Tengo el coche aquí mismo –anunció Beck señalando en dirección a la penumbra de la calle, a nuestra derecha.

–¿Qué coche tienes, Beck? –pregunté.

–Un Mercedes del 87. El berlina. ¿Y tú?

–Un Volkswagen del 74. El escarabajo. Hasta pronto.

Me despedí con un gesto y seguí adelante cuando ellos dos se desviaron. Quince segundos después, escuché el doble ruido de sus respectivas portezuelas al cerrarse. Me detuve aguardando el sonido del motor. No se oía nada. Quizás habían decidido quedarse a charlar. Al llegar a la verja, la empujé y escuché el chirrido familiar de las bisagras. Seguí el camino hasta la parte trasera. Una vez ante la puerta vacilé, preguntándome qué hacer con Reba y Beck. Tal vez me equivocaba. Por fin me venció la curiosidad. Dejé el bolso en el porche y crucé el césped y el patio de losas de Henry hasta la alambrada que delimitaba la parte trasera del jardín. Avancé a tientas de poste en poste hasta su garaje. Me agaché y empujé la alambrada para deslizarme por la brecha donde dos tramos se habían soltado.

El corazón me palpitaba con fuerza y noté que se me encogía el estómago de expectación. Me encantan las aventuras nocturnas, atravesar sigilosamente jardines a oscuras. Por suerte no me olió ninguno de los chuchos del vecindario, así que completé mi recorrido sin un coro de penetrantes ladridos de alarma. A la entrada del callejón, doblé a la derecha y salí a la calle contigua. Seguí adelante escrutando las formas y tamaños de los coches aparcados en las aceras. Una única farola proyectaba la más exigua luz, pero en cuanto la vista se me acostumbró a la oscuridad, identifiqué el Mercedes de Beck. Los demás vehículos eran utilitarios, coches familiares o furgonetas.

Distinguí su perfil arrellanado en el asiento del conductor, vuelto parcialmente, observando el rostro de Reba. Me quedé allí diez minutos, pero como no sucedía nada, me alejé con cautela y volví sobre mis pasos.

Entré en casa y dejé el bolso sobre un taburete de la cocina. Eran las 20:05. Encendí el televisor y vi el comienzo de una película que parecía divertida, pese a las molestas interrupciones de la publicidad. Tomé nota para no comprar nada de lo que anunciaban. A las nueve quité el sonido del aparato y entré en la cocina, donde abrí una botella de Chardonnay y me serví un vaso. Movida por un impulso, saqué una sartén, una tapadera y una botella de aceite de maíz. Encendí un fogón, coloqué la sartén encima y vertí un poco de aceite. Revolví el armario en busca de la bolsa de palomitas que había comprado hacía meses. Sabía que habían caducado, pero así habría que masticar más. Saqué una medida de granos y la eché a la sartén. Mantuve la vista en la pantalla del televisor mientras el crepitar de las palomitas se aceleraba igual que la traca final de unos fuegos artificiales. Por suerte para mí, el tamaño de mi estudio me permite cocinar, ver la tele, poner una lavadora o ir al baño sin dar más de ocho o diez pasos.

Volví al sofá cargada con el vino y el tazón de palomitas calientes, apoyé los pies en la mesa baja y vi el resto de la película. A las once, cuando empezaron las noticias, salí del estudio y seguí la misma ruta laberíntica por el callejón hasta llegar a la calle en penumbra donde antes había permanecido un rato. Allí seguía el Mercedes de Beck, aparcado junto al bordillo. La luna trasera, de tan empañada por el aliento condensado, parecía una gasa. En lugar de la silueta de Beck, vi las piernas de Reba. Al parecer, tenía la cabeza agachada cerca del volante, apoyaba un pie contra el salpicadero y el otro contra la portezuela del copiloto, mientras Beck realizaba esfuerzos en los confines de su asiento tapizado en piel. Regresé al estudio y, cuando volví a salir a medianoche, el coche ya no estaba.

8

La verja de la residencia de los Lafferty estaba abierta. Recorrí el camino de entrada mientras veía a Reba esperando en los peldaños del porche con el gato a sus pies. Tenía un cepillo en la mano y almohazaba al gato mientras éste se paseaba de un lado a otro arqueando el lomo al contacto de las púas. Nada más advertir mi presencia, dio un beso al animal y dejó el cepillo. Se acercó a la puerta, abrió la mosquitera y se inclinó hacia el interior para anunciar a su padre o al ama de llaves que se marchaba. No pude evitar sonreír cuando trotó hacia mí por el camino. Se la veía alegre, animada, y recuerdo que pensé: «He aquí los efectos del sexo, chica». Vestía chirucas, vaqueros y un jersey grueso azul oscuro con un amplio cuello vuelto. Parecía alocada como una adolescente. Su padre había dicho que era una chica difícil –«rebelde» había sido la palabra–, pero yo no había percibido el menor indicio de rebeldía en mi trato con ella. Poseía una exuberancia natural y costaba imaginársela borracha o colocada. Abrió la portezuela del coche sonriente, sin aliento, y se acomodó en el asiento del copiloto.

–¿Cómo se llama el gato?

–*Rags*. Es un encanto. Tiene diecisiete años y pesa ocho kilos. El veterinario quiere ponerlo a dieta, pero yo me niego. –Echó la cabeza atrás–. No sabes lo bien que se siente una al salir de la cárcel. Es como volver de entre los muertos.

Me alejé de la casa y, cambiando de marcha, descendí por el camino y crucé la verja.

–¿Has dormido bien? –le pregunté.

–Sí. Ha sido un gustazo. Los colchones de la cárcel son así de gruesos, como los cojines de una tumbona, y las sábanas, muy ásperas. La almohada era tan plana que tenía que enrollarla y colocármela bajo la cabeza como una toalla. Cuando me metía en la cama por la noche, el calor corporal activaba un extraño olor en la tela. –Arrugó la nariz.

–¿Y cómo era la comida?

–No muy mala. Digamos que pasable. Lo que nos salvaba era que nos dejaban tener en las celdas esos hervidores, como los que se usan para calentar agua para hacer té, ¿sabes? Descubrimos mil usos posibles: fideos, sopas, tomates cocidos en una lata. Hasta que llegué allí nunca me habían gustado los tomates cocidos. Algunos días las celdas apestaban; café quemado o restos de judías incrustados en la sartén. La mayor parte del tiempo yo me aislaba de todo. Construí un muro invisible entre el resto del mundo y yo misma que aún mantengo. Si no, me habría vuelto tarumba.

–¿Tenías amigas?

–Un par, y eso fue una ayuda. Mi mejor amiga se llamaba Misty Raine, acabado en «e». Era bailarina de striptease. Yo me moría de risa con ella. Antes de venir a California, vivía en Las Vegas, pero cuando la soltaron y terminó su periodo en libertad condicional se trasladó a Reno. Dice que allí hay más marcha que en Las Vegas. Seguimos en contacto. Dios, cuánto la echo de menos.

–¿Por qué la encerraron?

–Tenía un amigo que le enseñó a afanar tarjetas de crédito y falsificar cheques... «colgar papel», como dicen ellos. Salían a derrochar dinero, se alojaban en hoteles de lujo y cargaban en la cuenta lo que les venía en gana. Luego tiraban esa tarjeta, se apropiaban de otra, y carretera y manta. Después ampliaron el negocio con la falsificación de documentos de identidad. Misty tiene una vena artística y se le da de perlas reproducir pasaportes, carnets de conducir y cosas por el estilo. Ganaban tanta pasta que se operó las tetas. Antes de conocer a su novio, trabajaba por el salario mínimo para una de esas empresas que ofrecen servicios de limpieza por horas. Decía que nunca habría llegado a ninguna parte con eso, aunque hubiese trabajado toda la vida.

»Vivian, mi otra amiga, se lió con un camello. No te imaginas cuántas veces he oído la misma historia. Él sacaba unos mil dólares diarios, y vivían como reyes hasta que apareció la policía. Ése fue su primer delito. Ella jura y perjura que será el último. Le quedan seis meses de condena; luego espero que venga aquí. El novio ha estado en prisión cinco veces, y allí seguirá durante años. Mejor así. Ella aún está locamente enamorada de él.

–Así es el amor verdadero –comenté.

–¿De verdad lo crees?

–No. Lo decía en broma. Supongo que no tienes amigos en el pueblo.

–Sólo a Onni, una ex compañera de trabajo. He hablado con ella hace un rato con la esperanza de verla esta tarde, pero ya tenía un compromiso.

–¿No es la que se quedó con tu empleo?

–La misma. Se siente culpable por eso, pero le he dicho que no sea tonta. Antes trabajaba como recepcionista. No podía dejar escapar una oportunidad así. ¿Por qué iba yo a guardarle rencor? Me ha dicho que hoy le hubiera gustado acompañarme, si no tuviese que trabajar.

Doblé para entrar en el aparcamiento del Departamento de Tráfico.

–Si quieres, puedes entrar un momento, llevarte un manual y estudiar en el coche antes de hacer el examen.

–No. He conducido durante años. No debe de ser difícil.

–Tú verás. Yo prefiero memorizar. Así me quito de encima el miedo a suspender el examen.

–Pues a mí me gusta el riesgo. Me mantiene despierta.

Esperé a Reba en el coche durante unos cuarenta minutos. Pasé parte de ese tiempo encaramada al respaldo del asiento ordenando los cachivaches que llevo en el asiento trasero. Normalmente guardo en el coche una pequeña maleta llena de artículos de baño y ropa interior limpia, por si se presenta una razón acuciante para tomar un avión. Además, tengo varias prendas que a veces me pongo cuando finjo ser una funcionaria. Consigo imitaciones bastante buenas de los uniformes de empleada de correos o inspectora de la compañía del gas y la luz, que llega para hacer la lectura del contador. Cuando me planto en el porche de una casa y echó una ojeada a la correspondencia de alguien, me conviene aparentar que me ocupo de un asunto oficial. En el asiento trasero hay también varios libros de referencia –uno sobre investigaciones en la escena del crimen, el Código Penal de California, un diccionario de español de un curso que hice años atrás–, una lata de refresco vacía, un abrebotellas, unas zapatillas viejas, unas medias con considerables enganchones y una cazadora. Aunque mantengo mi estudio ordenado, soy muy descuidada con el coche.

Levanté la vista a tiempo de ver a Reba saliendo de la oficina del Departamento de Tráfico. Cruzó el aparcamiento dando brincos y agitando un papel en la mano que resultó ser un permiso de conducir temporal.

–Las he acertado todas –anunció al subir al coche.

–¡Bravo! –exclamé. Accioné la llave de contacto y di marcha atrás–. ¿Y ahora adónde vamos?

–Ya sé que son sólo las once menos cuarto –contestó Reba–, pero no me importaría comer otra hamburguesa con queso.

Pedimos la comida sin bajar del coche, encontramos una plaza en el aparcamiento y comimos allí. El menú constaba de dos Coca-Colas grandes, dos hamburguesas por cabeza y patatas fritas, que bañamos en ketchup y devoramos a toda velocidad.

–Tengo un amigo que recuperó la salud comiendo esta mierda –comenté.

–No me extraña. Me gusta lo planos que son los pepinillos, todos ahí embutidos. Mi padre tiene una cocinera magnífica, pero nunca ha sido capaz de preparar algo parecido. No me explico cómo lo consiguen. Vayas adonde vayas, la hamburguesa con queso sabe exactamente igual, y lo mismo pasa con todo lo demás: el Big Mac, las patatas...

–Es bueno saber que una puede confiar en algo –dije.

Después de comer, nos acercamos al centro comercial La Cuesta, donde Reba fue de tienda en tienda armada con la tarjeta de crédito de su padre y probándose ropa. Como otras mujeres que he conocido, parecía poseer un sentido innato de las prendas que le favorecían. Yo, por mi parte, buscaba la silla más cercana y, allí sentada, la observaba como una buena madre mientras ella iba de estante en estante. A veces Reba tomaba una falda, la examinaba con expresión crítica y la dejaba en su sitio. En otros casos, añadía el artículo a los que ya llevaba colgando del brazo. A intervalos, se marchaba al probador y aparecía veinte minutos después con lo que había elegido. Descartaba algunas prendas y las demás las apilaba en el mostrador mientras iba en busca de otra cosa. En el transcurso de dos horas, compró varios pantalones, faldas, chaquetas, ropa interior, jerséis de punto, dos vestidos y seis pares de zapatos.

Una vez en el coche, Reba apoyó la cabeza en el respaldo del asiento y cerró los ojos.

–Antes daba muchas cosas por sentadas, pero no volveré a hacerlo –afirmó–. ¿Y ahora qué hacemos?

–Tú decides. ¿Adónde quieres ir?

–A la playa. Nos descalzaremos y pasearemos por la arena.

Terminamos en Ludlow Beach, no muy lejos de mi casa. La Universidad de Santa Teresa se hallaba enclavada en los acantilados sobre nuestras cabezas. El cielo estaba nublado hasta donde alcanzaba la vista, y el viento azotaba las olas y lanzaba a la playa el agua atomizada. Dejamos los zapatos en el coche, junto con mi bolso y las compras de Reba. Las mesas de picnic dispuestas en la zona cubierta de hierba habían sido abandonadas, excepto por cuatro gaviotas que se disputaban una bolsa de pan que alguien había dejado en el borde de un cubo de basura. Reba tomó la bolsa, rompió el celofán y echó las migas en la hierba. Entre arrullos, empezaron a llegar gaviotas de todas direcciones.

Recorrimos cien metros por la arena blanca entre el aparcamiento y el mar. Ya cerca del agua, las frías olas se aproximaron peligrosamente a nuestros pies descalzos, pero allí la arena estaba mojada y resultaba más fácil caminar.

–¿Qué tal con Beck? –pregunté.

Reba me sonrió.

–Me quedé de una pieza al encontrármelo así de pronto.

–¿En serio? Qué extraño. A mí me dio la impresión de que habías quedado con él previamente.

Se echó a reír.

–No, qué va. ¿Por qué iba a hacer una cosa así?

–Reba...

Fijó en mí sus grandes ojos castaños.

–De verdad. Es la última persona en el mundo a la que esperaba ver.

Negué con un gesto de la cabeza.

–No te creo. Es una mentira descarada. Por eso en el reservado te sentaste mirando a la puerta, para verlo entrar.

–No es así. No tenía la menor idea de que iba a aparecer. Fue una sorpresa.

–Alto ahí. Espera un segundo y te daré motivos para acelerarte. Llevo años diciendo mentiras y, créeme, me doy cuenta cuando alguien manipula la verdad. Tengo un contador de trolas en funcionamiento las veinticuatro horas del día. Anoche os observé a los dos y el contador no paró ni un momento. Yo hacía de carabina. Lo telefoneaste desde la oficina de asistencia social y le dijiste dónde podía encontrarte.

Reba guardó silencio un momento.

–Pero no tenía la certeza de que viniese.

–Ah, pues desde luego vino, si es que su comportamiento en el coche es indicio de algo.

Volvió la cabeza en el acto y me miró con expresión de incredulidad.

–¿Estuviste espiándonos? –inquirió.

–Para eso me pagan. Si no queréis que os vean, no lo hagáis en público.

–¡Serás zorra!

—Reba, a tu padre le preocupa tu bienestar. No quiere que acabes metida en problemas otra vez.

Ella me agarró del brazo y me miró con sincera inquietud.

—No se lo digas a mi padre, por favor. ¿De qué serviría? —me rogó.

—Todavía no he decidido qué voy a hacer. Tal vez si me cuentas qué está pasando, tendré las cosas más claras.

—No quiero hablar de eso.

—Pues inténtalo. Si quieres que me calle, más vale que me informes.

Noté lo tentada que estaba Reba. ¿Quién puede resistirse a hablar de un hombre del que una está tan enamorada?

—No sé cómo explicártelo. Trabajé para él durante unos años y siempre me dio su apoyo...

—Ésa no es la versión detallada, querida, sino un resumen. Tienes una aventura con él, ¿no?

—Es mucho más que eso. Estoy loca por él, y él también está loco por mí.

—Lo de la locura me lo creo. ¿Desde cuándo?

—Hace dos años. En realidad cuatro, si contamos los dos que he pasado en la cárcel. Nos hemos escrito y hemos hablado por teléfono. Planeábamos vernos esta noche, pero hay una reunión de Alcohólicos Anónimos a la que teóricamente debo asistir. He pensado que me conviene hacer acto de presencia por si Holloway lo comprueba. Beck me telefoneó a casa de mi padre y dijo que no podía soportar la espera. Pensé en el bar de Rosie porque cae tan a trasmano que me pareció imposible tropezarnos con alguien que nos conociese. Supongo que debería habértelo contado a las claras, pero no estaba segura de que tú lo aprobases, así que lo hice sin más.

—¿Y para qué me necesitabas a mí? Sois mayorcitos. ¿Por qué no fuisteis a un motel y ya está?

—Yo tenía miedo. No estábamos juntos desde hacía mucho tiempo y temía que la química hubiese desaparecido.

—No entiendo la cronología. ¿Estabas tirándotelo al mismo tiempo que lo timabas?

–No me lo «tiro». Hacemos el amor.

–Ah, perdona. ¿«Hacíais el amor» mientras te apropiabas de todo el dinero que él había ganado con sus esfuerzos?

–Supongo que puede verse así. O sea, yo sabía que obraba mal, pero no podía evitarlo. Me sentía fatal. De hecho, aún me siento mal. Él sabe que yo nunca le haría daño.

–¿No le importaba que lo desplumaras? Me cuesta creerlo.

–No fue nada personal. Me llevé cierta cantidad de la empresa...

–La empresa es suya.

–Ya lo sé, pero el dinero estaba allí y parecía que nadie se daba cuenta. Sencillamente, pensaba que tendría un golpe de suerte y podría devolverlo todo. No era mi intención quedármelo, y desde luego nunca se me ocurriría robar.

–Reba, robar consiste en eso. Te embolsas el dinero de otra persona sin que lo sepa ni lo consienta. Si lo haces a punta de pistola se llama robo a mano armada.

–Yo lo veía como un préstamo, algo pasajero –confesó.

–Ese hombre debe de tener un gran corazón.

–Lo tiene. Intentó ayudarme e hizo todo lo que pudo. Sé que me ha perdonado. Anoche me lo dijo.

–En fin, te creo, pero me parece extraño. Es decir, una cosa es perdonar, pero ¿seguir luego con la relación? ¿Cómo lo racionaliza? ¿Él no se siente utilizado?

–Comprende que tengo un lado autodestructivo. Eso no significa que lo apruebe, pero no me guarda rencor por ello.

–¿Y no fuiste a juicio por él?

–En parte. Cuando me detuvieron, supe que había tocado fondo porque era culpable. Me propuse encajar el golpe y salir del paso. Un juicio hubiera sido bochornoso para mi padre. No quería que él viviera otro escándalo. Ya le había causado bastantes problemas.

–Tu padre me contó que Beck está casado. ¿Ocupa su mujer algún lugar en la ecuación?

–Es un matrimonio de conveniencia. No tienen relaciones íntimas desde hace años.

—Vamos, eso es lo que dicen todos los hombres casados.

—Lo sé, pero en su caso es verdad.

—Chorradas. ¿Crees que la dejará por ti? Las cosas no funcionan así.

—Estás muy equivocada —dijo—. Lo tiene todo previsto.

—¿Por ejemplo?

—Tiene que esperar el momento oportuno. Si ella se entera de mi existencia, se lo quitará todo.

—Yo desde luego lo haría.

—Anoche me aseguró que está a punto de lograrlo.

—¿Qué es lo que está a punto de lograr?

Reba recurrió a una doble estrategia: los grandes ojos implorándome y la mano aferrada a mi brazo en señal de la mayor seriedad.

—Prométeme que no se lo contarás a nadie.

—Eso no puedo prometértelo. ¿Y si planea atracar un banco?

—No seas tonta. Está poniendo a punto su economía. En cuanto tenga bien atado su activo, pedirá el divorcio. Para entonces el asunto estará zanjado; ¿y qué opción le quedará a su mujer? Tendrá que aceptar los hechos y afrontar la realidad.

—¿Estás escuchando tus palabras? Dices que ha encontrado la manera de engañar a su mujer. ¿Qué clase de hombre es éste? ¿Primero se la pega con otra y luego la tima? Ah, espera. Eso pasémoslo por alto de momento porque tú lo estafaste primero... Quizá sois la pareja perfecta.

—Ni siquiera sabes qué es el amor. Apuesto a que no has estado enamorada en tu vida.

—No cambies de tema.

—Estoy en lo cierto, ¿verdad?

—¡Qué boba eres! —Fijé la vista en el cielo y moví la cabeza en un gesto de desesperación.

—No hago daño a nadie.

—Ya. ¿Y qué hay de la mujer de Beck?

—Cuando todo se sepa, lo superará.

—¿Tienen hijos?

–Ella nunca ha querido niños.

–Es una suerte. Créeme; sé de qué hablas. Una vez me lié con un hombre casado. Aunque entonces estaban separados, seguían casados. ¿Y sabes qué aprendí? Que una no tiene ni idea de qué pasa entre un hombre y su mujer. Me da igual cómo pinte él la relación: no te conviene pisar territorio sagrado. Es como caminar sobre brasas. Por más fe que tengas, te quemarás los dedos.

–Mala suerte. Ya es demasiado tarde. Es igual que jugar a los dados. En cuanto salen de tu mano, la suerte está echada.

–Por lo menos rompe hasta que él esté libre –le aconsejé a Reba.

–No puedo. Lo quiero; lo es todo para mí.

–Tonterías. Vete a un psiquiatra para que te ponga las ideas en orden.

Vi que su expresión se endurecía. De pronto dio media vuelta y se alejó lanzándome comentarios por encima del hombro:

–No sabes de qué hablas. Sólo has visto a Beck una vez. No creo que estés en condiciones de opinar. No es asunto tuyo ni de mi padre. –Siguió andando en dirección al aparcamiento. No me quedó más opción que correr tras ella.

Apenas hablamos durante el viaje de vuelta a casa de su padre. Una vez en la mansión, supuse que para mí aquél era el final del trayecto. Reba había salido de la cárcel y ya estaba en casa. Tenía otra vez carnet de conducir y un armario lleno de ropa. Ninguno de sus actos –a saber, follar– quebrantaba la libertad condicional, así que su comportamiento no era cosa mía. Salió del coche y recogió los paquetes del asiento trasero.

–Sé que tu intención es buena y agradezco tu interés, pero he pagado por mis pecados y ahora mi vida me pertenece. Si he elegido mal, peor para mí. No tiene nada que ver contigo.

–Por mí, de acuerdo –dije–. Espero que te vaya bien en la vida.

Reba cerró la portezuela del coche, pero se detuvo y se inclinó junto a la ventanilla. Pensé que iba a añadir algo. Sin embargo, no abrió la boca. La miré hasta que la puerta de la casa se cerró a sus espaldas y luego me dirigí a mi despacho. Allí preparé una factura para cobrarle a Nord Lafferty los mil dólares por dos días de trabajo. La metí en un sobre, lo cerré y escribí la dirección postal. De camino a casa pasé por correos, donde paré un momento y eché el sobre en el buzón.

9

Para cenar me preparé un sándwich de huevo duro rociado de mayonesa y con mucha sal mientras juraba, de una manera vaga e insincera, corregir mi dieta alarmantemente baja en fruta, verdura, fibras, cereales y nutrientes de toda clase. Me proponía acostarme temprano, pero a las siete sentí cierto desasosiego por razones que no pude precisar. Decidí hacer una visita rápida al bar de Rosie, no tanto por el pésimo vino como por el cambio de escenario.

Para mi sorpresa, la primera persona a quien vi fue Lewis, el hermano mayor de Henry, que vive en Michigan. Estaba de pie detrás de la barra sin la chaqueta del traje; remangado hasta los codos y con las manos inmersas en agua jabonosa, lavaba vasos y jarras de cerveza. Me acerqué a la barra y le dije:

–¡Vaya sorpresa! ¿Cuándo ha llegado?

Lewis alzó la vista con una sonrisa pintada en la cara.

–He venido en avión esta tarde. William ha ido a recogerme al aeropuerto y me ha puesto a trabajar en el acto.

–¿Qué le trae por aquí?

–Nada en particular. Necesitaba un cambio de aires. El plan se me ocurrió de pronto. Charlie estaba ocupado y Nell andaba bajo de ánimo... Reservé el pasaje y he venido yo solo. Viajar es excitante. Estoy pletórico.

–Me alegro por usted. Es fantástico. ¿Hasta cuándo se queda?

–Hasta el domingo. William y Rosie me alojan en su casa. Por eso él está enseñándome a atender la barra, para que me gane la estancia.

–¿Sabe Henry que está usted aquí?

–Todavía no, pero me acercaré a verlo en cuanto William me dé un descanso.

Enjuagó la última jarra, la colocó en el escurridor y se secó las manos con un paño blanco que llevaba prendido en la cintura. Puso una servilleta en la barra, ante mí, y adoptó su pose de camarero.

–¿Qué vas a tomar? Si la memoria no me engaña, te gusta el Chardonnay.

–Mejor una Coca-Cola. Rosie ha cambiado de «vinateros», aunque no sé si es el término pertinente. El vino que sirve tiene la sutileza de un disolvente.

Llenó un vaso de Coca-Cola del surtidor y lo colocó sobre la servilleta. Para ser un anciano de ochenta y nueve años, era la viva imagen de la eficacia; actuaba de forma enérgica y a la vez relajada. Viéndolo trabajar, daba la impresión de que hubiese atendido una barra toda la vida.

–Gracias –dije.

–No hay de qué. Invita la casa.

–¡Vaya, es usted encantador! Se lo agradezco.

Lo observé mientras se alejaba con su andar decidido hacia el otro extremo de la barra, donde sirvió a otro cliente. ¿Qué estaba ocurriendo? Que yo supiese, Lewis nunca había venido a Santa Teresa sin previo aviso. ¿Lo había inducido William? No parecía buena idea. Volví la cabeza y eché un vistazo por encima del hombro a los escasos parroquianos. Mi reservado preferido estaba ocupado, pero había muchos asientos libres. Tomé la Coca-Cola y me la llevé a una mesa cerca de la entrada. Corría un soplo de aire fresco cada vez que la puerta se abría y cerraba, que disipaba el humo de tabaco acumulado en el aire como niebla. Aun así, sabía que llegaría a casa oliendo a hollín, y debería tender la ropa en la barra de la ducha toda la noche para eliminar el tufo. Sin duda el pelo me apestaba, pero lo llevo demasiado corto para acercarme un mechón a la nariz y olfatearlo. Los fumadores siempre escuchan estas quejas como si uno se inventara falsas acusaciones sin más propósito que protestar y ofender.

Acababa de acomodarme cuando percibí el grato cambio en la corriente de aire que indicaba la entrada de alguien. Cheney Phillips cruzó la puerta. Sentí una sacudida como esas que uno experimenta en un avión y lo inducen a preguntarse si será su último vuelo. Vi que barría con la mirada a los clientes congregados, al parecer buscando a alguien que no había llegado. Vestía con la habitual mezcla de telas caras y corte elegante. Prefería las camisas de etiqueta blancas y bien planchadas o las de seda de cuello blando en colores crema o beige. A veces se atrevía con camisas de colores de la misma gama, por lo general en tonos discretos, lo que le confería un aspecto serio. Esa noche llevaba una americana de seda gamuzada de color canela sobre un cuello cisne de cachemir rojo. Levanté la mano para saludarlo sintiendo curiosidad por saber si el jersey era tan suave como parecía. Se acercó sin prisa a mi mesa y apartó una silla.

–¿Qué tal? ¿Puedo sentarme? –me saludó.

Hice un gesto afirmativo.

–Nuestros caminos vuelven a cruzarse –comenté–. No te veía desde hacía meses y ahora nos tropezamos tres veces en cuatro días.

–No es del todo casual. –Señaló mi vaso–. ¿Qué demonios es eso?

–Una Coca-Cola. Lleva años en el mercado.

–Necesitarás algo más fuerte. Tenemos que hablar. –Sin aguardar mi respuesta, Cheney captó la atención de Lewis y le hizo señas para que nos atendiera.

Me volví a tiempo de ver al nuevo camarero saliendo a toda prisa de detrás de la barra y encaminándose hacia nuestra mesa.

–Dígame, caballero.

–Dos Martinis con vodka Stoli. Si no tienen, sírvanos Absolut. Y aceitunas para acompañar. –Lanzándome una mirada preguntó–: ¿Quieres un poco de agua fría?

–¿Por qué no? –contesté siempre tan exquisita–. Te presento a Lewis Pitts. Es el hermano de mi casero. Ya conoces a Henry, ¿no?

–Claro. Soy Cheney Phillips –dijo. Se levantó y tendió la mano a Lewis, que contestó con los habituales cumplidos y cortesías.

Inconscientemente, me fijé en la textura del pelo de Cheney, en aquellos rizos castaños y mullidos que parecían tan suaves como el pelo de un caniche. En general, no me gustan los perros. Tienden a ladrarme en la cara y echarme su mal aliento antes de erguirse de un brinco y plantarme en el pecho sus pesadas patas. Por más órdenes tajantes que reciban, la mayoría de los perros se comportan como les viene en gana. Hay alguna que otra excepción, claro está. La semana pasada, en un raro momento de buena voluntad, charlé con una mujer que paseaba a un perro de una raza que nunca había visto. Me presentó a *Chandler*, un perro de aguas que, a petición de su dueña, se sentaba y ofrecía la pata con actitud seria. Era un perro silencioso y bien educado con un pelo tan rizado y suave que no podía apartar las manos de él. ¿Por qué me acordaba de eso ahora? Tras perderme la mayor parte de la conversación, sintonicé mi oído en el momento en que Lewis decía:

–Enseguida vuelvo.

Fue como despertar ante el televisor en medio de una película. No tenía una idea clara de lo que sucedía. En cuanto se marchó, me volví hacia Cheney.

–Supongo que has quedado aquí con alguien –solté.

Phillips recorrió con la mirada los rostros del local, como si tuviera una cámara en los ojos. Llevaba años en la Brigada Antivicio y estaba obsesionado con las busconas y los camellos igual que algunos hombres tienen fijación con el tamaño de las tetas. Posó en mí la vista.

–En realidad te buscaba a ti. He pasado por tu estudio y, al no encontrarte, he imaginado que estarías aquí.

–No me había dado cuenta de que fuese tan previsible.

–Es tu mejor rasgo –dijo.

Me clavó una mirada inquietante. Desvié la vista hacia la barra, la puerta, cualquier lugar menos él. ¿Dónde estaba Lewis y por qué tardaba tanto?

–¿No quieres saber por qué he venido? –preguntó Cheney.

–Claro.

–Tenemos un interés común.

–¿Ah, sí? ¿Y cuál es?

–Reba Lafferty.

Su respuesta fue tan inesperada que ladeé la cabeza en un gesto de curiosidad.

–¿Qué tienes que ver con ella?

–Ése fue el motivo de mi visita a Priscilla Holloway. Me enteré de que alguien iba a la Penitenciaría para Mujeres de California a recoger a Reba. No supe que eras tú hasta que te vi allí.

Cheney alzó la vista para mirar a Lewis, que había aparecido con nuestros Martinis en una bandeja. Los dejó en la mesa con sumo cuidado observando cómo temblaba el líquido. El pie de las copas estaba tan frío que se deslizaban escamas de hielo por la superficie del cristal. El vodka, recién salido del frigorífico, tenía un aspecto untuoso. Hacía años que no tomaba un Martini y ya casi no recordaba el sabor penetrante, casi químico.

Nunca he sabido decir qué hace tan atractivo el rostro de Cheney. Tiene la boca ancha, las cejas oscuras, los ojos marrones como monedas antiguas, y las manos tan grandes que da la impresión de que se haya roto los nudillos haciendo picadillo a alguien. Examiné sus facciones y de pronto me contuve, pensando que debería abofetearme a mí misma. Acababa de sermonear a Reba por la estupidez de sus devaneos con un hombre casado y ahora yo contemplaba la misma posibilidad.

–Gracias, Lewis –dijo Cheney–. ¿Puede ponerlo todo en la misma cuenta?

–Naturalmente. Si necesitan algo más, sólo tiene que pedírmelo.

Cuando se fue, Cheney levantó su copa y brindó contra la mía.

–Salud.

Tomé un sorbo de aquel vodka suave que me bajó como una columna de calor desde la médula espinal hasta los pies.

–Espero que Reba no esté metida en un lío –comenté.

–Diría que está a punto de meterse en uno –repuso Cheney.

–Oh, no...

–¿La conoces bien? –preguntó.

–Puedes hablar en pasado. He terminado el trabajo para el que me contrataron y ahora llevo otros asuntos.

–¿Y eso cuándo ha sido?

–Nos hemos despedido esta misma tarde. ¿Qué sucede?

–Por ahora nada, pero algo se está cociendo.

–Eso ya lo has dicho. ¿A qué te refieres?

–Anda en compañía de Alan Beckwith, el hombre al que conociste aquí ayer por la noche.

–Sé perfectamente cuándo lo conocí. ¿Qué interés tienes tú en eso?

Noté el tono de hostilidad que se adueñó de mi voz por su comentario: al parecer, alguien estuvo vigilándome mientras yo vigilaba a Reba cuando ésta se lo estaba montando con Beck.

–No seas cascarrabias –me soltó.

–Perdona. No pretendía dar esa impresión. –Respiré hondo exhortándome a adoptar una actitud más cordial–. No entiendo cuál es tu papel en esto. Y no me pidas que lo adivine. Detesto esas estupideces.

Cheney sonrió y dijo:

–Estoy en tratos con cierta gente interesada en él. Y también en ella, por asociación. Debes comprender que este asunto es confidencial.

–Amén. –Me hice la señal de la cruz en el pecho.

–¿Sabes algo de Beck?

–No. Espera... Sé que su padre era el dueño del Clements, así que supongo que en su día fue un importante hombre de negocios.

–El más pesado. Alan Beckwith padre se forró con varias concesiones, sobre todo en el sector inmobiliario. El hijo ha tenido éxito, pero ha trabajado toda su vida a la sombra del padre. Beck no dio la talla. Por lo que he oído, no es que el viejo anduviese juzgándole, pero Beck era consciente del abismo entre los éxitos de ambos. El padre estudió en Harvard y quedó quinto de su promoción. Beck tuvo una trayectoria académica mediocre. Fue a una universidad de segunda fila, hizo un máster en dirección de empresas, pero nunca estuvo entre el veinticinco por ciento de los mejores alumnos. Ésa es la verdad. En comparación con los logros de su padre, los suyos fueron modestos, e imagino que eso fue afectándole a medida que pasaron los años. Beck es de esos que juran que serán multimillonarios a los cuarenta. A los treinta estaba estancado y cada vez más desesperado por cumplir sus expectativas. ¿Conoces el dicho «El dinero sólo es una manera de contar los tantos»? Pues Beck se lo tomó a pecho. Hace cinco o seis años decidió que su objetivo era amasar una fortuna mayor que la de su padre. Como no podía conseguirlo jugando limpio, se apartó del buen camino. Vio que podía ganar mucho más dinero si ofrecía sus servicios a personas que necesitaban darle un baldeo al suyo.

–¿Blanqueo de dinero? –pregunté.

–Exacto. Resulta que Beck tiene aptitudes para las artimañas financieras. Puesto que él suele tratar con inmuebles de lujo, tenía ya montada la infraestructura básica. Existen varias maneras de desviar fondos en la compraventa de bienes raíces, pero la mecánica es lenta y exige demasiado papeleo. Con el blanqueo de dinero, el objetivo es minimizar el rastro de documentos y levantar tantos cortafuegos como sea posible con el punto de partida. Sus primeros esfuerzos fueron torpes, pero va mejorando. Ahora ha fundado una empresa ficticia panameña que se llama Clements Unlimited. En un país como Panamá puedes esconder mucha pasta, porque las leyes de secreto bancario han sido muy rigurosas desde el primer día. En 1941 tomaron ejemplo de los suizos y aplicaron cuentas codificadas. Por desgracia para los delincuentes, las cuentas numeradas ya no son lo que eran. Los bancos suizos no ofrecen la misma protección que antes, porque han sido blanco de muchas críticas por encubrir a maleantes. Ahora han reconocido la necesidad de estar a buenas con la banca internacional, y eso los ha inducido a firmar tratados con otros países. De hecho, se han comprometido a cooperar cuando existan pruebas de actividad delictiva. En Panamá no están por la labor. Tienen abogados que crean compañías a patadas y las venden a clientes que quieren evadir impuestos.

–¿Te refieres a las empresas ficticias?

Cheney asintió con un gesto de la cabeza.

–Puedes crear una compañía ficticia conforme a tus propias especificaciones o puedes comprarla ya hecha. Una vez establecida, canalizas el dinero desde Estados Unidos a través de la empresa ficticia hacia el paraíso fiscal que elijas. O bien puedes fundar un consorcio en un paraíso fiscal. O puedes hacer lo que hizo Beck, que fue comprarse un banco a medida y empezar a aceptar depósitos.

–¿De quién?

–Tiene especial interés en no indagar demasiado, pero su principal cliente es un narcotraficante de altos vuelos con sede en Los Ángeles, que supuestamente se dedica al comercio de oro. Beck también blanquea dinero para una importante productora de pornografía y para un sindicato que controla una red de prostitutas y burdeles en el condado de San Diego. La gente que comercia con el pecado amasa millones en efectivo. ¿Qué pueden hacer con eso? Si vives a lo grande, los vecinos empiezan a preguntarse por tu fuente de ingresos. También se lo preguntarán Hacienda y la DEA, el organismo dedicado a la lucha antidroga, así como otros departamentos gubernamentales. Nunca falta quien necesita limpiar su dinero sucio por el canal de desagüe. La coartada de Beck es que, hasta fecha reciente, lo que hacía no era ilegal en sí mismo.

–Bromeas.

–En absoluto. El año pasado el Congreso aprobó la Ley para el Control del Blanqueo de Dinero. Pero, hasta entonces, las mismas transacciones podían ser objeto de una investigación o una acción judicial bajo otras leyes, pero el blanqueo en sí no era delito. Perdona que me extienda tanto. Ten un poco de paciencia.

–No te preocupes. Todo esto es nuevo para mí.

–Para mí también. Según me han dicho, las bases se asentaron en 1970 con la aprobación de la Ley de Secreto Bancario. Esta ley regula la información en las instituciones financieras: bancos, corredurías, agencias de cambio de divisa, cualquiera que emita cheques de viaje, giros postales... Están obligadas a informar de determinadas transacciones a la Secretaría del Tesoro en el plazo de quince días, mediante un formulario llamado CTR, que deja constancia de cualquier transacción de dinero superior a diez mil dólares. ¿Me sigues?

–Más o menos. ¿Cómo sabes todo eso?

–Casi todo me lo ha contado mi compañero en Hacienda durante los dos últimos meses. Según él, además del CTR hay otro formulario, el CMIR, que es un arma potente en la detección de dinero en efectivo filtrado a Estados Unidos. Deben rellenarlo todos aquellos que reciben o transportan físicamente dinero, en mano, por correo o por flete, en cantidades mayores de diez mil dólares. Existe otro formulario para los casinos, pero este caso no nos atañe. Que yo sepa, Beck no tiene conexiones con ninguna de las grandes compañías con intereses en el juego, aunque ésa es otra buena manera de reunir un montón de dinero y limpiarlo.

»El gobierno depende de las instituciones financieras para seguir el flujo de dinero en el sistema. Obviamente, no hay nada ilegal en mover grandes sumas siempre y cuando se rellenen los formularios oportunos. Si uno intenta soslayarlos, está sujeto a penas severas, en el supuesto de que lo pillen, claro. Beck puso todo su empeño en cultivar amistades en la banca, y durante un tiempo sobornó a una de esas personas para que hiciese la vista gorda. El empleado del banco preparaba el CTR y dejaba una copia en los archivos, pero en lugar de remitir el original a Hacienda, lo pasaba por la trituradora de papel. El problema es que los bancos tienden a trasladar a estos ejecutivos de una sucursal a otra, y Beck perdió a su conspirador. Así es como Hacienda acabó fijándose en él. Un nuevo subdirector en la Caja de Ahorros y Préstamos de Santa Teresa descubrió unos pequeños ingresos vinculados a Beck y a su empresa. Ha estado dividiendo los depósitos de gran volumen en transacciones menores con la esperanza de eludir el requisito de los diez mil dólares para el formulario CTR. Ésta es una maniobra fundamental en cualquier operación de blanqueo de dinero. Se llama atomización. Beck utilizó a un equipo de colaboradores habituales que iban de banco en banco en el pueblo, y a veces de ciudad en ciudad, haciendo efectivos cheques de ventanilla o giros postales en cantidades pequeñas, dos mil, cinco mil dólares, a veces hasta nueve mil, pero nunca más de diez mil dólares. Este gota a gota se ingresaba íntegramente en una misma cuenta, y entonces Beck, mediante transferencias, lo enviaba todo a un par de bancos panameños. Después lo hacía llegar de nuevo a sus clientes de una forma más respetable.

»El caso es que, mientras tanto, la DEA rastreaba el dinero desde su lugar de procedencia, que era un cártel dedicado a la importación de marihuana y cocaína con destino a Los Ángeles. En algún punto se cruzaron los dos caminos y se encendió la alarma roja. Conocí al investigador de Hacienda en un congreso en Washington hace unos cuatro años. Poco después lo asignaron a la oficina de Los Ángeles para coordinar el equipo operativo. En cuanto salió a relucir el nombre de Beck, la atención se centró en él. Vince Turner, el agente en cuestión, me pidió que actuase como enlace local. Sus hombres son muy discretos, ya que los agentes federales intentan reunir pruebas para el caso sin que Beck sospeche nada.

–¿En este pueblo? Pues buena suerte.

–Somos muy conscientes de eso –dijo–. Hasta el momento han infiltrado a varios hombres en el servicio de recogida de basuras y llevan a cabo una vigilancia continuada, siguiendo sus movimientos de entrada y salida del país. Lo que ahora necesitan es un informador, y ahí interviene Reba Lafferty.

Hice un gesto de impaciencia.

–No lo dirás en serio. Está enamorada de ese hombre. Nunca lo delatará.

–No estés tan segura.

–Está loca por él. Beck es la razón de que no se haya desmoronado durante estos dos últimos años. Se escribían y hablaban por teléfono un par de veces por semana. Así ha sobrevivido. Me lo ha contado ella misma.

–Tú escúchame. Ya conoces esta historia.

–Por supuesto. Ella le estafó dinero a la empresa de Beck durante dos años...

–Mientras los dos mantenían una aventura.

–¿Y qué?

–En esas circunstancias, ¿no te parece extraño que Beckwith se líe otra vez con Reba en cuanto la ponen en libertad?

–La verdad es que yo misma se lo he preguntado... Ella asegura que la ha perdonado porque sabe que es una persona autodestructiva, incapaz de ayudarse a sí misma.

–No. –Cheney cabeceó varias veces–. Lo dudo. No me parece verosímil.

–No estoy defendiéndolo. Sólo repito lo que ella me ha dicho. Estoy de acuerdo contigo. Cuesta creer que Beck vaya a poner la otra mejilla. ¿Cuál es la situación, pues? Deduzco que sabes algo que yo ignoro.

Cheney se inclinó hacia mí y bajó la voz. Ladeé la cabeza para acercarme y sentí su aliento en mi mejilla cuando empezó a hablar.

–Reba fue a la cárcel por su culpa. Beck la obligó a abrir cuentas para un par de compañías ficticias. Ella pasaba las facturas de bienes y servicios inexistentes; luego extendía cheques al portador a cargo de esas cuentas. Él los firmaba y ella los enviaba a un apartado de correos. Después los recogía e ingresaba el dinero en una cuenta ficticia. A veces él traspasaba el dinero a una cuenta en un paraíso fiscal o ella lo retiraba en efectivo y se lo entregaba a él.

–No lo entiendo. ¿Por qué querría robarse a sí mismo?

–Tiene deudas que saldar, y así se cubre las espaldas. No puede sacar grandes sumas sin una explicación. Si alguna vez le hacen una auditoría, Hacienda querrá saber adónde fue a parar el dinero. Supuso que camuflaría esas salidas de dólares presentándolas como gastos del negocio.

111

–¿Y por qué no usaba el dinero de sus cuentas en paraísos fiscales?

–¿Quién sabe las razones? Para entonces tenía nuevos planes a la vista y estaba impaciente por acelerar el proceso. Convenció a Reba de que aceptase la condena por los trescientos cincuenta mil dólares y él quedase con las manos limpias. Como ella afirmó que lo había perdido todo en el juego, ¿quién podía demostrar lo contrario? La verdad es que siempre ha tenido un problema con las apuestas y en esa época estaba haciendo viajes a Las Vegas y Reno, cosa que a él le venía de perlas.

–Pero ¿cómo la convenció de una cosa así?

–Tal como los hombres convencen a las mujeres. Le prometió la luna.

–No puedo creer que fuese a la cárcel por él. ¡Menuda idiota!

Cheney se encogió de hombros.

–Mi amigo de Hacienda dice que ya entonces se habló de la posibilidad de contactar con Reba y ofrecerle un trato, pero por esas fechas acababan de ponerse en marcha y no podían correr ese riesgo. Ahora las cosas han madurado. Necesitan una visión desde dentro, y es ella quien puede darla.

–Beck debe de tener un interventor y un contable. ¿Por qué no alguno de ellos?

–Trabajan con esa opción como plan B.

–Pues mejor será que les digas que trabajen de firme. Si Reba ha pasado dos años en la cárcel por Beck, ¿por qué va a denunciarlo ahora?

–Sabes que está casado...

Sentí que mi impaciencia crecía por momentos.

–Claro. Y Reba lo sabe también. Dice que es un matrimonio de conveniencia. A mí me parece una estupidez, y así se lo he dicho, pero ella sigue en sus trece.

–En ese caso, se engaña. Si ves a Beck y su mujer juntos... Por cierto, se llama Tracy. Nadie diría que no es un marido devoto. Podría ser puro teatro, pero no lo parece.

112

—Así son los hombres...

—Según las estadísticas, las mujeres son más promiscuas que los hombres.

—Todo esto es repugnante. ¿Cómo hemos llegado a tal grado de cinismo?

Cheney sonrió.

—Lo llevamos en la sangre.

—¿Crees que Tracy está al tanto de la existencia de Reba?

—Es difícil saberlo —contestó—. Beck tiene mucho dinero y la trata como a una reina. Desde la perspectiva de ella, quizá sea más inteligente hacer la vista gorda. O quizá lo sepa y le importe un carajo.

—Reba está convencida de que su mujer no sabe nada, y además si Tracy se entera no sólo se divorciará de él, sino que se quedará con todo.

—¿Cómo piensa hacerlo? Él tiene el dinero metido en cuentas bancarias de todo el mundo. Y algunas en bancos de su propiedad. Su mujer se encontraría con la misma pesadilla a la que nos enfrentamos nosotros, o sea: cómo seguir el rastro a sus activos. Reba, en cambio, está al corriente de todo. Sabe dónde ha enterrado los cadáveres. Nos interesa contactar con ella.

—Tal vez Beck lo ha cambiado todo mientras ella estaba en la cárcel...

—¿Por qué iba a hacerlo? Puede variar las reglas del juego, pero las cuentas llevan años abiertas. Crear un banco en un paraíso fiscal es un proyecto caro. No va a empezar de cero a menos que se vea obligado. Por eso a los federales les preocupa tanto que se entere. No quieren que le entre el pánico antes de que estén listos para actuar.

—¿Qué quieren de Reba?

—Cifras, bancos, números de cuenta..., cualquier dato al que Reba pueda echarle mano. Tienen ya parte de la información, pero necesitan corroborarla con cualquier detalle que ella sepa y ellos no hayan descubierto aún.

—Pero ¿cuál va a ser su incentivo? No tenéis nada que ofrecerle. Es una persona libre. En cuanto le pidáis ayuda, irá derecha a Beck.

Cheney se llevó la mano al bolsillo interior de la americana y sacó un sobre marrón que deslizó hacia mis manos por encima de la mesa.

–¿Qué es esto?

–Échale un vistazo.

Abrí la pestaña. Dentro encontré varias fotografías en blanco y negro de Beck tomadas con teleobjetivo. En un par de ellas, la cara de su acompañante no se veía con claridad, pero parecía ser la misma mujer. Las habían hecho en cinco ocasiones distintas, a juzgar por la fecha y la hora consignadas en el ángulo inferior derecho de cada una. Todas eran del mes pasado. En la última instantánea, Beck y la mujer salían de un motel de la parte alta de State Street que reconocí. Volví a guardar las fotografías en el sobre.

–¿Quién es la mujer? –le pregunté a Cheney.

–Se llama Onni. Es la mejor amiga de Reba. Beck se acuesta con ella desde que Reba llegó a la penitenciaría.

–¡Vaya un sinvergüenza! –exclamé–. ¿Y se supone que yo tengo que enseñárselas con la esperanza de persuadirla para que lo denuncie?

–Sí.

Lancé las fotos sobre la mesa, que resbalaron hacia él.

–Tienes a tu entera disposición los recursos del gobierno de Estados Unidos –repliqué–. Búscate a otra para hacer el trabajo sucio.

–Kinsey, entiendo tu actitud, pero esto no es un asunto de poca monta. Lo que Beck está haciendo es...

–Sé lo que está haciendo. No me vengas con que «el blanqueo de dinero es malo». Eso ya lo he captado. Pero no veo por qué he de ser yo quien convenza a Reba de que hunda a Beck.

–Nosotros somos hombres. No la conocemos como tú. Basta con que la llames y charles con ella. Además, confía en ti.

–Eso no es cierto. Ni siquiera le caigo bien. Te lo repito: se ha puesto hecha una furia cuando he intentado explicarle la ver-

114

dad. ¿Cómo voy a llamarla así, de pronto? Se daría cuenta de que tramo algo. Quizá sea una idiota, pero no vive en la inopia.

–Piénsalo antes de decidirte, por favor.

Me levanté y retiré la silla.

–De acuerdo. Lo pensaré. Ahora, con tu permiso, necesito ir a casa y darme un baño.

10

No dormí bien aquella noche. El encuentro con Cheney Phillips me había sumido en un pesimismo que impregnó mis sueños. Me desperté varias veces y fijé la mirada en el cielo encapotado a través de la claraboya. Al menos su proposición había servido para disminuir su atractivo. Reba era una chica vulnerable por naturaleza, proclive a descarriarse en respuesta a su turbulencia interior. Por el momento se la veía relativamente bien, pero yo no quería empujarla hacia una espiral descendente justo cuando acababa de pisar tierra firme. Llevaba dos días en libertad. Aunque, por otra parte, ella había cifrado sus esperanzas en un maleante... ¿Qué debía hacer? Tarde o temprano descubriría la verdad. ¿Era mejor decírselo ahora que aún tenía la oportunidad de redimirse?

A las 5:59 apagué el despertador y me puse el chándal para salir a correr. Llevé a cabo mi habitual rutina en el baño: lavarme los dientes, mojarme la cara, lamentar el estado de mi pelo, que se me rizaba por todas partes. Me até la llave al cordón de una zapatilla, cerré la puerta del estudio y empecé a andar a paso ligero hacia el circuito de bicicletas paralelo a la playa.

Al emprender el trote, sentí la protesta de mis músculos. Me notaba los pies pesados, como si alguien me hubiese puesto unos lastres de cinco kilos a las suelas de las zapatillas. El día ya había despuntado y, por una vez, no se veía el menor rastro de niebla. Se auguraba un día espléndido: claro y soleado. Por encima del ruido de las olas, oí el rugido de un león marino que se había enredado en una boya. Con la esperanza de sacudirme mi angustia, avivé el paso con la vista puesta en la caseta de baño donde siempre doy media vuelta. Cuando inicié el camino de regreso, no podía decirse que saltase de alegría, pero ya no estaba tan hundida.

Dejé de correr y, para enfriar mi cuerpo, caminé las dos últimas manzanas. Al llegar al estudio, vi el coche de Mattie aparcado en el camino de entrada a la casa de Henry. «Albricias», me dije. Entré en mi hogar, me duché, me vestí y tomé un tazón de cereales. Cuando me marchaba al despacho, percibí el delicioso aroma del beicon y los huevos procedente del otro lado del patio. Henry tenía abierta la puerta de la cocina y, a través de la mosquitera, oí unas risas y una charla. Me imaginé a Mattie y Henry desayunando y sonreí. Jamás se me habría ocurrido pensar que Mattie había pasado la noche con él. Henry tiene demasiado sentido de la decencia para poner en peligro la reputación de una dama, pero una reunión a primera hora de la mañana no discrepaba de las normas de comportamiento femenino dictadas por Emily Post en su manual de etiqueta.

Crucé el jardín y llamé a la puerta. Henry me invitó a pasar, aunque con un tono mucho menos jovial de lo que yo esperaba. Al entrar pensé: «Oh, oh». Henry había vuelto a su uniforme habitual: chanclas, camisa blanca y pantalón corto de color tostado. La cocina mostraba los restos de una comida reciente: sartenes y tazones sucios, diversas especias cerca de los fogones. En el fregadero había platos y utensilios apilados, y en la encimera, migas de pan. Henry, de pie ante el fregadero, llenaba de agua la cafetera, y Mattie, sentada a la mesa, estaba enfrascada en una conversación con William y Lewis.

Capté al instante la dinámica de la situación y no pude reprimir una mueca de disgusto. Aquello era obra de William. Se había indignado por la actitud de Henry respecto a Mattie. Lewis no tenía esa clase de reacciones. Me constaba que William había hablado con Lewis por teléfono, pero en su momento no le di importancia. Ahora me lo imaginaba manipulando a Lewis para inducirlo a intervenir en la historia, dando por supuesto que así desperta-

118

ría el instinto competitivo de Henry. Pero, en lugar de eso, Henry estaba reaccionando como un colegial, retraído e inseguro en presencia de su engreído hermano. Tal vez a William no le importaba cuál de sus hermanos sedujera a Mattie, siempre y cuando fuera uno de ellos.

Por lo que sabía de la historia familiar, Lewis –dos años mayor que Henry– siempre había reafirmado su superioridad en asuntos del corazón. Ni Lewis ni Henry habían contraído matrimonio, y si bien nunca los había interrogado sobre el tema, era una referencia que tenía en mente. En 1926 Henry le quitó la novia a Lewis. Según Henry, Lewis nunca se había recuperado plenamente de la afrenta. A juzgar por las apariencias, en ese momento Lewis emprendía por fin una campaña de represalia. Había puesto especial esmero en vestir con elegancia: camisa blanca almidonada, traje con chaleco, zapatos relucientes, pantalón bien planchado. Al igual que sus dos hermanos menores, Lewis conservaba todo el pelo y la mayoría de los dientes. Yo lo veía con los mismos ojos que Mattie: un hombre apuesto, atento, sin las reticencias de Henry. Los dos hermanos la conocieron en un crucero por el Caribe y Lewis la persiguió insistentemente. Se apuntó a la clase de acuarela que Mattie impartía, y si bien sus esfuerzos carecieron de la debida sutileza, ella admiró su tenacidad y entusiasmo. Henry sostenía que Lewis no hacía más que flirtear, pero Mattie no lo veía de esa manera. Ahora había vuelto al ataque, entrando en escena en el preciso momento en que Henry hacía progresos.

–¿Café? –me preguntó Henry. Intentaba disimular el malestar en su voz.

–Tomaré una taza. Gracias.

–¿Mattie? ¿Café? Voy a preparar otra cafetera.

–Sí, una tacita –contestó distraída por la anécdota que contaba Lewis.

Henry no prestaba atención. Seguramente había escuchado la historia antes y conocía el final. Yo estaba tan pendiente de Henry que apenas oía nada. Lewis llegó al desenlace, y tanto William como Mattie prorrumpieron en carcajadas.

Me senté a la mesa y, cuando remitieron las risas, miré a Mattie.

–¿Cómo se presenta el día? ¿Tienen planes ustedes dos? –dije.

–Ah, no. No puedo quedarme. Tengo responsabilidades que atender en casa.

Lewis dio una palmada en la mesa antes de exclamar:

–¡Tonterías! Hay una exposición en el museo de arte. Leí un artículo en el periódico y sé que te encantará.

–¿Una exposición de qué?

–De cristal soplado. Extraordinaria. El comentarista la calificaba de «obligatoria». Quédate al menos a verla. Después podemos picar algo en un restaurante mexicano que hay allí mismo, en los soportales de la plaza. Enfrente hay una galería de arte que deberías visitar. Podrías hablarle a la dueña de tus cuadros. Quizás acceda a representarte.

–Una idea fabulosa –intervino William–. No te andes con tantas prisas. Tómate un poco de tiempo para ti.

La cabeza me daba vueltas. William sonreía como una madre en un recital de danza.

–Henry, ¿podríamos hablar un momento? –intervine–. Tengo un problema en casa.

–¿Qué problema?

–Tengo que enseñarle una cosa. No le entretendré mucho.

–Iré más tarde. ¿Es tan urgente?

–Pues sí –contesté con la esperanza de que mi tono de voz le diera pistas.

No sabría decir si estaba resignado o molesto. Se volvió hacia Mattie.

–¿Te importa si salgo un momento?

–En absoluto. Entretanto yo misma ordenaré la cocina.

–No es necesario –dijo Henry–. Lavaré los platos en cuanto vuelva.

–Vete tranquilo –añadió Lewis como si tal cosa–. Lo dejaremos todo como una patena y luego iremos a dar un paseo por la playa. Mattie necesita un poco de aire fresco. Esto parece un horno.

Henry dedicó una dura mirada a Lewis.

—Si no tienes inconveniente, preferiría limpiar yo mismo mi cocina.

Lewis hizo una mueca y reprendió a su hermano:

—Relájate, por Dios. Pareces una viejecita. No vamos a desordenar tus preciosos cachivaches. Te prometo que guardaremos todas las especias en orden alfabético. Adelante. Márchate. No te preocupes por nosotros.

Henry se sonrojó de vergüenza. Lo tomé del brazo y lo conduje hacia la puerta. Advertí que se debatía entre el deseo de defenderse y el de escapar de aquel tormento. No tuve la impresión de que Mattie actuase con malevolencia. Su afecto hacia los dos hermanos era sin duda sincero. Simplemente no había notado la rivalidad entre ellos.

La mosquitera se cerró con un golpe seco a nuestras espaldas y cruzamos el patio. En cuanto entramos en el estudio, empezó a escudriñar el lugar con expresión adusta, buscando el problema que debía resolver.

—Espero que no sean las cañerías. No estoy de humor para arrastrarme por debajo de la casa.

—No hay ningún problema. Tenía que sacarle de allí. Necesita serenarse. No puede consentir que Lewis lo saque de quicio de este modo.

Me lanzó una mirada imperturbable.

—No sé de qué me hablas, Kinsey.

No sabría decir si Henry era tan obtuso o se hacía el tonto.

—Lo sabe. Lewis flirtea con todas las mujeres a las que ve. No significa nada. Usted tiene mucho más encanto y presencia que él. Además, Mattie ha venido a verle a usted. No puede permitir que irrumpa de esta forma y sea él quien rompa el fuego.

—¿«Irrumpa» y «rompa»?

—Ya sabe a qué me refiero. Ella está tomando el camino que ofrece la menor resistencia. Eso no quiere decir que su hermano le guste más que usted.

—Yo no estaría tan seguro. Mattie no tiene tiempo para mí

y, cuando mi hermano propone una salida, de pronto dispone de todo el día.

–Pero usted podría haber propuesto algo.

–Y eso he hecho. La he invitado a desayunar.

–Y ella ha accedido. Lo único que no entiendo es cómo han acabado Lewis y William aquí.

–Una asombrosa coincidencia. Los dos habían salido a dar su paseo matutino y «casualmente» pasaban por aquí cuando Mattie aparcaba el coche en el camino. Como es natural, se han acercado a charlar, y ella les ha pedido que se queden. Ahora planea quedarse el resto del día en compañía de Lewis.

–Mattie no ha dicho eso. ¿Qué le ocurre? Lewis ha sugerido un plan. Ya ve. Piense uno mejor y manténgase firme.

–No está en mis manos. La decisión es de Mattie. Lewis actúa de un modo avasallador y competitivo, rivalizando por captar su atención. A juzgar por su comportamiento, se diría que tiene ocho años.

–Es verdad –respondí–. Compite con usted.

–Exactamente. Y da asco: dos adultos a la greña por una mujer como perros por un hueso. Ningún caballero debería imponerse cuando es la dama quien tiene derecho a elegir.

–Mattie no está eligiendo. Está siendo amable.

–Muy bien. Puede ser tan amable como le plazca. Nada más lejos de mis intenciones que entrometerme.

–Vamos, Henry. No se ponga así.

–Soy así, ni más ni menos.

–Testarudo y orgulloso.

–No puedo cambiar de personalidad. Me niego.

–Pues no cambie de personalidad. Cambie de actitud.

–No. Si Mattie se deja influir tan fácilmente por los «flirteos» de Lewis, como tú bien has dicho, quizá sea que me he equivocado con ella. Daba por sentado que era una mujer íntegra y con sentido común. Él es vanidoso y superficial, y si eso a ella le resulta atractivo, que sea lo que Dios quiera.

–¿Por qué no deja de pontificar? Adopta esa postura sólo para

122

eludir la pelea. Está usted convencido de que si se enfrenta a él abiertamente saldrá perdiendo, pero no es así.

–Tú no tienes la más remota idea de lo que pienso.

–De acuerdo. Tiene razón. No debería atribuirle palabras que no ha dicho. ¿Por qué no me cuenta cómo se siente?

–No me siento de ninguna manera. Todo esto está de más. Mattie tiene sus preferencias y yo las mías.

–¿Preferencias?

–Eso mismo. Yo prefiero ser aceptado por mí mismo. Prefiero no imponer nada a nadie y que nadie me imponga nada a mí.

–¿Qué tiene eso que ver con Lewis?

–Ella lo considera divertido. Yo no. Además, su repentina aparición me parece muy sospechosa.

–Eso desde luego –convine. Me resistía a expresar mis propios recelos respecto a William a menos que Henry los manifestase primero.

–Creo que Mattie habló con Lewis por teléfono, y a él le ha faltado tiempo para tomar el primer avión.

–¿De dónde saca esa idea?

–A él no ha parecido sorprenderle en lo más mínimo encontrarla aquí, lo que significa que lo sabía de antemano. ¿Y cómo iba a saberlo si no se lo había anunciado ella misma?

–Quizá Lewis se ha enterado por otra persona.

–¿Por quién?

–Por Rosie.

–Rosie no anda de charla con Lewis. ¿Por qué iba a hablarle a él si apenas cruza una palabra conmigo?

–Pues entonces ha sido William. Podría haberlo mencionado de pasada.

–Veo que estás decidida a protegerla.

–Lo único que pretendo es introducir un punto de realismo. Nadie está maquinando nada a sus espaldas. Bueno, quizá Lewis, pero no Mattie. Usted lo sabe de sobra.

–Insinúas que soy un paranoico, pero esto no son imaginaciones mías. El propósito de Mattie era desayunar conmigo y después continuar el viaje a casa. Lewis ha sugerido algo como quien no quiere la cosa, y ahora ella aplaza su regreso. ¿Estás de acuerdo?

–No.

–Sí.

–No discutamos. No creo que hayan tramado nada, pero tal vez usted sí... Dejémoslo. Yo sólo digo..., en fin, ya no sé ni lo que digo. No debería rendirse. Y no añadiré nada más.

–Bien. Ahora, si me disculpas, tengo que volver a mi cocina y a mis hábitos de viejecita.

Fui a mi despacho y cerré la puerta por dentro. Para ser sincera, resultaba más relajante reflexionar sobre la delincuencia que sobre las personas que están enamoradas. Intentaba convencer a Henry de lo mismo de que intentaba disuadir a Reba, pero ninguno de los dos me escuchaba. ¿Por qué iban a hacerlo? He echado a perder todas mis relaciones, así que no puede decirse que mis consejos sean muy valiosos. Abrí la ventana con la esperanza de que corriese un poco el aire. En la calle el termómetro marcaba veintitrés grados. A mí me parecía que hacía más calor. Me senté, apoyé los pies en el escritorio y me retrepé en la silla giratoria. Después examiné la estancia con una sensación de descontento. Las ventanas estaban tan sucias que apenas veía a través: mugre en el alféizar, polvo en mi planta artificial. Tenía el escritorio cubierto de porquerías, y la papelera, atestada. Aún había cajas sin abrir desde la mudanza, y de eso hacía ya cinco meses. Menudo abandono el mío.

Me levanté y entré en la pequeña cocina. Saqué de debajo del fregadero un cubo, una esponja y un envase de un virulento líquido amarillo que parecía residuos tóxicos. Dediqué la mañana a restregar superficies, pasar la aspiradora, quitar el polvo, abrillantar, desembalar y guardar cosas. A mediodía, ya acalorada, cansada y sudorosa, mi humor había mejorado. Pero no por mucho tiempo.

Llamaron a la puerta. Al abrir encontré a un mensajero de pie en el umbral con un sobre en la mano. Firmé la entrega, lo abrí y extraje un cheque de Nord Lafferty por valor de mil doscientos cincuenta dólares en respuesta a la factura que le había enviado el día anterior. La nota adjunta, escrita a mano, indicaba que la gratificación de doscientos cincuenta dólares agradecía un trabajo bien hecho.

Yo no estaba tan segura. Desde un punto de vista psicológico, la gratificación me dejaba en deuda con él y desencadenaba otra tanda de remordimientos de conciencia que yo había pretendido apaciguar con la limpieza. Volvía a estar sumida de pleno en la duda. ¿Debía decirle a Reba lo que ocurría? Más importante aún, ¿debía poner al corriente a su padre? Su único requerimiento —que yo había aceptado— era que lo mantuviese informado de cualquier reincidencia por parte de su hija. Hasta donde sabía, eso aún no había ocurrido, pero si le contaba a Reba que Beck y Onni estaban juntos, ¿qué haría? Se hundiría y se reconcomería de rabia. Y si no se lo contaba y llegaba a enterarse por su cuenta —cosa que no podía descartarse en un pueblo tan pequeño—, se hundiría y se reconcomería igualmente. Ella me había rogado que no le hablase a su padre de Beck, pero no era Reba quien pagaba mis facturas. Aquel cheque era la prueba de ello.

Busqué algún principio primordial válido para el caso, algún código moral que guiase mi decisión. No se me ocurrió ninguno. Entonces me pregunté si tenía moralidad o principios de alguna clase, y me sentí peor todavía.

Sonó el teléfono. Descolgué el auricular y dije con más brusquedad de la que pretendía:

—¿Qué?

Cheney se echó a reír.

—Te noto tensa.

—Lo estoy. ¿Tienes idea del apuro en el que me has metido?

—Sé que es difícil. ¿Quieres que hablemos?

—¿De qué? —pregunté—. ¿De traicionar a esa pobre chica? ¿De informarle de que Beck se está tirando a otras?

–Ya te dije que es un mal hombre.

–Pero ¿no es igual de malo ir a por ella de esta manera?

–¿Tienes alguna sugerencia? Porque estamos abiertos a todas las opciones... Sabe Dios que no queremos recurrir al armamento pesado a menos que sea indispensable. La chica es ya bastante rara.

–Eso desde luego –convine–. Noto que hablas en plural. Supongo que te has aliado con Hacienda.

–Éste es un asunto de las fuerzas del orden. Soy policía.

–Pues yo no.

–Al menos podrías hablar con Hacienda.

–¿Para que añada sus gilipolleces a las tuyas? Es una feliz idea. Todo pinta ya bastante mal tal como está.

–Oye, estoy a la vuelta de la esquina –dijo–. ¿Quieres que comamos juntos? Él llega hoy de Los Ángeles y ha dicho que se reuniría con nosotros. No te agobiará. Te lo prometo. Tú sólo escúchalo.

–¿Con qué fin?

–¿Conoces un sitio que se llama Jay's? Sirven sándwiches de pastrami calientes y los mejores Martinis del pueblo.

–No bebo en el almuerzo.

–Yo tampoco, pero podemos comer juntos, ¿no?

–Un momento –repliqué–. Alguien está llamando a la puerta. Voy a dejarte en espera. Vuelvo enseguida.

–De acuerdo.

Pulsé el botón de *Llamada en espera* y dejé el auricular sobre la mesa. Me levanté y salí del despacho. ¿Qué me sucedía? Porque realmente deseaba verlo. Y Reba no tenía nada que ver con eso. Ese asunto no hacía más que encubrir mi confusión, contra la que estaba luchando. Entré en el cuarto de baño y, al mirarme en el espejo, vi que tenía un aspecto horrible. Aquello era ridículo. Regresé al despacho, tomé el teléfono y pulsé de nuevo el botón para activar la línea.

–Nos vemos allí en diez minutos.

–No seas tonta. Puedo pasar a recogerte. No tiene sentido ir en dos coches. Es más ecológico.

–En fin...

Cerré el despacho con llave y lo esperé en la calle. Era absurdo preocuparme por mis vaqueros sucios y mis zapatillas raídas. Las manos me olían a lejía y llevaba un jersey de cuello cisne que me quedaba estirado y deforme. Hubiera necesitado una capa de maquillaje completo; tres o cuatro minutos me habrían bastado. ¡A la porra! Se trataba de una reunión de trabajo. ¿Qué más daba si no aparecía fresca como una rosa, con medias y tacones altos? El problema más inmediato era el contacto de Cheney en Hacienda. Y yo ya temía verlo. No me agobiaría: me pisotearía.

Cheney dobló la esquina al volante de un Mercedes rojo descapotable. Paró junto al bordillo, se inclinó hacia un lado y abrió la portezuela del copiloto. Subí al coche.

–Pensaba que tenías un Mazda –comenté con retintín.

–Lo he dejado en casa. También tengo una furgoneta Ford de hace seis años que uso para las vigilancias. Esta preciosidad me la entregaron la semana pasada en Los Ángeles.

–Tiene mucha clase.

Cheney giró a la derecha en el cruce y atravesamos el pueblo. Me gustaba su manera de conducir sin alardes ni maniobras temerarias. Con el rabillo del ojo, me fijé en el acabado mate de su chubasquero –nada brillante ni vulgar–, su camisa blanca, los pantalones de algodón, los elegantes zapatos italianos, que probablemente costaban más que mi alquiler mensual. Incluso en un coche abierto, su loción para después del afeitado olía a especias, un aroma semejante al de un arbusto de floración nocturna. Aquello era lamentable. Me entraron ganas de inclinarme hacia él y olfatearle la cara. Cheney, sonriente, me escrutó con la mirada como si supiese qué me rondaba por la cabeza. No era buena señal.

11

Santa Teresa nunca ha sido pródiga en clubes ni en una vida nocturna desenfrenada. La mayoría de los restaurantes cierran poco después de servirse las últimas cenas. Los bares abren hasta las dos de la madrugada, pero casi ninguno tiene pista de baile ni música en directo. La coctelería Jay's, en el centro, es uno de los pocos establecimientos que ofrece ambas cosas. Además, de 11:30 a 14:00 horas, sirven el almuerzo a una clientela selecta que prefiere la intimidad y el silencio en sus discretas reuniones de negocios y sus contactos furtivos. Las paredes están revestidas de ante gris, y el suelo, cubierto de una tupida moqueta gris con la que uno tiene la sensación de andar sobre un colchón. Incluso de día, la iluminación es tan tenue que al entrar hay que detenerse hasta que la vista se acostumbra. Los reservados son cómodos, con los asientos tapizados de cuero negro, y todo ruido ambiental se amortigua hasta quedar reducido a un murmullo. Cheney dio su nombre a la camarera de la entrada: «Phillips. Mesa para tres personas». Había hecho una reserva.

–¡Dios santo, qué descaro! –exclamé–. ¿Por qué estabas tan seguro de que aceptaría?

–Nunca te he visto rechazar una comida, y menos si paga otro. Tal vez porque te sientes mimada...

–Y así es, ¿no?

–A propósito. Ha telefoneado Vince avisando de que llegaría tarde. Dice que vayamos pidiendo.

Durante la primera parte de la comida, charlamos de asuntos que no guardaban relación con Reba Lafferty. Tomamos sendas tazas de té con hielo y saboreamos nuestros sándwiches, algo poco habitual en mí con la comida. Acostumbro comer deprisa y gemir de manera audible, pero por lo visto a Cheney le gustaba tomárselo con calma. Hablamos de su trabajo y del mío, de los recortes presupuestarios del Departamento de Policía y las subsiguientes repercusiones. Teníamos varios conocidos comunes en la policía, uno de ellos Jonah Robb, el hombre casado con el que «salí» durante una de las etapas en que se estaba separando de Camilla, su mujer.

–¿Qué tal está Jonah? –pregunté–. ¿Sigue casado?

Hice tintinear los cubitos en el vaso vacío y, como si eso fuese una indicación, el camarero apareció y me sirvió otra taza de té.

–Creo que no. Tuvieron un hijo. O más bien lo tuvo Camilla. Según los rumores, el niño no era de él. Pero está encantado con el bebé. Me lo encontré hace un par de meses y parecía que iba a reventarle la camisa de tan orgulloso que iba.

–¿Y las dos hijas? A saber cómo se lo habrán tomado ellas.

–Según parece, a Camilla le trae sin cuidado. Ojalá vuelvan a vivir juntos y terminen con esto de una vez. ¿Cuántas veces se han separado ya?

Cheney movió la cabeza en un gesto de negación.

–¿Y tú qué cuentas? –Me quedé mirándolo–. ¿Cómo te va la vida de casado?

–Eso se acabó.

–¿En serio?

–¿Sabes qué quiere decir «se acabó»? Lo mismo que «se terminó».

–Lamento oírlo. ¿Desde cuándo?

–Desde mediados de mayo. Me avergüenza admitirlo, pero llevábamos casados cinco semanas, que es una semana menos del tiempo que pasó desde que nos conocimos hasta que nos fugamos.

–¿Dónde está ella ahora?

–Ha vuelto a Los Ángeles.

–Ha sido todo muy rápido.

–Como arrancarse una tirita. Mejor cuanto antes.

–¿Has aprendido la lección?

–Lo dudo. Estaba cansado de sentirme muerto. En nuestro trabajo, corremos peligros en el mundo real pero no aquí dentro –dijo tocándose el pecho–. ¿Qué es el amor si no hay cierto riesgo?

Fijé la mirada en mi plato, salpicado de migajas de patatas fritas. Me lamí el dedo índice y pinché esas migajas con el tenedor, que me llevé a la boca.

–Quedas fuera de mi área de competencia. Por lo visto, últimamente estoy rodeada de personas que se han equivocado, entre ellas Reba Lafferty.

Cheney se acodó sobre la mesa y sostuvo la taza de té por el borde.

–Hablemos de ella.

–¿Qué puedo contarte? Es una chica frágil. No me parece conveniente presionarla.

Su rostro se torció por una mueca de irritación.

–Ya, frágil... Ella quiso liarse con Beck. Pero ahora resulta que es un canalla. Ella debe saberlo.

–No haces esto por su bien. Lo haces por el tuyo.

–¿Qué diferencia hay? Necesita que alguien se lo diga. ¿No estás de acuerdo?

–¿Y si saberlo la lleva al abismo?

–Si sale del pozo, la ayudaremos.

Al ver que miraba por encima de mi hombro, volví la cabeza y observé cómo un hombre se acercaba por mi izquierda; supuse que era Vince Turner. Cheney salió a su encuentro y ambos se estrecharon la mano.

Vince Turner era un cuarentón robusto de cara redondeada e incipiente calvicie que vestía una gabardina de color tostado. Las gafas sin montura le quedaban ligeramente torcidas porque tenían las varillas metálicas algo dobladas. Llevaba una cartera de piel de colegial que los alumnos de cuarto curso habrían tachado de desfasada. El asa gastada y las hebillas algo anticuadas de los dos compartimentos exteriores de la cartera le conferían un aire de seguridad en sí mismo.

Cheney hizo las presentaciones. Turner se quitó la gabardina y la dobló sobre el respaldo del banco antes de sentarse. Su traje era de color marrón barro y tenía la espalda de la chaqueta arrugada. En la entrepierna del pantalón se le habían formado varios pliegues en forma de acordeón de llevarlo puesto demasiado tiempo. Se aflojó la corbata y remetió la punta en el bolsillo de su camisa, quizá para evitar que colgara encima de la mesa.

–¿Has comido, Vince? –preguntó Cheney.

–He tomado una hamburguesa en el coche mientras venía, pero no me vendría mal una copa.

Cheney hizo señas al camarero, que se acercó al cabo de un momento con una carta en la mano. Turner la rechazó.

–Un Maker's con hielo. Doble.

–¿Desea el señor algo más?

–Con eso basta. ¿Y tú, Cheney?

–Estoy servido.

–Lo mismo digo –añadí.

En cuanto desapareció el camarero, Turner tomó los cubiertos envueltos en una servilleta, los desenrolló y los colocó ante sí. En la mano derecha lucía un anillo de oro con un granate, pero era imposible leer la inscripción que circundaba la piedra. Aunque le brillaba la cara por el sudor, tenía una mirada fría de ojos claros. Alineó los mangos del cuchillo, la cuchara y los dos tenedores, y después consultó su reloj.

–Señorita Millhone, no sé bien qué le habrá contado de mí el teniente Phillips. Es la una y cuarto. A las tres menos diez estaré en un avión con destino al aeropuerto de Los Ángeles, y de allí seguiré hacia Washington, donde he de reunirme con un grupo de investigadores de Hacienda y la DEA. Eso nos deja aproximadamente una hora para ocuparnos de nuestro asunto, así que iré al grano. Si tiene alguna pregunta o comentario, levante la mano con entera libertad; de lo contrario, hablaré de un tirón. ¿Le parece bien?

–Modificó la disposición de los cubiertos con un gesto seguro.

132

–Por mí no hay inconveniente –contesté. Me resultaba más fácil observarle las manos que mirarle a los ojos.

–Tengo cuarenta y seis años –añadió Turner–. Desde 1972 trabajo en la División de Investigación Criminal de Hacienda. En mi primera misión fui ayudante del hombre que instruyó el caso contra Braniff Airlines por el blanqueo hacia una campaña electoral. Por entonces Braniff, como American Airlines, necesitaba de vez en cuando el apoyo del gobierno y empezó a canalizar dinero hacia el comité de reelección de Nixon por medio de Maurice Stans. ¿Lo recuerda? –Me miró el tiempo necesario para que asintiera antes de continuar–: Después de formarme profesionalmente en el Watergate, desarrollé un apetito por las argucias financieras. El destino no ha querido darme mujer e hijos. El trabajo es mi vida. –Se miró la chaqueta y se quitó una hilacha–. Hace un año, en mayo de 1986, el Congreso, en un momento de lucidez, aprobó la Ley Pública 99-570, la Ley para el Control del Blanqueo de Dinero, que nos ha proporcionado el mazo con el que hacer mierda a los transgresores de la Ley del Secreto Bancario. La banca ya comienza a notar los efectos. Durante mucho tiempo los bancos de este país trataron los requisitos de información como un asunto trivial, pero eso ha cambiado. Muchas infracciones consideradas en otro tiempo faltas menores se han elevado ahora a la categoría de delitos graves con penas de prisión máximas, multas y castigos civiles. Se ha multado al Crocker National Bank con 2.250.000 dólares; se ha multado al Banco de América con 4.750.000 dólares; y se ha multado al Texas Commerce Bancshares con 1.900.000 dólares. Ya imaginará la satisfacción que me ha representado meter en vereda a esos individuos. Y aún no hemos terminado.

Vince Turner hizo una pausa y me miró con una sonrisa que iluminó su rostro. De pronto sus fríos ojos azules reflejaron una alegría irresistible. Fue en ese momento cuando cambié de actitud: haría lo que estuviese en mis manos por proteger a Reba, pero, si ella se oponía, no se imaginaba en el tremendo lío en que se había metido.

Llegó el camarero con su Maker's Mark, que tenía el mismo color que el té con hielo. Turner se echó la mitad de la bebida al coleto y a continuación dejó el vaso con cuidado sobre la mesa. Cruzó las manos y me miró a los ojos.

–Todo esto nos lleva al señor Beckwith. A lo largo del último año he preparado un amplio dossier sobre él. Como sin duda sabrá, parece que tenga una vida corriente y sus referencias sociales son sólidas, en gran medida por la posición de su difunto padre en la comunidad. En general, se lo considera un ciudadano honrado y respetuoso con la ley que jamás soñaría siquiera con dedicarse al tráfico de drogas, la pornografía o las redes de prostitución.

»Beckwith es lo que llamamos un "delincuente con base en el mercado". Obtiene beneficios de esas mismas actividades ilegales, disfraza su procedencia y las reintroduce en el sistema como ganancias legítimas. Durante los últimos cinco años ha "rehabilitado" fondos para un tal Salustio Castillo, un joyero mayorista de Los Ángeles que también comercia con oro y plata. Ese negocio no es más que una tapadera para sus trapicheos, que consiste en importar cocaína de Suramérica. Castillo compró una gran finca en Montebello por mediación de la agencia inmobiliaria del señor Beckwith. Éste gestionó personalmente la transacción, y así se conocieron. El señor Castillo necesitaba a una persona con la reputación profesional del señor Beckwith. Su empresa está diversificada, y sus operaciones financieras tienen una magnitud suficiente para camuflar el dinero que Castillo tanto interés tenía en colocar. El señor Beckwith vio las posibilidades y se prestó a ayudarlo.

»Al principio utilizó las técnicas habituales de blanqueo de dinero: estructurar transacciones, consolidar depósitos y sacar el dinero del país por medio de transferencias. Una vez que el dinero se encauzaba a través de los libros de cuentas de su compañía y volvía a Castillo, la procedencia parecía legítima. Al cabo de seis meses, Beckwith se cansó de pagar a sus colaboradores, o quizá se cansó de seguirles el rastro al sinfín de cuentas que había abierto en todo el condado de Santa Teresa. Empezó a ingresar sumas de doscientos o trescientos mil dólares de golpe, afirmando que derivaban de operaciones inmobiliarias. En esta ocasión fue un modelo de observancia, asegurándose de rellenar los formularios CTR oportunos. En realidad, contaba con el hecho de que Hacienda debe procesar tantos millones de CTR que existía poco o ningún riesgo de que los suyos se sometieran a escrutinio. Pronto empezó a mover un millón de dólares por semana, del cual se agenciaba el uno por ciento como tarifa por el servicio.

»Finalmente, los depósitos alcanzaron un nivel donde los riesgos no compensaban las ventajas de hacer negocios tan cerca de casa. El señor Beckwith se puso nervioso y decidió evitar los bancos locales y eliminar el rastro de papel. Adquirió un banco panameño y un permiso de actividades bancarias sin limitaciones en Antigua, ingresando el obligatorio millón de dólares estadounidenses como capital en depósito. Invirtió otros quinientos mil en un segundo permiso de actividades bancarias internacional en las Antillas Holandesas, que hoy por hoy no tienen un tratado fiscal con Estados Unidos.

Levanté la mano.

–¿Un millón y medio? ¿Tanto valor tiene esto para él?

–Por supuesto. Con sus bancos en un paraíso fiscal puede ingresar estas cantidades. Puede escribir sus propias referencias, emitir cartas de crédito dirigidas a sí mismo, todo ello amparado por una absoluta privacidad y sin apenas interferencia por parte de los países anfitriones. Ni siquiera tiene que estar allí para ocuparse de las gestiones. Tenga en cuenta que cuando la gente se entera de que uno es dueño de un banco, suele quedar impresionada.

–De eso estoy segura –dije.

Crucé una mirada con Cheney, quien debía de estar pensando, como yo misma, en los bancos de que era dueño su propio padre. Vince Turner guardó silencio y nos miró a ambos.

–Perdone –me disculpé–. Prosiga.

Él se encogió de hombros y continuó como si su discurso hubiese sido grabado previamente.

–Según la ley, un ciudadano estadounidense debe incluir todas sus cuentas bancarias extranjeras en su declaración de la renta anual, pero estos individuos no son mucho más escrupulosos con eso que con cualquier otro aspecto de sus negocios. El señor Beckwith, bajo los auspicios de los bancos que ha comprado, fundó una empresa mercantil en Panamá, con las acciones en manos de cierta fundación de interés privado panameña, lo que le permitió evadir impuestos tanto en Estados Unidos como en Panamá. Con la empresa ficticia establecida, empezó a mover dinero físicamente desde Estados Unidos hasta Panamá. Si uno mueve dinero en efectivo, el Departamento de Aduanas requiere que se rellene el formulario CMIR. Sin embargo, el señor Beckwith no ha demostrado mucho interés en rellenar estos molestos formularios oficiales. Si no hay más formularios, no hay más infracciones, al menos para su pobre manera de pensar. Una vez depositado en alguno de sus bancos panameños, el dinero vuelve al señor Castillo en forma de crédito a un plazo de veinte años.

»Naturalmente, el transporte de papel moneda genera dificultades de diversa índole. Los billetes no sólo abultan mucho, sino que pesan más de lo que parece. Los mercados extranjeros prefieren los valores menores, de veinte y cincuenta dólares. Un millón de dólares en billetes de veinte supera los cincuenta y cinco kilos. Intente pasar eso por un aeropuerto. Para nuestro amigo no es problema. El señor Beckwith, hombre de recursos, alquiló un jet privado y ahora cada dos meses viaja en avión a Panamá con maletas llenas de dinero en efectivo. Como la moneda panameña es el dólar, ni siquiera debe preocuparse por los cambios de divisas. Entre vuelo y vuelo, se lleva a su mujer de crucero de lujo, cargando el dinero en un baúl que guarda en su camarote. –Turner apuró el bourbon e hizo una seña al camarero para que sirviera otra ronda–. ¿Sabe cuánto dinero se blanquea al año en todo el mundo?

Negué con un gesto de la cabeza.

–Un billón y medio de dólares, es decir, un uno, un cinco y once ceros. En Estados Unidos la cifra ronda los cincuenta mil millones, pero hablamos de ganancias sin carga impositiva, así que puede hacerse una idea de la gravedad del problema.

En ese momento Cheney se decidió a hablar:

–¿Qué puedes contarle a Kinsey de la investigación?

–Básicamente, que hace cuatro años Hacienda, la DEA, el FBI, Aduanas y el Departamento de Justicia formaron un grupo operativo conjunto para investigar a los comerciantes de oro y metales preciosos en Los Ángeles, Detroit y Miami, todos ellos sospechosos de blanqueo de dinero al servicio de un cártel colombiano. Hasta la fecha han conseguido situar, distribuir e integrar dieciséis millones de dólares, vinculando el flujo de dinero a cuatro empresas que utilizan cuentas múltiples en diez bancos distintos, uno de ellos con una sucursal en Santa Teresa. Alan Beckwith es quien procesa una parte considerable de esa suma.

»La nuestra es una ardua misión. Aún estamos reuniendo pruebas sólidas antes de actuar. La clave está en no alertar a Beckwith hasta que hayamos atado todos los cabos. Un juez de distrito de Los Ángeles y otro de Miami han aprobado la vigilancia electrónica, que nos ha permitido escuchar las conversaciones telefónicas del señor Beckwith. También hemos conseguido autorización para recoger y llevarnos la basura de su casa y su oficina. En estos precisos momentos nuestro aguerrido grupo de agentes está revolviendo sus desperdicios. Han encontrado facturas con direcciones ficticias de empresas inexistentes, diversas notas escritas a mano, cheques anulados, cartuchos de tinta desechados y un rollo de papel de sumadora. El señor Beckwith mantiene tratos legítimos con instituciones financieras en varios frentes y es un experto en combinar los beneficios de actividades ilegales con los negocios rutinarios que hace día a día. Lo que por lo visto desconoce es que las instituciones financieras están obligadas a guardar fichas con la firma, los extractos de cuenta, las copias de los cheques por cantidades superiores a cien dólares... Los bancos también conservan un registro de transacciones para las transferencias, a fin de rendir cuentas del dinero que fluye por el sistema. Toda esa información está codificada, pero es posible utilizar los números de secuencia para identificar el banco de origen, el banco de destino y las fechas y horas en que se ha movido el dinero. Todavía no tenemos acceso a estos documentos, pero estamos reuniendo el material necesario para exigir los registros bancarios mediante orden judicial.

Apareció el camarero y dejó en la mesa la segunda copa de Turner. Entonces se impuso el silencio hasta que se alejó lo suficiente para no escuchar la conversación. Turner tomó el vaso de bourbon; me fijé en que bebía más despacio, a sorbos, saboreándolo.

—¿Qué quiere de Reba? Supongo que no pensará pedirle que se presente allí y robe los documentos pertinentes.

—Ni mucho menos. De hecho, no podemos exigirle que haga nada que viole la ley, porque nosotros mismos no somos libres de hacerlo. Incluso si se apropiase de los documentos sin nuestra aprobación o conocimiento, no podríamos siquiera echarles un vistazo sin poner en peligro el caso. Lo que sí nos interesaría es una descripción en profundidad de los archivos de Beckwith, el carácter de los documentos que tiene y dónde se encuentran. Esa información nos permitirá solicitar los mandamientos correspondientes. Tengo entendido que se siente inclinada a proteger a la señorita Lafferty, pero necesitamos su cooperación.

—¿No hay nadie más disponible? ¿Tal vez el interventor de la empresa?

—El interventor es un tal Marty Blumberg, en quien ya hemos pensado. El problema es que está tan implicado que podría ceder al pánico y huir, o, peor aún, ceder al pánico y prevenir al señor Beckwith. Ahora que Reba no trabaja para él, ha dejado de estar en la línea de fuego y podría mostrar mayor predisposición a colaborar. ¿Le ha enseñado el teniente Phillips las fotografías?

–Sí –contesté–, pero no sé bien de qué van a servirles. Si Reba descubre que él está en un aprieto, irá a contarle todo lo que ustedes le digan de inmediato.

–Eso ya lo había previsto. ¿Tiene alguna sugerencia para contener su reacción?

–No. Para mí es como detonar un artefacto nuclear. Corren el riesgo de desencadenar una destrucción comparable a la que esperan impedir.

Turner corrigió una insignificante irregularidad en los cubiertos que había alineado.

–Admito que así es –dijo–. Lamentablemente, no disponemos de mucho tiempo. El señor Beckwith posee un asombroso instinto de supervivencia. Hemos sido discretos, pero por la información recabada es posible que sospeche que hay algo en marcha. Está consolidando sus fondos, vigilando dónde pisa, lo que nos parece preocupante.

–Eso lo mencionó Reba, pero está convencida de que lo hace por ella. Dice que tan pronto como él tenga su activo a salvo, abandonará a su mujer y los dos pondrán tierra de por medio. Ésta es la versión que él le ha dado. A saber cuál es la verdad.

–Es indudable que el señor Beckwith está preparando la huida. Una semana más y quizá logre poner el dinero y a sí mismo fuera de nuestro alcance.

–¿El dinero es suyo o de Salustio Castillo?

–Suyo, básicamente. Si es inteligente, no tocará el de Salustio. El último que contrarió a Castillo acabó convertido en un cucurucho de hormigón dentro de un cubo de basura de un metro cúbico.

Cuando quedó claro que Vince había concluido, Cheney dijo:

–¿Y bien? ¿Quién habla con Reba? ¿Tú, yo o ella?

Se produjo un silencio, y los tres permanecimos con la mirada fija en la mesa. Finalmente levanté la mano.

–Yo tengo más opciones de convencerla.

–Bien. Denos un par de días. En cuanto vuelva de Washington, convocaré una reunión con nuestros contactos en el FBI y el Departamento de Justicia. Aduanas también querrá estar presente. Tan pronto como decidamos el modo de proceder, la llamaremos para darle instrucciones; cuente que será a comienzos de la próxima semana. Después hablaremos con ella.

–Más vale que lo preparen bien. No me hace ninguna ilusión darle la noticia.

–Por eso no se preocupe. La asesoraremos previamente.

Cheney me acompañó al despacho a las dos. La temperatura iba subiendo mientras el parte meteorológico prometía unos agradables veintitrés grados. Vince Turner había pedido un taxi para el aeropuerto. Yo albergaba la esperanza de que Cheney tuviese la delicadeza de no referirse a Reba Lafferty o a Beck durante el trayecto, pero cuando me apeaba del vehículo me tendió un sobre de color marrón.

–He pedido unas copias para ti –dijo.

–¿Y qué tengo que hacer con ellas? –pregunté.

–Lo que tú quieras. He pensado que te convenía tenerlas.

–Muchas gracias. –Tomé el sobre.

–Avísame si me necesitas.

–Lo haré. Créeme.

Aguardé hasta que dobló la esquina y el sonido de su pequeño Mercedes rojo se desvaneció en el bochornoso aire vespertino. A continuación entré en el despacho notando el aire cargado y sofocante. Crucé la recepción y me dirigí a mi escritorio. Lancé el bolso a la silla reservada para los clientes y me senté con el sobre marrón entre mis manos, que utilicé para abanicarme. Al cabo de un rato, lo abrí y saqué las copias. Las fotografías eran tal como las recordaba: Beck y Onni saliendo de varios moteles; él rodeándola con el brazo; los dos tomados de la mano; Onni reposando la cabeza en su hombro y con el brazo alrededor de su cintura; los dos paseando agarrados. Pobre Reba. Le esperaba un brutal despertar. Abrí el cajón del escritorio y eché el sobre dentro. No quería pensar siquiera en la triste misión de darle la noticia. Con la esperanza de distraerme, hice algo que no había hecho en mucho tiempo. Recorrí a pie las cuatro manzanas desde mi despacho hasta el centro de Santa Teresa y vi dos películas en sesión continua, una de ellas dos veces. Así fue como conseguí librarme del calor y de la realidad.

12

Cuando llegué al estudio, vi que el coche de Mattie había desaparecido y la cocina de Henry estaba a oscuras. No supe qué conclusión extraer. La temperatura se aproximaba a los treinta grados, algo insólito a esa hora del día. Aún había luz y las aceras emitían un resplandor trémulo por el calor acumulado. El aire parecía estancado, sin el menor soplo de brisa, y la humedad debía de rondar el noventa y cinco por ciento. Daba la impresión de que fuese a llover, pero era mediados de julio y la sequía se prolongaría hasta finales de noviembre; eso si la meteorología se mostraba benévola. El aire del estudio era asfixiante. Me senté en el peldaño del porche abanicándome con el periódico plegado. Si bien casi todas las casas con jardín del sur de California tienen sistema de riego por aspersión, pocas disponen de aire acondicionado. Iba a tener que sacar un ventilador del armario y colocarlo en el altillo antes de acostarme.

En noches así los niños se quitan los pijamas y duermen en ropa interior. Mi tía Gin solía decirme que estaría más fresca si, dando una vuelta de ciento ochenta grados en la cama, apoyaba los pies en la almohada y la cabeza en el revoltijo de sábanas, arrebujadas en el otro extremo. La mujer que me crió era muy permisiva y no tenía hijos. En esas infrecuentes noches californianas en que el calor a uno no le dejaba dormir, mi tía me permitía quedarme despierta hasta el amanecer aunque tuviese colegio al día siguiente. Leíamos libros acostadas en nuestras respectivas habitaciones; en la caravana, el silencio era tal que oía pasar las páginas. Lo que yo más valoraba era la excitante sen-

143

sación de estar transgrediendo las normas. Imaginaba que los verdaderos padres no toleraban tal relajación, pero lo veía como una pequeña compensación por mi orfandad. Al final siempre me vencía el sueño. La tía Gin entraba de puntillas, retiraba el libro de mis manos y apagaba la luz. Al despertarme, encontraba la habitación a oscuras y la sábana bien puesta. Resulta curioso que los recuerdos perduren mucho después de que termine una vida.

En el momento en que se encendían las farolas de la calle, sonó el teléfono. Me levanté, corrí al interior del estudio y agarré el auricular.

–¿Sí?

–Soy Cheney.

–Ah, hola. No esperaba tu llamada. ¿Qué ocurre?

El ruido de fondo me obligó a llevarme una mano al otro oído para escucharlo.

–¿Cómo dices?

–¿Has cenado ya?

Había comido palomitas en el cine, pero eso no contaba.

–Digamos que no.

–Bien. Pasaré por ahí en un par de minutos y saldremos a tomar algo.

–¿Dónde estás?

–En el bar de Rosie. Pensaba que te encontraría aquí, pero he vuelto a equivocarme.

–Quizá no soy tan previsible como tú creías.

–Lo dudo. ¿Tienes un vestido de tirantes?

–No. Pero tengo una falda.

–Póntela. Estoy cansado de verte en vaqueros.

Colgó y me quedé allí inmóvil, con la mirada fija en el auricular. Vaya un extraño giro daban los acontecimientos. Esa cena parecía una cita, a menos que Vince Turner le hubiese comentado alguna novedad acerca de la reunión de la semana siguiente. ¿Y por qué tenía que ponerme una falda para recibir una información de ese tipo?

Subí despacio la escalera de caracol pensando qué ponerme con la falda. Me senté en la cama y me quité las zapatillas y el chándal. Me duché y me envolví en una toalla. Cuando abrí la puerta del armario, encontré mi falda de popelina de color tostado. La descolgué de la percha y la sacudí para quitarle las arrugas. Me puse ropa interior limpia y la falda, advirtiendo que me llegaba justo por encima de las rodillas. Después me acerqué a la cómoda y revolví entre un montón de blusas. Elegí una camiseta roja ajustada sin mangas que, tras ponerme, me remetí en la cintura. Me calcé unas sandalias, entré en el baño y me lavé los dientes. Era mi manera de ganar tiempo antes de decidir cómo me sentía.

De pie ante el lavabo me miré en el espejo. ¿Por qué comprobaba mi aspecto siempre que iba a ver a Cheney? Me mojé las manos y me ahuequé el cabello. ¿Sombra de ojos? No. ¿Barra de labios? Más bien no: demasiado arreglada para un asunto de Hacienda. Me incliné hacia delante para estudiar la cuestión. En fin..., sólo un toque de color. No hay nada de malo en eso. Me decidí por unos polvos, un poco de sombra de ojos, rímel y barra de labios color coral que me apliqué y retiré, dejando los labios ligeramente rosados. ¿Lo ves? He aquí el lado oscuro de las relaciones con los hombres: una se convierte en una narcisista, se obsesiona con la belleza, cuando normalmente le trae sin cuidado.

Apagué la luz. Troté por la escalera y tomé el bolso. Dejé una lámpara encendida en la sala de estar, cerré la puerta con llave y salí a la calle. Cheney ya estaba allí en su Mercedes rojo. Se inclinó sobre el asiento y me abrió la puerta. Parecía un anuncio de una revista de moda. Había vuelto a cambiarse de ropa: mocasines italianos oscuros, pantalón de seda lavado a la piedra de color marrón negruzco y una camisa blanca de hilo remangada. Me miró de arriba abajo, evaluándome.

–Estás guapa –comentó.

–Gracias. ¿Sabes que no estás nada mal? –dije.

Esbozó una sonrisa.

—Me alegro de que hayamos aclarado ese punto.

—Lo mismo digo.

En el cruce, dobló a la derecha en dirección a Cabana Boulevard, donde giró a la izquierda. Con la capota del coche bajada, el pelo me volaba hacia todas partes, pero al menos el aire era fresco. Supuse que íbamos al Café Caliente. Es un sitio frecuentado por policías, un antro en todos los sentidos: humo de tabaco, olor a cerveza, el zumbido de las licuadoras batiendo cubitos de hielo para preparar Margaritas, comida mexicana falsa pero sabrosa y decoración anodina, a menos que se cuenten como parte de ella los seis andrajosos sombreros de paja mexicanos colgados de la pared.

Cuando llegamos a la reserva ornitológica, en lugar de doblar a la izquierda, como yo esperaba, tomamos a la derecha por debajo de la autovía y seguimos avanzando. Circulábamos por la llamada «parte baja» de Montebello. Los cuatro carriles de la carretera de doble sentido se fundieron y se redujeron a dos, flanqueados por elegantes boutiques y joyerías, agencias inmobiliarias y la habitual variedad de comercios, incluidos salones de belleza, una tienda de artículos deportivos y una galería de arte cultivado. Había anochecido y la mayoría de los locales, aunque cerrados, estaban bañados en luz. Unas sartas de diminutas bombillas envolvían los árboles; los troncos y las ramas destellaban como si estuviesen cubiertos de hielo.

Continuamos por la vía de acceso hasta St. Isadore. Cheney giró a la izquierda hacia el llamado «barrio de los setos», donde los pitosporos y los claveros alcanzaban entre tres y seis metros de altura, ocultando a la vista las fincas que delimitaban. Hasta ese momento, pese a todos mis esfuerzos, no se me había ocurrido una sola palabra que decir, así que no había despegado los labios. Eso no parecía molestar a Cheney. Yo, por mi parte, esperaba que le desagradase la cháchara tanto como a mí. Sin embargo, no podíamos pasar toda la velada sin hablar. No había palabras, por así decirlo, para describir una situación tan extraña.

Avanzamos por unas calles oscuras y tortuosas, acompañados por el zumbido del Mercedes rojo, y Cheney redujo la marcha hasta que por fin llegamos al hotel St. Isadore. Instalado en un rancho de finales del siglo XIX, el St. Isadore era ahora un complejo hotelero de alta categoría con chalets de lujo esparcidos por cinco hectáreas sembradas de arriates, arbustos, robles y naranjos. Se admitían animales. Por sólo cincuenta dólares, los perros disponían de cama propia, agua mineral Pawier, recipientes para el agua personalizados y pintados a mano y «servicio de habitaciones». Había cenado alguna vez en este hotel, pero nunca pagando.

Cheney detuvo el coche ante la fachada del edificio principal y salió del vehículo. El aparcacoches se acercó, me ayudó a bajarme y se llevó el coche en el acto. Una vez en el interior, pasamos de largo el refinado restaurante del primer piso y entramos en el Harrow and Seraph, un bar de techos bajos situado en la planta inferior. La puerta estaba abierta. Cheney se hizo a un lado para cederme el paso y me siguió.

Las paredes, enjalbegadas y frescas, eran de piedra. No había más de veinte mesas, la mayoría vacías a esa hora. Una pequeña barra corría paralela a la pared del fondo. Las mesas estaban dispuestas entre una chimenea de piedra, a la izquierda, sin brasas porque era verano, y un banco a la derecha. Aunque la iluminación era tenue, uno podía leer la carta sin requerir una linterna. Cheney me guió hasta un asiento tapizado con cojines a modo de respaldo tan hinchados que tuve que apartarlos. Él se sentó al otro lado de la mesa hasta que por lo visto se lo pensó mejor, ya que se levantó y se colocó junto a mí diciendo:

–Nada de charlas de policías. Ninguno de los dos está de servicio.

–Pensaba que querías comentarme algo sobre Reba.

–No quiero oír una palabra.

El calor de su muslo en contacto con el mío me distrajo un momento. Ésa es la característica de las prendas de popelina: la forma en que transmiten el calor corporal. Apareció el camarero y Cheney pidió nada menos que dos Martinis con vodka y una ración de aceitunas.

–No te preocupes. No nos pasaremos la noche bebiendo –me comentó en cuanto se marchó el camarero–. Es sólo para relajarnos.

–Gracias por tranquilizarme. –Me eché a reír–. No negaré que lo he pensado.

Dejé vagar la mirada unos segundos por su boca, su mentón, los hombros. Cheney tenía los dientes preciosos, blancos y bien puestos, una debilidad mía. El vello oscuro sombreaba la curva de sus antebrazos. Me observó acodado sobre la mesa con la barbilla en la palma de la mano derecha.

–No contestaste a mi pregunta –dijo.

–¿Cuál?

–En la oficina de asistencia social. Te pregunté por Dietz.

–No sé si podré ser imparcial en esto. Dietz tiende a desaparecer sin más; lo vi por última vez en marzo del año pasado. Desde entonces no sé nada de él. Las explicaciones no son lo suyo. Supongo que se trata de una de esas relaciones de lo tomas o lo dejas. Tiene mensajes míos en el contestador pero no me ha devuelto las llamadas. Es posible que me haya abandonado, aunque ¿cómo voy a saberlo?

–¿Te importaría si fuera así?

–No lo creo. Quizá me sentiré despreciada, pero sobreviviré. Me parece poco considerado de su parte que me tenga en vilo. En fin, así es la vida.

–Pensaba que estabas loca por él.

–Lo estaba, pero ya sabía qué clase de persona era.

–¿Qué quieres decir?

–Un «veleta emocional». En cualquier caso, yo lo elegí, así que debía de satisfacerme de algún modo. Ahora las cosas han cambiado, y se acabó.

De pronto recordé que en otra ocasión Cheney había descrito su matrimonio poco más o menos de la misma forma. Sin embargo, parecía reflexionar acerca de mis palabras.

—Estuviste casada una vez, ¿no? —me preguntó.

Levanté dos dedos.

—Mis dos matrimonios terminaron en divorcio —expliqué.

—¿Y qué fue de tus maridos?

—El primero era policía.

—Mickey Magruder. He oído hablar de él. ¿Lo dejaste o te dejó él?

—Me fui yo. Lo juzgué mal. Lo dejé porque pensaba que era culpable de algo, pero no lo era. Todavía me sabe mal.

—¿Por qué?

—Porque no tuve ocasión de disculparme antes de su muerte. Me hubiera gustado aclararlo. Mi segundo marido era músico, un pianista con mucho talento, aunque también un caso crónico de infidelidad y un embustero patológico con cara de ángel. Fue un golpe cuando me dejó. Yo tenía veinticuatro años y probablemente debería haberlo visto venir. Más tarde averigüé que siempre le habían interesado más los hombres que yo.

—¿Y cómo puede ser que no te vea por el pueblo con otros hombres? ¿Has renunciado a tener relaciones?

Estuve a punto de hacer un comentario ingenioso, pero me contuve. En lugar de eso dije:

—Te he estado esperando, Cheney. Pensaba que lo sabías.

Me observó preguntándose si le tomaba el pelo. Yo sostuve su mirada para ver cómo reaccionaba ante esa confesión, sin imaginar qué ocurriría. Eran tantas las estupideces que podían salir de su boca... Pensé: «No lo estropees... Por favor, no lo eches a perder..., sea lo que sea...».

He aquí dos cosas que detesto que hagan los hombres:

Primero. Que me digan que soy guapa, lo que es una manipulación ridícula y no es cierto.

Segundo. Que me miren a los ojos y hablen de mi «falta de confianza» cuando saben que estoy dolida.

Y he aquí lo que hizo Cheney: apoyó el brazo en el respaldo del asiento y me levantó un mechón de pelo, que examinó atentamente, con expresión muy seria. En la décima de segundo antes de que hablase, oí un sonido ahogado, como un chorro de gas al entrar en combustión cuando alguien enciende una cerilla. Una sensación de calor me recorrió la espina dorsal y relajó la tensión de mi cuello.

–Te cortaré el pelo como es debido –terció Cheney–. ¿Sabías que sé hacerlo?

Me sorprendí mirándole los labios.

–No tenía ni idea. ¿Qué más sabes hacer?

–Bailar –dijo sonriendo–. ¿Tú bailas?

–No muy bien.

–Da igual. Puedo darte clases. Mejorarás.

–Me gustaría. ¿Y qué más?

–Hago ejercicio. Practico el boxeo y levanto pesas.

–¿Sabes cocinar? –quise saber.

–No. ¿Y tú?

–Preparo unos sándwiches de mantequilla de cacahuete y pepinillos.

–Los sándwiches no cuentan, excepto los de queso fundido.

–¿Posees algún talento especial que debería conocer? –pregunté.

Cheney me acarició la mejilla con el dorso de la mano.

–Se me da muy bien la ortografía. En quinto de primaria quedé el segundo en el concurso del colegio.

Noté que en mi garganta subía un murmullo parecido al ronroneo de un gato.

–¿Qué palabra fallaste?

–«Sahumerio.» Significa «humo aromático». Se escribe s-a-h-u-m-e-r-i-o. Me dejé la hache.

–Pero no la has olvidado.

–Sí, aprendí. ¿Y tú tienes alguna aptitud sorprendente?

–Sé leer del revés. Si interrogo a alguien y tiene un documento en la mesa, puedo leer hasta la última palabra mientras charlo con él.

–Asombroso. ¿Qué más?

–¿Conoces ese juego al que jugábamos en la escuela primaria? Ese en que la madre pone veinticinco objetos en una bandeja, los cubre con un paño, levanta el paño y los niños observan los objetos durante treinta segundos antes de que ella vuelva a taparlos. Soy capaz de recitarlos todos sin dejarme ni uno, excepto a veces los bastoncillos de algodón, con los que suelo fallar.

–A mí no se me dan bien los juegos.

–Yo tampoco soy buena, salvo en ése, que me ha hecho ganar toda clase de premios: frascos de jabón para hacer pompas y palas con una pelota sujeta...

La llegada del camarero con nuestras copas interrumpió la íntima comunicación entre nosotros, que resurgió en cuanto se fue. Cheney posó su mano en mi cuello; yo me incliné hacia él y ladeé la cabeza acercando los labios a su oído.

–Nos estamos metiendo en problemas, ¿no? –dije.

–Más de los que imaginas –musitó en respuesta–. ¿Sabes por qué te he traído aquí?

–No tengo la menor idea –contesté.

–Por los macarrones con queso.

–¿Vas a mimarme?

–Voy a seducirte.

–Hasta ahora no tengo queja.

–Pues aún no has visto nada. –Y sonrió.

Entonces me besó, una sola vez y fugazmente. Cuando recuperé el habla, dije:

–Eres un hombre muy contenido.

–Tengo un gran autocontrol. Debería haberlo mencionado antes.

–Me gustan las sorpresas agradables.

–Conmigo no tendrás otra cosa.

El camarero se acercó a nuestra mesa bloc en mano. Por nuestra parte, separamos los cuerpos sonriendo educadamente como si, bajo el mantel, el muslo de Cheney no estuviese pegado al mío. Yo no había probado aún mi bebida, pero me sentía soñolienta, aletargada por el calor que se propagaba por mi cuerpo. Eché un vistazo a los demás comensales, pero nadie parecía advertir las ondas de partículas cargadas que fluían entre nosotros.

Cheney pidió una ensalada para cada uno y le dijo al camarero que compartiríamos los macarrones con queso, que por lo visto se servían en una tartaleta. No me importó lo más mínimo. Cheney me había sacado de mi eje, despojándome de mi yo habitual, contencioso y arbitrario. Estaba loca por él; sentía que mi cuerpo se disolvía, que el deseo abría brecha en la barricada que había levantado contra las hordas mongolas. ¿Qué más daba? Que saltasen los muros y entrasen en tropel.

En cuanto el camarero se marchó, Cheney apoyó la mano sobre la mesa con la palma hacia arriba, y yo entrelacé mis dedos con los suyos. Seguía empeñada en recorrer con la mirada los rostros de los demás clientes. Entonces tuve la sensación de que Cheney se había sumido en sus pensamientos. Observé su perfil, la mata de pelo castaño y rizado, que yo podía acariciar si me apetecía. Le palpitaba el pulso en la garganta. Él se volvió y me observó. Su mirada descendió desde mis ojos hasta la forma de mi boca. Entonces se inclinó hacia mí y volvimos a besarnos. Si el primer beso había sido delicado, éste fue ardiente.

–Cenamos, ¿no? –Estuve a punto de ronronear en voz alta.

–La comida es el juego previo.

–Me muero de hambre.

–Yo moriré contigo.

–Lo sé.

No recuerdo cómo conseguimos terminar la cena. Tomamos una ensalada que estaba fría, crujiente y acre por la salsa vinagreta. Me dio de comer macarrones con queso fundido mezclado con trozos de jamón, y a continuación saboreó con un beso la sal de mi boca. ¿Cómo habíamos llegado hasta aquel lugar? Me acordé de todas las veces que lo había visto, de todas las conversaciones que habíamos mantenido. No conocía a aquel hombre y, sin embargo, allí estaba.

Cheney pagó la cuenta. Mientras esperábamos el coche, me estrechó entre sus brazos y posó las manos en mi culo. Deseé encaramarme a él, trepar por su cuerpo como un mono a una palmera. El aparcacoches desvió la mirada por discreción mientras me ayudaba a entrar en el vehículo. Cheney le dio una propina, cerró su portezuela y puso la primera marcha. Al adentrarnos en la oscuridad, le froté el muslo con la mano.

Nos detuvimos en un camino de entrada sin que yo supiera que, al parecer, habíamos llegado a su casa. Aturdida, lo miré mientras salía del coche y lo rodeaba hacia mi lado. Tiró de mí para incorporarme del asiento y me dio la vuelta hasta que quedé de espaldas a él. Noté sus labios lamiéndome el cuello. Después apartó el tirante de la camiseta y me besó el hombro, dejándome sentir el ligero contacto de sus dientes.

–Mejor tomárselo con calma –dijo–. Hay tiempo de sobra. ¿O tienes que ir a alguna parte?

–No.

–Bien. Entonces ¿por qué no subimos?

–De acuerdo. –Eché la mano atrás, hundí los dedos en su pelo y volví la cabeza hacia él–. Por favor, dime que estabas tan seguro de ti mismo que has cambiado las sábanas antes de salir de casa esta noche.

–No te haría algo así. Son nuevas.

13

Cheney me llevó a casa a las seis menos cuarto, con la primera luz del amanecer. De allí se iría al gimnasio para su sesión matutina y al Departamento de Policía para una reunión informativa a las siete. Yo planeaba arrastrarme a la cama. Al alba nos habíamos desprendido el uno del otro; en el cielo, las vetas pasaban de color salmón a un rosa intenso. Tardé menos de un minuto en ponerme la ropa y lo observé mientras se vestía. Cheney era más musculoso de lo que yo imaginaba. Tenía una figura estilizada y un cuerpo proporcionado: buenos pectorales y bíceps, mejores abdominales. Cuando me casé con Mickey, yo contaba veintiún años, y él, treinta y siete, una diferencia de dieciséis años. Daniel, aunque de edad más cercana a la mía, era un hombre delgado pero fofo y estrecho de pecho, con el típico cuerpo de adolescente. Dietz, como Mickey, tenía dieciséis años más que yo. Aquélla era una casualidad en la que nunca antes había pensado; reflexionaría al respecto. Jamás le había prestado demasiada atención a los cuerpos de los hombres, pero debía reconocer que nunca había visto uno como el de Cheney. Tenía un físico hermoso y la piel tan suave como un delicado cuero tensado sobre un armazón de piedra.

En la calle, frente a mi casa, nos besamos por última vez antes de bajar del coche y de que viera cómo éste se alejaba. Con cualquier otro hombre, quizás ya entonces me habrían preocupado las clásicas estupideces que inquietan a las mujeres: si me llamaría, si volvería a verlo, si pensaba realmente algo de lo que había dicho... Con Cheney nada de eso me importaba. Fuera lo que fuese aquello, y viniera lo que viniese a continuación, me pareció bien. Si toda la relación quedaba encapsulada en las horas que acabábamos de pasar juntos, pues bien, ¿acaso no era afortunada?

Dormí hasta las diez, me salté el footing, holgazaneé en mi estudio y luego, poco antes del mediodía, fui al despacho a tiempo del almuerzo. Me disponía a desenvolver el sándwich de queso y pepinillos cuando oí que alguien abría la puerta de la calle y cerraba con brusquedad. Reba apareció en el umbral con una mueca de rabia pintada en la cara y un sobre marrón en la mano.

–¿Las hiciste tú?

Sentí una punzada de temor al ver el sobre, pues yo tenía uno idéntico a ése guardado en el cajón. Reba se inclinó sobre el escritorio y cortó el aire con el ángulo del sobre, agitándolo tan cerca de mi cara que podría haberme sacado un ojo.

–¿Lo hiciste?

–¿Si hice qué? Ni siquiera sé de qué me hablas. –Ésta era una flagrante mentira: me superaba a mí misma, plantaba cara al desafío, impertérrita en el fragor del combate.

Ella abrió el sobre y sacó las fotografías, que plantó delante de mí. Volvió a inclinarse sobre la mesa, esta vez apoyando el peso de su cuerpo en ambas manos.

–Un tipejo asqueroso ha venido a casa para hablar conmigo. He pensado que era un asistente social en visita a domicilio, así que lo he llevado a la sala de estar y le he ofrecido asiento, encantada de demostrar lo buena ciudadana que soy. Acto seguido, me ha entregado esto y me ha largado una sarta de mentiras. A propósito, ése es Beck, por si no lo has reconocido.

Tomé las copias en blanco y negro y las examiné con fingida atención mientras decidía cómo actuar. Luego las dejé en la mesa, alcé la vista y me quedé mirándola.

–Se ha buscado a una fulana. ¿Y qué esperabas?

–¿Fulana? ¡Y una mierda! –Cogió una foto por el borde y señaló a la mujer con tal virulencia que casi rasgó el papel–. ¿Sabes quién es ésta?

Con el corazón acelerado, moví la cabeza en un gesto de negación. Lo sabía, por supuesto, pero no quería admitirlo.

–¡Es Onni! ¡Mi mejor amiga!

–Ah.

Reba esbozó una mueca.

–No me quita el sueño a quien se folle, ¡pero no a ella!

–Digamos que, por respeto, podría haberse tirado a su mujer, y no a tu mejor amiga.

–Exacto. No esperaba que fuese célibe... Yo desde luego no lo he sido.

¡Vaya! ¿Qué quería decir con eso? ¿Con quién había hecho qué? En la cárcel las opciones parecían limitadas.

–¿Sabes lo que me cabrea? Esta noche había quedado para cenar con Onni. ¿Te imaginas? Habría estado allí charlando con ella, a gusto porque la he echado mucho de menos, y ella se habría burlado de mí de principio a fin. La muy zorra... Sabe que estoy enamorada de él. ¡Lo sabe! –De pronto contrajo el rostro en ese mohín que precede al llanto. Se dejó caer en la silla–. Dios mío, ¿qué voy a hacer?

Escuché un momento el sonido ahogado de su llanto. Siguió así durante un rato, pero en cuanto remitieron los sollozos dije:

–¿Estás bien?

–Claro que no. ¿Te parece que estoy bien? Estoy fuera de mí. ¿Qué necesidad tenía yo de esto?

Igual que haría un psicólogo, tomé la caja de pañuelos del escritorio y se la tendí. Tomó uno y se sonó.

–No lo aguanto más. No iba a hacerlo, pero no puedo evitarlo.

Abrió el bolso y sacó un paquete de tabaco sin abrir. Tiró de la fina banda roja y quitó el extremo superior del envoltorio de celofán. Arrancó la mitad del papel plateado y golpeó la base del paquete contra la mano para obligar a salir un cigarrillo. Buscó su Dunhill de oro, lo encendió e inclinó la llama con expresión de éxtasis. Inhaló, absorbiendo el humo con los pulmones como si fuera óxido nitroso, y lo dejó escapar en una lenta bocanada. Se reclinó contra el respaldo y cerró los ojos. Era como ver a alguien dándose un chute. Percibí el efecto sedante mientras la nicotina se propagaba por su organismo. Volvió a abrir los ojos.

–Estoy mejor –dijo–. Espero que tengas un cenicero.

–Puedes echar la ceniza al suelo. La moqueta está asquerosa de todos modos.

Parecía algo mareada, pero al menos la indignación se había apaciguado, a la que tomó el relevo una falsa calma. Reba se permitió una débil sonrisa burlona y un comentario:

–Cuando compré el paquete debería haberme imaginado que lo empezaría en menos de un día.

–Basta con que no bebas.

–De acuerdo. No beberé. Un vicio por vez. –La tensión abandonó su rostro con la siguiente calada–. Hacía un año que no fumaba. Joder, y lo llevaba tan bien...

–Lo llevabas de maravilla.

Yo andaba con pies de plomo en lo que me parecía un campo de minas. En realidad, me preguntaba si podía decirle la verdad sin atraer el fuego hacia mi posición.

–Lo malo es que esta mierda sabe bien –dijo.

Como ya tenía su tabaco, dejó de lado el asunto de Beck.

–¿Y ahora qué? –pregunté.

–¿Y yo qué sé? Esto me supera.

–Quizá las dos juntas podamos llegar a alguna conclusión.

–Sí, claro. ¿Cuál es la conclusión? Que me la ha pegado –admitió.

–Me intriga el hombre que ha ido a tu casa. No acabo de entenderlo. ¿Quién era?

Reba se encogió de hombros.

–Ha dicho que era del FBI.

–Ya. ¿El FBI?

–Eso me ha asegurado, de lo más soberbio y empalagoso. En cuanto he visto la primera fotografía le he dicho que se largara de mi casa, pero el muy imbécil quería quedarse allí sentado y explicármelo todo punto por punto, como si yo fuera tan tonta para no entenderlo. He agarrado el teléfono y le he advertido que avisaría a la policía si no se iba de inmediato. Eso lo ha hecho callar.

–¿Se ha identificado? ¿Te ha enseñado alguna placa, una tarjeta de visita, algo?

–Me ha mostrado una placa al abrirle la puerta, pero no he prestado atención. Los asistentes sociales llevan placas. Como pensaba que era uno de ésos, no me he molestado en mirar el nombre. Al fin y al cabo, ¿a mí qué más me daba? Así que lo he dejado pasar. Al ver el sobre, he supuesto que traía alguna instancia que rellenar o que necesitaba mis datos para un informe. Cuando me he dado cuenta de lo que se traía entre manos, estaba tan furiosa que ya no me importaba quién era.

–¿Qué vas a hacer?

–De entrada anular la cena, eso desde luego. No quedaría con Onni ni a punta de pistola.

–¿No crees que es con Beck con quien tendrías que estar furiosa? Fuiste a la cárcel por él, y así te lo paga.

–Yo no fui a la cárcel por él. ¿Quién te ha dicho eso?

–¿Qué más da? Es lo que cuentan en el pueblo.

–Pues no fue así.

–Vamos, Reba. Conmigo puedes ser sincera. Soy la única amiga que tienes. Te enamoraste perdidamente de él y cargaste con el muerto por su culpa. No sería la primera vez. Quizá te cameló con buenas palabras.

–No me cameló. Yo sabía lo que hacía.

–Eso me cuesta creerlo.

–¿Vas a discutírmelo? Me pides que sea franca contigo, ¿y luego te cruzas de brazos y me juzgas? ¿Qué actitud es ésa?

Levanté la mano y cedí de momento:

–De acuerdo. Tienes razón. Discúlpame. No lo decía en ese sentido.

Ella me miró fijamente, evaluando mi sinceridad. Debí de parecerle una mujer sincera porque contestó:

–Vale.

—Fuera cual fuese el motivo, ¿estás diciéndome que no le estafaste dinero?

—Claro que no. Yo tengo mi propio dinero, o al menos lo tenía por aquel entonces.

—Si es así, ¿por qué acabaste en la cárcel?

—Las diferencias aparecieron en una auditoría y él tuvo que rendir cuentas del dinero desaparecido. Pensó que me dejarían ir fácilmente. Aplazamiento de sentencia, libertad bajo fianza..., ya sabes, esas cosas.

—Esta versión no es muy verosímil. Ya habías estado en la cárcel anteriormente por un cheque sin fondos. Desde el punto de vista del juez, esto era más de lo mismo.

—Beck hizo todo lo posible por suavizar el golpe. Le dijo a la DEA que no quería presentar cargos, pero supongo que es como en los casos de violencia doméstica: en cuanto el sistema te echa el guante, ya no hay escapatoria. Había un agujero enorme, trescientos cincuenta mil dólares desaparecidos, y él no tenía ninguna explicación.

—¿Qué pasó con el dinero?

—Nada. Lo estaba desviando a una cuenta en un paraíso fiscal para guardarlo fuera del alcance de su mujer. ¿Cómo iba él a saber que el juez sería tan severo? ¡Cuatro años! Se quedó más horrorizado que yo.

—Ya.

—Se sintió fatal. Hablo en serio. Discutía a gritos con el fiscal. No llegaron a ninguna conclusión. Luego escribió al juez para rogar indulgencia, pero no hubo suerte. Prometió pedirle a su abogado que apelase.

—¿Apelar él? Pero ¿qué dices? Beck no tenía derecho a apelar. La ley no funciona así.

—Ah. En ese caso, quizá lo entendí mal. Dijo algo del estilo que era responsabilidad suya y que asumiría la culpa, pero entonces ya era demasiado tarde. Tenía más que perder que yo. Desde mi punto de vista, mientras él estuviese en libertad, podía seguir dedicándose a apartar el resto del dinero. Además, corría muchos riesgos. Si alguien tenía que pagar con la cárcel, mejor yo que él.

—Veo que la idea fue tuya —dije procurando disimular mi escepticismo.

—Por supuesto. O sea, no recuerdo exactamente quién lo mencionó primero, pero fui yo quien insistió.

—Reba, no es mi intención ofenderte, así que no te sulfures, pero da la impresión de que te tomó el pelo. ¿A ti no te lo parece?

Ésa era una pregunta capciosa.

—¿Crees que él haría algo así?

—Ha hecho esto —dije señalando las fotografías—. Tú eres quien las ha pasado canutas allí dentro, día tras día, durante los últimos veintidós meses. Entretanto Beck andaba tirándose a la primera tía que pillaba. ¿Te da igual? Me molesta incluso a mí...

—Claro que me molesta, pero no es precisamente una novedad. Alan es un mujeriego. Siempre lo he sabido. No tiene la menor importancia; él es así. Es Onni quien me saca de quicio, porque debería haber demostrado más lealtad o integridad, o ¡lo que sea!

—Ni siquiera sabes cuándo empezó. Quizás ya estaba liado con ella al salir a la luz la supuesta estafa.

—Gracias. Eso ha estado bien. Sin duda, antes de estrangularla le pediré que verifique las fechas y las horas.

—Me lo tomaré como una hipérbole.

—No sé qué significa esa palabra, pero si tú lo dices... —contestó—. Lo que no entiendo es qué tiene que ver esto con el FBI. ¿Por qué anda ese tipejo por Santa Teresa sacándole fotos a Beck? ¿Y por qué me las trae a mí? Si quería darme problemas, ¿por qué no enseñárselas a Tracy?

—En eso no puedo ayudarte —respondí.

Maldije mentalmente al completo imbécil del FBI que se había adelantado a los acontecimientos, pero logré contenerme. Pese a sus esfuerzos, aún estaba a tiempo de retroceder. Aquello era como estar en lo alto de un trampolín de diez metros contemplando el agua. Si hay que saltar, mejor cuanto antes. Por más que uno espere, seguirá siendo igual de difícil. Sentí cómo la ansiedad se apoderaba de mí al soltarle:

—A los federales les interesa la relación de Beck con Salustio Castillo.

Reba se quedó mirándome.

—¿De dónde lo has sacado?

—Reba, trabajaste para él. Tienen que estar informados.

Ella eludió el tema.

—¿Te ha contado esto mi padre?

—No digas tonterías. No he hablado con él desde que me contrató. Además, es un hombre respetable. Jamás se rebajaría a utilizar unas fotos tan sórdidas. Tiene demasiada clase para eso.

Dio otra profunda calada y expulsó el humo hacia el techo.

—¿Entonces quién es tu fuente?

—Tengo amigos en la policía. Fue uno de ellos.

—¿Y trabaja para el FBI?

—Hacienda también está interesada. Y, que yo sepa, también Aduanas, el Departamento de Justicia, el Departamento para el Control del Alcohol, la Droga y las Armas. El teniente Phillips es el enlace local, por si quieres hablar con él.

—No lo entiendo. ¿Por qué yo? ¿Qué quieren?

—Buscan ayuda. Están reuniendo material para un caso y necesitan información confidencial. Supongo que con las fotografías pretendían predisponerte a cooperar.

—¿Él me jode a mí, y yo voy y lo jodo a él?

—¿Por qué no?

—¿De qué más te has enterado?

—¿Respecto a Beck? De nada que no sepas ya. Coge las ganancias ilegales y las pasa por su empresa para que parezcan legítimas. Se queda con un porcentaje del total y luego devuelve el dinero limpio a los mafiosos para los que trabaja. ¿No es así?

Reba calló y desvió la mirada apenas un par de centímetros.

—Tienes que haber estado metida en esto desde el principio —dije—. Tú le llevabas las cuentas y te ocupabas de los depósitos bancarios, ¿no es cierto?

–El interventor de la empresa se encargaba de casi todo, pero sí, yo hacía algo de eso.

–El FBI puede utilizar la información si colaboras.

Volvió a guardar silencio, siguiendo con la mirada las motas suspendidas en el aire como polvos mágicos.

–Lo pensaré.

–Ya puestos, piensa también en lo siguiente –sugerí–. Onni se ha quedado con tu antiguo empleo, lo que significa que sabe tanto de este asunto como tú, sólo que su información está actualizada. Si Beck planea desaparecer, ¿a quién se llevará con él? Mejor dicho, ¿a quién dejará? ¿A Onni? Lo dudo. Y menos si ella está en posición de ir con el soplo.

–También yo estoy en esa posición –dijo Reba como si desease competir por la capacidad de delatar. Levantó los últimos tres centímetros de cigarrillo–. Tengo que apagarlo.

–Dámelo.

Le tendí la mano y tomé la colilla, sosteniéndola con el mismo entusiasmo que sentiría por una babosa recién sazonada. Salí del despacho y la llevé por el pasillo hasta mi cochambroso lavabo con permanentes manchas de óxido. La eché al váter y tiré de la cadena. Sentí tensión entre los omóplatos. Aquél era mi trabajo y no sabía si el discurso sería eficaz. Esperaba que como mínimo Reba abandonase sus fantasías respecto a Beck.

Cuando volví al despacho, me la encontré de pie junto a la ventana. Me senté tras el escritorio. Bañada por la escasa luz que se filtraba, Reba no era más que una silueta. Tomé un lápiz e hice una marca en el cartapacio.

–¿Por dónde anda ahora tu cabeza? –pregunté.

Se volvió y esbozó una breve sonrisa.

–No tan lejos del culo como la tenía antes.

Y ahí lo dejamos.

Le aconsejé que pensase con calma en la situación antes de decidirse. Quizá Vince Turner tuviese prisa, pero era mucho lo que pedía y, en un caso u otro, más valía que Reba estuviese convencida. En cuanto aceptase, ya no podría permitirse cambiar de idea. La observé desde la ventana. Subió al coche, permaneció allí el tiempo suficiente para fumarse otro cigarrillo y se marchó. A continuación, telefoneé a Cheney y le conté la secuencia de los acontecimientos, incluida la irrupción del desventurado agente del FBI que había puesto el plan en peligro.

–Mierda –dijo.

–Ésa ha sido mi reacción.

–Maldita sea. ¿Y no tenemos el nombre de ese imbécil?

–No. Ni siquiera sabemos cómo es físicamente. Me hubiera gustado sonsacarle más detalles a Reba, pero bastante me ha costado ya actuar como si no lo supiese todo.

–¿Se lo ha tragado?

–Diría que sí. O casi todo. Tal vez deberías llamar a Vince y ponerlo al corriente del punto en el que estamos.

–¿Y en qué punto estamos?

–No estoy segura. Reba necesita tiempo. No es fácil digerir una cosa así.

–Por lo que dices, no parecía tan sorprendida.

–Creo que siempre ha sabido más de lo que deja entrever. Ahora que ha salido a la luz, veremos cómo actúa.

–Esto me da mala espina.

–A mí también –convine–. Ya me contarás qué dice Vince.

–No lo dudes. Hasta luego.

–Adiós.

14

Eché la llave de mi despacho a las cinco, subí al coche y volví a casa por el camino largo para llenar el depósito en mi estación de servicio favorita. Mientras cruzaba el centro de Santa Teresa por State Street, vi una silueta que me resultó familiar. Era William; vestía un traje con chaleco y un sombrero de fieltro oscuro. Caminaba con paso enérgico en dirección a Cabana Boulevard, balanceando su bastón de malaca negro. Aminoré la velocidad y toqué el claxon a la vez que me acercaba al bordillo. Me incliné a un lado y bajé la ventanilla del copiloto.

–¿Quiere que le lleve?

William me saludó levantándose el sombrero.

–Te lo agradecería.

Abrió la portezuela y entró de medio lado. Se colocó el bastón entre las largas piernas, incómodamente encogidas en el reducido espacio del asiento del copiloto.

–Puede echar atrás el asiento. Estará más ancho. La palanca está ahí abajo –dije señalando hacia sus pies.

–No es necesario. No voy muy lejos.

Volví la cabeza y miré por encima del hombro hasta que pude incorporarme a la circulación.

–No esperaba verle por aquí, y mucho menos tan peripuesto. ¿Tiene un compromiso?

–He ido al velatorio de Wynington-Blake. Después he tomado una taza de té con el único superviviente de la familia. Un hombre encantador.

–Vaya, lo siento. No tenía noticia de que hubiese muerto alguien. Si lo hubiese sabido, no me habría mostrado tan alegre.

–No tiene importancia. Era Francis Bunch, un hombre de ochenta y tres años.

–¡Qué joven!

–Eso mismo pensé yo. El lunes tuvo un aneurisma cerebral mientras cortaba el césped. Ya sólo queda Norbert, su primo segundo. En mi época éramos veintiséis primos carnales. Y ahora todos han fallecido.

–Es ley de vida.

–Francis era todo un personaje: un veterano del ejército que combatió en la segunda guerra mundial. Fontanero jubilado y baptista. Antes ya murieron sus padres, Mae, su esposa de sesenta y dos años, siete hijos y su hermano James. A Norbert y Francis les encantaba cuidar el jardín, así que ha tenido la muerte que habría deseado, aunque quizá demasiado pronto.

Doblé por Cabana Boulevard y recorrí las tres manzanas hasta Castle Street, donde giré otra vez a la derecha.

–¿Desde cuándo lo conocía?

William pareció sorprenderse.

–No lo conocía. Leí la esquela en el periódico. Con tantos familiares fallecidos, pensé que alguien debía asistir para dar el pésame a la familia. Norbert se ha mostrado muy agradecido. Hemos tenido una agradable charla.

–Pensaba que había dejado usted los funerales.

–Y así es, pero no hay nada malo en asistir a algún servicio de vez en cuando.

Me desvié a la derecha para entrar en mi calle y pasé por delante del bar de Rosie. Conseguí aparcar con dificultad en un hueco entre mi estudio y el restaurante. Pensé: «Muy arrimado al bordillo». Tras apagar el motor me volví hacia William.

–Antes de marcharse, acláreme una duda –dije–. ¿Por casualidad telefoneó usted a Lewis a Michigan y lo convenció de que viniera?

–No requirió un gran esfuerzo de persuasión. En cuanto nombré a Mattie, vino como un rayo. Incluso lo induje a pensar que había sido idea suya. Como le comenté a Rosie, nos viene como anillo al dedo.

–¡William, no puedo creer que haya hecho una cosa así!

–Tampoco yo. En un momento de inspiración, se me ocurrió sin más. Pensé: Henry es displicente. Necesita un incentivo, y esto debería surtir efecto.

–No quería decir que el plan me gustase. Opino que es lamentable.

–¿Por qué dices eso? –Arrugó la frente, un tanto desconcertado–. Henry y Lewis están celosos. Me sorprende que no te hayas dado cuenta.

–Lo sé. Habría que tener un encefalograma plano para no notarlo. El problema es que la reacción de Henry es precisamente la contraria. No va a ir detrás de ella. Va a retraerse.

–Es un zorro ese Henry. Siempre se guarda un as en la manga.

–No es eso lo que yo he oído. Dice que se niega a competir. En su opinión, es de mal gusto, así que abandona el campo de batalla.

–No te dejes engañar por esa treta. Ya la he vivido muchas veces antes. Él y Lewis ponen los ojos en la misma hermosa doncella y empieza la justa. En realidad, todo está saliendo mejor de lo que esperaba. Ya sabes que Lewis convenció a Mattie de que se quedara un día más. Deberías haber visto la cara que puso Henry. Sin duda la vida le dio un revés, pero se rehará. Puede que le requiera cierto esfuerzo, pero acabará imponiéndose.

–¿Ha hablado con él?

–No desde ayer. ¿Por qué?

–Anoche, al llegar al estudio, su casa estaba a oscuras y el coche de Mattie había desaparecido.

–No vino al bar de Rosie, eso puedo asegurártelo. Ya sabes que Lewis invitó a Mattie a ir al museo de arte y luego comieron juntos.

–William, yo estaba delante.

–Entonces debiste de ver la reacción de ella. Le entusiasmó la idea, cosa que Henry tuvo que notar. Probablemente anoche se le ocurrió un plan para dos.

–No lo creo. Cuando hablé con Henry, se mostró inflexible.

William descartó la idea con un gesto.

–Al final se apeará del burro. No permitirá que Lewis le gane la partida.

–Espero que tenga razón –dije con escepticismo.

Abrimos nuestras respectivas portezuelas y salimos del coche para despedirnos en la calle. Yo quería añadir algo, pero me pareció más sensato dejarlo correr. Se lo veía muy seguro de sí mismo. Quizás Henry volvía a la carga y la intromisión de William venía como anillo al dedo, usando sus propias palabras. Lo vi encaminarse hacia el bar de Rosie silbando y haciendo girar el bastón. Cuando crucé la verja, tomé el periódico de Henry, que seguía en medio del camino, y doblé la esquina. La puerta trasera de la casa de Henry permanecía abierta. Tras dudar un momento, atravesé el patio y golpeé con los nudillos en la mosquitera.

–¿Hay alguien en casa?

–Aquí estoy. Adelante.

La luz del techo estaba apagada y, pese a que aún era de día, la casa permanecía en penumbra. Henry se hallaba sentado en su mecedora con el habitual vaso de whisky en la mano. La cocina estaba impecable, los electrodomésticos, resplandecientes, las encimeras, radiantes. Tenía el horno apagado y no había cazuelas ni sartenes en los fogones. El aire no olía a nada. Aquello era impropio de Henry. No percibía señal alguna de sus dotes culinarias para la cena.

–Le he traído el periódico –dije.

–Gracias –contestó Henry.

Lo dejé sobre la mesa de la cocina.

–¿Le importa si le acompaño?

–En la nevera queda media botella de vino. Sírvete tú misma.

Saqué una copa del armario y encontré la botella de Chardonnay en uno de los compartimentos de la puerta de la nevera. Me serví media copa y miré a Henry. No se había movido un ápice.

–¿Se encuentra bien?

–Perfectamente.

–Me alegro, porque la cocina está un poco oscura. Quizá deberíamos encender la luz.

–Como quieras.

Me acerqué a la pared y pulsé el interruptor, lo que no fue de gran ayuda. La luz se me antojó tan débil y mortecina como la actitud de Henry. Tomé asiento y dejé la copa encima de la mesa.

–¿Qué pasó anoche? Vi que usted no estaba y el coche de Mattie había desaparecido. ¿Fueron los dos a alguna parte?

–Se marchó a San Francisco. Yo salí a dar un paseo.

–¿A qué hora se fue ella?

–No presté mucha atención –contestó–. Debían de ser las cuatro y treinta y dos.

–Un poco tarde para un viaje de seis horas. Si paró a cenar, seguramente llegó a casa poco antes de las doce.

Henry guardó silencio.

–Tengo entendido que se quedó a comer –seguí–. ¿Acompañó usted a Mattie y a Lewis al museo de arte?

–No tengo nada que decir al respecto. Preferiría dejar el tema.

–Claro. No hay problema –dije–. ¿Irá a cenar al bar de Rosie? Yo pensaba acercarme.

–¿Y correr el riesgo de encontrarme con Lewis? Me temo que no.

–Podríamos ir a otro sitio. Emile's-at-the-Beach siempre resulta un sitio agradable.

Henry me miró con cara de angustia.

–Mattie ha roto conmigo.

–¡No me diga!

–Dijo que yo era un hombre intratable y que no aguantaba mi mal comportamiento.

–¿Qué provocó esa reacción?

–Nada. Ocurrió así, sin más –contestó.

–Quizá tuvo un mal día.

–No tan malo como el mío.

Yo mantenía la mirada fija en el suelo, presa de la decepción. Había puesto tantas esperanzas en ellos...

–¿Sabe qué me resulta difícil? –comenté–. Quiero creer que pueden sucedernos cosas agradables. No todos los días, pero sí de vez en cuando.

–También yo –respondió. Se levantó y salió de la cocina.

Esperé un momento y, cuando quedó claro que no regresaría, vertí el vino en el fregadero, enjuagué la copa y me marché. Estaba dispuesta a retorcerle el pescuezo a William y, de paso, no me habría importado darle un escarmiento a Lewis. Me era más fácil afrontar mi propio dolor que el de Henry. Parte de mi mustio estado de ánimo se debía a la falta de sueño, pero no era ésa mi sensación. Una envolvente y lúgubre oscuridad se agitaba, como cieno, y se elevaba de las profundidades. Henry era un hombre extraordinario, y Mattie parecía la mujer perfecta para él. Quizás él se había mostrado intratable, pero también ella a su manera. ¿Tan difícil era afrontar la situación con un poco más de sensibilidad? «A menos que ya de buen principio la mujer no estuviese muy interesada», pensé. En ese caso, escurriría el bulto a la primera complicación. Dado que soy una persona con tendencia a huir, entendía su postura. La vida era ya bastante difícil para tener que aguantar el mal carácter de otra persona.

Entré en el estudio y comprobé los mensajes en el contestador. Esperaba que Cheney me hubiese llamado, pero la luz no parpadeaba, así que descarté esa posibilidad. Pese a mi anterior confianza en mí misma, no me entusiasmaba la idea de quedarme esperando por si llamaba. Era la hora de la cena, pero no me hacía más ilusión que a Henry aventurarme a entrar en el bar de Rosie. William se acercaría pavoneándose y tomándose el pulso y me pediría el último informe sobre los progresos de la pareja. Si no estaba al tanto de la ruptura, no quería ser yo quien se la anunciase. Y si se había enterado por Lewis, no deseaba oírlo quitando importancia al papel que él había desempeñado en ella. Pensé que salir a correr me animaría, pero dado mi estado anímico, habría trotado hasta Cottonwood, treinta kilómetros ida y vuelta.

Era uno de esos momentos en que se necesita a una amiga. Cuando el ánimo de una anda por los suelos, eso es lo que debe hacer, llamar a su mejor amiga; al menos eso es lo que he oído decir. Quedan para charlar y se ríen. Una le cuenta sus penas, la amiga se compadece y luego las dos se van de compras como personas normales. Pero yo no tenía una amiga, carencia ésta que apenas había notado hasta que apareció Cheney. Y ahora no sólo me enfrentaba al hecho de que no lo tenía a él cerca, sino que tampoco la tenía a ella, a la amiga, quienquiera que fuese.

Una voz dijo en mi cabeza: «Pero tienes a Reba». Me quedé pensando en ello. Si hiciera una lista del perfil deseable en una amiga, el de «ex convicta» no sería uno de mis preferidos. Sin embargo, yo misma habría sido una ex convicta si me hubiesen pillado haciendo la mitad de las cosas que a lo largo de mi vida había hecho.

Descolgué el auricular y marqué el número de la residencia de los Lafferty. A la voz de Reba, contesté:

–Soy Kinsey. Necesito que me hagas un favor. ¿Eres una buena asesora en temas de moda?

Reba me recogió en su coche, un BMW negro que había comprado hacía dos años, poco antes de ir a la cárcel.

–La DEA se moría por apropiarse del coche con el argumento de que lo había comprado con ingresos ilegítimos –me explicó–. Me reí en su cara. Mi padre me lo regaló cuando cumplí treinta años. Otra esperanza frustrada...

–¿Con qué excusa has cancelado la cena con Onni? –pregunté a mi vez.

–Le he dicho que me había surgido un imprevisto y que ya quedaríamos otra noche.

–¿Se lo ha tomado bien?

–Claro. Supongo que no tenía ningunas ganas de cenar conmigo. Yo siempre le hablaba de Beck con el corazón en la mano. No podía contárselo a nadie más. Beck ha dicho esto, Beck ha dicho lo otro... Incluso la tenía ampliamente informada de nuestra vida sexual.

—Ése fue tu error. Le diste una imagen de él demasiado buena.

—Ahí he de darte la razón. Siempre me tuvo celos. En cuanto me vuelvo de espaldas, se queda con mi empleo y con el amor de mi vida, o eso pensaba yo antes. Detesto a las mujeres que entran al trapo de la competencia.

—¿Cómo es Onni? —quise saber.

—Júzgalo tú misma siempre y cuando al final estés de acuerdo conmigo. Sé dónde encontrarla. Si te interesa, luego nos pasamos por allí y te la presento.

—¿Pasarnos por dónde?

—Por el Bubbles, en Montebello.

—Ese local lleva dos años cerrado.

—Qué va. Hace un mes que lo abrió un nuevo dueño, pero sigue teniendo el mismo nombre.

—¿Adónde vamos ahora?

—Al centro comercial.

Las galerías Passages, abiertas recientemente en el corazón de Santa Teresa, habían sido diseñadas imitando un antiguo pueblo español. La arquitectura presentaba un pintoresco surtido de estrechos edificios de diversas alturas, con arcadas, logias, patios, fuentes y callejuelas, y todo el complejo de tres manzanas tenía tejados rojos. En la planta baja se hallaban los restaurantes, las boutiques, las galerías de arte, las joyerías y otras tiendas. En la amplia explanada central se encontraban Macy's, en un extremo, y Nordstrom's, en el otro, más una gran librería en medio. Había pimenteros y arbustos en flor plantados por todas partes. En los edificios más altos, de tres o cuatro pisos, el espacio de oficinas se había alquilado a abogados, gestores, ingenieros y cualquiera que pudiese permitirse los exorbitantes alquileres.

Debido a la oposición de Santa Teresa a las nuevas construcciones, el proyecto había tardado años en llevarse a cabo. Había sido necesario calmar, apaciguar y ofrecer garantías a la comisión de urbanismo y al consejo de control arquitectónico, así como al ayuntamiento, la corporación de alcaldías del condado y la comisión de edificación y seguridad, instituciones todas enfrentadas entre sí. Varios grupos de ciudadanos protestaron contra la demolición de edificios de cinco o seis décadas de antigüedad, aunque en su mayoría carecían de interés. Muchos de esos inmuebles estaban ya condenados a la rehabilitación forzosa en prevención de terremotos, lo que habría costado a los dueños más del precio de sus pisos. Habían tenido que aprobarse los estudios de impacto medioambiental. Numerosos pequeños comerciantes fueron desahuciados y obligados a trasladarse, con una única excepción: un antro maloliente llamado Dale's, que seguía en medio de la plaza como un remolcador en un puerto lleno de yates.

Reba y yo cenamos en un restaurante italiano situado en una de las avenidas menos transitadas que converge en la explanada central con State Street, por un lado, y con Chapel Street por el otro. Dadas las altas temperaturas, decidimos cenar en el patio. Cuando oscureció, una iluminación artificial tiñó las paredes y la vegetación de unos colores más intensos que sus tonos a plena luz del día. Las sombras realzaban los detalles de los apliques de hierro forjado y, bajo el tejado, el friso de escayola quedaba perfilado en negro. Si uno miraba con los ojos entornados, se sentía transportado a un país extranjero.

Mientras esperábamos las ensaladas dije:

–Te agradezco que hagas esto por mí. Me refiero a lo de la ropa.

–Descuida. Es evidente que necesitas ayuda.

–No sé si «evidente» es la palabra adecuada.

–Confía en mí.

Más tarde, cuando enrollaba los espaguetis en el tenedor, Reba comentó:

–Supongo que sabes que éste es el proyecto de Beck.

–¿Cuál?

—El centro comercial.

—¿Él hizo Passages?

—Sí, aunque no lo hizo solo. Se asoció con otro promotor inmobiliario de Dallas. Beck trasladó la oficina a un extremo de las galerías, al lado de Macy's. La cuarta planta ocupa toda la manzana entre State Street y Chapel Street.

—No me había dado cuenta de que el edificio ocupara tanto terreno.

—Eso te pasa porque no te molestas en levantar la vista. Si te fijas, verás que hay varias pasarelas cubiertas que unen la segunda y la tercera planta. En rigor, los días de lluvia podrías ir de un edificio a otro sin mojarte.

—Eres más observadora que yo. Se me había pasado por alto.

—Tengo una ventaja: el proyecto empezó a desarrollarse hace años, así que he visto los planos en casi todas las fases. Beck se instaló en la nueva oficina un par de meses después de ir yo a la cárcel, y no llegué a verla. Por lo que oído, ha quedado fantástica.

Tomé un sorbo de vino y me serví el último trozo de berenjenas a la parmesana al tiempo que observaba a Reba mientras rebañaba la salsa marinara con un trozo de pan.

—¿Qué quieres decir con esto? —pregunté.

Se llevó el pan a la boca y sonrió mientras masticaba.

—Tú eres la detective. Averígualo. Entretanto, vayamos a comprarte ropa y luego nos acercaremos a Montebello.

15

Fuimos de tiendas hasta que éstas cerraron, a las nueve. Reba iba ofreciéndome sus comentarios mientras yo me probaba las prendas. Con fines didácticos, me permitía elegir sin darme su opinión. Al principio intenté adivinar su reacción al tomar una prenda del colgador, pero ella mantenía la misma cara inexpresiva que debía de adoptar en la mesa de póquer. Sin directrices de ninguna clase, escogí dos vestidos, un traje pantalón y tres faldas de algodón.

–Ya está –informé.

Reba alzó ambas cejas unos tres milímetros.

–¿Eso es todo?

–¿No te parece suficiente?

–¿Te gusta ese traje pantalón de color verde?

–Pues sí. Como es oscuro, no se verán las manchas.

–¡Muy bieeen! –exclamó en un tono que inducía a pensar que hay que dejar que los niños la pifien para que aprendan.

Me siguió hasta la hilera de probadores del fondo. Me miró despreocupadamente mientras yo abría una puerta tras otra buscando uno vacío. Cuando por fin encontré uno, hizo ademán de pasar adentro conmigo.

–Un segundo –dije–. ¿Vas a entrar?

–¿Y si algo no es de tu talla? No puedes pasearte por aquí en bragas.

–No era mi intención. Me lo probaré todo y después ya decidiré.

–Decidir es cosa mía. Tú pruébate la ropa y te explicaré lo equivocada que estás.

Se sentó en la única silla de madera que había en el probador, un espacio de dos metros de lado con espejos desde el suelo hasta el techo en tres de las paredes. La luz de los fluorescentes garantizaba que la piel se veía cetrina y hasta los más pequeños defectos del cuerpo se delatarían en bajo relieve. Me descalcé y empecé a desnudarme con el mismo entusiasmo que siento antes de un examen ginecológico.

—Te advierto que tengo un sentido del pudor más desarrollado que tú —comenté.

—Lo que faltaba oír. En la cárcel se me quitaron esas manías. En las duchas, los cubículos eran una cuarta parte de esto, con esas cortinas de lona minúsculas concebidas para que puedan verse la cabeza y los pies. La idea era impedir que las reclusas tuviesen relaciones sexuales en privado. Qué poco sabían. Aparte de eso, a una más le valía olvidarse por completo de la intimidad. Era más fácil ir de un lado a otro desnuda, como todo el mundo.

En el tiempo de estas revelaciones, yo intenté sacarme con gracia los vaqueros, pero se me enredó un pie y estuve a punto de caerme de lado. Reba fingió que no se daba cuenta.

—¿Te incomodaba? —pregunté.

—Al principio sí, pero al poco me dije: ¿Y a quién coño le importa? Con tanta mujer desnuda, pronto ya has visto toda clase de cuerpos: mujeres bajas, altas, flacas, gordas, con tetas pequeñas y culos grandes, o tetas grandes y poco culo. Cicatrices, lunares, tatuajes, manchas de nacimiento. Todas somos poco más o menos parecidas.

Me quité la camiseta.

—¡Oh, y también heridas de bala! —añadió dando una palmada al ver la mía.

—¿Te molestan? —pregunté.

—No, son bonitas. Parecen hoyuelos.

Descolgué de la percha el primero de los dos vestidos de algodón que había escogido e introduje los brazos por las sisas. Después me volví hacia el espejo. Tenía el mismo aspecto de siempre: sin ser horrible, no mataba.

—¿Qué te parece? —dije.

—¿Qué te parece a ti?

—Vamos, Reba. Tú sólo dime qué inconvenientes le ves.

—Todos. Para empezar, el color. Tú deberías vestir en tonos vivos: rojo, quizás azul marino, pero no ese amarillo chillón; hace que tu piel parezca naranja.

—Pensaba que eso se debía a la iluminación.

—Y fíjate en lo holgado del corte. Tú tienes las piernas bien formadas y un buen par de tetas. En fin, no son enormes pero sí llamativas. ¿Por qué tapártelas con algo que parece una funda de almohada?

—No me gusta la ropa muy ajustada.

—La ropa, cariño, se supone que tiene que caer bien. Ese vestido te va grande; me atrevería a decir que pareces una matrona. Venga, pruébate la falda azul estampada, pero desde ya te digo que tampoco te conviene. No eres la típica hawaiana de culo gordo rodeada de palmeras y loros.

—Si ya tienes tan claro que no te gusta, ¿para qué voy a probármela?

—Porque si no nunca entenderás la clave.

Y así seguimos. Las marimandonas y yo nos llevamos de maravilla porque en el fondo soy una masoquista. Dejé de lado la falda estampada azul y no me molesté en probarme el traje pantalón verde, consciente de que también en eso tendría razón. Reba se llevó las prendas que habían motivado la discusión, sosteniendo las perchas a cierta distancia como si fuesen ratas muertas. Mientras yo esperaba en el probador, ella se paseó por la tienda y echó un vistazo a los colgadores. Regresó con seis artículos, que me enseñó uno por uno, creándome la falsa ilusión de que me dejaba elegir. Me opuse a un vestido y una falda, pero las demás prendas seleccionadas me quedaban estupendamente, aunque no esté bien que yo lo diga.

—No entiendo cómo sabes tanto de ropa —comenté mientras volvía a vestirme.

Ésta es mi eterna queja: que otras mujeres tengan un don para cosas en las que yo me siento una completa idiota. Como los problemas de lógica en matemáticas... En el instituto, cada vez que tenía que resolver uno, acababa creyendo que perdería el conocimiento.

–Al final, le cogerás el tranquillo. La verdad es que no es difícil. En la cárcel, yo era la estilista residente. Peinados, maquillaje, ropa... Podría haber dado clases. –Se interrumpió para consultar el reloj–. Pongámonos en marcha. Es hora de divertirse.

Reba condujo a toda velocidad por la 101 en dirección sur.

–No sé si esto es muy inteligente –dije–. ¿Por qué ir a un sitio donde todos están bebiendo?

–No voy allí a beber. No he tomado una sola copa en veintitrés meses y catorce días y medio.

–¿Por qué arriesgarte, pues?

–Ya te lo he dicho antes. Porque allí estará Onni. Va todos los jueves por la noche en plan buscona.

Abrí la boca para protestar, pero me lanzó una mirada reprobatoria.

–No eres mi madre, ¿recuerdas? –farfulló–. Te prometo que llamaré a mi madrina en cuanto llegue a casa, o lo haría si la tuviese, que no la tengo.

El Bubbles era un bar de copas de Montebello famoso en otro tiempo por albergar un animado establecimiento propiedad del hotel Edgewater, cercano a un bar musical de alto nivel llamado Spirits. El hotel y los dos bares formaban un triángulo que entonces frecuentaban todos los solteros ricos más solicitados del mercado. Y los tres concedían mucha importancia al ambiente: oropel, brillo, música en directo, pistas de baile e iluminación tenue. Las copas, que servían en vasos enormes, salían caras, y la comida no era precisamente la prioridad, siempre y cuando los clientes llegaran a casa sin haber sufrido un fatal accidente.

A mediados de los años setenta, por razones desconocidas, el Bubbles se convirtió en un imán para las agencias de señoritas de compañía, chicas de alterne y «modelos» de Los Ángeles que venían en coche a Montebello en busca del amor. Al final, se impuso la cocaína y el sheriff del condado tomó cartas en el asunto y cerró el local. Yo había estado allí alguna que otra vez porque Daniel, mi segundo marido, era pianista de jazz y actuaba en los tres sitios. Al principio de la relación tomé conciencia de que si no insistía en estar allí con él, podía no verle hasta la mañana siguiente. Daniel me decía que se iba a «tocar» con los chicos, lo que resultó ser verdad en todos los sentidos.

Reba detuvo el coche a la izquierda de la entrada, entregó las llaves al aparcacoches y entramos en el bar. Enfrente de la barra había grupos de cinco o seis hombres vestidos con traje o americana sport, que evaluaron nuestras tetas y nuestros culos cuando pasamos. Reba llevó a cabo una rápida búsqueda de mesa en mesa; yo fui tras ella. El Bubbles no había cambiado. La iluminación procedía de unos enormes acuarios que cubrían las paredes y separaban los distintos ambientes. En el espacio principal había una barra rodeada de una serie de reservados dispuestos en forma de «U» y mesitas dispersas. En la segunda sala, a la que se accedía por un arco, un grupo de jazz –piano, saxofón y bajo– tocaba en un pequeño escenario situado sobre una pista de baile muy pequeña. Sonaba la música acaramelada de unas evocadoras melodías de los años cuarenta que se quedaban en la cabeza durante varios días. Aquél no era un establecimiento donde la gente levantase la voz, ni donde las estridentes carcajadas se impusiesen al murmullo de las charlas civilizadas. Nadie se emborrachaba ni tropezaba con otros clientes. Las mujeres no lloraban ni arrojaban el contenido de sus copas en la chaqueta de sus acompañantes. Nadie vomitaba en los elegantes lavabos con el suelo de mármol y cestas con toallitas de felpa. Los clientes fumaban, pero el sistema de ventilación era de alta tecnología y, cada cinco minutos, varios camareros en continuo movimiento se llevaban los ceniceros llenos y los sustituían por otros limpios.

Reba extendió una mano y me obligó a detenerme. Al igual que un perro de muestra, permaneció erguida y señaló con la mirada a Onni, que estaba sentada sola a una mesa, fumando con un aire de indiferencia que, sospeché, era falso. La presencia de dos copas de champán medio llenas sobre la mesa y una botella en una cubitera cercana inducía a pensar que alguien había abandonado la mesa unos momentos antes. La Onni «de carne y hueso» se parecía vagamente a la chica que había visto en las fotografías en blanco y negro. Era alta y esbelta, de cara alargada, nariz ancha, labios finos y unos ojos pequeños prácticamente sin pestañas. Tenía el cabello oscuro, muy lacio y caído sobre los hombros con ese brillo sedoso que sólo se ve en los anuncios de champú. Sendos pendientes de plata colgaban de los lóbulos de sus orejas y le rozaban el cuello cada vez que movía la cabeza. Había dejado a un lado la chaqueta de su traje negro, sin duda para lucir una blusa blanca de seda que más parecía una combinación. Vista de cerca, Onni no era guapa, pero conseguía sacar el máximo partido a sus encantos. Se había maquillado con esmero y sus senos parecían tan duros como dos pelotas de croquet insertadas inexplicablemente bajo la exigua carne del pecho. Juraría que esa mujer se creía hermosa.

Reba avanzó hacia ella con afectada efusividad y exclamó:

–¡Onni! Fantástico. Tenía la esperanza de encontrarte aquí.

–Hola, Reba.

Aunque Onni reaccionó con frialdad, Reba ocupó una silla fingiendo no darse cuenta. Yo hice lo propio, al tiempo que comprobaba que Onni no se alegraba en absoluto de vernos. A su lado, Reba tenía un toque infantil: era menuda, con el pelo oscuro y alborotado, los ojos oscuros y grandes, la nariz perfecta y una barbilla delicadamente redondeada. Onni, por su parte, tenía la barbilla respingona. Con todo, a Reba le faltaba esa corrección que se toma por buena educación entre los farsantes de clase media.

–Te presento a mi amiga Kinsey –dijo–. Le he hablado de ti.

–Posó la mirada en las dos copas de champán como si acabase de descubrirlas–. Espero que no hayamos llegado en mal momento. ¿Una cita importante?

–En realidad no es una cita –terció Onni–. Beck y yo nos hemos quedado trabajando hasta tarde, y él ha propuesto venir a tomar una copa antes de retirarnos. No tardaremos mucho en irnos.

–¿Beck está aquí? Genial.

–Está charlando con un amigo. Es una pena que hayas cancelado la cena. Al decirme que te había surgido un inconveniente, he pensado que se trataba de Alcohólicos Anónimos.

–Ya tuve una reunión. Sólo me exigen que vaya a una por semana. –Reba tomó uno de los cigarrillos de Onni, que se llevó a los labios–. ¿Tienes fuego?

–Claro.

Onni metió la mano en un pequeño bolso y sacó una caja de cerillas. Reba la tomó, encendió una y protegió la llama con la mano ahuecada. Aspiró con satisfacción y devolvió las cerillas con una sonrisa maliciosa que, al parecer, Onni no advirtió. Ya conocía a Reba lo suficiente para percibir en su mirada unos destellos de ira. Se acercó el cenicero, se acodó sobre la mesa y apoyó la barbilla en la mano.

–Y bien, ¿cómo te van las cosas? Dijiste que me escribirías, pero ya no volví a saber de ti.

–Te escribí. Te mandé una postal. ¿No la recibiste?

Reba, con una sonrisa aún en los labios, dio una calada al cigarrillo.

–Es verdad. Tenía unos conejitos dibujados, si no recuerdo mal. Una miserable postal en veintidós meses. ¡Cuántas molestias por tu parte!

–Siento que te lo tomaras mal. Pero dejaste la oficina patas arriba. Tardé meses en encarrilarlo todo.

–Entenderás que el Departamento Penitenciario tuviera prioridad. Cuando te llevan a la cárcel, no te dejan pasar por tu lugar de trabajo y dejar tu mesa en orden. Estoy segura de que ya lo tienes todo por la mano.

–Finalmente. Y no gracias a ti. –Onni desvió la vista un poco.

Reba volvió la cabeza a tiempo de ver cómo Beck se aproximaba desde la barra. Él, al advertir su presencia, interrumpió su avance un segundo, como si faltasen varios fotogramas en la secuencia de una película. A Reba se le iluminó la cara. Se levantó de un salto y se dirigió hacia él. Cuando lo tuvo delante, le echó los brazos al cuello como si fuese a besarlo en la boca. Beck se zafó con delicadeza.

–Qué tal, nena. Estamos en público, ¿recuerdas?

–Lo sé, pero te he echado de menos.

–También yo te he echado de menos, pero imagina que hay por aquí alguna amiga de Tracy. –La acompañó de regreso a su silla y en el camino me dedicó una sonrisa–. Me alegro de volver a verte.

–Encantada –dije como si a mí no me hiciera la menor gracia.

Lógicamente, mi impresión de él había cambiado de manera radical. Cuando lo conocí en el bar de Rosie, me pareció atractivo. Tenía los miembros largos, se movía con gracia, esbozaba una media sonrisa un tanto desganada... Incluso sus ojos, que recordaba de un color marrón chocolate, ahora se me antojaban tan oscuros como la roca volcánica. Viéndolo en compañía de Onni, adiviné el rasgo que tenían en común: los dos eran oportunistas.

Entre los tres, Reba ocupaba la posición de poder. Onni conocía los detalles íntimos de la relación de Reba con Beck, pero ni Beck ni Onni sabían que Reba había sido informada de su aventura. Para complicar más la situación, yo tenía la razonable certeza de que Onni ignoraba que Beck y Reba habían reactivado su relación sexual. Ante la curiosidad de ver cómo Reba iba a jugar la mano que le había tocado, un escalofrío me recorrió la espalda.

Beck se arrellanó en la silla libre, extendiendo las piernas como si tuviese derecho a más espacio que nosotras. Por su lenguaje corporal, él y Onni mantenían actitudes parecidas, con los cuerpos dispuestos en el mismo ángulo, mientras que Reba, al otro lado de la mesa, erguía el cuerpo en una vertical que cortaba las diagonales de los otros dos. Onni mantenía la atención fija en su copa. Beck tomó un sorbo de champán y observó a Reba por encima del borde de la copa. Los reflejos rubios de su pelo parecían obra de un profesional. Sin duda, el efecto paja no era casual.

–¿Qué tal va todo? –preguntó.

–No me quejo –dijo Reba–. De hecho, estaba planteándome la posibilidad de volver al trabajo.

Onni adoptó una expresión de incredulidad, como si Reba se hubiese tirado un pedo en presencia de Isabel II. Haciendo caso omiso de su reacción, Reba dirigió sus comentarios a Beck.

–Sí, se lo mencioné a la asistenta social y estuvo totalmente de acuerdo, siempre y cuando mi «futuro jefe» conociese mi pasado –aclaró formando unas comillas con los dedos–. ¿Y quién mejor que tú?, pensé.

–Reeb –respondió él con aparente cordialidad–, me encantaría ayudarte, pero no me parece apropiado.

–Eso es absurdo –prorrumpió Onni–. Lo desplumaste.

Reba desvió la mirada hacia su amiga.

–Onni, lo siento pero no lo entiendes. Beck confía en mí. Sabe que haría cualquier cosa por él. –Volvió a mirarlo–. ¿No es así?

Beck reacomodó las piernas e irguió el cuerpo. Con tono afable dijo:

–No es cuestión de confianza. No hay ningún puesto libre. Es así de simple. Ojalá lo hubiera, pero no es el caso.

–Podrías hacerme un hueco, ¿no? Recuerdo que lo hiciste por Abner.

–Era una situación distinta. Marty estaba desbordado y necesitaba ayuda. No me quedó alternativa.

–Conmigo en cambio sí la tienes, ¿verdad? Podrías optar por ayudarme, pero prefieres no hacerlo.

Beck alargó el brazo, rozó un dedo de Reba y le dio una sacudida.

–Oye, nena, estamos en el mismo equipo. ¿Lo recuerdas?

Reba observó con atención su rostro delgado y atractivo, la mano que tocaba la suya.

–Dijiste que cuidarías de mí. Me lo debes.

–Lo que tú quieras.

–Excepto trabajo.

Onni resopló y miró al techo. Luego exclamó:

–¡Hace falta valor, joder! ¿Cómo te atreves a sentarte aquí y usar ese argumento después de lo que hiciste?

–Cálmate, Onni –terció Beck–. Esto es un asunto entre ella y yo.

–Pues lo siento. Alguien debe poner a esta chica en su sitio. Dejó la empresa en el caos, ¿y para qué? Para permitirse sus caprichos, ¡para fundirse hasta el último centavo en la mesa de póquer!

Onni temía que Beck le cerrase la boca de un bofetón, pero éste se concentró en el rostro de Reba. Le tomó la mano y se llevó el dedo índice a los labios. Era un gesto erótico, una comunicación de profunda intimidad entre ellos.

–Olvídate del trabajo –le recomendó–. Dedícate tiempo a ti misma. Permítete algún capricho, como ir a aquel balneario de Floral Beach. Puedo decirle a Ed que lo organice. Has pasado una mala época, lo entiendo, pero hablar de trabajo es prematuro.

–He de hacer algo con mi vida –insistió Reba con la mirada fija en él.

–Lo sé, nena, y te escucho. Lo único que digo es que necesitas tomártelo con tranquilidad. No quiero que te precipites en algo de lo que después puedas arrepentirte.

–¿Como por ejemplo? –Reba esbozó una sonrisa–. ¿Volver a trabajar contigo?

–Como caer en el estrés o las preocupaciones, cuando no hay razón para ello. Tienes que vivir con moderación. Descansar y relajarte ahora que tienes la oportunidad de hacerlo.

Onni dijo algo entre dientes. Introdujo los brazos en las mangas de la chaqueta y se levantó las solapas. Tomó el paquete de tabaco, lo guardó en el bolso y se levantó diciendo:

–Buenas noches, chicos. Yo me marcho.

A menos que uno supiese la historia que había de fondo, parecía que estuviera actuando con toda naturalidad.

–Dame cinco minutos y te acompañaré a casa –dijo Beck.

–Gracias pero no. Prefiero dar un paseo. –Onni esbozó una sonrisa displicente.

—Con esos tacones, no caminarás ni una manzana.

—No es problema tuyo. Ya me las arreglaré.

—Déjate de chorradas, Onni. Dile a Jack que llame un taxi. Yo le pagaré cuando salga.

—No te preocupes. Ya soy mayorcita. Creo que conseguiré parar un taxi yo sola. Diviértete en Panamá. Y gracias por la copa. Ha sido sensacional, gilipollas de mierda.

Reba volvió la cabeza para seguir a Onni con la mirada mientras se alejaba.

—¿Qué le pasa? —le preguntó a Beck.

—Déjalo. Se aburre en cuanto deja de ser el tema de conversación —contestó él.

—¿Te vas a Panamá? —preguntó Reba—. ¿Desde cuándo tienes tratos allí?

—Es sólo un viaje rápido. Un par de días.

—¿Por qué no me dejas acompañarte? Como si fueran unas pequeñas vacaciones. Tú podrías ocuparte de tus negocios mientras yo me siento al lado de la piscina y tomo el sol. Sería fantástico.

—Nena, esto he de hacerlo solo. Tengo reuniones de la mañana a la noche. Te morirías de aburrimiento.

—No creas. Sé divertirme sola. Vamos, Alan. Apenas hemos tenido un minuto para estar juntos. Lo pasaríamos bien. Venga, por favooor...

—Estás chiflada. —Beck sonrió—. Te dejaría venir si la asistenta social lo aprobara. Créeme, si no te permiten salir del estado, desde luego no van a permitirte que viajes al extranjero.

Reba hizo una mueca.

—Mierda. Tienes razón. Me olvidaba de eso. Ni siquiera tengo pasaporte. Caducó en junio.

—Pues renuévalo y te llevaré a Panamá cuando no tengas que atenerte a todas esas normas y reglamentos. —Echó un vistazo a su reloj—. Tengo que irme. La limusina pasará a recogerme dentro de una hora para llevarme al aeropuerto.

—¿Sales esta noche? ¿Por qué no me habías dicho nada?

Beck quiso quitarle importancia al asunto con un gesto.

–Viajo allí tan a menudo que ni siquiera merece la pena mencionarlo. Ya te llamaré en cuanto vuelva.

–¿No podría acompañarte en la limusina al aeropuerto y luego volver a casa con el chófer?

–Es una compañía con sede en Los Ángeles. El chófer viene de Santa Mónica. Me dejará en el aeropuerto y se marchará a casa.

–¡Vaya! Quería pasar un rato contigo.

–Yo también. Tendremos que dejarlo para otra ocasión. Se hace tarde.

16

Al final salimos los tres juntos del Bubbles al aire frío de la noche. Yo me mantuve a distancia simulando interés en el escaparate iluminado de la tienda contigua. Beck y Reba conversaron en susurros con las cabezas muy juntas, como si conspiraran. Reba lo sorbía con la mirada; de perfil, su cara parecía infantil y confiada. Todo indicaba que el haberse enterado de la relación entre Beck y Onni no había servido para mitigar la influencia que él ejercía sobre la chica. Daba la impresión de que Cheney y Vince tendrían que buscarse otra fuente de información confidencial. Yo sólo esperaba que Reba mantuviese la boca cerrada y no lo echase todo a perder.

El aparcacoches trajo el BMW de Reba. Beck le dio una propina y se volvió cuando un segundo empleado aparcó su automóvil detrás del BMW. En cuanto Reba subió al coche, sacó una barra de labios y se aplicó una nueva capa, comprobando su reflejo en el retrovisor. Vio a Beck detrás de ella y se despidió de él con un beso. Accionó el cambio de marchas y dobló a la derecha por Coastal Road. Eché una ojeada atrás a tiempo de ver a Beck poniendo el coche en marcha. Giró a la izquierda en dirección a West Glen Road. En cuanto lo perdimos de vista, Reba redujo la velocidad, cambió de sentido y aceleró tras el Mercedes de Beck.

–¿Qué haces? –pregunté.

–Quiero que veas su casa.

–¿Y qué interés tengo yo? ¿A estas horas? Es muy tarde.

–No nos llevará mucho tiempo. Vive en West Glen, a menos de dos kilómetros.

–Es tu coche, pero por mí no te molestes.

No lograba adivinar su estado de ánimo. Al principio pensé que coqueteaba con Beck simplemente por irritar a Onni. Preveía la posterior reconstrucción de la escena, en que ambas compararíamos nuestras respectivas impresiones sobre la reacción de Onni, más cuando se había marchado tan enfurruñada. Sin embargo, hacia el final de la velada Beck derramaba encanto y ella había sucumbido a su hechizo. Me desconcertaba la destreza con que él la había atraído de nuevo a su órbita, ejerciendo la misma atracción invisible que la Tierra sobre la Luna. Cuando creía que la habíamos ganado para nuestra causa, volvía a caer en las redes de Beck.

Doblamos a la derecha por West Glen. Nos separaban de su coche varias curvas, de modo que no lo veíamos. Incluso si él advertía nuestros faros detrás de su automóvil, seguramente no le concedería mayor importancia. Al girar en una recta lo reencontramos a unos cuatrocientos metros. Se encendieron sus luces de freno cuando aminoró la marcha y giró a la derecha. El coche se perdió de vista. Reba aceleró para reducir la distancia. Miró por la ventanilla de mi lado cuando pasamos ante una verja. Entonces vislumbré una sólida mansión de piedra en un entorno iluminado como salido de un país de hadas.

Dejamos atrás la entrada de la finca y, unos cincuenta metros más allá, Reba se detuvo en el arcén. Apagó las luces y el motor y salimos del coche. Antes de cerrar la portezuela, preguntó:

–¿Vienes?

–Sí. Son las once de la noche; no me vendrá mal un paseo.

Salí del coche. Reba había cerrado la portezuela con máximo cuidado, y desde luego yo sabía que no me convenía cerrarla de un portazo. Si estábamos llevando a cabo una misión de búsqueda y captura, no tenía sentido alertar al objetivo de nuestra presencia. Me uní a Reba mientras desandaba el camino por la carretera a oscuras. Después de pasar media hora en un bar lleno de humo, debíamos de apestar como dos colillas que salen a respirar el aire fresco. En esa parte de Montebello no había ni una farola, ni aceras, ni tráfico. Nos acompañaba el canto de los grillos y el aroma de los eucaliptos. Reba se detuvo a la entrada del camino de acceso a la casa de Beck.

A través de la verja, disfruté de una vista panorámica. Con tejado abuhardillado, entramado de madera y una larga hilera de ventanas con parteluz iluminadas, la fachada de piedra cubierta de hiedra ofrecía el majestuoso aspecto de un monasterio. Calculé que la finca tenía una hectárea y media; disponía de una pista de tenis, a un lado, y una piscina, al otro. Reba se encaminó a la derecha de la verja y se coló entre el seto y la columna de piedra, donde, pese a los arbustos frondosos, una brecha permitía el paso. La seguí pisando un montón de ramas que casi me arrancó la falda. Reba actuó con un aire de serena familiaridad cuando se desvió por el césped. Deduje que había recorrido ese camino muchas veces antes. Parecía segura de la ausencia de detectores de movimiento y perros adiestrados. Pero a mí me preocupaba que el sistema de riego automático (provisto de aspersores idóneos para destrozarse los dedos de los pies) cobrase vida de pronto y nos empapase un aguacero artificial.

Ante la casa, el voladizo de una puerta cochera cubría el camino, proporcionando resguardo a residentes e invitados cuando iban y venían de sus coches. Reba rodeó la entrada y se apostó entre dos arbustos bien recortados en el lado opuesto. Había un hueco del tamaño de una cabina telefónica, suficiente para que las dos nos apretujásemos dentro. Nos ocultaba una ancha franja en sombra.

Aguardamos en silencio. Me encanta la vigilancia nocturna, excepto cuando mi vejiga pide alivio a gritos. ¿A quién le gusta acuclillarse entre los arbustos, allí donde las luces largas de los coches pueden iluminar las curvas de tu trasero? Si a ese detalle sumamos el fuerte riesgo de mearse sobre los zapatos, no resulta difícil comprender el concepto de «envidia del pene».

Un par de faros aparecieron al pie del camino y un chirrido mecánico anunció la lenta separación de las dos hojas de la verja de hierro forjado. Una larga limusina negra se aproximó lentamente a la casa con la gravedad de un coche a la cabeza de un cortejo fúnebre. El chófer detuvo el vehículo frente a la puerta cochera y accionó la tapa del maletero, que pareció levantarse por propia iniciativa.

La luz del porche se encendió en el acto dejando ver la puerta de entrada. Oí que Beck hablaba con alguien por encima del hombro mientras sacaba tres bolsas grandes y las dejaba en el porche. El chófer dejó el motor encendido, salió vestido con el esmoquin y la gorra de su uniforme y se dirigió a la puerta, donde Beck esperaba con el equipaje. El chófer cargó las bolsas una por una en el maletero, lo cerró y abrió la portezuela de la limusina. Beck se detuvo y miró hacia la casa cuando su mujer salió al porche. Ella se detuvo y pareció verificar el cierre automático antes de dar un portazo.

—¿Lo tienes todo? —preguntó ella.

—Sí. Las bolsas están en el maletero —contestó Beck.

La mujer se encaminó hacia la limusina y subió al asiento trasero. Beck la siguió. El chófer cerró la portezuela y de nuevo ocupó su asiento al volante. Oí un ligero chasquido cuando soltó el freno de mano y a continuación la limusina se deslizó por el camino hacia la carretera. En la matrícula trasera iluminada se leía ST LIMO-1, refiriéndose al coche número uno del Servicio de Limusinas de Santa Teresa. La verja se abrió y volvió a cerrarse en cuanto la limusina desapareció.

A mi lado, Reba encendió su Dunhill, cuya llama le iluminó la cara mientras daba una larga calada al cigarrillo. Guardó el paquete y el encendedor en el bolsillo y soltó una bocanada de humo. Tenía los ojos muy abiertos y oscuros; los labios se curvaron en una cínica sonrisa.

—¡Redomado embustero! —exclamó—. ¿Sabes en qué momento me he dado cuenta? ¿Te has fijado en cómo vacilaba al verme cuando venía hacia nosotras? Con eso lo ha dicho todo. Yo era la última persona en este mundo con la que le apetecía encontrarse.

—Al menos has conseguido aguarle la fiesta a Onni. Estaba furiosa con él.

–Eso espero. Salgamos de aquí antes de que decida pasar por delante un ayudante del sheriff. Beck siempre los avisa cuando se marcha del pueblo. Son muy atentos con él.

–¿Estás bien?

–Estupendamente. ¿Cuándo concretaremos la reunión con los federales?

Al entrar en mi estudio a las 23:25, vi que parpadeaba la luz del contestador automático. Era un pequeño faro rojo en la oscuridad. Encendí la luz del techo, dejé el bolso en la encimera y las bolsas con las compras en el suelo. Me acerqué al escritorio y me quedé allí inmóvil, con la vista fija en el destello intermitente cual si fuera un mensaje en morse. ¿Cheney había llamado? Era el momento de averiguarlo. Pero el hecho de que no hubiera telefoneado no significaría nada necesariamente. Y si había telefoneado, tampoco significaba nada. En los inicios de cualquier relación, el problema es que uno nunca sabe en qué lugar se encuentra, ni cómo interpretar el comportamiento de la otra persona. Tan sólo pulsando un botón lo sabría.

Me senté. Si no había telefoneado, desde luego no quería ser yo quien llamase, pese a que me moría por contarle lo que había ocurrido entre Beck y Reba. Podía ponerme en contacto con él con esa excusa. Pensándolo bien, debía avisarlo cuanto antes para que concertase la reunión entre Reba y Vince. Trabajo aparte, en un plano personal era él quien debía dar el primer paso. Parecía la clase de hombre a quien las mujeres llaman continuamente: demasiado encantador y sexy para derrochar esfuerzos. No quería situarme en la misma categoría que sus otras mujeres, quienesquiera que fuesen. Ahora bien, ¿cómo era posible que al día siguiente ya me sintiese insegura? Recordé avergonzada los faroles que me había marcado la noche anterior.

Por fin pulsé el botón del contestador y escuché el breve y agudo chirrido del rebobinado. Le sucedió un pitido.

«Kinsey, soy Cheney. Son las diez y cuarto y acabo de salir del trabajo. Por favor, llámame cuando llegues. Estaré despierto.»

Dejaba su número de teléfono. Otro pitido.

Miré el reloj. Había pasado más de una hora. Anoté su número particular y a continuación sufrí un ataque de indecisión. En el mensaje, él pedía que lo llamase, así que no había por qué andarse con miramientos..., a menos que estuviese durmiendo. No me gusta despertar a la gente. Antes de que mi nerviosismo fuese a más, marqué el número. Contestó al primer tono.

—Si estabas dormido —saludé—, te juro que me abriré las venas con un cuchillo de cocina.

Cheney se echó a reír.

—Nada de eso, preciosa. Soy ave nocturna. ¿Y tú?

—Yo soy ave madrugadora. Acostumbro a levantarme a las seis para salir a correr. ¿Cómo es que has terminado de trabajar tan tarde? Pensaba que salías a las cinco.

—Hemos pasado el día encerrados en una furgoneta en Castle Street filmando a unos individuos que entraban y salían de un burdel nuevo que está causando furor. Ya preveo un fin de semana ajetreado. Haremos una redada en cuanto tengamos suficiente pescado en la red.

—No hay nada como pasarse el día sentado para agotarse —comenté.

—Estoy hecho polvo. ¿Y tú?

—Bastante cansada —contesté—. Pero la tarde ha sido fructífera. No creerás dónde he estado.

—La respuesta no puede ser el bar de Rosie. Sería demasiado fácil.

—He salido con Reba. Primero hemos ido a comprar ropa y luego al Bubbles, donde nos hemos encontrado con Beck y Onni. No te agobiaré con los detalles...

—Eh, vamos. No seas así. Adoro los detalles.

—Te los contaré la próxima vez que nos veamos. Ahora mismo estoy demasiado agotada para los pormenores. La conclusión a la que he llegado es que Reba está dispuesta a colaborar.

–¿Ha accedido a hablar con Vince? –preguntó Cheney.

–Eso me ha dicho hace media hora.

–¿A qué se debe el cambio? Sabía que la chica estaba indecisa, pero esto entra en la categoría de «demasiado bueno para ser verdad».

–Tendrás que confiar en ella sobre todo porque yo estaba presente. Beck ha dejado caer una sarta de gilipolleces, una mentira tras otra, y Reba las ha pillado todas. Aunque no se lo ha dicho a la cara. Él le estaba tomado el pelo por partida doble. Supongo que podría haberlo sobrellevado; probablemente está acostumbrada a que la manipule. El detonante ha sido que, después de insinuarle que se iba solo a Panamá, Reba ha descubierto que le acompañaba Tracy, su mujer.

–¿Cómo lo ha averiguado?

Vacilé un momento.

–Hemos investigado por nuestra cuenta.

–Esa parte no quiero oírla.

–Lo suponía. En resumen: Reba accede a reunirse con los federales en cuanto tú lo organices.

–Estupendo. Informaré a Vince tan pronto como pueda, aunque quizá tarde un par de días. No es fácil ponerse en contacto con él los fines de semana.

–Cuanto antes mejor. No nos conviene que de pronto cambie de idea –dije.

–Ahora que hablamos del tema. Vince hizo indagaciones sobre ese tipo del FBI que se presentó en casa de Reba con las fotos. Resulta que lo trasladaron de otra oficina y quería demostrar sus aptitudes tomando iniciativas. Le ha caído un buen rapapolvo.

–Me alegra oírlo –contesté.

–Dime, ¿qué haces ahora? ¿Estás ya en la cuenta atrás?

–¿Qué quieres decir? ¿Que si estoy en la cama? No. Estoy levantada.

–No me gustaría tenerte al teléfono si estás a punto de acostarte –aclaró.

–Ni mucho menos. Acabo de entrar por la puerta. Me preocupaba llamarte por si dormías.

Se produjo un breve silencio.

–Escucha... –dije.

–Verás..., me preguntaba si te apetece tener compañía.

–¿Ahora mismo?

–Sí.

Pensé en el agotamiento de ambos.

–Me apetece en el supuesto de que estemos hablando de ti, y no de otra persona –reconocí.

–En diez minutos estoy ahí –dijo Cheney.

–Que sean quince. Así tendré tiempo de cambiarme.

Subí los peldaños de la escalera de caracol de dos en dos, me quité la ropa, lo eché todo a la canasta, me duché, me afeité las piernas, me lavé los dientes y me los limpié con hilo de seda, todo en el transcurso de ocho minutos, lo que me dejó tiempo de sobra para ponerme un chándal limpio (sin ropa interior) y cambiar las sábanas. De nuevo en la sala, me dediqué a doblar periódicos hasta que llamaron a la puerta.

Tiré el *Dispatch* a la papelera y abrí. Cheney tenía el pelo encrespado y húmedo y olía a champú. Sostenía una pizza en una caja que olía maravillosamente. Cerró la puerta al entrar.

–No he cenado –dijo–. El repartidor acababa de traérmela. ¿Tienes hambre?

–Pues sí. ¿Vamos arriba?

Sonrió y cabeceó afectuosamente.

–Siempre con prisas. Tenemos tiempo.

A la una de la madrugada cumplió la promesa de cortarme el pelo: yo me senté en un taburete del cuarto de baño con una toalla sobre los hombros; Cheney permanecía de pie con otra toalla ceñida a la cintura.

–La mayoría de las veces –comenté–, me lo corto yo misma con un cortaúñas.

–Ya lo veo.

Trabajó con soltura y concentración y, aunque cortó muy poco pelo, consiguió que todo cayese junto en ordenadas capas. Observé su imagen en el espejo. Tenía una expresión muy seria.

–¿Dónde aprendiste a cortar el pelo? –le pregunté.

–Un tío mío tiene una peluquería en Melrose: «Cortamos el cabello a las estrellas». Cuesta cuatrocientos dólares la sesión. Pensé que si dejaba la academia de policía siempre podría dedicarme a esto. No sé qué opción horrorizaba más a mis padres, si verme convertido en policía o en un hombre que peina a las mujeres. Aunque les pierde el esnobismo, son buena gente.

–¿Sabes quién fue la última persona que me hizo un buen corte?

–Danielle Rivers. Me acuerdo. –Cheney había concentrado la atención en mi nuca, donde recortaba procurando igualar el pelo.

Danielle Rivers era una prostituta de diecisiete años que él me presentó. Lo habían trasladado a la Brigada Antivicio recientemente, como parte del sistema de rotación del Departamento de Policía, mientras que a mí me habían contratado para seguirle la pista al asesino de Lorna Kepler, una hermosa mujer que sin querer se había visto atrapada en la pornografía y el sexo de alquiler. Cheney me había puesto en contacto con Danielle porque ella y la víctima habían sido cohortes.

–Danielle se quedó atónita cuando se enteró de que ganaba la mitad de dinero que ella –dije–. Deberías haberla oído disertar sobre estrategias de inversión, todas ellas aprendidas de Lorna. Ojalá hubiese seguido su consejo. Quizás ahora sería rica.

–Lo que fácil llega fácil se va.

–¿Recuerdas los sándwiches que compraste en la cafetería del hospital la noche que la ingresaron?

–¡Dios mío, qué malos eran! –Sonrió–. De jamón y queso, directamente de una máquina expendedora.

–Pero tú les añadiste todo lo necesario para hacerlos comestibles.

Me ofreció un espejo de mano y me besó en la coronilla anunciando:

–Listo.

Di media vuelta y sostuve el espejo en alto para mirarme el corte por detrás.

–¡Oh! Me favorece. Gracias. –Eché un vistazo a su toalla, cuyos extremos se habían separado entre las piernas–. Debe de ser la hora de la función, porque tu amiguito asoma la cabeza para echar una ojeada al público.

Cheney bajó la vista y dijo:

–Vayamos a la otra habitación antes de que empiece su número.

Nos dormimos aovillados como gatos.

17

Nos levantamos de mala gana a las diez de la mañana del viernes. Después de ducharnos y vestirnos, paseamos hasta Cabana Boulevard, donde desayunamos en una pequeña cafetería a pie de playa. Cheney empezaba a trabajar más tarde, ya que le habían asignado otra vigilancia en la furgoneta. Cuando volvimos de desayunar, charlamos de pie en la acera hasta que nos quedamos sin tema de conversación. Nos despedimos sobre las doce. Él tenía recados que hacer, y yo me quedé sola. Miré el Mercedes rojo hasta que se perdió de vista y luego me encaminé hacia el jardín trasero.

Henry estaba arrodillado en uno de sus arriates, donde asomaban unos brotes de juncia. Se había descalzado, dejando las chancletas en el césped, y llevaba un pantalón vaquero corto y una camiseta. Eliminar la juncia requiere paciencia. Las raíces parecen hebras, y unos diminutos rizomas negros se multiplican bajo tierra, así que arrancar los tallos en nada perjudica a la planta, que sigue reproduciéndose como si tal cosa. El pequeño montón de mala hierba que Henry había logrado desarraigar se asemejaba a un puñado de arañas de patas frágiles y cuerpo del tamaño de una cabeza de cerilla ennegrecida.

–¿Necesita ayuda? –me ofrecí.

–No –contestó Henry–, pero puedes hacerme compañía. Produce cierta satisfacción andar en busca de estas cosas. Son horribles, las bribonas, ¿no te parece?

–Repugnantes. Pensaba que en primavera se había librado de la juncia.

–Es un proceso permanente. En realidad nunca las vences. –Volvió a acuclillarse y al cabo de un momento cambió de posición para ocuparse de la siguiente sección.

Me quité las zapatillas y me acomodé en la hierba con las piernas al sol. El estado de ánimo de Henry se había templado; si bien se lo notaba aún apagado, ya casi era el mismo de siempre.

–Vi que anoche tenías compañía –comentó sin mirarme.

Me eché a reír al tiempo que me ruborizaba.

–Era Cheney Phillips, del Departamento de Policía de Santa Teresa. –Como si viniese al caso, añadí–: Es amigo del teniente Dolan.

–¿Es simpático?

–Mucho. Hace años que nos conocemos.

–Ya me lo imaginé. Tú nunca has sido impulsiva.

–Sí lo soy, sólo que a veces me lleva un tiempo preparar el terreno.

Siguió un silencio cómplice, interrumpido únicamente por el sonido de la paleta de Henry al escarbar en la tierra. Por fin pregunté:

–¿Cómo le va con Mattie?

–Las cosas están bien así. No esperaba que la relación acabase en nada serio.

–Pero podría haber ocurrido.

–Lo que «podría» haber ocurrido no cuenta. En general, considero más sensato ocuparme de lo que sucede en realidad, y no de lo que podría haber sucedido. Si he llegado a la avanzada edad de ochenta y siete años sin encontrar un amor duradero, no hay razón para pensar que lo viva a estas alturas.

–Al menos podría llamarla por teléfono.

–Podría, aunque no sé bien qué conseguiría. Ella dejó claro sus sentimientos. No tengo nada más que ofrecer ni que añadir.

–¿Y si ella le llamase?

–Eso es asunto suyo –respondió–. No quiero parecer un viejo triste. Estoy bien, de verdad.

–Claro que está usted bien, Henry. No es lo mismo que si hubiese salido con ella durante años y ahora estuviese por los suelos. Sin embargo, yo los veía a gusto y lamento que las cosas no hayan salido bien.

–¿Qué te imaginabas? ¿Un paseo hasta el altar?

–William se casó a los ochenta y siete. ¿Por qué no usted?

–Él es impetuoso por naturaleza. Yo estoy chapado a la antigua.

Le lancé un puñado de hierba.

–Eso no es verdad.

Cuando Reba telefoneó a las cinco de la tarde, interrumpió lo que, visto en retrospectiva, fue una siesta antológica. Me había tendido en la cama con mi novela de espías de John Le Carré preferida. La iluminación era tenue. La temperatura, agradable, y la sábana con que me había tapado tenía el peso perfecto. Fuera oí durante un rato el zumbido de un cortacésped, y luego el susurro intermitente de los aspersores del jardín de Henry, que lanzaban chorros de agua sobre la hierba recién cortada. Debido a la falta de sueño de las dos últimas noches, me sumí en la inconsciencia como un guijarro plano que desciende mansamente hasta el fondo de un lago. No sé cuánto tiempo habría dormido si no hubiese sonado el teléfono. Me acerqué el auricular al oído y dije:

–Sí.

–Soy Reba. ¿Te he despertado?

–Mucho me temo que sí. ¿Qué hora es?

–Las cinco y cinco.

Con los ojos entornados, eché un vistazo a la claraboya a fin de esclarecer si el sol salía o se ponía.

–¿Las cinco de la madrugada o de la tarde? –pregunté.

–Es la tarde del viernes. Sólo quería saber si tienes noticias de tu gente.

–De momento no. Cheney está ahora en servicio de vigilancia, pero me consta que intenta ponerse en contacto con su enlace en Washington. Quizá tarden unos días en convocar la reunión. Con tantas agencias involucradas, resulta complicado resolver las cuestiones de protocolo.

–Ojalá se decidan pronto. Beck vuelve el domingo por la noche. No quiero verme obligada a tratar con él si hago esto.

–Lo comprendo. Por desgracia, Cheney depende de otras personas y puede presionar sólo hasta cierto punto. Además, se acerca el fin de semana, y eso tampoco nos favorece.

–Ya lo supongo. ¿Te apetece ir a algún sitio dentro de un rato? Podríamos salir a cenar.

–Buena idea. ¿A qué hora?

–Pronto, o mejor ahora mismo. Como quieras.

–¿Tienes algo pensado? ¿Quieres que quedemos en algún sitio?

–Decídelo tú. Sólo sé que tengo que salir de aquí o me volveré loca. –Oí que encendía un cigarrillo.

–¿Por qué estás tan nerviosa?

–No lo sé. Llevo todo el día muy inquieta, como si de un momento a otro estuviese al caer una copa o una partida de póquer.

–Eso no te conviene.

–Para ti es muy fácil decirlo. Ya vuelvo a fumar un paquete al día.

–Podría haberte aconsejado que no empezases otra vez.

–No pude evitarlo.

–Eso dices tú, pero yo no me lo trago. O te haces responsable de tu vida, o ya puedes tirar la toalla.

–Lo sé, pero me siento fatal. Sé que Beck es un capullo pero lo quiero...

–¿Que lo quieres?

–Ahora ya no, pero antes sí. ¿Eso no cuenta para nada?

–En mi opinión, no.

–Además, por raro que te parezca, en cierto modo echo de menos la cárcel.

–No hablas en serio.

–Sí –afirmó–. Allí no tenía que tomar tantas decisiones, y eso reducía las probabilidades de pifiarla. Aquí fuera, ¿cuál es el incentivo para portarse bien?

Desesperada, me pellizqué el puente de la nariz.

–¿Estás en casa de tu padre?

—Afirmativo. Y nunca imaginarías quién ha venido a visitarlo.

—¿Quién?

—Lucinda.

—¿La mujer que pretendía casarse con él?

—La misma —contestó Reba—. Le encantaría verme violar la libertad condicional. Si me mandan otra vez a la trena, volverá a colarse en la vida de mi padre antes de que la puerta se le cierre definitivamente.

—Pues vale más que te serenes.

—Lo lograría si me tomase una copa. O quizá podría pasarme por el Double Down sólo para echar un vistazo. No hay nada de malo en eso.

—¿Por qué no te dejas de gilipolleces? Puedes hacer lo que te venga en gana, pero no te engañes. No haces más que buscar un pretexto para autodestruirte.

—Puede que fuese un alivio.

—Pasaré a recogerte en coche.

—No sé..., ahora que lo pienso, quizá no sea tan buena idea. Si dejo a Lucinda sola con mi padre, encontrará la manera de crear problemas.

—Vamos, ¿qué puede hacer? Tu padre me dijo que había roto con ella.

—Seguro que se las arreglará. Ya la he visto antes en acción. Mi padre es como yo, indeciso y falto de voluntad, sólo que no tan duro de mollera. Además, si ha roto con Lucinda, ¿qué hace ahora sentada en la habitación de al lado?

—¿Por qué no dejas de obsesionarte con ella? Ahora ésa es la menor de tus preocupaciones. Dame un minuto para vestirme y salgo para allá.

—¿Seguro que te apetece salir?

—Claro que sí. Ve bajando el camino; te recogeré en la verja.

Ya en el coche, intenté evaluar la situación: Reba estaba a punto de desmoronarse. Desde el instante en que encendió el primer cigarrillo, yo esperaba señales de descompresión emocional. Después de dos años en la Penitenciaría para Mujeres de California, había perdido la costumbre de enfrentarse con el mundo real y vivir sus consecuencias. La cárcel le imponía una forma de contención que debía de hacerle sentir segura. Pero en esos momentos tenía demasiados problemas que abordar y pocos recursos para asimilar el impacto. Por si no tenía bastante con descubrir que había sido víctima de las malas artes de Beck y había cargado por él con el castigo, ahora averiguaba que se había liado con quien consideraba su mejor amiga. Reba demostraba la entereza necesaria para reconocer el engaño, pero tal vez no la tenía para superar la ruptura. Yo entendía su ambivalencia; había dependido de él durante años. Mi mayor preocupación era que se ablandaba en momentos de tensión. Si la reunión con Vince Turner se hubiese convocado inmediatamente, quizá Reba habría salido airosa y habría desembuchado todo lo que sabía. Con un retraso de menos de tres días, la chica podía fácilmente perder el control. Y si bien ella ya no estaba bajo mi responsabilidad, yo contribuía a la presión que la tenía acorralada.

Cuando llegué a la finca de los Lafferty, la encontré encaramada a una gran roca arenisca, a la derecha de la verja. Vestía jersey azul marino, vaqueros y zapatillas, y estaba sentada con las piernas encogidas, cigarrillo en mano. Al verme, dio una última calada y saltó al suelo. Tan pronto como entró en el coche, percibí la energía nerviosa que desprendía su cuerpo. Le brillaban demasiado los ojos.

–¿Qué te has hecho en el pelo? –preguntó.

–Me lo he cortado.

–Te sienta bien.

–Gracias. –Di marcha atrás y maniobré para cambiar de sentido.

Reba alargó el cuello, se volvió y echó un vistazo a la verja.

–Espero que esa mujer ya no esté cuando vuelva –dijo–. Me parece increíble que se haya presentado sin avisar.

–¿Cómo sabes que no ha telefoneado antes?

–Eso sería aún peor. Si mi padre ha accedido a verla, está más loco que yo.

–Respira hondo y contrólate. Estás histérica.

–Perdona. Me siento como si llevase a alguien dentro que intentase salir por los poros de la piel. Ojalá tuviese a un hombre a mi lado. Preferiría una copa, pero un polvo ayudaría.

–Llama a tu supervisor de Alcohólicos Anónimos. ¿No están para eso?

–Todavía no he encontrado a ninguno.

–Entonces contacta con Priscilla Holloway.

–Estoy bien. No te preocupes. Te tengo a ti. –Y se echó a reír.

–Ya. Esto me supera.

–A mí también, ¿sabes? Sólo intento ir tirando, como todo el mundo. –Guardó silencio un momento y miró por la ventanilla–. ¡Vaya mierda! Olvídalo. Puedo arreglármelas sola.

–Como has demostrado sobradamente hasta la fecha –comenté.

–Y tú, que eres tan lista, ¿qué me sugieres?

–Ve a una reunión de Alcohólicos Anónimos.

–¿Dónde?

–Yo qué sé. Iremos a mi casa y consultaremos las páginas amarillas. Ahí aparecerá algún centro.

Una vez en mi estudio, tardé menos de un minuto en encontrar el número de teléfono y hacer la correspondiente llamada. Daba la casualidad de que la reunión más cercana tenía lugar en un centro municipal a cuatro manzanas de casa. Como no me fiaba de que fuese por su cuenta, la llevé yo misma en coche.

–Volveré a recogerte dentro de una hora –informé mientras Reba salía del coche.

Obtuve un portazo por respuesta. Me tomé la molestia de esperar hasta que vi que cruzaba la entrada del centro, y seguí allí un minuto más por si pretendía escabullirse. Entonces entendí cómo deben de sentirse atrapadas en ese juego las familias de los alcohólicos. Yo misma tenía ya que contener el impulso de vigilar cada uno de sus movimientos. Eso, o lavarme las manos y acabar con aquello. Si no hubiese tomado la firme decisión de mantenerla controlada hasta la reunión con Vince, quizá le habría dado rienda suelta.

Para matar el tiempo, volví a mi barrio y aparqué frente al bar de Rosie. Era una ironía estar esperando a Reba en un bar mientras ella luchaba contra el impulso de tomar una copa. Lewis, con un delantal ceñido a la cintura, atendía la barra solo. Dos bebedores trasnochados se habían instalado al fondo del salón. El televisor en color situado en el rincón retransmitía un torneo de golf que se jugaba en algún prado muy verde. Rosie debía de estar en la cocina ocupada con la cena, porque olía a sofrito. Debía de estar preparando algún guiso con riñones salteados del que preferí no saber nada.

Me encaramé a un taburete de la barra y pedí una Coca-Cola. La verdad es que posiblemente no me habría metido donde no me llamaban si no hubiese visto a Lewis tan alegre y desenvuelto. No mostraba la menor señal de arrepentimiento; ni siquiera parecía reconocer los problemas que había causado.

—¿Dónde está Henry? —preguntó el anciano al dejar mi Coca-Cola sobre la barra—. Hace un par de días que no lo veo.

Lo observé.

—No sabe nada, ¿no? —comenté.

—¿Cómo? ¿Le ocurre algo?

Dudé un segundo antes de decir:

—Oiga, sé que esto no es asunto mío, pero creo que fue una torpeza por parte de William convencerlo de que viniese. A Henry y Mattie les iba bien hasta que apareció usted.

Lewis me miró, atónito, como si le hablase en un idioma desconocido.

—No te entiendo.

—No era necesario presentarse a desayunar y citarse con ella.

—Yo no quedé con ella. Le propuse ir a ver una exposición y a comer algo.

—Aquí a eso lo llamamos una cita. Henry se molestó, y con razón.

Lewis parecía perplejo.

204

–¿Se molestó conmigo?

–Pues claro. En teoría, ella venía a pasar un rato con él.

–¿Por qué no habló claro?

–¿Cómo iba a hablar? Usted lo llamó «viejecita» delante de Mattie, nada menos. Estaba avergonzado. No podía decir nada sin quedar aún más en ridículo de lo que ya se sentía.

–Pero si eso no fue más que una niñería. Era broma.

–No es broma cuando usted aparece de pronto y le gana la partida. La vida ya es bastante complicada.

–Siempre hemos competido por las mujeres. Es todo pura diversión. Ninguno de los dos se lo toma en serio. Por amor de Dios, pregúntale a William si dudas de mi palabra.

–William nunca lo admitirá. Él fue quien lo organizó todo. No tenía por qué entrometerse. Pero lo que usted hizo fue peor. Usted sabía que él estaba interesado en Mattie.

–Claro que lo está, y también yo. Eso era evidente desde el crucero. Yo usé mis argumentos y él los suyos. Si no es capaz de afrontar el desafío, ¿por qué se queja tanto?

–Mattie ha dado por concluida la relación. Le ha dicho que no quiere verlo más.

–Vaya –contestó Lewis desconcertado–. Lamento oírlo, pero no tiene nada que ver conmigo.

–Por supuesto que tiene que ver. Usted vino a California y se metió en algo que no era de su incumbencia. Actuó con saña.

–No, no. Ni mucho menos. Me cuesta creer que digas eso. Me cortaría el brazo antes que hacer una cosa así.

–Pero lo hizo, Lewis.

–Estás muy equivocada. No era ésa mi intención. Henry siempre ha sido mi hermano favorito. Él sabe que lo adoro.

–Entonces será mejor que busque la forma de reparar el daño –le aconsejé.

Eran casi las ocho cuando Reba salió de la reunión de Alcohólicos Anónimos y se encaminó hacia mi coche. Aún no había oscurecido. Un enorme banco de niebla flotaba en el horizonte y la brisa marina refrescaba el ambiente.

—¿Te encuentras mejor? —pregunté.

—No especialmente, pero me alegro de haber venido.

—¿Aún quieres ir a cenar?

—Mierda, tenemos que volver a casa. Me he olvidado las fotografías.

—¿Para qué las necesitas?

—Soporte visual —explicó—. Quiero presentarte a un tío. Cena en el mismo sitio todos los viernes a las nueve. Esta mañana he hecho cierta labor de reconocimiento para confirmar una corazonada. Pasaremos un momento por casa de mi padre para recoger las fotos, mantendremos una charla con mi colega y luego exploraremos un rato.

—¿A las nueve? ¿No es un poco tarde para cenar?

—En la cárcel se cena a las cinco de la tarde. Eso sí es deprimente. Te sientes como un niño. —Se revolvió en el asiento—. ¿Por qué vas por este camino? Deberías haber girado a mano derecha.

—En realidad no hace falta ir a tu casa. Tengo una copia de las fotos en el despacho. Me las dio Cheney. —Me pregunté si objetaría algo al hecho de que yo tuviese las fotografías, pero una cosa muy distinta había despertado su interés. Me lanzó una mirada escrutadora—. ¿Qué ocurre?

—He notado que dejas caer el nombre de Cheney a la menor ocasión. ¿Así es como te ha salido eso?

—¿Me ha salido qué?

—Ese chupetón en el cuello.

Me llevé la mano al cuello, abochornada, y Reba se rió.

—Era broma —dijo.

—Muy graciosa.

—Me gustaría pensar que tienes vida sexual...

—Y a mí me gustaría pensar que mi vida sexual es privada —repuse—. ¿Quién es ese hombre al que tienes tanto interés en presentarme?

—Marty Blumberg. El interventor de la empresa de Beck.

18

Fuimos a mi despacho. Reba se quedó en el coche con el motor al ralentí mientras yo entraba a toda prisa y tomaba el sobre marrón del cajón del escritorio. De vuelta en el VW, se lo entregué y la miré de reojo antes de rodear la manzana y dirigirme hacia las galerías Passages. Reba sacó las fotografías y las examinó como si observase unos bichos por un microscopio. Volvió a guardarlas en el sobre con semblante inexpresivo y sin pronunciar palabra.

Encontré la que posiblemente era la última plaza libre en el aparcamiento subterráneo, que se extendía como una caverna gris de techos bajos a todo lo largo y ancho del centro comercial. Fuimos a la escalera mecánica y subimos a la primera planta, donde estaban todas las tiendas. Reba, con el sobre marrón en la mano, iba dos pasos delante de mí, obligándome a trotar para no quedarme rezagada. No parecía tan crispada como un rato antes. Me alegré por ello.

–¿Adónde vamos? –dije.

–Al Dale's.

–Pero si es un antro...

–No es verdad. No hables así de uno de los lugares históricos de Santa Teresa...

–También lo es el vertedero –comenté.

El Dale's era un bar sin el menor interés. La gente iba allí a beber, simple y llanamente. Sentí aflorar en mí el ya familiar conflicto: ¿debía adoptar una actitud protectora y proponer otro sitio, o mantener la boca cerrada y dejar que ella tomara sus propias decisiones? Acabó imponiéndose la curiosidad: quería conocer a Marty Blumberg.

Nos detuvimos ante la puerta abierta del local para orientarnos. No había puesto los pies en el Dale's desde hacía años, pero apenas había cambiado: un salón estrecho con la barra a la izquierda y una gramola al fondo. A la derecha había seis u ocho mesas arrimadas a la pared. La iluminación provenía de los clásicos neones azules y rojos de los anuncios de cerveza. La numerosa clientela ocupaba la mitad de los taburetes de la barra y la mayoría de las mesas. El ochenta y siete por ciento de los presentes estaba fumando; el humo teñía el aire de color gris cual bruma matutina. El plafón del techo confería a la luz una tonalidad homogénea muy parecida a la del crepúsculo de ese día. La gramola, recordé, estaba surtida de discos antiguos de 45 revoluciones por minuto. En ese momento los Hilltoppers cantaban arrulladoramente *P.S. I Love You*, y una pareja bailaba en el exiguo espacio que hacía las veces de pista, junto al baño unisex. El serrín del suelo y el techo acústico amortiguaban el ruido de modo tan eficaz que tanto la música como las conversaciones parecían tener lugar en otro salón.

Cubrían las paredes unas fotografías en blanco y negro de los años cuarenta, a juzgar por los peinados y la ropa de las mujeres que posaban en ellas. En todas aparecía el mismo hombre de mediana edad con incipiente calvicie, probablemente el Dale que daba nombre al local. Rodeaba con el brazo los hombros de varios deportistas de segunda fila –jugadores de béisbol, luchadores profesionales y reinas del Roller Derby–, y al pie de cada imagen habían inmortalizado sus autógrafos.

Al fondo del local, una máquina enorme producía un suministro continuo de palomitas de maíz que el camarero vertía en vasos de papel y repartía entre la clientela. Sobre la barra había aliños surtidos para las palomitas: sal de ajo, pimienta al limón, especias cajún, curry y queso parmesano en un recipiente de cartón verde. Las palomitas no bastaban para mantener sobrios a los parroquianos, pero les proporcionaban algo con que entretenerse entre copa y copa. Mientras ocupábamos nuestros asientos, se desató una virulenta discusión, centrada en política, sobre la que ninguno de los presentes parecía tener la menor idea.

–¿Y bien? ¿Dónde está Marty Blumberg? –pregunté echando un vistazo alrededor.

–¿A qué viene tanta prisa? Llegará enseguida –dijo Reba.

–Pensaba que íbamos a cenar. No sabía que aquí sirviesen comidas.

–Pues sí. Preparan el chile de siete maneras distintas. –Empezó a enumerar las posibilidades con los dedos–: Con macarrones, aros de cebolla, queso, galletas con sabor a ostra, nata agria o cilantro en cualquier combinación.

–Has dicho sólo seis.

–También puedes tomar chile sin nada.

–Ah.

Empezó a sonar el siguiente disco seleccionado en la gramola, y Jerry Vale interpretó su versión de *It's All in the Game*. «Muchas lágrimas tendrán que correr...», decía la letra. Me negué a pensar en Cheney por miedo a gafar nuestra incipiente relación.

Apareció una camarera. Reba pidió una taza de té con hielo, y yo, una cerveza. Habría pedido lo mismo que ella, pero sólo para demostrar una sobriedad que en realidad no poseo. Me pesó cada sorbo que tomaba. Me preocupaba que al menor descuido me arrebatase la cerveza y se bebiese la mitad de un trago.

Como la carta no incluía nada más, pedimos el chile de las siete maneras distintas, que nos sirvieron caliente, picante y suculento. La receta venía impresa en los manteles individuales de papel. Estuve tentada de llevarme el mío, pero la nota al pie rezaba «para cuarenta personas», lo que me pareció excesivo teniendo en cuenta que casi siempre como sola de pie delante del fregadero.

–No terminaste de contarme la vinculación de Beck con Passages –tercié.

–Me alegra que me lo preguntes. No creía que fueses a insistir en el tema.

–Pues ya lo ves. ¿Te importa aclarármelo?

Reba calló el tiempo de encender un cigarrillo.

–Es muy simple. Un promotor inmobiliario de Dallas compró el terreno en 1969 y presentó todos los planos. Pensó que sería pan comido. Se sentía tan optimista que empezó a colocar los carteles: GALERÍAS PASSAGES-INAUGURACIÓN EN OTOÑO DE 1973. Los urbanistas del ayuntamiento se lo pasaron en grande haciéndole sudar a mares con todos los códigos y normativas. El promotor revisó los planos dieciséis veces, pero nunca consiguió cumplir los requisitos. Doce años después, cuando aún no había conseguido la aprobación, hizo correr la voz y alguien le presentó a Beck. Corría el año 1981. El proyecto se concluyó en 1985, tres largos años después de empezar las obras.

Aguardé el final de la historia.

–Por la expresión de tu cara, deduzco que no lo entiendes –comentó Reba.

–Tú limítate a los hechos. Las adivinanzas entorpecen y me ponen de mal humor.

–Pues piensa un poco. ¿Cómo crees que Beck consiguió todos esos permisos? ¿Por su simpatía?

Yo estaba obtusa para pensar nada. La miré de hito en hito. Reba se frotó el pulgar contra los otros dedos en el gesto universalmente utilizado para referirse al dinero que cambia de manos.

–¿Sobornos? –Probé suerte.

–Exactamente. A eso destinó los trescientos cincuenta mil dólares de cuyo robo me acusaron. Yo misma entregué la mayor parte, aunque no me di cuenta de qué se trataba hasta más tarde. Lo único que sabía era que me hacía circular en coche de un lado a otro con esos grandes sobres marrones. Una parte iba a los chicos de Sacramento... Beck siempre está untando manos con vistas a la legislación vigente..., pero casi todo era para personajes influyentes del pueblo. En cuanto se embolsaban la pasta, estaban más que dispuestos a colaborar.

–Pero eso es blanqueo de dinero político.

–¡Vaya! ¡Qué lista eres! –Puso los ojos en blanco–. ¿No es ésa la razón por la que estáis fijando la reunión con los federales? ¿Para reunir pruebas contra él?

–No estaba muy segura de hasta dónde querías llegar.

–Hasta las últimas consecuencias.

–Pero la primera vez que hablamos me dijiste que ingresaba dinero en cuentas de bancos panameños para esconderlo de su mujer.

–Ésa es la versión que él me dio. Antes de la auditoría, no podía imaginarme qué estaba haciendo realmente. Estoy convencida de que sigue sacando dinero en metálico del país, pero al menos ahora lo veo claro: el objetivo de sus esfuerzos nunca fue beneficiarme a mí.

–Lo siento. Sé que eso es duro para ti.

–Duro pero cierto –dijo con tono amargo.

A las nueve en punto Marty Blumberg hizo acto de presencia. Reba, alerta a su llegada, le hizo señas para que se acercara de inmediato. Él se detuvo junto a la barra para encender un cigarrillo. El camarero le preparaba su bebida habitual: un whisky tan oscuro que parecía Coca-Cola. Vaso en mano, se encaminó parsimoniosamente a nuestra mesa. Rondaba los cincuenta años; debía de haber sido un hombre apuesto en sus años mozos. Ahora le sobraban unos cincuenta kilos y la ropa le iba una talla pequeña. Los bolsillos del pantalón se le abrían como orejas y los botones de la camisa a duras penas lograban contener su mole. Era rubicundo y tenía cara de niño, con ojos azules y tristes, nariz chata y una mata de pelo oscuro y ensortijado. Pareció alegrarse de ver a Reba. Ella lo invitó a sentarse y, a modo de presentación, señaló hacia mí con el pulgar.

–Ésta es Kinsey Millhone. Kinsey, te presento a Marty Blumberg –dijo.

–Hola, Marty –saludé–. Encantada de conocerte.

Nos estrechamos la mano. Marty examinó a Reba con la mirada.

–Por ti no pasa el tiempo –comentó–. ¿Cuándo has vuelto?

–El lunes. Kinsey fue a recogerme. En conjunto, la experiencia fue educativa..., aunque sigo preguntándome en qué sentido.

−Me lo imagino.

−He oído decir que estáis instalados en la nueva oficina. Es una suerte tenerlas tan cerca. El Dale's siempre ha sido tu bar preferido, ¿no?

Marty sonrió.

−Soy cliente desde hace sólo catorce años. Con todo el dinero que he gastado aquí podría hacerme socio.

Reba sacó un cigarrillo; Marty tomó el Dunhill y le dio fuego. Reba se remetió un mechón de pelo detrás de la oreja mientras se inclinaba hacia la llama y apoyaba la mano en la de él con toda naturalidad. Cerró los ojos al aspirar el humo. Para ella, fumar era como rezar, una suerte de ritual.

−Dice Beck que las instalaciones son impresionantes −comentó la chica.

−Son muy elegantes −dijo él.

−Viniendo de ti, eso es todo un elogio. ¿Te importaría enseñármelas? Beck me prometió que me llevaría a verlas, pero está de viaje en Panamá.

−¿Enseñártelas? Claro. Llámame y ya quedaremos.

−Como ya estamos aquí, ¿qué mejor ocasión que esta noche?

−Es una posibilidad. −Marty vaciló−. Además, tengo que pasar a recoger el maletín y ordenar mi mesa.

−¿Ordenas tu mesa un viernes por la noche? Eso es devoción.

−Es la nueva norma de Beck: nada de carpetas ni papeles sobre ninguna superficie durante las noches. La oficina parece una tienda de muebles. Ahora estoy poniéndome al día, ocupándome de cosas que había dejado aplazadas. Seguramente mañana también vendré a trabajar.

−Este tío es un adicto al trabajo −me dijo Reba como en un aparte, y luego se volvió de nuevo hacia él−. Kinsey es de-tec-ti-ve-pri-va-da. −Separó las sílabas para mayor énfasis. Dirigiéndose a mí preguntó−: ¿Tienes una tarjeta de visita?

−Déjame mirar −contesté.

Revolví en el bolso hasta que encontré el billetero, donde llevaba una pila de tarjetas. Reba tendió la mano. Le di una, y ella se la entregó a Marty, que la observó con fingido interés. En realidad le traía sin cuidado.

—Supongo que será mejor que vaya con pies de plomo —dijo mientras la guardaba en el bolsillo de la camisa.

—En eso tienes toda la razón. —Reba sonreía—. No sabes hasta qué punto.

Marty sacudió el paquete de tabaco para hacer asomar un cigarrillo, que se colocó directamente entre los labios. A juzgar por su resuello, fumar no parecía buena idea.

—Permíteme. —Reba tomó su Dunhill y le ofreció fuego.

—¡Qué servicial!

—Cómo no —dijo ella. Apoyó la barbilla en una mano—. ¿No sientes curiosidad por saber qué hace aquí Kinsey?

Marty nos miró alternativamente a Reba y a mí.

—¿Una redada por un asunto de drogas?

—No seas bobo —repuso Reba, y le dio una palmada en el brazo. Se inclinó hacia él en actitud coqueta y susurró—: Forma parte de un equipo operativo, junto a federales y policías locales, que investiga las finanzas de Beck de forma confidencial. Prométeme que no dirás nada.

Se llevó un dedo a los labios, y yo me sentí palidecer. No podía creer que lo hubiese dejado caer así, sin prevenirme. Aunque en todo caso no habría estado de acuerdo. Observé la reacción de Marty: esbozó una sonrisa como quien espera el desenlace del chiste.

—Venga ya. No hablas en serio —dijo.

—Hablo muy en serio —confirmó Reba.

Me di cuenta de que disfrutaba dosificándole la información.

—No lo entiendo. —Marty titubeó.

—¿Qué es lo que no entiendes? Estoy diciéndote la verdad.

—¿Y por qué?

—Te prevengo porque me caes bien: estás en la línea de fuego.

Debía de ser uno de esos hombres que viven con el termostato corporal permanentemente en la zona roja, porque de pronto se le bañó el rostro en sudor. Al parecer sin darse cuenta, se llevó la punta de la corbata a la cara y se enjugó las gotas de la mejilla.

–¿Qué quieres decir con eso? –preguntó–. ¿De dónde lo has sacado?

–En primer lugar, tú sabes exactamente qué se trae entre manos. Además, Beck no pagará por esto, igual que no se hizo responsable de los trescientos cincuenta mil dólares perdidos.

–Pensaba que te ofreciste voluntariamente.

–Fui tan estúpida que se lo puse fácil. Me gustaría pensar que tú eres más listo que yo pero quizá me equivoque.

–A mí no puede hacerme nada. Tengo las espaldas bien cubiertas.

–¿Eso crees? Le basta con señalarte. Tus huellas están por todas partes. Tú fuiste quien abrió las cuentas. Lo mismo puede decirse de los bancos panameños y de la empresa mercantil.

–Precisamente. Tengo maneras de presionarle. Soy la persona a quien menos le conviene putear.

–No sé –dijo Reba con escepticismo–. Llevas mucho tiempo con él...

–Diez años.

–Lo que significa que sabes mucho más que yo.

–¿Y?

–Si me cargó el muerto a mí, no dudes que puede cargártelo también a ti. Créeme, te ha tendido una trampa. Sencillamente ahora no la ves, como tampoco yo vi qué hacía conmigo hasta que fue demasiado tarde.

–No tengo queja de Beck. Me trata bien. Llevo diez años trabajando para él, ¿y sabes cuánto dinero he ahorrado? Podría retirarme cuando quisiera, podría marcharme mañana mismo y vivir como un rey.

–Quizá te parezca una situación cómoda, pero sigue siendo una trampa.

–No me lo trago. –Marty negaba con la cabeza.

–¿Y si te presionan?

–¿Quiénes?

214

–Los federales. ¿Qué acabo de decirte? El FBI, Hacienda... Kinsey, ¿quiénes eran los otros? –Reba chasqueó los dedos en un gesto de impaciencia.

–El Departamento de Justicia –contesté.

–Pensaba que habías mencionado un par más. –Se volvió hacia mí y arrugó la frente.

Me aclaré la garganta antes de matizar:

–Aduanas y Hacienda. Y la DEA.

–¿Lo ves? –le dijo Reba a Marty como si eso lo explicase todo.

–¿Por qué habrían de presionarme a mí? –contestó él–. ¿Basándose en qué?

–En toda la mierda que han descubierto hasta el momento.

–¿Por mediación de quién?

–¿Acaso crees que no tienen agentes infiltrados?

–¿Qué «agentes»? –Marty se echó a reír, aunque con cierto nerviosismo–. Menuda chorrada.

–Perdona. No me he expresado bien. He dicho «agentes», en plural, y en realidad es uno solo.

–¿Quién?

–A ver si lo adivinas. Te daré una pista. ¿Qué persona de la empresa ha estrechado su relación con Beck en los últimos meses? –Se llevó un dedo a la mejilla en un gesto de afectada concentración–. Empieza por «O».

–¿Onni?

–¡Bingo! –exclamó Reba–. A eso se llama tener suerte. Mientras a mí me meten en la cárcel ella aprovecha la coyuntura para hacerse un hueco.

–¿Trabaja para los federales?

Reba asintió con la cabeza.

–¡Así es! Desde hace años, y te aseguro que la buena de Onni quiere ver el culo de Beck en una bandeja. No lo dudes.

–No te creo.

–Marty, ésta es su oportunidad de oro. Ya sabes en qué situación están las mujeres en esos empleos oficiales. Las contratan, claro está. Luego los hombres les dejan todo el trabajo machaca, pero no quieren ni oír hablar de ascensos. A menos que se presente una gran ocasión, no hay movilidad laboral, no tienen acceso a los altos cargos. Si esto le sale mal, se quedará donde está para siempre.

–Aquí hay algo que no encaja. Esa chica es más tonta que hecha por encargo.

–Ésa es la impresión que da, pero es astuta donde las haya. Sabe lo que se hace, te lo aseguro. Obsérvala. Ahora Onni podrá imponer sus propias condiciones, siempre y cuando antes les entregue a Beck. Si no, míralo de otra forma: ¿sospecha alguien de ella en la empresa? Joder, salta a la vista que tú no, y Beck no tiene ni remota idea. Si estuviera al corriente saldría pitando por la puerta...

–Supongo que sí.

–Más vale que me creas –insistió Reba–. Entretanto, ahí sigue ella, enterada de todo, con acceso a todo. A pedir de boca.

Aunque Marty parecía un tanto molesto, advertí dos manchas de sudor en la pechera de su camisa.

–Oye, Reeb, sé que estás cabreada con él, y lo entiendo...

–Estoy cabreada con él pero no contigo, y por eso he venido. Confío en ti y sé que mantendrás la boca cerrada. No le he dicho una sola palabra de esto a nadie. Onni va a por él. Su obsesión es tal que está dispuesta a tirarse a Beck para llevarse el gato al agua.

Marty guardó silencio. Lo oía respirar como si acabase de correr seis manzanas.

–No puedes hacer esas acusaciones alegremente...

–Ya lo sé. Eres un hombre sensato y no te dejas convencer fácilmente. Por eso he traído esto.

Sacó del sobre las fotografías en blanco y negro y se las entregó.

Marty les echó un vistazo.

–Dios santo... –susurró.

–¿Ves a qué me refiero?

–¿En qué estaría pensando Beck?

–No piensa. Tiene el cerebro entre las piernas. ¿De verdad no imaginabas siquiera que se la follaba? Sabías que lo hacía conmigo.

–Sí, pero tú no escondías a nadie que estabas loca por él. En cuanto a esto, no sé... ¿No debería avisarle alguien de lo que está pasando?

Reba enarcó las cejas y lo miró con los ojos muy abiertos.

–¿Quieres decírselo tú? Porque yo no, desde luego.

–Pobre tío.

–No hay «pobre tío» que valga. ¿Estás de broma? Si me gastó a mí una mala pasada, ¿por qué no iba a hacértelo a ti? La cuestión es que ahora hay mucho más en juego. Si le cuentas las intenciones de Onni, sólo conseguirás darle más tiempo para ocultar su rastro.

Marty levantó el vaso e hizo tintinear los cubitos.

El camarero advirtió el gesto y empezó a prepararle otra copa.

–Onni... Me cuesta creerlo. Beck debe de haber caído de pleno.

–Sin duda. En cuanto ella actúe, él dará media vuelta y te cargará el muerto. Declarará que actuaste por iniciativa propia. Él no te autorizó. Tú lo hiciste todo por tu cuenta.

–Pero firmaba él. Solicitudes de préstamos, documentos de constitución de sociedades...

–Marty, seamos serios. Beck dirá que nunca se le ha dado bien el lado financiero del negocio. Por eso mismo conseguí llevarme el dinero que robé. Estoy de acuerdo en que tendría que haber espabilado, pero hay gente que nunca aprende. Le dijiste que firmase, y firmó. Confió en ti, y así se lo has pagado. ¡Qué vergüenza para él! Entretanto, tú te encuentras con una acusación federal.

–No lo sé. –Marty cabeceó–. Esto me parece alucinante.

El camarero trajo su copa. Marty sacó la cartera y extrajo dos billetes de veinte. Dijo:

–Quédese el cambio.

Cuando el camarero se marchó, ya casi había apurado la bebida.

Durante la breve conversación entre ambos, Reba me miró desdeñosamente. «Es cosa tuya», pensé antes de que apartase la vista.

Dando unas palmadas a Marty en el brazo, entonó enérgicamente:

–En todo caso, considera las posibles consecuencias. Sólo te pido eso. Incluso si llegas a la conclusión de que estoy inventándomelo todo, no estará de más que te andes con cuidado. En cuanto envíen las citaciones y dispongan de todos los mandamientos judiciales, se acabará tu suerte. Mientras tanto, puesto que vas a subir a la oficina, supongo que no te importará que te acompañemos.

19

Había pasado por delante de la entrada del bloque de oficinas de Beck media docena de veces sin fijarme siquiera. La fachada estaba cubierta de tupida hiedra, y el conjunto quedaba perfectamente integrado en el concepto arquitectónico de un antiguo pueblo español. Enfrente crecían árboles en flor. A la izquierda de la entrada, dos escaleras contiguas, una de ellas mecánica, conducían al aparcamiento, situado en la esquina del centro comercial. Una tienda de maletas ocupaba una parte de la planta baja, y muy posiblemente proporcionaba a Beck una pasta en alquileres de lujo.

Empujamos las puertas de cristal, que se cerraron en silencio cuando entramos. Los ventanales abarcaban las cuatro plantas hasta el tejado de cristal en pendiente. En el atrio rectangular del interior, de granito rosa jaspeado, los suelos y las paredes formaban una especie de entoldado rígido donde la luz natural y artificial se combinaban según la hora del día. En la pared, a gran altura, había un reloj con unas largas manecillas de latón y topos de latón de quince centímetros de diámetro representando las horas. Una cortina verde oscuro de hiedra y filodendro colgaba de un oasis en miniatura, encima del reloj.

Enfrente había dos ascensores, y a la derecha de éstos, en un entrante, otros dos encarados, uno de ellos con la puerta mucho más ancha, concebido para subir la carga. Junto a cada ascensor, un indicador digital mostraba que todos se hallaban en el vestíbulo.

Ocupaba el centro del atrio una concavidad semiesférica de granito abierta en el suelo, circundada por un canal de quince centímetros de ancho por cuyo borde interior fluía una continua cascada de agua. El sonido era balsámico, pero me temo que el aspecto recordaba más a una taza de váter que al plácido estanque que pretendía sugerir.

Sentado tras un alto mostrador de ónice pulido, había un vigilante vestido de uniforme. Era un hombre enjuto de más de sesenta años, tenía el cabello cano y un rostro agraciado e inexpresivo. Por un instante me pregunté qué curiosa serie de circunstancias lo habrían llevado hasta allí. Con toda seguridad había poco que vigilar y menos que proteger. ¿Permanecía allí inmóvil durante las ocho horas de su turno? No vi que tuviera un libro en el regazo discretamente oculto a la vista. Ni tampoco radio o televisor portátil, una libreta o revista de crucigramas. Nos siguió con la mirada, volviendo la cabeza despacio, mientras atravesábamos la fría superficie de granito bruñido acompañados del ruido de nuestros pasos.

Marty levantó la mano y, en respuesta, recibió una imperturbable mirada. Reba, risueña, fijó en él sus ojos grandes y oscuros. El hombre la recompensó con una media sonrisa. Se reunió con Marty a las puertas del ascensor.

–¿Cómo se llama? Es encantador –comentó.

–Willard. Trabaja por las noches y los fines de semana. No recuerdo a quién sustituye estos días.

Una vez en el ascensor, Marty pulsó el botón de la cuarta planta.

–Has hecho una conquista –dijo–. Es la primera vez que le veo sonreír.

–Resulta que congeniar con vigilantes es una de mis especialidades –contestó Reba–. Aunque, en mi caso, el término exacto es funcionario de prisiones.

Dado que la oficina de Beck ocupaba toda la cuarta planta, las puertas del ascensor daban directamente a la recepción, cubierta por una tupida moqueta de color verde claro. Aunque todas las luces estaban encendidas, era evidente que no había nadie excepto nosotros. Mobiliario moderno y arte contemporáneo se combinaban con antigüedades. Varias mamparas de cristal esmerilado separaban la recepción de una espaciosa sala de reuniones. Desde la recepción partían cuatro pasillos en distintas direcciones como los radios de una rueda. Pintados con anchas espirales de color a lo largo de las paredes, parecían interminables.

–¡Marty, esto es imponente! Beck me dijo que era espectacular pero, la verdad, es el no va más. ¿Te importa que eche un vistazo?

–Pero no tardes. Quiero marcharme a casa.

–Te prometo que nos iremos enseguida. Piénsalo de este modo: de no ser por la cárcel, yo misma estaría aquí trabajando. ¿No hay un jardín en el terrado?

–La escalera está al final de ese pasillo. Ya la verás. Os espero en mi despacho.

–Aquí una puede perderse –comentó Reba.

–Pues no te pierdas. A Beck no le gustará saber que has pisado la oficina.

–Cállate. –Le enseñó los hoyuelos.

Reba rodeó la recepción, y yo la seguí. Con Marty todavía presente, adoptó una actitud casi infantil en sus exageradas demostraciones de entusiasmo, asomando la cabeza a uno y otro despacho a lo largo del pasillo, sin dejar de proferir exclamaciones. Marty nos observó un momento y luego se alejó en dirección contraria.

Tan pronto como se perdió de vista, Reba abandonó toda ficción de visita turística y se puso manos a la obra. Permanecí a su lado mientras comprobaba los nombres colocados en la pared junto a la puerta de cada despacho. Cuando llegó al de Onni, lanzó una ojeada por el pasillo para cerciorarse de que Marty no estaba. Se acercó al escritorio, tomó un pañuelo de papel y empezó a abrir los cajones sin dejar huellas.

–Tú vigila, ¿vale? –me pidió.

Eché un vistazo al pasillo. Vigilar ha sido siempre mi deporte preferido, excepto últimamente estar con Cheney Phillips. La tensa emoción de invadir el espacio privado de una persona se intensifica con el riesgo de ser sorprendida in fraganti. Tal vez si hubiera sabido qué buscaba, me hubiera sumado al juego. Así las cosas, alguien tenía que montar guardia.

Reba seguía abriendo y cerrando cajones cuando dijo:

–Dios mío, parece mentira que Marty esté tan paranoico. Debe de haber dejado el tratamiento. –Alzó un aparatoso llavero, que tintineó en el aire–. Vaya, vaya, vaya...

–No puedes llevarte eso.

–Bah. Onni no vendrá hasta el lunes. Para entonces ya las habré devuelto.

–Reba, no. Vas a echarlo todo a perder.

–Al contrario. Esto es una investigación científica. Estoy verificando mi hipótesis.

–¿Qué hipótesis?

–Te la contaré más tarde.

Salió del despacho de Onni y se encaminó de nuevo hacia la recepción palpando la pared con una mano y examinando las líneas del techo con la mirada. Cuando llegó a los ascensores, rodeó el hueco y calculó a ojo las medidas. Unos enormes cuadros abstractos colgaban de las paredes, cuya iluminación lograba atraer irresistiblemente la mirada de una obra de arte a la otra.

–Si supiese qué estás buscando podría ayudarte –dije.

–Sé cómo funciona la cabeza de Beck. Aquí hay algo que no quiere que veamos. Probemos en su despacho.

Pensé en protestar, pero sabía que ella no me escuchaba.

El bonito despacho de Beck, situado en una esquina, era espacioso y tenía las paredes revestidas de madera de cerezo clara; en el suelo, la misma moqueta verde amortiguaba las pisadas. Estaba amueblado con butacas bajas de cromo y piel, de esas que exigen un cabrestante y una polea para levantarse cuando uno comete la estupidez de sentarse. Su escritorio estaba revestido de pizarra negra, una extraña superficie a menos que le gustase utilizarla para hacer divisiones con tiza. Reba volvió a emplear el pañuelo de papel para no dejar huellas en los cajones. Mientras tanto, yo me paseaba intranquila por delante de la puerta.

Dio media vuelta, insatisfecha. Examinó el despacho desde

todos los ángulos y finalmente se acercó a la pared, donde golpeó con los nudillos la madera, atenta a cualquier reverberación que demostrase la existencia de un espacio hueco detrás. De pronto, accionó un cierre de contacto y se abrió una puerta, pero el único tesoro que ésta reveló fue la provisión de bebidas de Beck, que incluía licoreras de cristal tallado y vasos de diversas clases.

–¡Mierda! –exclamó Reba.

Cerró de un portazo y volvió al escritorio. Luego se sentó en la silla giratoria y, desde allí, hizo una segunda inspección ocular.

–¿Quieres darte prisa? –susurré–. Marty puede aparecer de un momento a otro preguntándose dónde nos hemos metido.

Echó atrás la silla, se agachó para examinar el escritorio por debajo y extendió el brazo cuan largo era. Yo no sabía qué había descubierto y prefería no ser testigo. Salí al pasillo y miré hacia la recepción. No había ni rastro de Marty. Me fijé en que los cuadros estaban dispuestos de mayor a menor, el más grande cerca de los ascensores, y los más pequeños, en proporción decreciente, frente al despacho de Beck. Para un visitante, eso creaba la ilusión óptica de unos pasillos mucho más largos de lo que en realidad eran: un curioso efecto *trompe l'oeil*.

Reba abandonó el despacho, me tomó del codo y me condujo a la escalera ancha que ascendía al terrado.

–¿Qué hay ahí arriba aparte del jardín? –le pregunté.

–Por eso vamos, porque no lo sabemos –contestó ella.

Subió los peldaños de dos en dos, y yo le seguí el paso. En lo alto, una puerta de cristal daba a un cuidado jardín: árboles, arbustos y macizos de flores separados por caminos de grava que serpenteaban hacia lo lejos. La estudiada iluminación lo envolvía todo en resplandor. Aquí y allá se sucedían los patios con sillas y mesas al amparo de unas sombrillas. Un muro de un metro veinte de altura rodeaba el perímetro y, en todas direcciones, se extendían unas fantásticas vistas del pueblo.

En el centro del jardín se alzaba lo que parecía la caseta del jardinero. Sobre su exterior de enrejado trepaban vistosas enredaderas de flor de la pasión, repletas de capullos morados. Un cartel asomaba medio oculto en el follaje. Movida por la curiosidad, aparté las hojas.

–¿Qué es eso? –preguntó Reba.

–«Peligro. Alto Voltaje.» Está el número de teléfono del supervisor del edificio por si es necesario hacer algún trabajo. Debe de ser un transformador o parte de la instalación eléctrica. ¿Quién sabe? Supongo que podría tratarse del hueco de los ascensores, junto con la calefacción central y el aire acondicionado. Esas cosas tienen que ponerse en algún sitio.

La pequeña construcción zumbaba de un modo que inducía a pensar que, al menor movimiento erróneo, uno acabaría como un chicharrón.

Marty nos llamó desde el hueco de la escalera:

–¿Reba?

–Estamos aquí arriba –dijo.

–No quiero daros prisa, pero deberíamos irnos ya. A Beck no le gusta que entren extraños en la oficina.

–No puede decirse que yo sea una extraña, Marty. Soy su polvo favorito.

–Lo que tú digas, pero se cabreará igualmente y la emprenderá conmigo.

–No hay problema. Cuando tú quieras nos vamos –dijo Reba. Se volvió hacia mí–. Saca del bolso las llaves del coche y el billetero y déjalo aquí.

–¿El bolso? No voy a dejar mi bolso. ¿Estás loca?

–Hazlo.

Marty apareció en lo alto de la escalera. Por lo visto, no confiaba en que bajásemos por propia iniciativa. Se apoyó en la barandilla respirando entrecortadamente por el esfuerzo de subir. Reba fue hasta el rellano, entrelazó su brazo al de él y se volvió para admirar las montañas que se veían a lo lejos.

–¡Qué vista! Éste es un sitio perfecto para una fiesta de trabajo.

Marty sacó un pañuelo y se enjugó la cara, que le brillaba a causa del sudor.

–Aún no hemos hecho ninguna. Cuando el tiempo acompaña, las chicas comen aquí fuera y toman el sol. Cuando hace mal día, usan la sala de descanso, como en la antigua oficina, sólo que aquí es más elegante.

–¿La sala de descanso? No la he visto.

–Te la enseñaré camino de la salida.

Reba se volvió hacia mí.

–¿Todo bien? –me preguntó.

–Todo bien –dije.

Los dos empezaron a bajar por la escalera. Seguí sus instrucciones a regañadientes: cogí las llaves y el billetero y dejé el bolso detrás de la enorme maceta de un ficus. Esperaba que Reba supiese lo que estaba haciendo, porque yo desde luego no tenía ni idea. Lancé una nostálgica mirada atrás y me dirigí hacia la escalera.

Los alcancé en lo que parecía una cocina de tamaño medio. Fregadero, lavavajillas, dos microondas, un frigorífico combi y dos máquinas expendedoras, una con refrescos, la otra con caramelos, patatas fritas, galletas de manteca de cacahuete, pastas, frutos secos y otros tentempiés ricos en grasas. Ocupaba el centro una mesa amplia rodeada de sillas.

–¿No es una maravilla? –dijo Reba.

–Fantástico –confirmé.

–¿Estás lista? –me preguntó Marty.

–Sí. Ha sido divertido.

–Bien. Iré a buscar mi maletín y cerraremos con llave.

Los tres nos encaminamos por el pasillo en dirección a los ascensores. Marty entró en su despacho un momento y regresó con su maletín. Reba, inclinándose, se asomó a la puerta.

–Bonito despacho. ¿Lo has arreglado tú mismo?

–No, por Dios. Beck contrató a unos decoradores que se ocupasen de todo, excepto las plantas. De eso se encarga otra empresa.

–Es bastante ostentoso –comentó ella.

Observamos cómo Marty pulsaba el botón del ascensor, que subió del piso inferior. Mientras esperábamos, Reba señaló un tercer ascensor al otro lado de la recepción.

–¿Para qué sirve ése?

–Es el montacargas. Se usa básicamente para subir y bajar cajas, archivadores, muebles y cosas así. En estos tres pisos superiores tienen sus oficinas entre quince y veinte empresas, que necesitan muchos suministros y fotocopiadoras. También lo utiliza el servicio de limpieza.

–¿Bart y su hermano todavía trabajan los fines de semana?

–Los viernes. Como siempre. Vendrán a las doce de la noche –explicó.

–Me alegra saber que algunas cosas no cambian. El resto es una indudable mejora. Ya me imaginaba que Beck lo haría en cuanto yo saliese por la puerta.

Se abrieron las puertas del ascensor. Marty alargó el brazo y pulso el botón para mantener la puerta abierta mientras introducía el código del sistema de alarma en el tablero de la derecha. En cuanto los tres estuvimos dentro, Marty soltó el botón y apretó el de la planta baja. Descendimos sin despegar los labios, los tres con la mirada fija en los números digitales del suelo que indicaban las sucesivas plantas: 4, 3, 2, 1.

Cuando salimos, las puertas de uno de los dos ascensores situados en la recepción se abrieron y apareció un equipo de limpieza compuesto de dos hombres con sus carritos. Cargaron una aspiradora, varias escobas y fregonas, botellas de detergentes de tamaño industrial y paquetes de toallas de papel para reabastecer los lavabos. Los dos llevaban un mono con el logotipo de su empresa cosido en la espalda. Uno inclinó la cabeza en dirección a Willard, y éste respondió al saludo moviendo un dedo. Reba observó a los dos hombres mientras cruzaban el vestíbulo y subían al montacargas.

–¿Adónde van? –preguntó Reba.

Marty se encogió de hombros.

–No lo sé. Puede que trabajen en la segunda planta.

Las puertas del montacargas se cerraron detrás de ellos, y los tres seguimos hacia la entrada mientras Willard tomaba nota de nuestra hora de salida con la misma mirada inexpresiva que nos había dirigido antes. Marty no se molestó en despedirse; Reba, en cambio, agitó los dedos en un desenfadado saludo.

–Gracias, Willie. Buenas noches.

«Willie» vaciló y a continuación levantó una mano.

–¿Lo habéis visto? Eso es amor –comentó.

Bajamos al aparcamiento del subterráneo. Al pie de la escalera, Marty dijo:

–Tengo el coche aparcado aquí. ¿Y vosotras?

–Por allí. –Señalé en dirección contraria.

Reba se metió las manos en los bolsillos de la cazadora y observó cómo se alejaba hacia el coche.

–Marty... –lo llamó. Él se detuvo y se volvió–. Piensa en lo que te he dicho. Si no actúas pronto, Beck te meterá los cojones en un torno.

Marty estuvo a punto de contestar, pero finalmente cambió de idea. Con semblante absorto, movió la cabeza en un gesto de negación y dio media vuelta. Reba lo miró hasta que se perdió de vista, y luego cruzamos el aparcamiento.

–No me ha gustado el aspecto de los hombres del servicio de limpieza –comentó.

–¿Por qué no te relajas? –le rogué.

–Sólo dejo constancia del hecho. Les he visto algo raro.

–Gracias por informarme. Lo anotaré en el expediente.

Cuando llegamos al VW, abrí la portezuela del conductor, me senté al volante y me incliné para abrir la del copiloto. Una vez dentro, cuando ya me disponía a introducir la llave en el contacto, Reba extendió la mano.

–Un momento –dijo.

–¿Qué ocurre?

–Aún no hemos terminado. Esperemos que Marty se marche y demos otro vistazo.

–No podemos volver a la oficina. ¿Cómo vas a hacerlo?

–Muy sencillo. Le decimos a Willie que te has dejado el bolso arriba y tienes que recuperarlo.

–¡Reba! Ya basta. Acabarás entorpeciendo el trabajo de la policía.

–Son ellos quienes lo entorpecen. Ya ves en qué situación nos encontramos. El país es un caos.

–Ésa no es la cuestión. No puedes violar la ley así como así.

–Serás remilgada... ¿Qué ley?

–Empezando por allanamiento de morada...

–Esto no ha sido allanamiento de morada. Hemos subido con Marty. Nos ha dejado entrar por voluntad propia.

–Y entonces tú has robado las llaves.

–No las he robado. Las he tomado prestadas. Pienso devolverlas.

–Da igual. En serio, yo no quiero saber nada más de esto –dije. Hice girar la llave de contacto y di marcha atrás.

–¿No quieres tu bolso?

–Ahora no. Te llevo a casa.

–Pues entonces nos acercaremos mañana por la mañana, y después te juro que habremos terminado con esto. ¿De acuerdo? Te recogeré a las ocho.

–¿Por qué tan temprano? Es sábado. El centro comercial no abre hasta las diez.

–Para entonces ya nos habremos marchado.

–¿Después de hacer qué?

–Ya lo verás.

–Ni hablar. No cuentes conmigo.

–Si no me acompañas, lo haré sola. Ni te imaginas en qué lío puedo meterme.

Hubiera cerrado los ojos de desesperación, pero el coche ya subía la rampa de salida y no quería chocar en mis prisas por salir de allí. Doblé a la derecha en Chapel Street. Con el rabillo del ojo, vi que Reba sacaba algo del bolsillo de la cazadora.

–¡Vaya! ¡Esto no está nada mal! –exclamó.

–¿El qué?

–Parece que sí he robado algo, después de todo. Soy muy traviesa.

–No has robado nada.

–Pues sí. Esto es de Beck. Lo he encontrado en aquel absurdo

228

cajón secreto de su escritorio. Debe de estar planeando largarse del pueblo, el muy hijo de su madre.

Sostenía en alto un pasaporte, un carnet de conducir y varios documentos. Detuve el coche de inmediato junto al bordillo de la acera, irritando considerablemente al conductor que venía detrás. El hombre dio un bocinazo e hizo un gesto obsceno con la mano.

–Dámelos. –Intenté quitárselos.

–Alto. –Movía los documentos en el aire–. Ésta es la verdadera clave. Pasaporte, partida de nacimiento, carnet de conducir y tarjetas de crédito a nombre de un tal Garrison Randell, pero con fotografía de Beck... Ha tenido que costarle una pasta.

–Reba, ¿qué crees que va a ocurrir cuando descubra que ha desaparecido su documentación?

–¿Cómo va a enterarse?

–¿Y si mira en el cajón en cuanto vuelva? Ése es su plan de huida. Seguramente comprueba los documentos dos veces al día.

–Tienes razón –concedió–. Sin embargo, ¿por qué habría de sospechar de mí?

–No tiene por qué sospechar de ti. Le bastará con descubrir quién ha estado allí. En cuanto presione a Marty, se acabó. Está claro que no va a arriesgar el cuello por ti. Volverás a la cárcel.

Reba reflexionó al respecto antes de decir:

–Está bien. Los dejaré en su escritorio cuando devuelva las llaves de Onni.

–Gracias.

Pero sabía que no podía dar crédito a su palabra.

Llegué al estudio a las once y cuarto, después de acompañar a Reba a su casa. En el contestador automático, la luz roja de aviso de mensaje parpadeaba. «Será Cheney», pensé. Había algo erótico en la idea misma, y casi gemí en respuesta, cual si fuera un perro de Pavlov. Tras pulsar el botón, escuché su voz. Eran seis palabras: «Eh, oye, cariño, llámame cuando vuelvas».

Marqué su número y, en cuanto descolgó, dije:

–Eh, oye, ¿te he despertado?

–No importa –reconoció Cheney–. ¿Dónde has estado?

–Con Reba. Tengo mucho de qué informarte.

–Perfecto. Ven y quédate conmigo esta noche. Si te portas bien, mañana te prepararé unas tostadas de desayuno.

–No puedo. Reba pasará a recogerme mañana a las ocho.

–¿Qué te traes entre manos?

–Es una larga historia. Te la contaré cuando nos veamos.

–¿Y si voy a buscarte y te llevo a casa por la mañana a tiempo de reunirte con ella?

–Cheney, soy perfectamente capaz de conducir hasta tu casa. Vives a tres kilómetros de mi estudio.

–Ya lo sé. Pero no quiero que andes sola por las calles a estas horas. El mundo es un lugar peligroso.

–¿Así van a ser las cosas? –Me eché a reír–. Tú el protector, y yo dócil como un cordero.

–¿Se te ocurre algo mejor?

–No.

–Estupendo. Te recogeré en diez minutos.

20

Lo esperé fuera sentada en el bordillo. Me había puesto un jersey sin mangas de cuello vuelto y una de mis faldas nuevas. Era la tercera noche consecutiva que lo veía, pero tarde o temprano tenía que acabarse, igual que una racha ganadora en una partida de dados. Al pensarlo no supe decir si estaba siendo cínica o sensata. El caso es que preveía cómo se desarrollaría la noche. Al verlo experimentaría una sensación neutra: me sentiría contenta de estar en su compañía, pero no irresistiblemente atraída por él. Charlaríamos de nada en particular y, poco a poco, tomaría conciencia del olor de su piel, el perfil de su cara, la forma de sus manos sujetas al volante. Cheney notaría mi mirada y se volvería. En cuanto se produjese el contacto visual, el zumbido grave y lejano comenzaría de nuevo y la vibración se propagaría por todo mi cuerpo como los primeros retumbos de un terremoto.

Curiosamente, con él no me sentía en peligro. A fuerza de equivocarme tan a menudo en mis relaciones con los hombres, tendía a adoptar una actitud cauta, distante, manteniendo todas las opciones abiertas por si las cosas no salían bien. De modo que la relación terminaba estropeándose, lo que sólo servía para reafirmar mis recelos. En retrospectiva, veía que Dietz actuó exactamente igual que yo, y tal vez por eso con él también me sentía a salvo, aunque por razones erróneas: a salvo porque él siempre estaba en otra parte, porque sabía que terminaría fallándome, porque su distanciamiento era el reflejo del mío.

Oí el coche de Cheney mucho antes de que doblase la esquina en Bay Street para tomar por Albanil Street. Al ver los faros, me levanté maldiciéndome para mis adentros por haber dejado el bolso en la oficina de Beck. Me había visto obligada a usar una bolsa de papel marrón –como las que usan los niños para llevarse el desayuno– como equipaje de mano, por así llamarlo: una muda, el cepillo de dientes, el billetero y las llaves. Paradójicamente, el coche de Cheney tenía la capota bajada y la calefacción funcionando a toda potencia.

–¿Es tu bolsa de viaje? –Señaló la bolsa de papel.

–Forma parte de una colección a juego. –La levanté–. Tengo otras cuarenta y nueve como ésta en un cajón de la cocina.

–Bonita falda.

–Gracias a Reba. Yo no iba a quedármela, pero ella insistió.

–Buena compra.

Esperó a que me abrochase el cinturón y arrancó.

–Me parece increíble lo que estamos haciendo –comenté–. ¿Tú nunca duermes?

–Prometí que te enseñaría mi casa. La otra vez sólo viste el techo del dormitorio.

–Tengo una pregunta. –Alcé el dedo índice.

–Dime.

–¿Fue así como acabaste casado en tan poco tiempo? Conociste a tu futura mujer y pasaste con ella todas las noches durante las tres primeras semanas. A la cuarta semana se mudó a tu casa; a la quinta os comprometisteis, y a la sexta os casasteis y os marchasteis de luna de miel. ¿Me equivoco?

–No fue así exactamente, pero más o menos. ¿Por qué? ¿Te molesta?

–Sólo quería saber cuánto tiempo tengo para mandar las invitaciones.

Cheney me enseñó la casa, empezando por las habitaciones de la planta baja. Tenía más de cien años y reflejaba una forma de vida extinta hacía mucho tiempo. La mayor parte de las chimeneas, puertas, molduras de las ventanas y zócalos de caoba seguían intactos. Había ventanas grandes y estrechas, techos altos, montantes sobre las puertas para que circulase el aire. Cinco chimeneas encendidas en la planta baja, y otras cuatro, en los dormitorios del piso superior. El «gabinete» (un concepto que desde entonces ha seguido los pasos del dodo) precedía al salón de día, que a su vez daba a un elegante porche cerrado. La lavandería contigua conservaba los antiguos lavaderos dobles con un fogón de leña para calentar el agua.

Cheney tenía el salón a medio pintar, con el suelo de madera noble cubierto con lonas. Había quitado el papel de las paredes con vapor, que ahora se amontonaba en unos mustios rebujos. Las paredes estaban preparadas para la primera mano de pintura: había hecho retoques en el yeso y pegado cinta adhesiva a las junturas de los cristales de las ventanas. Había sacado del quicio una puerta que, colocada sobre dos caballetes y cubierta con una lona, le proporcionaba una superficie donde dejar las herramientas. En un rincón, revueltos en cajas, guardaba varios herrajes de latón: pomos, placas de cerradura, pestillos de ventana, tiradores.

–¿Desde cuándo tienes esta casa? –pregunté.

–Hará poco más de un año.

Las lonas se extendían también hacia el comedor, al que se accedía por una puerta de dos hojas con cuarterones de cristal, que presentaba un mejor aspecto. Allí la escalera, los botes de pintura, las brochas, los rodillos, las cubetas y los pinceles –por no hablar del olor– daban fe de que había aplicado dos manos de pintura, pero aún no había vuelto a colocar los apliques ni los herrajes secundarios, esparcidos por los alféizares de las distintas ventanas.

–¿Esto es el comedor?

–Sí, pero los anteriores dueños de la casa, una pareja, lo usaban como dormitorio para su anciana madre. Convirtieron la despensa en un cuarto de baño, así que lo primero que hice fue quitar el inodoro, la ducha y el lavabo y restaurar los aparadores empotrados y los cajones de la cubertería.

De pronto, al mirar por las ventanas en saliente del comedor, advertí que estaba viendo la cocina de Neil y Vera, en la casa con-

233

tigua. El camino de entrada de Cheney y el de su casa discurrían paralelos, separados por una exigua franja de césped. Vi a Vera, de pie ante el fregadero, enjuagando platos antes de meterlos en el lavavajillas. Neil estaba encaramado a un taburete junto a la encimera, de espaldas a mí, charlando mientras ella trabajaba. No había ni rastro de los niños; debían de haberse acostado. Yo rara vez presenciaba los más breves momentos de intimidad de un matrimonio. En alguna ocasión me había sorprendido ver en un restaurante a una de esas parejas que a lo largo de la comida no se cruzan una palabra. He ahí una perspectiva pavorosa: todas las fricciones menores de la vida cotidiana sin las ventajas de la compañía.

Cheney me rodeó con los brazos desde atrás, hundió la cara en mi pelo y siguió mi mirada.

–Una de las pocas parejas felices que conozco –comentó.

–O eso parece.

Me besó en la oreja.

–No seas cínica.

–Soy cínica. Y tú también.

–Sí, pero en el fondo los dos tenemos una vena optimista.

–Habla por ti –dije–. ¿Dónde está la cocina?

–Por aquí.

Los antiguos propietarios habían reformado la cocina, que ahora era un espacio funcional con encimeras de granito, electrodomésticos de acero inoxidable e iluminación de alta tecnología. Lejos de desmerecer el aire victoriano de la casa, ésta desprendía una sensación de esperanza y eficiencia. Estaba explorando una despensa del tamaño de mi altillo cuando sonó el teléfono. Cheney atendió la llamada; su conversación fue breve. Volvió a dejar el auricular del teléfono mural.

–Era Jonah. Ha habido un tiroteo en un aparcamiento de Floresta. Una chica se ha visto atrapada en el fuego cruzado. Le he dicho que te dejaría en tu casa y me reuniría con él allí.

–Por supuesto –contesté.

Pensé: «Fantástico. Ahora que Jonah sabe que estamos liados, todo el Departamento de Policía de Santa Teresa estará al tanto mañana al mediodía». A la hora de la verdad, los hombres son mucho más chismosos que las mujeres.

Me acosté a las doce de la noche y empecé a dar vueltas y más vueltas en la cama, posiblemente debido a la prolongada siesta de esa tarde. No recuerdo en qué momento me sumí en un pesado sueño, pero de pronto tomé conciencia de que alguien aporreaba mi puerta. Abrí los ojos y miré el reloj. Pasaban dos minutos de las ocho. ¿Quién demonios era? ¡Mierda! Reba estaba en la entrada.

Aparté las sábanas y puse los pies en el suelo a la vez que gritaba «¡Un momento!», como si ella fuera a oírme. Me froté la cara y me apreté los ojos con los dedos hasta que aparecieron chispas de luz detrás de mis párpados. Bajé y la dejé pasar.

–Mil perdones. Me he dormido. Enseguida estoy contigo. –Le dije que se pusiera cómoda mientras yo subía. Sin embargo, por una cuestión de buenos modales, me incliné por encima de la barandilla del altillo y grité–: ¡Prepara una cafetera si sabes cómo!

–No te preocupes. Podemos parar en el McDonald's.

–Buena idea.

Después de una versión abreviada de mi higiene matutina, me puse unos vaqueros, una camiseta y unas zapatillas. Saqué el billetero y las llaves del coche de la bolsa de papel marrón y, al cabo de seis minutos, salía por la puerta.

Pedimos el desayuno en la ventanilla de comida para llevar del McDonald's y luego nos quedamos sentadas en el aparcamiento con dos cafés enormes y cuatro bocadillos de huevo, bcicon y queso con bolsitas extra de sal. Al igual que yo, Reba lo devoró todo como si quisiera batir un récord.

–Por eso lo llaman comida rápida –comentó con la boca llena.

A continuación nos sumimos unos minutos en el silencio, concentradas en el desayuno.

Al terminar, aplastamos los envases vacíos y los metimos en la bolsa, que Reba lanzó al contenedor de la acera.

−¡Bravo! ¡Dos puntos! −exclamó.

Mientras tomaba el café, alargó el brazo hacia el asiento trasero y tomó tres rollos de planos, sujetos con una goma elástica. Se colocó la goma en la muñeca para no perderla y desplegó la primera lámina sobre el salpicadero. Era de un papel azul blanquecino, con los espacios bidimensionales trazados en tinta azul. Al pie se leía: EDIFICIO BECKWITH, 25-3-81.

−Éstos son los dibujos a tinta originales −explicó Reba−. Espero que nos revelen qué esconde Beck.

−¿De dónde los has sacado?

−En la oficina teníamos de todo, desde planos de la estructura hasta planos de las cañerías, la calefacción y el aire acondicionado, accesorios básicos. Cada vez que el arquitecto introducía algún cambio, imprimía un nuevo juego de dibujos para todos los jefes de sección. Beck me dijo que los tirase.

−¿Y tú tuviste la previsión de quedártelos? Me impresionas.

−Yo no lo llamaría previsión. Sencillamente me encanta la información. Es como mirar unas radiografías: todas esas grietas y protuberancias en los huesos donde menos te lo esperas. Échales un vistazo. Después compararemos impresiones. Anoche comprendí que no íbamos mal encaminadas.

Me entregó el segundo rollo de láminas, que debían de medir cuarenta y cinco por sesenta centímetros. Con cierta dificultad, coloqué la primera lámina en una posición relativamente plana y examiné los detalles. Por lo que podía deducirse, aquello era una sección de la entrada de servicio y los cuartos de la instalación eléctrica. Mostraba la ubicación del contador, el transformador, los conmutadores, los armarios de fusibles y los circuitos independientes. Los diagramas del cableado se componían de círculos y líneas sinuosas que precisaban la relación entre tomas y controles.

El siguiente plano era más interesante. Parecía una sección del edificio visto desde el tejado. Según la leyenda al pie, cada tres milímetros representaban treinta centímetros lineales. El arquitecto había rotulado todos los elementos del dibujo con esas mayúsculas a mano alzada que los estudiantes de arquitectura aprenden desde su primer día en la facultad. Reba me dirigió una mirada y dijo:

–Para la estabilización utilizan un núcleo rígido que atraviesa el centro del edificio, una torre estructural que contiene los lavabos, las escaleras y los ascensores. Recuerdo que hablaban de tirantes de refuerzo en diagonal y paneles para carga lateral, sean lo que sean.

Vi las columnas de hormigón, la posición de los paneles de tímpano de hormigón prefundido, la losa a nivel de tierra y el pilote de cimentación, reforzado con montantes de acero y revestido de yeso. Esperaba descubrir la correlación entre las líneas del papel y los espacios que había visto. El dibujo detallado del terrado, por ejemplo, mostraba los mecanismos del equipo de los ascensores, poco más o menos en el mismo lugar en que estaba la falsa caseta del jardinero. Reba apoyó un dedo en la lámina.

–Esto no me gusta. El otro dibujo sitúa los ascensores en el lado opuesto, no aquí. ¿Cuál es el bueno, pues?

–Quizá deberíamos echarle otro vistazo –dije–. No me explico cómo alguien se aclara con esta mierda. Yo no sabría por dónde empezar.

Reba desplegó otro plano, éste con fecha de agosto de 1981. Cotejamos un par de dibujos. Después de haber visto la oficina con mis propios ojos, tenía una clara idea de qué estaba mirando, aunque con notables excepciones. Donde ahora estaba situada la sala de descanso, el plano indicaba una sala de reuniones, que había sido ubicada más cerca de la recepción.

–¿Cuántos juegos tienes?

–Montones, pero éstos parecían los más pertinentes. De marzo a agosto no hay grandes diferencias. Son los cambios que se incluyen en octubre los que he encontrado más interesantes.

Extendió una cuarta lámina y la colocó encima de la tercera. Entre el continuo crujir del papel, examinamos los detalles de los lavabos de los empleados, los accesos para minusválidos, las terrazas metálicas y el aislante rígido: los quince despachos de la oficina de Beck vistos en su conjunto.

–¿Estamos buscando algo en particular? –pregunté.

Señaló en mi lámina una zona rectangular contigua a la escalera de incendios y los huecos de los ascensores.

–¿Ves eso? La posición de los ascensores cambió de aquí a aquí –dijo desplazando el dedo de mi dibujo al suyo.

–¿Y qué? También se trasladó la sala de descanso, ¿no?

–Fíjate. Entiendo que se hiciesen cambios, pero hay algún espacio que no queda claro. Aquí esto se llama «almacenaje», y, sin embargo, en este otro dibujo tenemos ese mismo espacio pero sin designación.

–Sigo sin verle la importancia.

–Simplemente me parece extraño. Te lo aseguro, ahí había una habitación en uno de los primeros planos. Cuando le pregunté a Beck qué era me mandó al cuerno espetándome que no era asunto mío. En los dibujos a tinta originales, el arquitecto la llamó «armero», lo que es absurdo. A Beck siempre le han aterrado las armas de fuego. Ni siquiera tiene pistola, y ya no digamos una colección. En su momento pensé que quizá se trataba de una habitación del pánico o cómo se llame...

–¿Una habitación de seguridad?

–Eso. Un espacio que no quería que nadie conociese. Más tarde me pregunté si se proponía utilizarlo como nido de amor, un escondrijo al que llevar a sus amigas. ¿Qué mejor que tenerlo en el mismo edificio pero no a la vista? Piensa lo fácil que le sería echar algún que otro polvo a escondidas.

–Quizás el arquitecto vetó la idea.

–A él nadie lo veta. Sabe exactamente qué quiere y lo consigue. –Puso el dedo en una zona sin rótulo contigua a la recepción–. ¿No crees que podría haber un espacio detrás de esta pared?

Rememorando, me representé la galería de pintura y el efecto *trompe l'oeil* creado por el tamaño decreciente de los cuadros a lo largo del pasillo. Volví a mirar el plano.

–No lo creo, porque ¿cómo demonios entras? Si la memoria no me engaña, en la pared no hay ninguna puerta.

–Tampoco yo recuerdo ninguna. Conté cinco despachos, y el de Onni estaba en medio. Después del de Jude, había aquel con las fotografías en blanco y negro.

–Exacto –convine.

–La galería partía de ahí y la pared tenía por lo menos siete metros y medio de largo.

–¿Y el cuarto donde guardan el material de oficina?

–Está ahí mismo. Pasé dos veces por delante y tampoco había ninguna puerta. Si hay una habitación, la han tapiado.

–Quizás esté relacionado con la infraestructura del edificio. Los elementos prácticos. ¿No tienes planos posteriores a éste?

Reba movió la cabeza en un gesto de negación.

–Para entonces ya estaba en la cárcel.

Las dos callamos un momento. Después dije:

–Lástima que no tengamos planos de los pisos inferiores. Tú supones que se trata de una habitación, pero podría ser algún hueco para tuberías o algo que se prolonga desde ahí hasta la planta baja.

Enrolló todos los planos y formó con ellos un cilindro, que sujetó con la goma elástica. Los lanzó al asiento trasero y accionó la llave de contacto.

–Sólo hay una manera de averiguarlo.

Reba circundó lentamente las galerías Passages mirando a través de mi ventanilla. Atraída por una entrada donde se leía REPARTO, aparcó junto al bordillo, en el lado sur. Una empinada rampa conducía hacia la penumbra.

–Un momento. Esto tengo que verlo –dijo.

Apagó el motor y las dos salimos del coche. Bajamos por la rampa, que descendía dos niveles hasta lo que debía de ser un sótano. Al pie de la rampa había una reja provista de un enorme candado. A través de los barrotes, vimos diez plazas de aparcamiento, una puerta de dos hojas normal y corriente, al final de un acceso sin salida, y otra metálica, a la derecha.

–¿Crees que ésta es la única entrada? –pregunté.

–No puede ser. Tiene que haber una forma de repartir la mercancía a las tiendas.

Resoplé por el esfuerzo de la subida y volvimos sobre nuestros pasos. Al llegar a la acera, Reba retrocedió unos pasos y recorrió el edificio con la mirada. Desde la calle, la estructura con aspecto de fortaleza no tenía en esa fachada escaparates ni acceso a los comercios.

–Más allá hay una segunda rampa como ésta –comentó–. Ya lo tengo. Veamos si estoy en lo cierto.

–¿Vas a decírmelo o no? –Me quedé mirándola.

–Si acierto, claro que sí. Si me equivoco, no tienes por qué saberlo.

–Me aburres.

Reba sonrió, impertérrita.

Volvimos al coche. Puso el motor en marcha y miró por encima del hombro para comprobar si venía algún vehículo. Salió y continuó el recorrido alrededor de Passages, dejando atrás una entrada idéntica a la que acabábamos de ver. Después torció a la derecha y continuó hacia el norte por Chapel Street.

El aparcamiento del centro comercial era gratuito los fines de semana, sin duda para atraer a los clientes. La verja estaba levantada cuando Reba descendió por la rampa. Giró a la derecha y dejó el coche en una plaza cercana a las puertas de cristal oscurecido, por donde se accedía a la planta inferior de Macy's. La tienda no abría hasta las diez.

Entonces Reba señaló con el dedo a nuestra derecha, a una distancia equivalente a diez coches, hacia una puerta con el rótulo PROHIBIDA LA ENTRADA. SÓLO PERSONAL. Más allá, la rampa ascendía en espiral hacia las plantas superiores.

–¿No estará cerrada con llave? –pregunté invadida por la inquietud que uno siente ante la perspectiva de entrar en un sitio al que no está autorizado.

240

–Por supuesto. Como te he comentado, llevé a cabo cierta labor de reconocimiento, pero no pude entrar. Ahora tengo ésta. –Levantó el aparatoso llavero que había tomado del escritorio de Onni. Separó las llaves una por una con una sonrisa pintada en la cara–. Mira esto. Retiro todo lo que he dicho de esta chica. Fíjate.

Onni, una mujer compulsiva, había marcado con cinta rotulada todas las llaves: OFICINA, BECK, SALA RE, COR SERV, ALMACÉN, MCARGAS, CAJ SEG CENTRO, CAJ SEG, SERV GEN Y VEST. Reba sujetó las llaves de las dos cajas de seguridad y volvió a juntar las demás.

–Estoy segura de que aquí encontraremos información –explicó–. Beck guarda una copia de sus libros de cuentas en la caja de seguridad.

–Eso no es muy inteligente.

–No son libros reales. Tiene la información en discos. Cada dos días los actualiza. ¿Qué esperabas? Es un hombre de negocios. Aunque sus actividades sean ilegales, debe mantener registro de todo. ¿Crees que no ha de presentar una contabilidad completa a Salustio?

–Desde luego. Aun así, me parece arriesgado.

–A Beck le encanta el riesgo.

–Eso lo tenemos en común.

Reba siguió acariciando con el dedo las llaves de las cajas de seguridad.

–Me pregunto si hay alguna manera de acceder a esas cajas.

–Reba...

–No he dicho que vaya a hacerlo. Beck cambió de bancos en cuanto me metieron en la cárcel, así que en todo caso yo no tendría firma. Ahora probablemente la tiene Marty.

–Júrame que las devolverás.

–Ya te lo dije. En cuanto haya hecho duplicados.

–Maldita sea, Reba. ¿Estás loca?

–Bastante. –Miró el enorme aparcamiento vacío por encima del hombro–. Más vale que nos pongamos en marcha antes de que aparezca alguien.

Salimos del coche y nos dirigimos hacia la puerta de servicio acompañadas por el eco de nuestras pisadas en las paredes desnudas de hormigón. Reba probó el picaporte. Puesto que, como había previsto, la puerta estaba cerrada, utilizó la llave que Onni tan atentamente había identificado. La puerta daba a una escalera. Bajamos un tramo y descubrimos dos puertas más separadas por unos tres metros.

–¿La dama o el tigre? –dijo Reba–. Tú eliges.

Señalé a la izquierda. Ella se encogió de hombros y me entregó las llaves. Tuve que probarlas para encontrar la buena. Probé tres antes de dar con la que encajaba. Por fin abrí la puerta. Nos encontramos en el mismo acceso sin salida con diez plazas de aparcamiento que habíamos visto desde la calle.

–¡Ajá! –exclamó Reba.

Cerramos la primera puerta y pasamos a la segunda.

–Es tu turno –dije–. Yo lo intentaría con la llave que lleva el número cuatro.

–Ningún problema. Ya sé qué hay detrás de ésta.

Introdujo la llave en la cerradura, la hizo girar y empujó la puerta. De pronto descubrimos un largo corredor sin ventanas. Unos plafones de luz fluorescente coloreaban de azul el pasillo. A intervalos regulares, tanto a un lado como a otro, se sucedían las grandes puertas metálicas de las zonas de carga y descarga de varias tiendas, con entrada unas por Chapel Street y otras por la explanada interior del centro comercial. Los letreros encima de cada puerta indicaban el tipo de comercios: una tienda de maletas, una de ropa para niños, una de cerámica italiana, la joyería, etcétera.

Observé el trazado. Nada indicaba la presencia de los dos ascensores que habíamos visto en el vestíbulo, pero una maciza pared de hormigón me indujo a pensar que allí nacía el hueco que los alojaba. A corta distancia, un espejo inclinado, situado en el ángulo superior derecho, reflejaba el montacargas y el otro ascensor que había visto en el vestíbulo. Hice ademán de dirigirme hacia allí, pero Reba extendió el brazo y me impidió seguir tan eficazmente como lo haría la barrera de un paso a nivel. Se llevó un dedo a los labios y señaló arriba a la derecha.

Vi una cámara de seguridad en un rincón que enfocaba directamente hacia el extremo del corredor. Había un teléfono en la pared, para facilitar, cabía suponer, la comunicación entre la conserjería y los repartidores. Retrocedimos y cerramos la puerta. Reba me contó en susurros:

–Anoche, cuando me dejaste, volví a la oficina en coche para hablar con Willie. Es simpático, mucho menos envarado de lo que podría pensarse. Y un fanático del ajedrez. Juega al bridge duplicado y, te lo juro por lo más sagrado, cocina pan sin levadura. Dice que hace nueve años que come el mismo entrante. Mientras charlábamos, no dejé de mirar los diez monitores. Capté imágenes de ese corredor, pero no sabía dónde estaba hasta que hemos abierto esta puerta. Willie ve todos los pasillos en ambas direcciones, pero no los ascensores ni el terrado.

–¿Y la oficina de Beck?

–Por Dios. Beck no soportaría esa basura del Gran Hermano. Le da igual que Willie espíe a sus inquilinos, pero no a él.

–Me parecen muchas medidas de seguridad para un edificio de este tamaño.

–Interesante, ¿no? Eso mismo pensé yo.

–Así pues, ¿dónde desaparecen los ascensores?

–Los ascensores públicos llegan hasta el vestíbulo –dijo–. Obviamente, Beck no quiere que nadie tenga acceso a su oficina desde aquí. El ascensor tiene un corto recorrido entre el aparcamiento y el vestíbulo. Quien quiera ir a las plantas superiores debe cruzar el vestíbulo para llegar a los ascensores públicos. Así, Willie puede salirles al paso e interrogarlos. Si no tienes una buena razón para estar en el edificio, mala suerte. Para bajar hasta aquí en ascensor hace falta una llave, porque no hay botón alguno que pulsar.

–Pero si el montacargas empieza aquí, ¿no es posible tomarlo y sortear a Willard? –pregunté–. Aunque las cámaras sean giratorias, no puede atender los diez monitores a la vez.

–En teoría, tienes razón, pero sería difícil. Para empezar, todos estos corredores quedan cerrados con llave...

–Lo que no nos ha impedido entrar.

–Y, por otra parte –prosiguió sin prestarme atención–, cada planta tiene un código de seguridad. Podrías arriesgarte a subir en el montacargas, suponiendo que Willie no te viera, pero no podrías salir a menos que supieses el código del sistema de alarma de alguna planta. Equivócate de números y se arma un tremendo lío.

–¿Y eso a nosotras en qué nos afecta?

–Pues en que nos conviene abusar del buen carácter de Willie y recuperar tu bolso antes de que acabe su turno.

21

Volvimos sobre nuestros pasos desde el corredor de servicio al aparcamiento cerca de Macy's. De ahí nos dirigimos hacia la escalera automática y subimos un nivel hasta la calle. Cuando llegamos a la entrada principal del edificio Beckwith, Reba empujó la puerta y descubrió que estaba cerrada. Ahuecando las manos contra el cristal, gritó:

–¡Oiga, Willie! ¡Aquí!

Golpeó el vidrio para atraer la atención del vigilante. En cuanto éste alzó la mirada, ella agitó los brazos en un entusiasta saludo y le hizo señas para que abriese la puerta. Willard se negó en redondo, como un pitcher desestimando las indicaciones del catcher. Entonces Reba le indicó que se acercase. Él la miró, inconmovible, y ella, todo corazón, juntó las manos en actitud de plegaria. Al fin Willard abandonó refunfuñando su puesto tras el mostrador y cruzó el vestíbulo hasta la puerta, al otro lado del cristal, desde donde gritó:

–¡El edificio está cerrado!

–Vamos, ábranos –suplicó Reba.

Consideró la petición mientras ella acercaba los labios al cristal y estampaba un impetuoso beso. Le dedicó una de sus miradas con los ojos muy abiertos y forzó la aparición de los hoyuelos para mayor efecto.

–Se lo pido por favor...

Willard, visiblemente contrariado, tomó el llavero que le colgaba de una cadena prendida al cinturón. Desechó la llave y abrió la puerta unos prudenciales ocho centímetros.

–¿Qué quieren? No puedo dejarlas entrar a menos que trabajen en el edificio.

–Ya lo sé, pero Kinsey ayer olvidó el bolso arriba y necesita las llaves del coche y el billetero.

–Puede volver el lunes. –Willard no se dejó impresionar y me miró de arriba abajo–. El edificio abre a las siete.

–¿No entiende que sin las llaves del coche ni siquiera puede conducir? –protestó Reba–. Yo misma he tenido que ir a buscarla a su casa y acompañarla hasta aquí. Estamos hablando de sus cosas, Willie. ¿Sabe lo que es para una mujer separarse de su bolso? Va a volverse loca. Es investigadora privada. Dentro lleva la licencia, además de la agenda, el maquillaje, las tarjetas de crédito, el talonario, y hasta el último centavo que tiene. Incluso las píldoras anticonceptivas. Si se queda embarazada, usted será el responsable, así que prepárese para criar a un niño.

–Está bien, está bien. Dígame dónde está y lo bajaré.

–No sabe dónde lo dejó. Ése es el problema. Sólo recuerda que anoche lo llevaba encima cuando subió con Marty. Ahora ha desaparecido, y ella después no estuvo en ningún otro sitio. Sea bueno. Estaremos de vuelta en menos de cinco minutos y luego le dejaremos en paz.

–No puedo. El sistema de alarma está activado.

–Marty me ha dado la clave. Me ha dicho que él no tiene inconveniente siempre y cuando usted nos dé antes su autorización.

Willard, resignado, abrió la puerta y nos dejó pasar. Pensé que insistiría en acompañarnos arriba, pero se tomaba muy en serio su vigilancia y no quería abandonar su puesto. Reba y yo tomamos uno de los dos ascensores públicos, que subió a la cuarta planta con una lentitud exasperante.

–¿Seguro que sabes la clave? –le pregunté a Reba.

–Me fijé cuando Marty la introdujo. Es la misma que teníamos cuando yo trabajaba para Beck.

–Me sorprende que esté tan obsesionado con la seguridad y, sin embargo, sea tan poco cuidadoso con las claves. Por lo visto, podría entrar cualquiera que haya trabajado en su oficina.

Reba le quitó importancia con un gesto.

–Antes las cambiábamos continuamente..., una vez al mes..., pero con veinticinco empleados siempre había alguien que se confundía. La alarma se disparaba tres o cuatro veces por semana. La policía tenía que venir tan a menudo que al final empezaron a cobrarnos cincuenta dólares por visita.

Las puertas se abrieron y Reba pulsó el botón *En espera* antes de salir del ascensor. Al asomarme vi que introducía una clave de siete dígitos: 19-4-1949.

–Es la fecha de nacimiento de Beck –aclaró–. Usó la de Tracy durante un tiempo, pero él mismo se olvidaba de la combinación una y otra vez, y al final la cambió por la suya.

El piloto del panel pasó de rojo a verde. El ascensor permaneció en espera hasta nuestro regreso. Seguí a la chica hacia la recepción. En la oficina reinaba un silencio sepulcral. Había muchas luces encendidas, y eso curiosamente contribuía a la sensación general de abandono.

–Bart y Bret, los gemelos encargados de la limpieza, estuvieron aquí anoche. Mira las huellas de la aspiradora. Más nos vale que el primero que entre aquí el lunes por la mañana no sienta demasiada curiosidad al ver nuestras huellas en los pasillos.

–¿Cómo sabes que fueron Bart y Bret quienes pasaron la aspiradora y no los dos tíos del carrito de la limpieza?

–Me alegra que me hagas esa pregunta. Lo sé porque ésos no eran los empleados del servicio de limpieza. No caí en la cuenta hasta altas horas de la madrugada. ¿Sabes qué me mosqueaba de ellos? –Hizo una pausa teatral–. Los zapatos no encajaban. ¿A quién se le ocurriría fregar suelos con unos lustrosos mocasines italianos de cuatrocientos dólares?

–Eres una auténtica Sherlock Holmes.

–No te quepa duda. Tú ve a buscar tu bolso mientras yo satisfago mi curiosidad. No me llevará mucho tiempo.

Fui derecha al terrado por el pasillo más cercano a la escalera. Conforme a la indicación de Beck respecto al orden en los escritorios, todas las mesas que vi en el camino estaban tan vacías e intactas como las de un anuncio de muebles de oficina. Subí los peldaños de dos en dos y empujé la gran puerta de cristal que daba al exterior. El cielo matutino era inmenso y de un tono azul cristalino. · Reduje el paso y me acerqué al pretil, atraída por el deseo de ver el centro de Santa Teresa desde aquella atalaya. El sol había calentado el aire del jardín, extrayendo la fragancia de los arbustos en flor, y se oía el susurro de las hojas agitadas por la brisa. A lo lejos, la luz se derramaba como almíbar sobre las cumbres de las montañas. Me incliné por encima del pretil y contemplé la calle, prácticamente vacía a esa hora. Ladeé la cara hacia la luz y respiré hondo antes de erguirme y concentrarme de nuevo en la misión pendiente. Recuperé el bolso de detrás de la maceta del enorme ficus y bajé. Reba no se había equivocado al nombrarle a Willard mis anticonceptivos. Saqué el blíster y me tomé dos como si fueran pastillas de menta.

Encontré a Reba ocupada midiendo con un metro el largo y ancho del pasillo. Sujetaba la cinta metálica con un pie a la vez que la extendía en toda su longitud. Cuando soltó el seguro, oí silbar la cinta de regreso a su mano. El extremo le azotó el dedo con violencia.

—¡Mierda! ¡Será hijo de puta...!

Se chupó el nudillo.

—¿Necesitas un médico? —me alarmé.

—Voy a morir desangrada. —Tenía un corte de cinco milímetros en el dedo índice. Se lo examinó con expresión ceñuda—. Me juego lo que quieras a que la maldita habitación está justo ahí. Acerca la oreja a la pared; a ver si oyes algo. Hace un momento he escuchado un zumbido como de una máquina.

—Reba, ése es el hueco del ascensor. Seguramente te ha llegado el sonido del montacargas al bajar.

—No era en esta planta. Aquí estamos solas.

—Pero seguro que no somos las únicas en todo el edificio. La maquinaria del ascensor está encima de nosotras. ¡Cómo no vas a oírla!

—¿Tú crees?

—Comprobemos lo evidente.

248

Doblé la esquina en dirección al montacargas con Reba detrás de mí. Mediante el indicador digital de la pared, confirmamos su descenso: el número cambiaba del 1 a 0.

–¿Qué te decía? –Consulté mi reloj–. Más vale que salgamos de aquí antes de que Willard se ponga nervioso y venga a buscarnos. No puedo creer la sarta de tonterías que le has soltado. ¡Menuda trampa!

–A mí me ha parecido que lo hacía muy bien..., aunque todos esos ruegos y súplicas tienen un efecto limitado. La próxima vez que queramos entrar tendré que follármelo, eso desde luego.

–Lo dices en broma, ¿no?

–No seas tan santurrona. Cuando te has follado a un tío, te los has follado a todos. Sólo eres virgen una vez, y luego bien puedes cosechar los frutos. Además, no me importaría. Lo encuentro encantador. –Volvió a recorrer la pared con la mirada; deduje que seguía especulando sobre la habitación perdida–. A lo mejor se entra por el terrado, por aquella pequeña construcción que parece la caseta de un jardinero.

–Déjalo. No tenemos tiempo. Vámonos de aquí.

–No te preocupes tanto por todo –dijo, y sacó el llavero de Onni–. Déjame devolver esto. Intento ser cívica.

–¿Y los documentos falsos de Beck?

–Aquí los tengo –respondió palpándose el bolsillo de la cazadora. Limpió las huellas de las llaves con el faldón de la camisa–. No vaya a ser que la policía las espolvoree.

–Date prisa.

Se alejó por el pasillo hacia el despacho de Onni –no tan deprisa como yo hubiera querido– y se perdió de vista. Llevábamos allí doce minutos. ¿Cuánto podíamos tardar en encontrar mi bolso? A esas alturas Willard ya debía de haber abandonado su mostrador y estaría camino de la cuarta planta. Reba no se apresuró en volver y, cuando por fin apareció, con las manos hundidas en los bolsillos de la cazadora, en lugar de subir al ascensor, como estaba previsto, regresó al hueco donde se hallaba el montacargas y se quedó allí mirándolo.

—¿Qué haces? —Me exasperé.

—Acabo de caer en la cuenta. Maldita sea.

Pulsó el botón para llamar el montacargas a la cuarta planta. Ambas mantuvimos la mirada fija en el indicador digital mientras iniciaba su lento y obediente ascenso. Finalmente las puertas se abrieron. Reba alargó el brazo hacia el panel interior para dejarlo en espera y entramos sin pensar. Era el doble de ancho y un cincuenta por ciento más hondo que un ascensor corriente, supuestamente para acomodar cajas, archivadores y equipos de oficina de gran tamaño. De las paredes colgaban unas telas acolchadas de color gris como las mantas que utilizan los servicios de mudanzas para proteger los muebles.

Reba se aproximó a la pared opuesta a las puertas y, al apartar la tela, dejó al descubierto otras dos puertas. En un panel colocado a la derecha había un pequeño teclado numérico con nueve dígitos. Lo observó un instante y luego alzó la mano, vacilante.

—¿Conoces la clave?

—Quizás. Te lo diré dentro de un momento.

—¿No se disparará la alarma si no aciertas?

—Vamos, por favor. Esto es como en los cuentos de hadas: tienes tres intentos antes de que se arme el alboroto. Si no tenemos suerte, le diremos a Willie que hemos cometido un pequeño error.

—Déjalo ya. Estás tentando la suerte.

Naturalmente, no me hizo caso.

—Sé que no es su fecha de nacimiento —decía—. Ni siquiera Beck sería tan tonto para usarla aquí también. Pero sí podría ser una variante. Es un narcisista. Todo lo que hace está relacionado con él.

—Reba...

Me fulminó con la mirada.

—Si dejas de gimotear y me echas una mano, acabaremos con esto y podremos largarnos. Puede que sea mi única oportunidad, y no voy a desperdiciarla.

Miré al techo mientras trataba de controlar el pánico, que comenzaba a apoderarse de mí. Reba no iba a rendirse hasta que lo resolviésemos o nos atrapasen.

–¡Mierda! –exclamé–. Prueba con la misma fecha del revés.

–9-4-9-1-4-9-1. –Se quedó pensando en la combinación de números y luego hizo una mueca–. No lo creo. Sería demasiado difícil para él recitar el número de un tirón. Probemos esto...

Pulsó 1949-4-19.

Nada.

Pulsó 4-19-1949.

Noté que el corazón me latía con fuerza.

–Ya van dos.

–Contrólate, por favor. Ya sé que van dos. Soy yo la que pulsa los números. Pensemos un momento. ¿Qué otra posibilidad hay?

–¿Y si pruebas con la fecha de nacimiento de Onni?

–Esperemos que no sea el caso. Sé que es el 11 de noviembre, pero no estoy segura del año. Además, no hace mucho que Beck se la tira, así que dudo mucho que la sepa.

–Con 11-11 y el año saldrían ocho dígitos, no siete –dije.

Me señaló con el dedo, al parecer impresionada por mi capacidad de contar.

–¿Cuándo nació su mujer? –pregunté.

–El 17-3-1952. Pero con esa combinación ha fallado tantas veces que seguramente ya le da miedo usarla. Él prefiere números con conexiones internas o secuencias. ¿Entiendes a qué me refiero? Repeticiones o pautas.

–Si no recuerdo mal, dijiste que en algún momento utilizó tu fecha de nacimiento.

–Sí. Es el 15-5-1955.

–¡Qué casualidad! La mía es el 5-5-1950 –solté alegremente como si fuera una lunática.

–Estupendo. El año que viene organizaremos una celebración conjunta... ¿Con qué combinación pruebo? ¿Con su fecha de nacimiento del revés o la mía del derecho?

–Su fecha de nacimiento del revés tiene una lógica interna si agrupas los números. 9-491-491. ¿Podría haberlo descompuesto así?

–Es posible.

–Elige uno u otro antes de que me dé un ataque al corazón.

Pulsó 15-5-1955. Tras un instante de silencio, las puertas se abrieron.

–Mi fecha de nacimiento. ¡Qué encanto! ¿Crees que aún le importo?

Pulsé el botón *En espera* y la observé mientras limpiaba las huellas del panel con cuidado de no activar la alarma.

–No querría que nadie supiese que hemos estado aquí –dijo contenta.

A continuación miré al frente. La habitación tendría un metro ochenta de largo por algo menos de dos metros y medio de ancho. No era mucho mayor que un armario. El carrito de la limpieza que había visto estaba arrimado contra la pared izquierda. Una repisa en forma de «U» ocupaba el espacio restante. Alcé la vista. La habitación parecía bien ventilada y tenía las paredes revestidas de material aislante para insonorizarla. En el techo había instalados varios detectores de humo y calor, junto con rociadores contra incendios. Unos barrotes empotrados formaban una escalera en la pared. En torno al perímetro del techo vi unos rectángulos de luz del sol que se correspondían más o menos con los respiraderos de la falsa caseta de jardinero. Reba tenía razón. En caso de necesidad podía accederse desde el terrado. O escapar por allí.

En un brazo de la repisa había tres máquinas de contar dinero, y, en el lado contiguo, otras cuatro de liar fajos. En la tercera sección, varios maletines abiertos contenían fajos de billetes de cien dólares. Bajo la repisa había diez cajas de cartón abiertas y dispuestas en hilera, con más fajos de cien, cincuenta y veinte en moneda estadounidense. En cada fajo los billetes estaban bien comprimidos y atados con una cinta, mientras que los de cinco dólares tenían alrededor trozos de rollo de papel de máquina sumadora. Vi sobre la repisa dos vasos de café de poliestireno, y muchos otros vacíos en una papelera, que también contenía cintas de plástico desechadas. Varios discos de plástico del tamaño de una moneda grande provistos de pequeñas cuchillas servían para cortar las cintas.

—¡Dios mío! ¡Nunca había visto tanto dinero junto! —exclamó Reba.

—Yo tampoco. Supongo que toman los fajos de esas cajas, retiran la cinta, pasan los billetes por la máquina de contar y vuelven a ordenarlos en fajos para transportarlos.

Reba avanzó unos pasos y miró el total en una de las máquinas contadoras.

—Echa un vistazo a este artefacto. Por aquí ha pasado por lo menos un millón de dólares. —Se hizo con un fajo y lo sopesó—. ¿Cuánto habrá aquí? ¿No te gustaría saberlo? —Lo olfateó—. Parece que tenga que oler bien y, sin embargo, no huele a nada.

—Estate quieta.

—Sólo estoy mirando. ¿Cuánto calculas que hay en uno de éstos? ¿Veinte mil? ¿Cincuenta mil dólares?

—Ni idea. No juegues con eso. Hablo en serio.

—¿No tienes curiosidad por saber qué se siente al tocarlo? No pesa apenas —comentó. Limpió las huellas de la cinta, puso el fajo en su sitio e inspeccionó la habitación—. ¿Cuánta gente crees que trabaja aquí además de los dos que vimos?

—No hay espacio para tres. Probablemente vienen los fines de semana, cuando la actividad puede pasar más inadvertida. —Toqué uno de los vasos y casi gemí de miedo—. Aún está caliente. ¿Y si vuelven?

—Nadie puede llegar hasta aquí. El ascensor está en espera.

—Pero si encuentran el ascensor en espera, ¿no pensarán que ocurre algo raro? Tenemos que irnos ya mismo. Te lo ruego.

—Como quieras... Pero sabía que no me equivocaba. Esto es increíble, ¿verdad?

—Sin lugar a dudas. Pero ¿qué importa eso ahora? Vámonos.

Salí de la habitación y entré de nuevo en el montacargas. Las puertas del otro lado seguían abiertas, y asomé la cabeza al pasillo para cerciorarme de que en la oficina no había nadie. A Reba no le fue tan fácil despegarse de aquello.

—¡Reba, vamos! —insistí. Mi voz delató con toda exactitud la tensión e impaciencia que sentía.

La chica entró en el ascensor como hipnotizada e introdujo la clave de siete dígitos. Las puertas de ese lado se cerraron. Volvió a extender la tela acolchada para ocultar las otras dos puertas.

–¿Por qué has tardado tanto? –pregunté.

–Es alucinante... ¿Te imaginas tener aunque sólo fuese la mitad del dinero que hay ahí dentro? No tendrías que mover ni un dedo durante el resto de tu vida.

–Pero tu vida sería muy corta.

Salimos a la oficina y Reba pulsó de nuevo el botón *En espera*. Aguardamos a que se cerrasen las puertas del montacargas; luego doblamos la esquina y regresamos al ascensor público. Volvió a apretar el botón *En espera*, las puertas se cerraron e iniciamos el lento descenso. Yo estaba muerta de miedo, pero ella no parecía alterada. No perdía la entereza por nada.

Cuando cruzamos al vestíbulo, Willard nos miró desde su mostrador esbozando una sonrisa.

–¿Lo han encontrado? –preguntó.

Levanté el bolso para que viese que habíamos cumplido nuestra misión. Las manos me temblaban de tal modo que pensé que el hombre lo notaría desde el otro lado de la sala. Hacía lo que buenamente podía para aparentar normalidad hasta que cruzásemos la puerta de la calle. Reba, muy en su línea, se aproximó al mostrador, donde se puso de puntillas y, apoyando los brazos en la superficie, acercó el dedo herido a la cara de Willard.

–¿Tiene un botiquín? Mire. Casi me quedo lisiada.

–¿Cómo se ha hecho eso? –Willard examinó el corte.

–Debo de habérmelo enganchado en algún sitio. Me duele bastante. Si quiere, puede besármelo para curarme.

Willard cabeceó con una sonrisa de indulgencia y empezó a abrir cajones. Mientras revolvía en busca de una tirita, advertí que Reba recorría los diez monitores con la mirada. Por fin, el vigilante encontró un apósito.

–¿Cree que podrá ponérsela usted misma?

–No sea descortés. ¿Después de todo lo que he hecho por usted?

254

Tendió el dedo, y él tiró del hilo rojo que abría el envoltorio, sacó la tirita y se la aplicó.

–Gracias –dijo Reba–. Es usted un encanto. Recomendaré un aumento de sueldo.

Mientras nos dirigíamos hacia la puerta, le lanzó un sonoro beso. Willard abandonó su puesto y nos siguió sacando su manojo de llaves para abrirnos.

–No vuelva por aquí. Ésta es la última vez.

–No volveré, pero me echará de menos –contestó Reba al tiempo que cruzaba la puerta.

–Lo dudo –dijo él, y ella le lanzó otro beso.

Me dio la impresión de que Reba estaba cargando las tintas, pero a Willard no pareció importarle. En cuanto echó la llave, estuvimos a salvo.

22

Reba, al volante del BMW, redujo la marcha hasta detenerse frente a mi estudio. Al salir del coche y cerrar la portezuela, vi el Mercedes rojo de Cheney aparcado junto a la acera. Sentí un repentino nerviosismo. Cuando, la noche anterior, quise ponerle al corriente de mis aventuras con Reba en los últimos dos días, la llamada de Jonah me lo impidió, y después él se marchó al escenario del tiroteo sin darme ocasión de contarle nada. Esta omisión me inquietaba, como si estuviese ocultándole algo intencionadamente. Incluso el referirme a mis actividades con Reba como «aventuras» parecía un intento de minimizar el hecho de que habíamos puesto en peligro la investigación. La incursión en la oficina de Beck había sido ya muy arriesgada. Apurando mucho, podía aducirse que Marty nos había invitado a visitar la nueva sede de la empresa, pero eso no incluía registrar los cajones de los escritorios ni robar las llaves de Onni. Y desde luego no nos había dado permiso para regresar en su ausencia y disfrutar de un recorrido por el lugar. Deseaba hablarle a Cheney de los fajos de billetes que allí se contaban, se volvían a fajar y se guardaban en maletines, pero era consciente de que ese descubrimiento implicaba el pequeño detalle de una entrada ilegal en propiedad ajena, lo que desacreditaba la información. Sin embargo, necesitaba rendir cuentas antes de que mi silencio se convirtiese en un conflicto.

Crucé la verja y circundé el estudio con el mismo sentimiento de culpabilidad que si me hubiese acostado con otro hombre. Podía buscar pretextos a mi conducta, pero era responsable igualmente. Cheney estaba sentado en el portal, vestido con la misma ropa que llevaba la noche anterior. Al verme sonrió y puso cara de agotamiento, aunque tenía buen aspecto. Confesar haría mella en la relación. Temía las consecuencias, pero debía contarlo todo. Me senté a su lado y puse mi mano sobre la suya.

—¿Cómo ha ido? Se te ve derrotado. —Intenté animarlo.

—Un desastre. Dos delincuentes muertos. La chica quedó atrapada en el fuego cruzado y también murió. Jonah me ha mandado a casa para ducharme y cambiarme de ropa. He de volver a la una. ¿Y tú qué tal?

—No muy bien. Tenemos que hablar.

—¿No puede esperar? —Fijó una mirada escrutadora en mi rostro.

—Creo que no. Se trata de Reba. Tenemos un problema.

—¿Qué clase de problema?

—No va a gustarte.

—Suéltalo ya.

—Anoche quedamos para cenar. Quería presentarme a Marty Blumberg, el interventor de la empresa de Beck, y yo no vi inconveniente. Él cena en el Dale's todos los viernes, y allí fuimos. Estuvimos charlando hasta que, de buenas a primeras, Reba le contó que los federales tienen a Beck bajo investigación, y que él, Marty, cargará con la culpa si no actúa deprisa. Yo no tenía la menor idea de qué se proponía, pero así fue.

Cheney cerró los ojos y permaneció con la cabeza gacha.

—Por Dios. Es increíble. ¿Qué demonios le ocurre a esa mujer?

—La cosa no termina ahí. Luego le dijo que Onni es agente federal y está sorbiéndole el seso a Beck a base de polvos para obtener pruebas contra él. Al principio, Marty se resistió a creerlo, pero Reba le enseñó las fotos y él acabó picando el anzuelo. A continuación, lo convenció para que nos invitara a subir a la oficina, en teoría sólo para verla, pero ella, aprovechando la ocasión, recorrió el lugar en busca de cualquier cosa a la que echar mano. Al final se llevó las llaves de Onni.

Proseguí con mi resumen, ofreciéndole la verdad sin adornos de lo ocurrido en el transcurso de los dos últimos días. Me di cuenta de que su enojo iba en aumento cuando aún no había llegado a la mitad del relato. Cheney estaba cansado. Había pasado la noche en vela y aquello era lo que menos deseaba oír. Pero yo me sentía obligada a ser sincera con él. Si no se lo contaba todo, nada tendría sentido. Continué con los sucesos de esa mañana y, cuando terminé, Cheney estalló:

–¡Tienes que estar mal de la cabeza! Aparte del allanamiento de morada, si Beck se entera sabrá que algo pasa, y eso será el final de nuestra investigación.

–¿Cómo va a averiguarlo?

–Supón que Marty levanta la liebre o que al vigilante le entra alguna duda por haberos permitido subir. Conoce el nombre de las dos. Bastaría con que cualquiera de ellos dejase caer un comentario. Por sólida que sea la acusación, si el abogado defensor te llama a declarar, te hará trizas. Aunque ni siquiera tendrá ocasión. Mucho antes de eso, los federales presentarán cargos contra ti por obstrucción a la justicia, manipulación de pruebas y sabe Dios cuántas cosas más. Por perjurio sin duda en cuanto intentes cubrirte las espaldas. Reba no tiene credibilidad. Estamos hablando de una ex convicta, una mujer despechada. Todo lo que diga estará automáticamente bajo sospecha.

–¿Por qué la metisteis en esto, pues? Si tan inútil es, ¿por qué quisiste reclutarla desde un principio?

–Porque necesitábamos un informante de confianza. Tú eres una profesional. Ya sabes cómo funcionan estas cosas..., o eso suponía. Los federales juegan en serio. Si pones en peligro una operación como ésta, lo pagarás caro. ¿A ella qué más le da? No tiene nada que perder.

–Te entiendo, Cheney. Sé que debería habérselo impedido, pero no encontré la manera. En cuanto le dijo a Marty qué ocurría, se precipitaron los acontecimientos.

–Tonterías. Eres una cómplice voluntaria. Lo que has hecho es ilegal.

–Sí, lo sé. Soy consciente de ello –dije–. Pero ¿cómo iba a marcharme? Está metida en esto por nosotros, o por mí, para ser más exactos. Me siento responsable de lo que le ocurra.

–Pues será mejor que empieces a asumir la responsabilidad de tus propios actos. Si la operación se va al garete, estarás con el agua al cuello.

–Espera un momento. No quiero que pienses que me pongo a la defensiva, pero me vi arrastrada a esto. Cuando me lo propusiste, te dije que no quería, pero tú me convenciste, con fotos obscenas incluidas. Cambio de escena: estoy sentada en el Dale's, Reba abre la boca y descubre el pastel. ¿Qué podía hacer yo? Si me hubiera marchado, ahora no sabríamos qué hizo Reba después. Lo creas o no, intentaba minimizar los daños. Admito que la situación se descontroló...

–Hazme un favor: mantente alejada de la chica, ¿de acuerdo? Si te telefonea, cuelga y déjanoslo a nosotros. Me pondré en contacto con Vince y lo haré venir a toda prisa. Veremos qué puede salvarse, si es que puede salvarse algo.

–Lo siento. No quería echarlo a perder.

–En fin, ahora ya no hay remedio. A lo hecho pecho. Bastará con que no te acerques a Reba. Promételo.

Levanté la mano como si prestase juramento.

–Luego te llamo –dijo con aspereza.

Se levantó y dobló la esquina en dirección a su coche. Puso el motor en marcha y apartó el automóvil del bordillo con un chirrido de goma en el asfalto. Una hora después aún me ardía la cara.

Me encerré en el estudio y ordené el cajón de la ropa interior. Necesitaba hacer algo trivial y útil. Tenía que tomar las riendas de mi vida en un terreno sin riesgos donde poder sentirme segura otra vez. Quizá doblar bragas no fuese gran cosa, pero no podía ocuparme de nada mejor. Pasé a la cómoda y me entretuve doblando las blusas. Luego me enfrenté al cajón de los trastos. No me gustaba nada la idea de ir a juicio. La obstrucción a la justicia era una cagada considerable. Me imaginé vestida de presa, con grilletes en los tobillos y las manos esposadas al frente, arrastrando los pies de un lado a otro por el patio de la cárcel en la proverbial danza de los reclusos. En ese punto la escena empezó a parecerme un tanto melodramática y decidí que no era necesario flagelarme tanto. La había pifiado, sí, ¿y qué? Al fin y al cabo, no había matado a nadie.

Una hora más tarde oí voces frente a mi puerta, entre ellas la de Henry. Eché un vistazo por la ventana de la cocina, pero el excesivo ángulo no me permitía ver quiénes había fuera. Fui a la puerta, deseché el cerrojo y la entreabrí. Henry, Lewis y William estaban en el camino de entrada. Lewis y William lucían trajes con chaleco mientras que Henry llevaba sus pantalones cortos, camiseta y chancletas de siempre. Había sacado la ranchera del garaje, y Lewis cargaba su equipaje en la parte trasera. De pronto sonó una suave alarma, y William extrajo el reloj del bolsillo del chaleco para comprobar la hora. Sacó una bolsita de frutos secos variados y, con gran alarde y no pocos crujidos de celofán, la abrió. Henry le clavó una mirada de irritación, pero prosiguió su conversación con Lewis, que al parecer no giraba en torno a nada en particular. Cerré la puerta con cuidado, contenta de que un conflicto se hubiese resuelto pacíficamente, o eso esperaba. Lo cierto es que nunca es fácil prolongar las situaciones de intensa emotividad. Por maltratada que una se sienta, cuesta mucho permanecer indignada, aunque tenga razones. A veces alimentar el rencor acarrea tantos problemas que no merece la pena.

Reba llamó a las dos de la tarde. Dado que soy incapaz de resistirme a un teléfono que suena, estuve a punto de levantar el auricular de la horquilla. Pero vacilé, contuve el impulso y dejé que saltase el contestador. Su mensaje decía:

«¡Vaya! Esperaba encontrarte. Acabo de tener una pelea de padre y muy señor mío con Lucinda y me moría de ganas de contártelo. Por poco le doy una patada en el culo, ya me entiendes, en sentido figurado. En todo caso, llámame cuando puedas y te pondré al corriente. Hay también otra cosa de la que tenemos que hablar. Adiós».

Volvió a telefonear a las 15:36.

«Hola, Kinsey, soy yo otra vez. ¿Es que no compruebas los mensajes últimamente? En casa me estoy volviendo loca. En serio, tenemos que hablar, así que llámame en cuanto llegues. Si no, no me hago responsable de mis actos. Ja, ja, ja. Es broma... hasta cierto punto.»

En el mensaje de las cinco y media sólo dejó su nombre, pidiéndome que le devolviese la llamada.

El lunes por la mañana entré en mi despacho y me enfrasqué en el trabajo que había descuidado la semana anterior. Había leído la noticia del tiroteo en el aparcamiento en la edición matutina del diario, y sabía que los inspectores de la Brigada Antivicio y de Homicidios entrevistaban a los testigos y seguían las pistas para identificar a los miembros de la banda. Las bandas de Santa Teresa son bastante estables y sus actividades están rigurosamente controladas. Sin embargo, periódicamente llegan al pueblo miembros de bandas de Olvidado, Perdido y Los Ángeles, sobre todo durante los fines de semana largos, cuando los maleantes locales, como todo el mundo, aspiran a un cambio de aires. Por suerte, los agentes de policía también visitan el pueblo, de modo que los pandilleros, sin saberlo, continúan bajo la atenta mirada de la ley.

No volví a tener noticia de Reba hasta el lunes a media tarde, cuando ya había llegado a casa del trabajo. Era de agradecer que no hubiese telefoneado al despacho, donde atender las llamadas es una práctica comercial recomendable. Había llamado al estudio dos veces, al mediodía y a las dos, dejando mensaje en ambos casos. Al principio parecía animada, pero conforme avanzaba el día se la notaba cada vez más lastimera.

«¿Kinsey? ¡Yuju! ¿Me dijiste que te marchabas del pueblo o algo así? Creo que no, pero no estoy del todo segura. Lamento ponerme tan plasta, pero Beck ha vuelto y tengo los nervios de punta. No sé si podré resistirlo mucho más tiempo, la verdad. Voy camino del despacho de Holloway para mear en un tarro y contarle imbecilidades. Luego se supone que tengo que presentarme en una reunión de Alcohólicos Anónimos, pero me parece que voy a saltármela. Demasiado deprimente, ¿sabes? En todo caso, llámame cuando oigas el mensaje. Espero que no haya pasado nada malo. Adiós.»

Me resultaba difícil dejarla en la estacada cuando la semana anterior me había mostrado tan accesible. Me sentía como una vaca separada de su ternera: oía los lastimeros mugidos de Reba, pero no era libre de atender a su llamada. Le había prometido a Cheney muy en serio que me mantendría alejada de ella, por lo menos hasta que la situación estuviese bajo control. Una vez que Reba hablase con Vince y sus compañeros, yo podía replantearme las cosas. Aunque para entonces, claro está, quizás ella hubiese dado por concluida nuestra relación.

Entretanto, no supe nada de Cheney. Atribuí su silencio al trabajo. Por mi parte, para escapar a ese silencio, salí del estudio y fui a ver a Henry. Llamé con los nudillos al marco de la puerta, y él me indicó que pasase. En la encimera tenía su batidora industrial, un saco de harina de cinco kilos, paquetes de levadura, azúcar, sal y una jarra de agua a mano.

–¿Podrá soportar un poco de compañía? –le saludé.

Sonrió.

–Si tú puedes soportar el estruendo de mi batidora... Me disponía a preparar la masa para una hornada de pan, que dejaré crecer esta noche y coceré a primera hora de la mañana. Anda, siéntate en un taburete.

Midió los ingredientes, que vertió en el inmenso recipiente de acero inoxidable de la batidora. En cuanto puso el aparato en marcha, interrumpimos la conversación en espera de que acabase. Después charlamos mientras, una vez retirada la masa pegajosa, la trabajaba y añadía harina hasta dejarla homogénea y elástica. Aceitó una enorme bandeja, revolvió en ella la masa hasta que su superficie resplandeció y la cubrió con un paño. Colocó el molde en el horno, donde el piloto luminoso generaría el calor necesario para que creciese la masa.

–¿Cuánto va a hacer? –pregunté mirando la cantidad de masa.

–Cuatro hogazas grandes y dos hornadas de panecillos, todo para Rosie –respondió–. Puedo hacer una bandeja de bollos...

–Claro. ¿He de suponer que Lewis se ha ido a su casa?

–Lo llevé al aeropuerto el sábado. Acabó disculpándose por haberse entrometido, cosa que posiblemente hace por primera vez. Imagino que no se le pasó siquiera por la cabeza que su repentina visita tendría ese efecto. Le aseguré que estaba olvidado.

–Eso mismo me dijeron ayer a mí en otras circunstancias. Me alegro de que los dos vuelvan a pisar terreno firme.

–Por ese lado, no tengas la menor duda –aseguró–. ¿Y tú? Apenas te vi este fin de semana. ¿Cómo te va con tu nuevo amigo?

–Buena pregunta –contesté.

Le conté la triste saga de mi mal comportamiento: riesgos asumidos, leyes transgredidas, beneficios, pérdidas y huidas de máxima tensión. Por suerte, la historia le divirtió mucho más que a Cheney.

Poco después de las seis regresé al estudio y me preparé un sándwich caliente de huevo duro con más mayonesa y sal de las que recomendaría cualquier especialista en medicina interna. Estaba arrugando la hoja de papel de cocina cuando sonó el teléfono. Tiré la bola a la basura y aguardé hasta que la persona que llamaba empezó a hablar. Marty Blumberg se identificó y descolgué.

–Hola, Marty. Soy yo. Acabo de llegar.

–Espero que no te moleste que llame a tu casa. Ha ocurrido algo extraño y tenía curiosidad por conocer tu opinión.

–Cómo no. –Oí de fondo el ruido del tráfico y me lo imaginé llamando desde una cabina.

–¿Quieres la versión larga o la corta? –preguntó.

–Las historias largas siempre son mejores.

–Bien –dijo–. Allá va, pues. –Siguió una pausa mientras inhalaba y dejaba escapar una bocanada de humo–. Hoy he llegado a casa del trabajo y he encontrado a la interina retorciéndose las manos. Estaba preocupada por algo, pero no me lo comentaba. Viendo que necesitaba quitarse el peso de encima, he insistido. Me ha dicho que no me enfade. Yo le he contestado que podía quedarse tranquila. Entonces me ha contado que al llegar a casa a las nueve, como de costumbre, ha visto una furgoneta de la compañía telefónica aparcada en el camino de entrada y un par de hombres en el porche. Ella ha pasado de largo, ha entrado por la parte trasera y luego ha ido a abrir la puerta principal. Uno de esos hombres le ha dicho que la compañía telefónica había recibido varios avisos de avería y estaban comprobando todas las líneas del barrio. Querían saber si mi teléfono funcionaba, así que ella les ha pedido que esperen, ha probado la línea y en efecto estaba cortada. En fin, como ve muchas series de policías por la televisión, es un poco paranoica, y les ha exigido que le enseñen su documentación. Los dos llevaban prendidas esas fichas de plástico con la foto donde decía CALIFORNIA BELL. Huerta, la interina, ha tomado nota de sus nombres y números de empleado. El otro tipo tenía un sujetapapeles y le ha mostrado la orden de trabajo, mecanografiada y todo lo impecable que quieras. Ella ha supuesto que todo estaba en orden y los ha dejado entrar. ¿Todo claro hasta el momento?

–Sí, pero me huele a chamusquina.

–A mí también –dijo–. Cuanto más avanzaba en la historia, tenía la sensación de que se me amontonaban piedras en el estómago. Esos tipos se han pasado quince o veinte minutos en mi estudio y, al salir, le han dicho que todo estaba de maravilla. Huerta les ha preguntado cuál era el problema y ellos le han explicado que las ratas del tejado debían de haber mordisqueado los cables exteriores, pero que ya estaba todo arreglado. Después ella ha pensado que aquello era absurdo y, preocupada, ha empezado a preguntarse si había hecho mal. Le he quitado importancia y le he dicho que ya me encargaría yo. Creo que alguien ha puesto micrófonos en mi casa o bien me ha pinchado el teléfono.

–O las dos cosas –apunté.

–Sí, joder. ¿Por qué, si no, iba a estar llamando desde el puto aparcamiento de un supermercado? Me siento como un idiota, pero no puedo correr riesgos. Tengo el teléfono pinchado; no quiero que quien lo haya hecho se dé cuenta de que me he enterado. Así puedo hacerles llegar todas las gilipolleces que me vengan en gana. ¿Crees que son los federales?

Lo oí dar otra calada al cigarrillo.

–No tengo ni idea, pero creo que tu preocupación es justificada.

–¿Cómo pueden hacer una cosa así? Es decir, en el supuesto de que hayan colocado un micrófono o, digamos, un dispositivo de escucha, ¿no sería ilegal?

–Sin una orden judicial, por supuesto.

–El problema es que, si no son ellos, podría ser alguien mucho peor.

–¿Como quién? –Estaba pensando en Salustio Castillo, pero quería oírselo decir a él.

–Eso da igual. Sea quien sea, no me gusta. El viernes por la noche, cuando Reba se descolgó echando mierda sobre Beck, creí que pretendía quedarse conmigo. Ahora, cuanto más lo pienso, más me convenzo de que a lo mejor decía la verdad. Beck siempre ha demostrado mucho interés en tenerme metido hasta el cuello en el asunto. Como ella dice, no descarto que esté tendiéndome una trampa.

–¿Quién más está al corriente?

–¿De qué?

–Del blanqueo de dinero.

–¿Quién dice que hay alguien más?

–Vamos, Marty. No es posible blanquear esas sumas de dinero sin ayuda.

–Yo no soy un chivato –replicó indignado.

–Pero hay más personas implicadas, ¿no?

–No lo sé. Quizás. Hay varias personas, pero no conseguirás que te dé sus nombres.

266

–Me parece bien. ¿Y tú qué sacas de esto?

–Lo mismo que los demás. Nos pagan por tener la boca cerrada. Ayudamos a Beck ahora, y él se encargará de que tengamos la vida resuelta.

–La vida resuelta en la cárcel.

Marty pasó por alto el comentario.

–La verdad es que ya he ahorrado suficiente y me piraría ahora mismo si supiese cómo. Si Aduanas está en el ajo, me trincarían a la que intentase salir del país. Meten mi nombre en el ordenador, y en cuanto vaya a facturar el equipaje, zas, estoy listo.

–En serio, más te vale ponerte en manos de quienes cuentan. Beck no va a cuidar de ti. Tiene que protegerse él mismo.

–Sí, eso lo he entendido. O sea, seguramente nos necesita, pero ¿hasta dónde está dispuesto a llegar? Para Beck lo primero es Beck. A la hora de la verdad, nos echará a los lobos.

–Muy probablemente. –Estuve a punto de confiarle el rumor de que Beck ya se había puesto en marcha y casi con toda seguridad desaparecería al cabo de unos días, pero no se había confirmado y no me correspondía a mí transmitir esa información–. Desde luego, siempre cabe la posibilidad de que la historia de la compañía telefónica sea verdad...

–No, qué va. No lo creo.

–Pues lamento no poder ayudarte.

–¿Qué sabes de Reba? Llevo todo el día intentando contactar con ella.

–Puede que esté en su casa. Hace un rato tenía que reunirse con la asistenta social. Prueba otra vez.

–Si hablas con ella, dile que me telefonee. Este asunto me da dolor de estómago. Estoy muy nervioso.

–Primero déjame llamar a un amigo mío para ver si averiguo algo.

–Te lo agradecería. Pero ten cuidado con lo que dices. Mientras, si sabes algo de Reba, dile que la estoy buscando. No me gusta trabajar con una soga al cuello.

–No te dejaremos colgado. –Al instante hice una mueca, consciente de mis palabras desafortunadas.

En cuanto cortó la comunicación marqué los dos números de teléfono de Cheney, el particular y el del trabajo, y le dejé sendos mensajes. En ellos le recordaba el número de mi casa; lo hice con la esperanza de que me devolviese la llamada. Marty empezaba a entrar en un estado de pánico, y eso lo hacía tan imprevisible como Reba, sólo que más vulnerable.

Pasé la tarde tumbada en el sofá fingiendo leer un libro, cuando en realidad esperaba la llamada de Cheney. Me pregunté dónde estaba y si seguía enfadado conmigo. Necesitaba hablar con él sobre Marty pero, más aún, ansiaba su contacto físico. Mi cuerpo recordaba el suyo con un anhelo que me perturbaba la concentración. Antes de aparecer él, yo vivía en un limbo: no saltaba de alegría pero desde luego tampoco estaba descontenta. Ahora me sentía como un animal por primera vez en celo.

Uno de los problemas del celibato es que tan pronto como afloran los impulsos sexuales resulta casi imposible reprimirlos. Sin querer, me puse a recordar lo que había ocurrido entre nosotros y fantaseé con lo que podía suceder en adelante. Advertía cierta pereza en la actitud de Cheney, un ritmo natural mucho más lento que el mío. Empezaba a comprender que, para mí, funcionar a toda marcha era un modo de protegerme. Vivir aceleradamente me permitía reducir los sentimientos a la mitad porque no había tiempo para sentir más. Hacía el amor de la misma manera que comía, ansiosa por satisfacer el apetito sin reconocer el deseo más profundo ni sentir la conexión a un nivel esencial. Eludir la verdad era más fácil si actuaba a toda velocidad. Con el sexo rápido, igual que con la comida rápida, una no llega a saborear el momento. Sólo existía la prisa por acabar y seguir adelante.

A las diez sonó el teléfono y supe que era él. Volví la cabeza y escuché hasta que el contestador comenzó a grabar su voz. Alargué el brazo y descolgué.

–Hola –dije.

–Hola. Me has llamado, ¿no? –respondió Cheney.

–Hace unas horas. Pensaba que no querías saber nada de mí. ¿Aún estás enfadado?

–¿Por qué?

–Por nada.

–¿Y tú? ¿Estás furiosa?

–Eso no forma parte de mi carácter –contesté–. O al menos no contigo. Tenemos que hablar sobre Marty. ¿Dónde estás?

–En al bar de Rosie. Pásate por aquí.

–¿Confías en que recorra yo sola media manzana a pie? Ahí fuera está oscuro como la boca del lobo.

–Pensaba recogerte a medio camino.

–¿Por qué no haces el camino completo y nos vemos aquí?

–Eso podemos dejarlo para más tarde. De momento, creo que deberíamos sentarnos y mirarnos a los ojos mientras te meto mano por debajo de la falda.

–Dame cinco minutos. Me quitaré la ropa interior.

–Que sean tres. Te echo de menos.

–Yo a ti también.

Cuando llegué a la verja, Cheney me estaba esperando al otro lado de la reja de hierro forjado de Henry. La acera estaba un palmo por debajo del camino de entrada, lo que me hizo sentirme alta. El aire de la noche se posó sobre nosotros como un velo. Le eché los brazos al cuello. Él ladeó la cabeza y me acarició la garganta y la clavícula con los labios. Los barrotes de la reja estaban fríos: eran lanzas de punta roma que me oprimían las costillas. Me frotó los brazos arriba y abajo con las manos.

–Estás helada. Deberías ponerte una chaqueta.

–No la necesito. Te tengo a ti.

–Eso sí –dijo sonriente. Pasó una mano entre los barrotes y deslizó los dedos entre mis muslos por debajo de la falda.

Oí que contenía la respiración y dejaba escapar un sonido gutural.

–Ya te lo he advertido –explicó.

–Pensaba que era una metáfora.

–¿Qué sabemos tú y yo de metáforas?

Acerqué la cara a su pelo.

–Yo de esto entiendo.

Esta vez fui yo quien gimió.

–Deberíamos ir al bar de Rosie –musité.

–Yo creo que deberíamos entrar y acostarnos antes de que nos empalemos en esta reja.

A las doce de la noche preparamos unos sándwiches de queso a la plancha. Fue la única vez en la vida en que el queso para untar de Velveeta no me pareció tan mala idea. Sin darme cuenta, me distraje con la corteza del pan, que estaba crujiente y embadurnada de mantequilla. Todavía masticando, dije:

–Perdona que te lo pregunte, pero ¿cómo reaccionó Vince cuando le contaste lo que hicimos Reba y yo?

–Se tapó las orejas con los dedos y lanzó un grito. En realidad, le encantó la información sobre la contaduría. Dijo que lo incluirá en el expediente y atribuirá el dato a una llamada anónima. Ha programado la reunión con Reba para el jueves.

–¿No puede ser antes? Es él quien dice que Beck está a punto de largarse. Reba teme tropezarse con él.

–Puedo mencionárselo a Vince, pero yo no me haría ilusiones. Ése es el inconveniente de una operación de este tipo: el procedimiento es muy rígido. En cuanto a Reba, basta con que no se deje ver.

–Comunícaselo tú mismo. Yo no estoy autorizada a hablar con ella.

–Así es. Porque yo velo por ti.

–¿Y Marty? Él es quien debería preocuparte. Se siente presionado y está convencido de que le han pinchado el teléfono y le han colocado micrófonos en casa.

–Podría ser. Dile que nos llame y le ofreceremos un trato.

–No está preparado para eso. Todavía está buscando la manera de escapar del lío en que se ha metido.

–¿Qué se han pensado esos tíos? ¿Que son tan listos que nunca van a pillarlos?

–Hasta ahora no lo han hecho.

23

El martes por la mañana transcurrió como en una soporífera nebulosa. Dado el carácter egocéntrico del mundo, imaginé que, como a mí no me ocurría nada particular, nada particular ocurría a nadie. En realidad estaban aconteciendo ciertos hechos de los que me enteraría cuando fuese ya demasiado tarde para alterar tanto la causa como el efecto. El teléfono sonó a las once; Cheney me pidió que permaneciese allí durante la siguiente media hora porque quería hacerme escuchar algo.

–¿Tienes un casete? –preguntó.

–Uno viejo que funciona con cintas de tamaño normal.

–Eso servirá.

Entró por la puerta quince minutos después. Mientras lo esperaba, revolví en el armario hasta que di con el casete. Abrí un paquete de pilas y, cuando Cheney llegó, el aparato estaba ya a punto para usarse.

–¿Qué es? –dije.

Introdujo la cinta en el casete.

–Algo que el FBI ha grabado esta mañana. En algunas partes el sonido es un poco confuso, pero los técnicos lo han mejorado en la medida de lo posible.

Al pulsar el botón para reproducir, sonó un susurro generalizado y el timbre de un teléfono. Un hombre descolgó y, sin identificarse, se oyó su voz: «¿Sí?». «Tenemos un problema», anunció la persona que llamaba. Al escuchar esta segunda voz, miré a Cheney.

–¿Es Beck quien habla? –pregunté.

Pulsó el botón de pausa.

–Está hablando con Salustio Castillo –explicó–. Ha sido la primera llamada que ha hecho al llegar a la oficina. –Volvió a encender el casete.

En la cinta, Castillo dijo: «¿Qué?».

Y Beck contestó: «Cuando recibí la última remesa, el inventario era inexacto».

Un silencio. Después se oyó un susurro: «Imposible. ¿Qué quiere decir con eso de "inexacto"?».

«Falta dinero.»

«¿Cuánto?»

«Un paquete.»

«¿Grande o pequeño?»

«Grande. Hablamos de veinticinco mil dólares.»

Tras otro silencio, Salustio dijo: «Supervisé el recuento yo mismo. ¿Y las facturas?».

«No coinciden. Las verifiqué tres veces y los números no cuadran.»

Salustio respondió: «Le dije que quería a alguien encargado de la supervisión en su lado...».

«Esto no ha ocurrido en mi lado.»

«O eso dice usted.»

Beck aguardó antes de responder: «Sabe que yo no haría una cosa así.»

«¿Lo sé? Usted presentó argumentos en favor de una tajada mayor, cosa que yo no puedo... No hay manera de que pueda justificarlo desde mi lado. Ahora dice..., desaparecido, y yo no tengo nada más que su palabra.»

«¿Cree que mentiría?»

«Llamémoslo merma de existencias. No sería la primera vez que esto sucede. Desde mi punto de vista, usted está debidamente recompensado... No lo veo del mismo modo. Quizás ha desviado un porcentaje de la mercancía y satisface así su necesidad de un aumento. ¿Qué mejor manera de cubrirse que afirmar que yo le estoy sisando?»

«Yo no he dicho eso.»

«Entonces ¿qué?»

«He dicho que el total es inexacto. Podría ser el... error...»

«Suyo. No mío.»

«...»

«Arréglelo.»

Un silencio. Siguió una parte en que sólo se oía el susurro de la cinta.

Beck dijo, tenso: «Dígame qué quiere que haga y lo haré».

«Cubra el déficit desde su lado, que es donde se ha producido la pérdida. Mi total es correcto y quiero que se ingrese el pago íntegro en mi cuenta. Entretanto, no se preocupe. Me consta que es una persona válida. Es un placer trabajar con usted», declaró Salustio, y cortó la comunicación.

«¡Mierda!», exclamó Beck, y colgó el teléfono ruidosamente.

Cheney apagó el casete.

La conversación me pareció interesante, pero no vi claro por qué quería que la escuchase. Me disponía a hacer un comentario cuando Cheney tomó la palabra:

–Un fajo de billetes de cien dólares apretado y bien liado tiene un grosor de dos centímetros y medio. Eso equivale a veinticinco mil dólares. Me lo han confirmado los de Hacienda. Beck volvió ayer. Si hubo una entrega de dinero mientras él estaba fuera, tiene sentido que haya comprobado los totales nada más llegar.

–De acuerdo –contesté. Y cerré la boca al instante porque le adiviné el pensamiento.

Cheney sabía que Reba y yo habíamos entrado en la contaduría el sábado, cuando los fajos estaban desenvolviéndose para ser contados en las máquinas. Lo único que teníamos que hacer cualquiera de las dos era tomar un fajo de billetes de cien dólares. ¿Quién iba a enterarse? Beck no sabía que habíamos estado allí, y a Salustio lo único que le importaba era que el total correcto se depositase en su cuenta.

–¿Crees que se lo quedó Reba? –pregunté.

–Claro. A Vince casi le da un ataque. He pensado que iba a estallarle una vena. Beck no sabe que ella estuvo allí, pero lo pondrá todo patas arriba buscando la pasta. En cuanto compruebe las cintas de seguridad, la habrá descubierto. Y a ti también, dicho sea de paso.

–Tiene que estar chiflada. ¿Por qué ha corrido semejante riesgo?

–Porque Beck no puede denunciar la pérdida. Si decidiera avisar a la policía, provocaría la clase de indagación que no puede permitirse. No ahora que está a punto de escurrir el bulto.

Me ruboricé, abrumada por unos impulsos alternos de negación y culpabilidad. De pronto comprendí lo que Reba había hecho en la contaduría durante los escasos segundos en que entré en el montacargas. Yo estaba inquieta, impaciente por marcharme, mientras ella contemplaba fascinada todo aquel dinero. Preocupada, echaba un vistazo al pasillo para asegurarme de que no había peligro. De hecho, la chica necesitó muy poco tiempo –¿dos segundos?– para meterse un fajo de billetes debajo de la camisa o en el bolsillo de la cazadora. Recordé que me habían asombrado sus «nervios de acero», cuando yo casi me mojé las bragas. También estaba su efusividad con Willard una vez en la planta baja, con quien estuvo coqueteando. Pero yo había supuesto que se debía a su euforia tras descubrir la contaduría de Beck. En realidad, su euforia se había desatado al ver esa suma de dinero. Ahora me parecía absurdo: Reba limpiando sus huellas digitales; Cheney flagelándome los oídos después de confesarle nuestras fechorías. Por si fuera poco, yo la había defendido. Qué desastre. Me enjugué las palmas de las manos sudorosas en los vaqueros.

–¿Y ahora qué? –se me ocurrió decir.

–Vince quiere verla cuanto antes. La reunión con Hacienda y Aduanas se ha adelantado a mañana a las cuatro de la tarde en la oficina del FBI. Vince quiere hablar con ella sobre la una para tratar de resolverlo. Si no, la mierda empezará a salpicarnos a todos.

–¿No puede ayudarla Vince?

–Claro, si ella está dispuesta a ponerse en sus manos.

—Es poco probable. Ni siquiera lo conoce.

—¿Por qué no hablas con ella? —sugirió Cheney.

—Si crees que va servir de algo... Llevo días evitándola, pero puedo intentarlo.

—Hazlo. En el peor de los casos, Vince la llevará a un piso franco hasta que consiga aclarar las cosas. —Cheney consultó la hora en su reloj, pulsó el botón para abrir el casete y extrajo la cinta—. He de devolverla. ¿Tienes el número de Vince?

—Mejor será que me lo des otra vez.

Tomó un bolígrafo y un bloc y lo anotó. Arrancó la hoja y me la entregó.

—Infórmame cuando hayas hablado con ella —pidió—. Si no me encuentras, ponte en contacto con él directamente.

—Así lo haré.

Cuando se fue, me senté a mi escritorio y pensé en qué decirle a Reba. No tenía el menor sentido andarme con rodeos. Se había metido ella sola en el pozo, y cuanto antes saliese, mejor. Si Beck recuperaba el dinero, quizá no se molestaría demasiado en indagar cómo había desaparecido. Agarré el auricular y marqué el número de la casa de los Lafferty. Tuve una primera conversación con Freddy, el ama de llaves, que me dijo que Reba seguía en la cama.

—¿La despierto? —preguntó.

—Por favor.

—Un momento. La dejaré en espera y luego pasaré la llamada a su habitación.

—Bien. Gracias.

Me representé a Freddy con sus zapatos de suela de crepé recorriendo el pasillo y subiendo por la escalera agarrada a la barandilla. El silencio se prolongó durante un rato, en que la imaginé llamando a la puerta de Reba, y luego debió de seguirle unos instantes de confusión antes de descolgar. En efecto, ésa fue la impresión que me dio cuando por fin ella se puso al teléfono.

—¿Sí?

—Hola, Reeb. Soy Kinsey. Perdona que te haya despertado.

–Da igual. Debería haberme levantado ya. ¿Qué quieres?

–Necesito preguntarte una cosa, pero tienes que jurarme que me contarás la verdad.

–Por supuesto –contestó más alerta. Deduje que se había formado una clara idea de lo que venía a continuación.

–¿Recuerdas nuestra exploración del sábado por la mañana? –dije.

Un silencio.

–¿Te llevaste un fajo de billetes de cien dólares? –pregunté.

Otro silencio.

–Da igual que lo admitas o no. La cuestión es que Beck lo sabe –informé.

–¿Y qué? –reaccionó Reba–. Le está bien empleado. Se lo dije a él mismo en el Bubbles: está en deuda conmigo.

–Pero hay un pequeño problema. El dinero no era suyo. Era de Salustio.

–No.

–Me temo que sí.

–Mierda. ¿Estás segura? Pensaba que era de Beck. Estaba convencida de que lo estaba guardando en fajos para llevárselo cuando se marche.

–Pues no. Estaba verificando el total de Salustio antes de ingresarlo en su cuenta. Ahora le faltan veinticinco mil dólares.

La oí encender un cigarrillo.

–¿Qué te hizo pensar que podrías salirte con la tuya? –pregunté.

–Fue un capricho, un impulso. ¿Nunca has hecho algo así? No lo pensé. Sencillamente lo hice.

–Pues será mejor que lo devuelvas antes de que Beck lo descubra todo.

–¿Cómo voy a hacerlo?

–Allá tú. Mételo en un sobre y déjalo en el mostrador de Willard. Puede entregárselo a Marty o subirlo él mismo...

–Pero ¿por qué tengo que hacerlo? Beck no puede demostrarlo, ¿no? O sea, ¿cómo va a demostrarlo si yo no dejé huellas?

–Para empezar, tiene las cintas de las cámaras de seguridad donde se ve que tú entraste y saliste del edificio. Además, no tiene que demostrar nada. Le basta con decírselo a Salustio, y estás perdida.

–No me haría una cosa así. Sé que no se lo diría a Salustio. ¿Tú qué crees?

–Claro que se lo diría. Salustio espera que él afloje los veinticinco mil dólares desaparecidos.

–¡Mierda, mierda, mierda!

–Mira, Reeb. Te lo repetiré una vez más. Vince Turner puede ayudarte si te presentas y colaboras.

–¿De qué me sirve eso?

–Quizá Vince pueda ponerte a salvo en algún lugar hasta que todo se resuelva.

–¡Dios mío! ¡El asunto pinta mal! ¿Crees que debería llamar a Beck?

–Sería más inteligente que te mantuvieses alejada de él y hablases con Vince. En todo caso, quiere verte antes de la reunión con los federales.

–¿Qué federales? No tengo ninguna reunión con los federales. Ese tío nos ha fallado.

–No es así. La reunión está prevista para mañana por la tarde, a las cuatro. Te recogeré a las doce y media y antes pasarás un par de horas con él.

–Eso es mucho tiempo.

–Reba, ya te dije que llevaría tiempo.

–Pero ahora ya es demasiado tarde.

–¿Qué quieres decir con eso?

–Que debo pensar en cómo arreglarlo. Ya te llamaré.

Se cortó la comunicación. Por lo visto, mi poder de persuasión dejaba mucho que desear.

Pasé la noche a solas porque Cheney tenía entrenamiento de softball. Cené en el bar de Rosie y después me retiré a mi estudio y dediqué la velada a la lectura.

A las doce y cuarto del miércoles me dirigí hacia el sur por la 101 sintiéndome aliviada al estar otra vez en marcha. En cuanto dejase a Reba en el despacho de Vince, él se ocuparía de ella y yo quedaría libre. El trayecto hacia Bella Sera fue exactamente igual que en las ocasiones anteriores, incluidos los aromas a laurel y hierba seca. Hacía trece días que había recorrido aquel camino para entrevistarme con Nord Lafferty, preguntándome qué podía querer de mí: recoger a su hija en la cárcel y llevarla a casa. ¿Sería muy complicado? En los días transcurridos desde el regreso de Reba, su vida se había puesto a prueba gradualmente. Lo delirante era que me caía bien. Pese a nuestras diferencias, ella despertaba los rasgos menos convencionales de mi carácter. Verla actuar era como observar una versión distorsionada de mí misma, sólo que a una escala mayor y mucho más peligrosa.

Cuando llegué a la residencia, la verja estaba abierta. Al doblar el recodo del camino, vi los mismos Lincoln Continental y Mercedes de siempre. Ahora había un tercer vehículo junto a los otros, un Jaguar descapotable de un precioso verde oscuro, con el interior de un color caramelo tan apetecible que daban ganas de comérselo. Aparqué y, sin cerrar el coche con llave, me encaminé hacia la casa. *Rags*, el enorme gato de pelo anaranjado, salió parsimoniosamente a recibirme y me miró con unos ojos de un azul cristalino. Al tenderle la mano me olisqueó los dedos. Me dejó rascarle la cabeza y me tocó repetidas veces con el morro para que no me interrumpiese.

Llamé al timbre y aguardé mientras el gato trazaba círculos alrededor de mí, dejando largos pelos anaranjados adheridos a las perneras de mis vaqueros. Dentro, oí un taconeo amortiguado sobre las baldosas de mármol. Abrió la puerta una mujer a quien de inmediato identifiqué como la legendaria Lucinda. Aparentaba unos cuarenta y cinco años, gracias al inestimable trabajo de un cirujano plástico. Lo supe porque su cuello y sus manos tenían quince años más que su cara. Llevaba el pelo corto con mechas de diversos tonos de rubio como blanqueado por el sol. Era esbelta y vestía elegantemente con ropa de un diseñador al que reconocí, aunque ahora no lo recuerdo. Lucía un conjunto de punto negro ribeteado de blanco con botones metálicos en la chaqueta. La falda hasta la rodilla dejaba al descubierto unas pantorrillas fibrosas.

–¿Sí?

–Soy Kinsey Millhone. ¿Podría decirle a Reba que estoy aquí?

–No está en casa. –Me observó con unos ojos tan negros como el alquitrán–. ¿Puedo ayudarla en algo?

–No creo. La esperaré.

–Usted debe de ser la investigadora privada de la que me ha hablado Nord. Me llamo Lucinda Cunningham. Soy una amiga de la familia. –Y me tendió la mano.

–Mucho gusto –contesté después de estrechársela–. ¿Ha dicho Reba cuándo volverá?

–Me temo que no. Quizá si me dice de qué se trata podré serle útil.

«Una mujer avasalladora», pensé.

–Tiene una reunión esta mañana. Le dije que pasaría a recogerla. Salió al porche y, toda sonrisas, cerró la puerta.

–No es mi intención entrometerme, pero esa... cita ¿es importante? –Quiso indagar.

–Mucho. La llamé para informarla.

–Pues esto podría plantear un problema. No hemos visto a Reba desde anoche a la hora de la cena.

–¿Ha pasado la noche fuera?

–No ha vuelto y no ha dejado ninguna nota, ni ha telefoneado. Su padre apenas lo ha comentado, pero sé que está preocupado. Al verla a usted en la puerta, he supuesto que traía noticias de ella, aunque casi me daba miedo preguntar.

–Es extraño. ¿Adónde habrá ido?

–Quién sabe. Según tengo entendido, la noche anterior volvió tarde. Ayer durmió hasta el mediodía y a esa hora recibió una llamada...

–Probablemente era yo.

–Ah. Pues nos preguntamos quién podía haber sido. Después la notamos alterada. Creo que tuvo una visita. Pasó fuera buena parte de la tarde, y al final apareció cuando su padre estaba cenando. Aunque cena temprano casi todos los días, ayer eran pasadas las seis. La cocinera había preparado un caldo de pollo, y Nord tenía apetito. Reba se sentó a su lado porque quería charlar con él, y yo decidí marcharme para que se quedaran a solas.

–¿Y Reba no le mencionó nada?

–Él dice que no.

–Mejor será que hable yo misma con él. Esto es alarmante.

–Entiendo su preocupación, pero en estos momentos está descansando. Preferiría que no lo molestase. ¿Por qué no vuelve esta tarde? Se levantará sobre las cuatro.

–Imposible. Es una reunión urgente, y si Reba no va a asistir, necesito saberlo ahora mismo.

Lucinda desvió la mirada y la vi calcular el alcance de su autoridad.

–Veré si está despierto y en condiciones. Procure ser breve.

–De acuerdo.

Abrió la puerta y me indicó que pasase. Reparé en que sacaba un pie para impedir entrar al gato. *Rags,* ofendido, la fulminó con la mirada. Esperé en el zaguán sus indicaciones.

–Por aquí –dijo.

Cruzó el vestíbulo hacia la escalera, y yo la seguí. Mientras subía, acariciando la barandilla con la mano, dejó caer un comentario por encima del hombro.

–No sé qué le habrá contado Reba, pero ella y yo nunca nos hemos llevado bien.

–No sabía nada. Lo siento.

–Lamentablemente, se produjo un malentendido. Reba tuvo la impresión de que yo tenía planes con su padre, lo que no podía estar más lejos de la realidad. No niego mi actitud protectora. Además, por lo que se refiere al comportamiento de Reba, soy muy franca. Según parece, Nord opina que si le da apoyo y satisface todos sus deseos, al final ella se enmendará. Nunca ha entendido en qué consiste ser un buen padre. Los hijos deben asumir la responsabilidad de sus actos. Es mi opinión..., aunque nadie me la haya preguntado.

Ignoré el comentario. Puesto que no conocía bien la historia de la familia, no me pareció apropiado contestar.

Atravesamos el ancho rellano y continuamos por un pasillo enmoquetado con habitaciones a uno y otro lado. La puerta del dormitorio principal estaba cerrada. Lucinda llamó con delicadeza, abrió y se asomó.

–Kinsey ha venido buscando a Reba. ¿La hago pasar?

No oí la respuesta, pero Lucinda se retiró y me dejó entrar.

–Cinco minutos –dijo con firmeza.

24

Nord Lafferty yacía recostado contra una pila de almohadas, con la bombona de oxígeno cerca. Sus frágiles manos blancas temblaban sobre la colcha de ganchillo. Tenía los dedos helados al tacto, como si su energía y su calor abandonasen sus extremidades y se concentrasen en su cuerpo. No tardaría en apagarse su última chispa de vida. Me acerqué a la cama. Nord se volvió para mirarme, y una sonrisa hizo asomar el color a su cara.

–Precisamente la persona en quien estaba pensando –me saludó.

–Aquí me tiene. ¿De verdad le apetece verme? Dice Lucinda que ha tenido una sesión con el terapeuta respiratorio. No quiere que abuse de sus fuerzas.

–No, no. He descansado un rato y estoy bien. Lamento perder tanto tiempo en cama, pero hay días en que no soy capaz de nada más. Espero que haya recibido mi cheque.

–Sí, me llegó. La gratificación no era necesaria, pero le agradezco la consideración.

–Se merece hasta el último centavo. Reba lo pasa bien con usted, y le doy las gracias por ello.

–Lucinda me ha contado que su hija ha estado fuera desde anoche a la hora de la cena. ¿Sabe usted adónde ha ido?

Negó con un gesto de la cabeza. Luego dijo:

–Me hizo compañía durante la cena y después me llevó a la biblioteca. Luego hizo una llamada. Al cabo de media hora vino un taxi. Me rogó que no me preocupara, me dio un beso, y ya no he vuelto a verla.

–Hoy tiene una reunión a la una y otra a las cuatro. Me cuesta creer que pegue una espantada. Sabe que es una situación crítica.

–No me mencionó nada. Supongo, pues, que usted no sabe más que yo.

–Ayer hablamos brevemente y quedamos en que volvería a llamarme, pero no lo ha hecho.

–Tuvo una visita. Un hombre con el que trabajaba antes.

–¿Marty Blumberg?

–El mismo. Charlaron en privado un buen rato. Luego ella se fue.

–Lucinda me ha comentado que la noche anterior Reba volvió tarde.

–Llegó a las dos y media de la madrugada. Yo estaba todavía despierto cuando aparcó el coche en el camino. Vi las luces de los faros en el techo y supe que estaba a salvo. Es difícil desprenderse de las viejas costumbres. Los meses que pasó en la cárcel fueron las únicas noches que no me quedé despierto esperándola. Imagino que moriré con un ojo puesto en el reloj, temiendo que le haya pasado algo.

–¿Por qué llamaría a un taxi? ¿Su coche está averiado?

El anciano titubeó.

–Sospecho que iba a salir del pueblo y no quería dejar el coche en un aparcamiento.

–Pero ¿adónde puede haber ido?

Nord Lafferty movió la cabeza en un gesto desesperado de negación.

–¿Se llevó equipaje?

–Yo mismo se lo he preguntado a Freddy, y dice que sí. Por suerte, Lucinda ya se había marchado, porque, si no, aún estaría hablando del tema. Sabe que ha ocurrido algo, pero hasta el momento no he querido comentárselo. Lucinda es implacable, así que lleve cuidado o se lo sonsacará todo.

–Ya me lo ha parecido. ¿De qué compañía era el taxi?

–Hable con Freddy. Quizás ella lo recuerde.

284

—Lo haré.

Se oyeron unos golpecitos en la puerta y apareció Lucinda con dos dedos en alto.

—Dos minutos más —anunció con una sonrisa para poner de manifiesto sus buenas intenciones.

—Bien —contestó el anciano, pero vi en su rostro una mueca de irritación. En cuanto se cerró la puerta, indicó—: Eche el pestillo. Y, ya puestos, échelo también en la puerta del baño, que comunica las dos habitaciones.

Me quedé mirándolo y luego me acerqué a la puerta y corrí el pasador. A la derecha había un amplio cuarto de baño con azulejos blancos que unía el dormitorio y la habitación contigua. Cerré la puerta del lado opuesto del baño y, dejando entornada la otra, volví a sentarme en mi silla.

Nord Lafferty se incorporó sobre las almohadas.

—Gracias —dijo—. Supongo que Lucinda lo hace con la mejor intención, pero a veces se toma demasiadas libertades. Hoy por hoy no la he nombrado mi enfermera. En cuanto a Reba, ¿qué propone?

—No sé qué decirle. Tengo que encontrarla cuanto antes.

—¿Está metida en algún lío?

—Diría que sí. ¿Quiere que lo ponga al corriente?

—Prefiero no enterarme. Sea lo que sea, confío en que se ocupe usted de ello y después me pase la factura.

—Haré lo que esté en mis manos. Un par de organismos gubernamentales están interesados en hablar con ella sobre las actividades financieras de Beck. Las cosas van a complicarse, y mi posición es ya bastante precaria. Por lo que se refiere a los federales, no me conviene acabar en el bando opuesto. Si trabajo para usted, nuestra relación no debe incluir privilegios, así que contratarme no nos brindará protección a ninguno de los dos.

—Lo entiendo perfectamente. No le pediría que se pusiese en una posición comprometida con la ley. Dicho esto, le agradeceré cualquier ayuda que pueda ofrecer.

—¿Sigue aquí el coche de Reba?

El hombre asintió.

–Está en el garaje, que, si no me equivoco, encontrará abierto. Échele un vistazo si quiere.

Llamaron a la puerta y el picaporte giró. Lucinda sacudió el pomo con impaciencia. La madera amortiguó el sonido de su voz cuando preguntó desde el otro lado:

–Nord, ¿qué sucede? ¿Estás ahí?

Él señaló la puerta. Me acerqué y descorrí el pestillo. Lucinda accionó el pomo con brusquedad y abrió de golpe. Estuvo a punto de darme un portazo en la cara. Suponiendo que yo era quien había cerrado, clavó en mí la mirada.

–¿A qué viene esto? –inquirió.

Nord Lafferty, con notable esfuerzo, levantó la voz.

–Le he dicho yo que cerrase. No quería más interrupciones.

En el lenguaje corporal de Lucinda, el recelo dio paso al orgullo herido.

–Podrías habérmelo dicho. Si hubiese sabido que tú y la señorita Millhone queríais hablar de asuntos privados, no se me habría ocurrido estorbaros.

–Gracias, Lucinda. Te lo agradecemos –le respondió el señor Lafferty.

–Quizá me he extralimitado –concedió la mujer con frialdad, sin otra intención que hacerse acreedora de unas palabras reconfortantes.

El anciano no le ofreció una tregua. Alzó una mano casi en un gesto de rechazo y dijo:

–Le gustaría ver la habitación de Reba.

–¿Para qué?

Nord se volvió hacia mí.

–Siga el pasillo a la derecha...

–La acompañaré encantada –lo interrumpió Lucinda–. No queremos que deambule sola por la casa.

–Me mantendré en contacto con usted. –Crucé una última mirada con él.

Mientras seguía a Lucinda por el pasillo, no me pasó inadvertida su envarada pose y su reticencia a mirarme. Una vez en la habitación de Reba, abrió la puerta y se quedó en el umbral, obligándome a apretujarme contra ella. No apartó los ojos de mí.

–Estará satisfecha. Se cree muy lista, pero en realidad lo está matando –me espetó.

La miré fijamente, pero ella tenía mucha más experiencia que yo en fulminar con la mirada. Aguardé un momento. Ella mantuvo una sonrisa imperturbable, y entonces supe que pertenecía a la clase de personas que siempre encuentran la manera de resarcirse. Sin duda, Lucinda era una bruja. Cerré la puerta y eché el pestillo para que captara el mensaje.

Me volví y me apoyé en la puerta a fin de hacer un reconocimiento visual y asimilar la habitación en su conjunto antes de empezar a registrarla. La cama estaba hecha y en la mesilla había varios recuerdos personales dispuestos en perfecto orden: un marco con una foto de Nord Lafferty, un libro, un bloc de notas y un bolígrafo. No había el menor indicio de desorden, ni ropa en el suelo, ni nada debajo de la cama. Vi un teléfono pero ninguna agenda. Revisé los cajones del escritorio y encontré cosas que debían de llevar años allí: trabajos del colegio, libros de texto, cajas con material escolar sin abrir, que no debían de ser regalos del agrado de Reba, a menos que le gustasen las postales de gatitos con dichos ingeniosos. No había correspondencia personal. Los cajones del tocador estaban ordenados.

En el armario, varias perchas vacías daban una idea del número de prendas desaparecidas. Las conté: eran seis. Entre la ropa que quedaba, se incluían una americana azul y una cazadora de cuero, ladeada en el colgador. Era imposible saber qué se había llevado. Ni siquiera conocía el tamaño ni la cantidad de maletas. Lo registré todo en vano al tiempo que intentaba recordar lo que le había visto puesto. No encontré las botas ni los jerséis, uno rojo de algodón y otro azul oscuro de cuello vuelto. Los llevó los primeros días tras regresar a casa, de donde se desprendía que quizás eran sus preferidos, las prendas que querría consigo al marcharse.

Entré en el cuarto de baño, que estaba casi vacío: suelo de azulejos y encimera de mármol rojizo, espejos impolutos y un penetrante olor a jabón. Reba había vaciado el botiquín. Faltaba el desodorante, la colonia y el dentífrico. Tampoco hallé ningún fármaco. Vi una mancha blancuzca en la encimera allí donde había dejado el cepillo de dientes. La canasta de la ropa sucia estaba repleta de vaqueros, camisetas y ropa interior, con una toalla todavía húmeda encima de la pila. El plato de ducha estaba seco. No había nada en la papelera.

Volví al armario y examiné la ropa. Descolgué la cazadora y busqué en los bolsillos. Encontré calderilla y el recibo de una hamburguesa con queso, unas patatas fritas con chile y una Coca-Cola. No constaba la fecha ni el nombre del restaurante. Me guardé la cuenta en un bolsillo de los vaqueros y devolví la cazadora a la percha. Salí de la habitación y desanduve el camino. Al pasar frente al dormitorio de Nord Lafferty, me detuve y acerqué la cabeza a la puerta. Dentro oí un murmullo de voces, básicamente la de Lucinda, quien parecía ofendida. No cabía esperar otra cosa. Bajé y me dirigí hacia la parte trasera de la casa.

El ama de llaves estaba sentada a la mesa de la cocina, donde extendía unas páginas de periódico y colocaba encima doce juegos de cubiertos, dos jarras de agua y unas tazas de plata de ley. Roció algunas de las piezas más trabajadas con un limpiametales en aerosol que, al secarse, fue adquiriendo un extraño matiz rosado. El paño que utilizaba con los cubiertos estaba ya ennegrecido por la suciedad. La mujer tenía el pelo gris y ralo, rizado y peinado hacia atrás formando una aureola semejante a un diente de león. En algunas partes se le veía el cuero cabelludo.

–Hola, Freddy –la saludé–. He estado charlando con el señor Lafferty. Dice que anoche vio usted a Reba antes de que se marchase.

–Cuando salió por la puerta –contestó con la vista fija en una cuchara.

–¿Cargaba alguna maleta?

–Llevaba dos: una bolsa pequeña de lona y una maleta gris rígida con ruedas. Vestía vaqueros, botas y un gorro de piel, pero no chaqueta.

–¿Hablaron?

–Se puso un dedo en los labios, como si ése fuera nuestro secreto. Yo no estaba dispuesta a seguirle la corriente. He servido al señor Lafferty durante cuarenta y seis años. No tenemos secretos el uno para el otro. Fui derecha a la biblioteca y hablé con él, pero cuando conseguí ayudarlo a levantarse de su sillón, ella ya se había ido.

–¿Dijo Reba cuáles eran sus intenciones? ¿Comentó algo de un viaje?

Freddy negó con la cabeza.

–Hubo varias llamadas, pero ella se dio prisa en responder el teléfono, así que no llegué a enterarme de quién era. Ni siquiera me enteré de si la telefoneaba un hombre o una mujer.

–Ya sabe que si sale del estado, violará la libertad condicional –dije–. Podrían mandarla otra vez a la cárcel.

–Señorita Millhone, pese al cariño que le tengo a Reba, no me guardaría información ni la encubriría de ninguna manera. Está rompiéndole el corazón a su padre y debería avergonzarle.

–Por si sirve de algo, le diré que ella lo adora, aunque eso no cambia las cosas, claro. –Saqué una tarjeta con mi número particular anotado en el dorso–. Si sabe algo de ella, ¿sería tan amable de llamarme?

Freddy aceptó la tarjeta, que se guardó en el bolsillo del delantal.

–Espero que la encuentre. Al señor Lafferty no le queda mucho tiempo de vida –terció.

–Lo sé –respondí–. Me ha dicho que el coche de Reba sigue en el garaje.

–Vaya por la puerta trasera. Llegará antes. Hay un juego de llaves en el gancho. –Señaló hacia el porche del servicio y el zaguán, que se veían por la puerta abierta detrás de ella.

–Gracias.

Tomé las llaves y crucé en diagonal un amplio patio de ladrillos hacia lo que debió de ser en su día la cochera, convertida ahora en un garaje de cuatro plazas. *Rags* asomó por la esquina de la casa. Por lo visto, su trabajo consistía en supervisar las llegadas, salidas y toda actividad que se desarrollara en la finca. Encima del garaje vi una serie de buhardillas con las ventanas cerradas y las cortinas corridas; parecían las habitaciones del servicio o un apartamento, donde posiblemente se alojaba Freddy. Una de las puertas estaba abierta, y en ese espacio no había ningún coche. Entré por allí y enseguida localicé el BMW de Reba aparcado junto a la pared del fondo. Me sentí obligada a dar explicaciones a *Rags* mientras me seguía los pasos. Abrí la portezuela del conductor y me senté al volante. Después metí la llave en el contacto y comprobé el indicador de gasolina. La flecha subió de inmediato a lo más alto: el depósito estaba lleno.

Me incliné, abrí la guantera y dediqué unos minutos a revisar recibos de gasolinera, permisos de circulación caducados y un manual del usuario. En el portamapas de mi izquierda encontré otro puñado de recibos de gasolinera, en su mayoría con fecha de dos o tres meses antes del ingreso en prisión de Reba. La única excepción era una factura del lunes 27 de julio de 1987 por haber repostado gasolina en la estación de servicio Chevron de Main Street, en Perdido, a unos treinta kilómetros al sur de Santa Teresa. Me lo guardé en el bolsillo, junto con el otro papel. Luego miré bajo los asientos y las alfombrillas, y en el maletero, pero no hallé nada más de interés. Al poco abandoné el garaje, volví a dejar las llaves en el gancho del zaguán y me dirigí a mi coche. Vi a *Rags* por última vez sentado en el porche relamiéndose plácidamente.

Regresé a la 101 y di un rápido rodeo para pasar por el estudio, donde estuve el tiempo necesario para llevarme la fotografía de Reba que me había dado su padre. La doblé y la metí en el bolso antes de conducir hasta Perdido. La autovía de cuatro carriles sigue la costa, con las estribaciones de las montañas a un lado y el océano Pacífico al otro. El malecón de hormigón desaparece en algunos lugares y las olas rompen contra las rocas en una imponente demostración de fuerza. Los surfistas, lustrosos como focas en sus ajustados trajes de neopreno negros, aparcaban los coches en el arcén y bajaban con sus tablas a la playa. Conté ocho en el agua, a horcajadas sobre las tablas, de cara al mar en espera de una ola para acometer el siguiente asalto a la orilla.

A mi izquierda, las escarpadas laderas se elevaban despojadas de árboles y densamente pobladas de chaparral. Unos cactus en forma de pala habían invadido el terreno erosionado. El exuberante verde, propiciado por las lluvias del invierno, había dado paso a las flores silvestres de la primavera, que a su vez se habían marchitado, quedando todo ello reducido a aquel polvorín de vegetación a punto para los incendios otoñales. Las vías del tren discurrían a veces junto a la carretera, en el lado de la montaña, pero otras cruzaban por debajo y seguían su curso frente a las olas.

En los aledaños de Perdido, me desvié por la primera salida y me dirigí hacia el centro por Main Street, atenta a los letreros a lo largo del camino. Localicé la estación de servicio Chevron en una estrecha franja de tierra que bordeaba la salida de la autovía correspondiente a Perdido Avenue. Entré y aparqué en la zona de la gasolinera más cercana a los lavabos. Un dependiente vestido de uniforme llenaba el depósito de una ranchera. Me vio y posó en mí la mirada antes de continuar con su tarea. Esperé, y cuando el cliente firmó el comprobante de la tarjeta de crédito y la ranchera se alejó, me encaminé hacia los surtidores. Saqué la fotografía de Reba con el propósito de preguntar al empleado si había trabajado el lunes y, en tal caso, si recordaba su cara. Sin embargo, cuando ya me acercaba, tuve otra idea.

–Hola –saludé–. Necesito que me dé unas indicaciones. Busco un casino que se llama Double Down.

Se volvió y señaló con el dedo.

–Siga dos manzanas más a la derecha, hasta el semáforo.

Eran casi las dos de la tarde cuando ocupé una de las plazas libres del aparcamiento situado detrás de un edificio bajo de hormigón pintado de un color beige poco afortunado. En el letrero de la entrada destellaban sucesivamente una pica, un corazón, un diamante y un trébol de neón rojo. El nombre, Double Down, aparecía escrito en letra corrida de neón azul a lo largo de la fa-

291

chada. En lugar de escalera, una rampa para minusválidos ascendía hasta una entrada sin ventana, a más de un metro del suelo. Subí por la rampa hasta la puerta de madera maciza con rústicos goznes de hierro forjado. Un cartel indicaba que el horario era de diez de la mañana a dos de la madrugada. Entré.

Había cuatro mesas grandes cubiertas de fieltro verde, cada una con diez jugadores de póquer sentados en sillas de madera con brazos y respaldo de barrotes. Aunque muchos de ellos se volvieron para mirarme, a nadie pareció extrañarle mi presencia. En la pared del fondo se hallaba una cocina como la de un barco con la carta colgada sobre la ventanilla de servicio. Los platos del día se anunciaban en rótulos negros extraíbles, insertados en casillas blancas: desayunos, sándwiches y varios platos para la cena. Me había decidido ya por el burrito de huevos revueltos y salchicha cuando se me ocurrió comprobar la cuenta que había encontrado en el bolsillo de la cazadora de Reba: hamburguesa con queso, patatas fritas con chile y una Coca-Cola. Eso mismo aparecía en el cartel; los precios coincidían.

Las paredes estaban revestidas de madera de pino. A lo largo del techo acústico pendía un riel para cuadros festoneado con tallos de hiedra falsa, y de él colgaban unos pósters deportivos, sobre todo de fútbol. La iluminación era uniforme. Excepto por una mujer de unos sesenta años sentada al fondo, todos los jugadores eran hombres. En una pizarra situada en la pared lateral se leía una lista de nombres, seguramente personas que esperaban un asiento libre. Para mi sorpresa, no se veían bebidas alcohólicas ni humo de tabaco. Dos televisores en color instalados en ángulos opuestos emitían en silencio dos partidos de béisbol distintos. No se oían conversaciones; sólo el sonido de las fichas de plástico al entrechocar suavemente cada vez que el crupier pagaba a los ganadores y retiraba las apuestas perdedoras. En el tiempo que estuve observando, los crupiers cambiaron de mesa y tres jugadores aprovecharon la interrupción para pedir algo de comida.

A mi izquierda había un mostrador, y detrás, en un cubículo, un hombre sentado en un taburete.

292

–Busco al gerente –dije preguntándome si en los salones de póquer había gerentes. Me pareció lógico que los hubiera.

–Yo mismo –contestó el hombre, y alzó la mano sin apartar la mirada de su libro.

–¿Qué está leyendo?

Lo levantó y le dio la vuelta para mirar la cubierta como si él no lo supiese.

–Poesía de Kenneth Rexroth. ¿Conoce su obra?

–No.

–Es impresionante. Se lo prestaría, pero es el único ejemplar que tengo. –Introdujo el dedo entre las hojas para marcar el punto–. ¿Quiere fichas?

–Lo siento, pero no he venido a jugar. –Saqué el retrato de Reba del bolso y se lo entregué–. ¿Le suena la cara de esta chica?

–Reba Lafferty –dijo como si la respuesta cayera por su peso.

–¿Recuerda cuándo la ha visto por última vez?

–Claro. El lunes, es decir, anteanoche. Se sentó a esa mesa. Vino alrededor de las cinco de la tarde y se quedó hasta que cerramos, a las dos de la madrugada. Jugó al Texas Hold'Em casi toda la noche y al final cambió al Omaha, para el que no tiene olfato ninguno. Traía un rollo de billetes así de grande. –Formó un círculo con el pulgar y el dedo corazón–. Se rumorea que salió de la cárcel hace una semana. ¿Es usted la asistenta social?

Negué con un gesto de la cabeza.

–Soy una amiga. Yo misma fui a buscarla a Corona y la llevé a casa.

–Debería haberse ahorrado el viaje. Antes de que se dé cuenta, esa chica hará el viaje de vuelta. Una lástima, porque es encantadora. Tan encantadora como un mapache antes de hincarte el diente.

–He de darle la razón –dije–. Se marchó anoche y todavía no la hemos localizado. Supongo que usted no sabrá adónde ha ido.

–Así, a bote pronto, diría Las Vegas. Aquí se dejó un buen fajo de billetes, pero se la veía en vena. Tenía esa clásica expresión en la mirada de los jugadores. La acompañe o no la suerte, es de esas que sigue jugando hasta que se le acaba el dinero.

–No lo entiendo –reconocí.

–¿Usted no juega?

–Jamás.

–Yo creo que Reba está en las últimas. Apuesta por la pura emoción, pensando que con eso encontrará algún tipo de satisfacción. Y no va a conseguirlo. Necesita ayuda.

–¿No la necesitamos todos? –comenté–. Por cierto, ¿por qué se llama Double Down este local? Pensaba que era un término del blackjack.

–Aquí se jugó al blackjack hasta que el dueño acabó prohibiéndolo. La gente del lugar prefiere el póquer, porque cuenta más la habilidad que la suerte.

En cuanto llegué a mi despacho, tomé un lápiz y un bloc, saqué el listín telefónico y elegí una agencia de viajes al azar. Marqué el número, y a la mujer que contestó le dije que necesitaba información para ir a Las Vegas.

–¿Qué día?

–Todavía no lo sé. Trabajo hasta las cinco y aún no tengo muy claro cuándo prefiero viajar. ¿Qué vuelos hay entre semana después de las seis de la tarde?

–Lo consultaré –contestó. Oí un tecleo de fondo y después de un breve silencio–: Veo dos. USAir a las 19:55 vía San Francisco con llegada a Las Vegas a las 23:16, o United Airlines a las 20:30 vía Los Ángeles con llegada a Las Vegas a las 23:17.

–¿Podría decirme en qué otro sitio puedo encontrar casinos?

–¿Cómo dice?

–Casinos. Póquer.

–Pensaba que quería ir a Las Vegas.

–Me interesan todas las opciones. ¿Sabe si hay salones de juego más cerca de Santa Teresa?

–En Gardena o Garden Grove. Tendría que volar a Los Ángeles y desde allí seguir viaje por carretera.

–Eso parece factible. ¿Qué vuelos hay a Los Ángeles después

de las seis de la tarde? Ya me ha dicho el de United Airlines a las 20:30. ¿Hay algún otro?

–Aquí aparece otro de la United a las 18:57, con llegada a Los Ángeles a las 19:45.

Tomé nota de cuanto la mujer decía.

–Vaya, gracias. Ése me va perfecto.

Con cierto titubeo, la mujer de la agencia preguntó:

–¿Quiere que le reserve pasaje o no?

–No estoy segura. Veamos. Supongamos que dispongo de unos dólares y tengo ganas de gastarlos. ¿Adónde más podría ir?

–¿Después de las seis de la tarde en día laborable? –dijo perdiendo la paciencia.

–Exacto.

–Podría probar en Laughlin, Nevada, aunque no hay aviones a Laughlin-Bullhead a menos que quiera un vuelo chárter.

–No, mejor no –contesté.

–Siempre le queda la opción de Reno-Lake Tahoe. Es el mismo aeropuerto para los dos.

–¿Podría...?

–Eso estoy haciendo –repuso, y nuevamente la oí teclear en el ordenador–. Hay un vuelo de United Airlines que sale de Santa Teresa a las 19:55, llega a San Francisco a las 21:07, vuelve a salir a las 22:20 y llega a Reno a las 23:16. Eso es todo.

–Gracias. Volveré a llamar. –Y colgué.

Rodeé con un círculo la palabra «Reno», recordando que Misty Raine, la ex compañera de celda de Reba, supuestamente vivía allí. Si Reba se había fugado, quizá cabía pensar que trataría de ponerse en contacto con una amiga. Por supuesto, tener trato con una delincuente conocida era una violación de la libertad condicional, pero éstas iban ya acumulándose, así que no venía de una más.

Marqué el teléfono de información telefónica de Reno, con el prefijo 702, y pregunté a la operadora por algún abonado con apellido Raine. Había uno: «M» en la inicial del nombre, pero no incluía la dirección. Le di las gracias y colgué. Tracé un segundo círculo en torno a la palabra «Raine», preguntándome si realmente Reba se había puesto en contacto con Misty. Volví a descolgar el auricular y marqué el número de M. Raine que me habían facilitado. Al cuarto tono de marcado, una mecánica voz masculina dijo: «No hay nadie en casa. Por favor, deje un número después de oír la señal». El pobre no era de mucha ayuda; me dio pena.

A las cuatro y media volví a la residencia de Nord Lafferty. Al detenerme en el camino de entrada, advertí con satisfacción que el coche de Lucinda ya no estaba. *Rags* dormía en una silla de mimbre, pero se despertó para recibirme y se sentó a mis pies mientras llamaba al timbre. Freddy me dejó pasar al interior, y *Rags* aprovechó la ocasión para colarse dentro. Me siguió incluso cuando Freddy me acompañaba a la biblioteca, donde Nord se hallaba atrincherado en el sofá, recostado contra una pila de almohadas y tapado con una manta.

–Le he pedido a Freddy que me ayude a bajar –dijo el anciano–. No podía soportar ni un minuto más arriba.

Rags subió al sofá de un brinco, recorrió el cuerpo de Nord Lafferty de los pies a la cabeza y le olfateó el aliento.

–Tiene mejor aspecto –comenté–. Ha recuperado un poco el color en las mejillas.

–Es pasajero, pero bien está mientras dure. Supongo que ha averiguado algo. Si no, no habría vuelto tan pronto.

Le hablé del recibo de la gasolinera y de mi viaje a Perdido, donde me habían indicado cómo llegar al casino Double Down. Lo informé de la mala suerte de Reba en las partidas de póquer durante la noche del lunes. No vi necesidad de angustiarlo con la sospecha de que su hija había robado veinticinco mil dólares, así que omití esa parte.

–Reba mencionó a una bailarina de striptease llamada Misty Raine, una antigua compañera de celda. Según parece, Misty se trasladó a Reno tras cumplir su periodo en libertad condicional. Creo que si Reba ha caído en el juego, lo inteligente por su parte sería marcharse a un lugar donde pueda pasar inadvertida...

–Y en tal caso podría intentar contactar con su amiga –añadió Nord acariciando al gato.

–Eso es. Así, en lugar de gastar dinero en una habitación, podría apostarlo todo en las mesas con la esperanza de sacar alguna ganancia. Según el servicio de información telefónica, hay un M. Raine en Reno, pero no consta la dirección.

–¿Viajar a Reno no es una violación de la libertad condicional?

–También lo es el juego –recordé–. Siempre existe la posibilidad de que vuelva antes de que la asistenta social note su ausencia, pero no me gusta que corra ese riesgo. ¿Había ido antes a Reno?

–Con frecuencia –contestó–. Pero ¿cómo puede estar segura de que está allí? Es poco probable que su amiga lo admita.

–Eso mismo pienso yo. ¿Reba no hizo ninguna alusión a Reno?

–No dijo una sola palabra.

–¿Y la compañía telefónica? Podría preguntarles si se ha hecho alguna conferencia desde este teléfono en los últimos siete días. Si algún teléfono coincide con el número de Misty, demostraría que han estado en contacto.

–Puedo intentarlo.

Consulté la guía telefónica, marqué el número y le entregué el auricular en cuanto me pusieron con el departamento de facturación. Nord Lafferty se identificó por su nombre y número de teléfono y explicó lo que quería. De la manera más natural y convincente, se inventó una historia de una visita de fuera del pueblo que había puesto varias conferencias olvidando preguntar el tiempo y el coste. Después de charlar con la mujer, anotó un número de teléfono con el prefijo 702 al que se habían realizado tres llamadas. Le agradeció a la operadora su ayuda, colgó y me entregó el papel.

–Por desgracia, aún le faltará la dirección.

–Tengo un amigo en la policía que podrá ayudarme.

25

Salí de casa de Nord Lafferty cerca de las cinco. Puesto que no tenía sentido regresar al despacho, fui al estudio. En cuanto entré por la puerta lancé el bolso a una silla. Cheney había dejado dos extraños mensajes en los que quería enterarse de dónde demonios se había metido Reba, ya que había faltado a su cita de la una con Vince y a su reunión de las cuatro con el FBI. Llamé al busca de Cheney, introduje mi número y esperé a que sonase el teléfono, cosa que ocurrió diez minutos más tarde.

–¿Has llamado? –me preguntó.

–Necesito que me hagas un favor. ¿Puedes conseguirme la dirección de un número de teléfono de Reno?

–¿De quién?

–De una amiga de una amiga.

–¿Tiene que ver con Reba?

–¿Con quién si no?

Se quedó pensando unos segundos.

–Tiene más problemas de los que se imagina. Si está allí, lo mejor para todos es que la detenga la policía de Reno.

–Ésa es una manera de planteárselo –respondí–. Ahora bien, todavía necesitáis su colaboración. Estoy pensando en ir en coche a Reno y convencerla de que vuelva, en el supuesto de que la encuentre.

–¿Sabe Holloway que se ha marchado?

–Lo dudo. Reba no tiene que ir a verla hasta el lunes, lo que significa que disponemos de cinco días hasta que la den por desaparecida. No me gusta la idea de hacer nada a espaldas de Priscilla, así que cuéntaselo si quieres. O bien...

–¿Qué?

–Puedes consultar a tus amigos de Hacienda y ver qué opinan. Quizá su interés en ella sea prioritario y arreglen las cosas con su asistenta social. En cuanto Reba responda al interrogatorio, habrá tiempo de sobra para hablar con Priscilla.

–Dame el número de Reno y volveré a llamarte.

–¿Por qué no hablas primero con Vince y luego te doy el número? Podemos resolverlo desde allí.

–¿No confías en mí?

–Claro que confío en ti. Es él quien me preocupa.

–¿Hacemos algo esta noche? ¿Quedamos en el bar de Rosie? Tengo que escribir un par de informes, pero no me llevará mucho tiempo.

–Buena idea.

–Estaré allí dentro de un rato.

Dejé la puerta de entrada entornada y crucé el patio hasta la casa de Henry. Di unos golpecitos en el marco de la puerta de la cocina.

–¿Henry? Soy yo.

–Pasa. Enseguida estoy contigo –contestó.

Una olla de caldo hervía en un quemador del fondo. Lo interpreté como una buena señal. Henry rara vez guisa cuando está triste. Su vaso de Jack Daniel's con hielo esperaba encima de la mesa de la cocina; el periódico, bien doblado, en la mecedora. Una botella de Chardonnay recién descorchada se enfriaba en un cubo sobre la encimera. Henry apareció en el pasillo con una pila de paños limpios.

–¿Por qué no te has servido una copa de vino? –preguntó–. Lo he abierto para ti. Quiero hablarte de un asunto. ¿Tienes unos minutos?

Guardó los paños en un cajón de la cocina, sacó una copa de la alacena y me sirvió vino.

–Gracias –dije–. Tengo todo el tiempo del mundo. Me daba

la sensación de que habíamos perdido el contacto. ¿Cómo se encuentra?

—Bien. Gracias. ¿Y tú? —Volvió a sentarse en la mecedora y tomó un sorbo de su vaso.

—Estoy bien —contesté—. Y ahora que hemos aclarado esa cuestión, ¿va a decirme qué le ronda por la cabeza?

Mi vecino sonrió.

—Esto es lo que he estado pensando. No creo que mi relación con Mattie tenga futuro. Ahora es ella quien debe decir la última palabra, y opino que no puedo imponerme si no está interesada. Así funciona el mundo. Nos conocemos desde hace poco tiempo y las cosas podrían torcerse por muy diversas razones... la edad, la geografía..., los detalles son intrascendentes. Pero sí he descubierto que me sentía a gusto teniendo a alguien a mi lado. Le dio impulso a mi andar, pese a mis ochenta y siete años. Así que he pensado que no sería tan mala idea hacer una o dos llamadas de teléfono. En el crucero había varias mujeres que parecían agradables. Puede que Mattie sea única en su especie, pero ella está descartada. —Se interrumpió—. Me interesaría conocer tu opinión al respecto.

—Me parece estupendo. Recuerdo que cuando regresó del crucero, un montón de mujeres le dejaban mensajes en el contestador.

—Me avergonzaba.

—¿Por qué?

—Estoy chapado a la antigua. Me enseñaron que es el hombre quien ha de perseguir a la mujer, no a la inversa.

—Los tiempos han cambiado.

—¿Para mejor?

—Quizás. Si una conoce a alguien que le gusta, ¿por qué no dar el primer paso? No hay nada malo en eso. Si sale bien, bien está, y, si no, pues no pasa nada.

—Eso mismo he pensado yo —reconoció—. Hay una tal Isabelle que vive en el pueblo. Tiene ochenta años, y por tanto se acerca más a mi edad. Le encanta bailar, cosa que yo no he hecho en siglos. Y luego hay otra llamada Charlotte. Tiene setenta y ocho y aún se ocupa de sus negocios inmobiliarios. Vive en Olvidado, no muy lejos de Santa Teresa. ¿Crees que debería probar de una en una?

–¿Por qué no con las dos a la vez? Mójese el culo. Cuantos más sean, más se reirán.

–Bien. Te haré caso. –Chocó su vaso con mi copa–. Deséame buena suerte.

–Toda la suerte del mundo.

Me incliné hacia él y le di un fugaz beso en la mejilla.

Me senté en mi reservado preferido del bar de Rosie, el del fondo, desde donde puedo tomarme una copa de vino mientras observo lo que ocurre en el local. He sido una clienta asidua durante siete años y aún soy incapaz de recordar los nombres de los bebedores de entre horas o los otros parroquianos como yo. Rosie es el único punto en común, y sospecho que si los demás clientes y yo comparásemos impresiones, todos tendríamos la misma queja. Nos lamentaríamos de su actitud intimidatoria, pero reconoceríamos su frialdad como la prueba de lo especiales que somos para ella. William atendía la barra, donde me había acercado al entrar para que me sirviera una copa de vino. Sin duda, estaba ocupado; de lo contrario, me hubiera informado de su último parte médico.

En cuanto me acomodé, tomé un sorbo de aquel pésimo vino blanco tan parecido al vinagre y juré no beberlo nunca más. Cheney me había telefoneado unos minutos antes para comunicarme que Vince era partidario del enfoque personal. Dio su beneplácito a condición de que le proporcionase también a él el número de contacto. Facilité a Cheney el número que había obtenido a partir de la factura telefónica de Nord Lafferty. Supuse que Vince Turner mantendría la información en secreto, pero me preocupaba que el FBI llegara a enterarse y creara problemas.

Llamé al padre de Reba para anunciarle que partiría a la mañana siguiente. Se ofreció a adelantarme el coste del viaje y acepté, desechando de inmediato cualquier impulso caritativo ante la necesidad de pagar mis facturas. Había tomado un atlas de bolsillo y pasaba una y otra vez las páginas dedicadas al sur de California y el límite occidental de Nevada para estudiar la ruta. Lo más lógico era ir por la 101 hasta la 126, seguir al este hacia la 5 y luego al norte hasta Sacramento, donde accedería a la 80 en dirección nordeste y llegaría derecha a Reno. Si Cheney no me conseguía la dirección de Misty, recurriría al método antiguo: visitar la biblioteca pública para consultar la guía entrecruzada, donde los números telefónicos aparecen en orden numérico y emparejados con las direcciones correspondientes.

Antes de lanzarme a la carretera, pasaría por el club del automóvil y compraría unos buenos mapas. Aunque en el fondo no los necesitaba, me gustaba la espiral blanca que los unía y esa flecha de color naranja en lo alto de la página que indicaba el número del mapa siguiente. De paso, sentiría que le sacaba provecho a la cuota anual que el club me hacía pagar. A continuación, elaboré mentalmente una lista de la ropa y los artículos de baño que debía meter en la maleta. De pronto, noté una mano en el hombro y, esperando encontrar a Cheney, alcé la vista esbozando una sonrisa.

Beck se sentó enfrente.

–Parece que te alegras de verme –soltó.

–Pensaba que serías otra persona. –Asimilé su presencia con una mirada breve: pantalones de algodón, camisa de etiqueta y chubasquero.

Se echó a reír, pensando que aquél era un comentario jocoso. Con aparente despreocupación, cerré el atlas y lo dejé en el asiento de mi lado. Luego me incliné a la derecha para echar un vistazo a la entrada.

–¿Reba no está contigo? –pregunté.

–No, por eso he entrado. Intento localizarla. –Desvió la mirada hacia el atlas–. ¿Te vas de viaje?

–Sólo me abandono a la fantasía. Tengo demasiado trabajo acumulado para irme.

–Ah, ya. Eres investigadora privada. ¿En qué estás trabajando ahora?

Huelga decir tiene que mis casos le traían sin cuidado a menos que le afectasen a él. Supuse que estaba tanteando el terreno ante la duda de si yo formaba parte de la conspiración de las autoridades para pescarlo.

–En lo de siempre –contesté–. Un moroso desaparecido, un par de verificaciones de antecedentes de empleados para el Banco de Santa Teresa... cosas así.

Continué un rato con la retahíla, inventando sobre la marcha. Por fin advertí que tenía los ojos vidriosos y albergué la sincera esperanza de matarlo de aburrimiento. Entonces alcé la vista a tiempo de ver que Rosie cruzaba la puerta de vaivén de la cocina. Posó la mirada en Beck como un terrier al detectar una rata. Vino derecha al reservado sin reprimir su alegría. Beck se recompuso y se levantó. Tras tenderle una mano, se inclinó y la besó en la mejilla.

–Rosie, está guapísima. Se ha arreglado el pelo.

–Hecho yo misma. Es permanente casera –dijo ella.

A mí me pareció que tenía el pelo igual que siempre: mal teñido y peor cortado.

Rosie bajó la mirada con recato.

–Recuerdo qué tú querer. Whisky escocés. Doble con hielo y agua aparte. El veinticuatro años, no el doce.

–Exactamente. No me extraña que tenga una clientela fiel.

Pensé que Rosie no se dejaría camelar con tanto halago, pero se relamió de gusto y casi hizo una reverencia antes de correr a preparar la bebida de Beck. Él se sentó de nuevo y, mientras se alejaba, la observó con una cándida sonrisa en los labios como si en realidad le importase. Volvió a mirarme. Era un hombre de una frialdad extrema. Los veinticinco mil dólares desaparecidos lo habían puesto en alerta roja. Había salido de cacería para averiguar quiénes eran sus enemigos.

Crucé los brazos y me acodé sobre la mesa. En cierto modo resultaba relajante estar en compañía de alguien que me desagradaba tanto. No tenía que preocuparme por causar buena impresión, y eso me permitía concentrarme en el juego.

–¿Qué tal por Panamá? –pregunté.

–Muy bien. Los problemas empezaron en cuanto llegué aquí. Me ha dicho un pajarito que Reba y tú os metisteis en líos mientras yo estaba fuera.

–¿Yo? Vaya por Dios. ¿Qué he hecho ahora?

–¿No sabes a qué me refiero?

–Fuimos de compras a las galerías Passages. No sé si eso explica algo.

–¿A qué fue debido el conciliábulo con Marty?

Parpadeé dos veces como si me hubiese quedado en blanco y fingí que de pronto se hacía la luz.

–¿El viernes por la noche? Nos encontramos con él en el Dale's. Cuando cerraron las tiendas, fuimos allí y pedimos un par de platos de aquel chile que a uno le hace sudar tinta. ¡Habrá cosa igual...! ¿Has probado alguna vez esa porquería? ¡Qué asco!

–Más de una vez. Continúa.

–El caso es que más o menos a esa hora apareció Marty. Se alegró de ver a Reba. Nos presentó y charlamos un rato. Ahí acaba la historia.

Beck pareció como si me observara a distancia, no satisfecho todavía.

–¿De qué charlasteis?

–De nada en particular. Lo conocí, fui amable con él y poco más. ¿Por qué te interesa tanto?

–¿No hablasteis de mí?

–¿De ti? En absoluto. Ni siquiera mencionamos tu nombre.

–Y después ¿qué?

–¿Cómo que «después qué»?

–¿Adónde fuisteis después?

–A la oficina. –Hice un gesto de indiferencia–. Marty no dejó de alabar las instalaciones y se ofreció a enseñárnoslo, así que terminamos haciendo una visita rápida. Dijo que te enfadarías si te enterabas. ¿Es ése el problema?

–No me lo has contado todo. ¿Hay algo más?

–Pues veamos... Ah. Esto sí es de vital importancia. Me dejé el bolso en el terrado y tuvimos que volver a buscarlo al día siguiente. Fue una cabronada.

Rosie se acercó con el whisky de Beck en una bandeja. Interrumpimos la conversación y le sonreímos afablemente mientras ponía ceremoniosamente una servilleta y colocaba encima el vaso. Beck le dio las gracias en un susurro y no medió más palabra.

Ella vaciló, esperando otra andanada de lisonjas y cumplidos, pero él mantenía la atención fija en mí. Yo deseaba que Rosie se sentase y charlase con nosotros durante el resto de la noche. En lugar de eso, me miró con interés, sospechando que aquello fuese una aventura amorosa en ciernes. Poco sabía ella que me encontraba en un intento desesperado por evaluar la situación y adivinar qué sabía Beck y cómo había obtenido la información. Si había visto las cintas de las cámaras de seguridad, yo debería rendir cuentas de todas nuestras idas y venidas. Era consciente de que estaba pasándome de lista y él se estaba poniendo nervioso, pero no pude evitarlo. Rosie hizo varios comentarios triviales y se fue.

Miré a Beck, en espera de su siguiente comentario. Él tomó el vaso de whisky y dio un sorbo, observándome por encima del vaso.

–Muy astuta. Lo explicas todo como si tal cosa, pero por alguna razón juraría que estás mintiendo descaradamente.

–Por lo visto, mi fama me precede. Se me da bien mentir –reconocí.

Dejó el whisky en la mesa, cuya humedad de la base trazó un círculo en la superficie.

–¿Y ahora dónde está?

–¿Reba? No lo sé. No somos siamesas.

–Mira por dónde. No te has separado de ella desde que salió de la cárcel, ¿y ahora de pronto no tienes ni idea? Algo te habrá dicho.

–Beck, me parece que te has hecho una idea equivocada. No somos amigas. Su padre me pagó para ir a recogerla. Es mi tra-

306

bajo. La llevé a la oficina de la asistenta social y a renovar el carnet de conducir. Se sentía sola, así que cenamos...

–No te olvides del Bubbles.

–Sí, importantísimo. Fuimos al Bubbles. Sentía lástima por ella. No tiene amigos, excepto Onni, que la trata a patadas.

Reflexionó un momento y cambió de tercio.

–¿Qué te ha dicho de mí? –preguntó.

Intenté agrandar los ojos igual que hacía Reba cuando fingía inocencia.

–¿De ti? Ésa sí que es buena. Me contó que te la tiraste en el coche la otra noche. Iba a darme los detalles escabrosos sobre el tamaño de tu polla, pero le supliqué que se abstuviese. No te ofendas, pero yo no te encuentro tan fascinante como ella ni remotamente. Salvo por nuestra actual conversación. ¿Qué quieres saber?

–Nada. Creo que te he juzgado mal.

–Lo dudo, sinceramente, pero ¿qué más da? Tengo la impresión de que eres tú quien está metido en un lío y lo proyecta sobre nosotras. –Quizá me había pasado de la raya, porque la mirada que vi en sus ojos no me entusiasmó.

–¿Por qué dices eso?

–Porque estás soltando todas esas estupideces y no tengo la menor idea de qué pretendes. Me has acribillado a preguntas desde que te has sentado.

Enmudeció durante unos quince segundos, que era mucho tiempo en una conversación como aquélla. Por fin dijo:

–Creo que me robó dinero cuando estuvo en la oficina esa noche.

–Ah. Entiendo. Es una acusación grave.

–Lo es.

–¿Por qué no la denuncias a la policía?

–No puedo demostrarlo.

–A mí me parece que te equivocas. –Cabeceé varias veces–. Estuve con ella en la oficina y no tocó nada. Yo tampoco, dicho sea de paso. Espero que no pienses que estoy involucrada, porque te juro que no es así.

–No eres tú quien me preocupa. Es ella.

–¿Te preocupa?

–Creo que está en un apuro. No me gustaría verla sufrir.

–¿Por qué no lo has dicho a las claras?

–Tienes razón. Perdona. He planteado mal este asunto y me disculpo. ¿Firmamos una tregua?

–No hace falta ninguna tregua. A mí también me preocupa. Vuelve a fumar un paquete de tabaco al día y sabe Dios qué más toma. Esta mañana me ha hablado de alcohol y de casinos. Me asusta.

–No sabía que la hubieses visto.

–Ah, sí. Pensaba que te lo había comentado.

–Pues no, pero es una buena noticia. No he sabido nada de ella desde que volví. En general, me llama en cuanto llego, para que esté pendiente de ella. Ya conoces a Reba. Tiende a pegársete.

–Ya lo creo. Por cierto, mañana comemos juntas. ¿Quieres que le diga que te llame?

Esbozó una sonrisa sincera, deseando creerme. Con todo, noté cómo analizaba mis comentarios en busca de una palabra en falso. Por fortuna, como soy una mentirosa consumada, podría cometer un asesinato y pasar la prueba del polígrafo negándolo todo con la sangre goteando de mis dedos. Entonces Beck alargó el brazo y me rozó la mano, cosa que le había visto hacer con Reba. Me pregunté qué significaba ese gesto, una especie de corre que te pillo: tú la paras.

–Espero que todo esto no te haya parecido fuera de lugar. Eres buena gente –precisó.

–Gracias. Lo mismo digo. –Le rocé la mano en respuesta.

–Será mejor que te deje. –Se levantó del reservado–. Ya te he robado demasiado tiempo. Perdona si he sido grosero. No era mi intención interrogarte.

–Lo entiendo. Quédate y tómate otra copa, si te apetece.

–Tengo cosas que hacer. Dile a Reba que la estoy buscando.

–¿Qué haces mañana? ¿Estarás todo el día en la oficina?

–Tenlo por seguro. Estaré esperando su llamada.

«Te deseo buena suerte», pensé. Lo observé cruzar el bar como lo había visto la primera vez. Recordé que lo había encontrado sexy y atractivo, pero esas cualidades se habían esfumado. Ahora lo veía tal como era: un hombre acostumbrado a salirse con la suya. El mundo giraba a su alrededor, y los demás estaban al servicio de sus caprichos. Me pregunté si Beck sería capaz de matar. «Posiblemente», me dije. Quizá no con sus propias manos, pero sí encargándolo a otro. Una gota de sudor descendió por mi espalda. Respiré hondo, y cuando Cheney apareció estaba otra vez tranquila y un poco desconcertada. Se sentó a mi lado y deslizó un papel sobre la mesa.

–No podrás decir que no te he hecho un favor –dijo–. La dirección corresponde a una casa de alquiler. Misty vive allí desde hace trece meses.

–Gracias.

Eché un vistazo a la dirección antes de guardar el papel en el bolsillo.

–¿A qué viene esa sonrisa? –preguntó–. Pareces satisfecha de ti misma.

–¿Cuánto hace que te conozco? Un par de años, ¿no?

–Más o menos. Pero no me has conocido realmente hasta la semana pasada.

–¿Sabes de qué me he dado cuenta, Cheney? De que nunca te he mentido.

–Eso espero.

–Lo digo en serio. Soy una embustera nata, pero hasta el momento no te he mentido. Eso te pone en una categoría aparte..., bueno, salvo por Henry. Tampoco a él recuerdo haberle mentido jamás sobre algo importante.

–Buena noticia. Me encanta eso de «hasta el momento». Eres la única persona que conozco que diría una cosa así. Me lo tomo como un cumplido.

Rosie se acercó y, al ver a Cheney, me lanzó una mirada burlona. Rara vez me había visto con un hombre, y menos con dos en una misma noche. Cheney pidió una cerveza. Cuando Rosie se fue, apoyé la barbilla en la mano y lo observé. Tenía la piel tersa y unas pequeñas arrugas en las comisuras de los ojos. Llevaba una americana de ante del color de los posos del café. Camisa beige, corbata de seda marrón un poco ladeada. Alargué el brazo y se la arreglé. Me tomó de la mano y me besó el dedo índice.

–¿Has salido alguna vez con una mujer mayor que tú? –Sonreí.

–¿Hablas de ti? Tengo una noticia que darte, cariño. Soy mayor que tú.

–No lo eres.

–Tengo treinta y nueve años. Nací en abril de 1948. –Sacó la cartera, la abrió, extrajo el carnet de conducir y lo sostuvo en alto.

–No... ¿En serio? ¿Naciste en 1948?

–¿Qué edad me echabas?

–Alguien me dijo que tenías treinta y cuatro años.

–Todo mentira. No te creas una palabra de lo que oigas en la calle. –Guardó el carnet en la cartera, la cerró y se la metió en el bolsillo.

–En ese caso, tienes aún mejor cuerpo de lo que pensaba. Repíteme el día y el mes. No estaba atenta.

–Veintiocho de abril. Soy Tauro, como tú. Por eso nos llevamos tan bien.

–¿Ah, sí?

–Claro. Fíjate. Somos un signo de tierra, el toro. Los *boy scouts* del zodiaco: resueltos, prácticos, dignos de confianza, justos, estables; en otras palabras, aburridísimos. El lado negativo es que somos celosos, posesivos, dogmáticos y estamos convencidos de nuestra superioridad moral. Como ves, no tenemos desperdicio. Detestamos los cambios, las interrupciones y que nos metan prisa.

–¿De verdad te crees todo eso?

–No, pero debes admitir que podría ser cierto.

Rosie regresó a la mesa con la cerveza de Cheney. Advertí que estaba tentada de quedarse rondando con la esperanza de escuchar un fragmento de la conversación. Los dos nos sumimos en el silencio hasta que se marchó. Entonces dije:

–Beck ha estado aquí.

–Estás cambiando de tema. Prefiero hablar de nosotros.

–Es todavía pronto.

–¿Por qué no me hablas de ti, pues? –preguntó Cheney.

–Me niego en redondo.

–Por ejemplo, me gusta que no te maquilles.

–Me he maquillado un par de veces. En nuestra primera comida y la otra noche.

–Lo sé. Por eso supe que podía llevarte a la cama.

–Cheney, tenemos que hablar de Reba. Salgo para Reno mañana a primera hora. Tenemos que actuar de común acuerdo.

Adoptó un semblante serio, como si cambiara a una actitud profesional.

–Muy bien. Pero no lo alargues. Tenemos cosas mejores que hacer.

–El trabajo es lo primero.

–Sí, señora.

Pasamos los diez minutos siguientes hablando de Reba y Beck: lo que él había dicho, lo que yo había contestado y lo que significaba, si es que significaba algo. Cheney tenía la intención de telefonear a Priscilla Holloway por la mañana y ponerla sobre aviso. Consideraba que la sinceridad era preferible a correr el riesgo de que se enterase por otro cauce. La remitiría a Vince Turner y dejaría que ambos se pusieran de acuerdo. Si Holloway quería detener a Reba, tanto mejor para él. A Vince le encantaría tenerla bajo llave. Por último Cheney dijo:

–¿Nos vamos ya? Toda esta charla sobre delincuentes me está excitando.

26

Tardé nueve horas en viajar en coche de Santa Teresa a Reno, incluyendo dos paradas para orinar y otra de quince minutos para comer. Al cabo de siete horas llegué a Sacramento, donde la carretera 80 se cruza con la 5 e inicia su lento ascenso hacia el Donner Summit, a 2.206 metros sobre el nivel del mar. El humo de varios incendios de los montes del Parque Nacional de Tahoe había saturado el aire de una bruma parduzca que me acompañó hasta la frontera del estado de Nevada. Llegué al término municipal de Reno a la hora de la cena y atravesé la ciudad por el mero hecho de formarme una idea del lugar.

La mayoría de los edificios eran de dos o tres plantas, que parecían minúsculos al lado de algún que otro hotel gigantesco. Aparte de los casinos, los comercios parecían dedicados a facilitar la disponibilidad de dinero. Los restaurantes de comida barata, las casas de empeño y la palabra ARMAS en grandes letras en dos de cada siete carteles completaban el conjunto.

Elegí un motel de dos plantas sin pretensiones en el centro de la ciudad, cuyo principal atractivo era que se encontraba al lado de un McDonald's. Me registré, fui a mi habitación de la segunda planta y dejé mi bolsa de tela encima de la cama. Antes de salir, tomé la guía telefónica de Reno que encontré en el cajón de la mesilla de noche. Bajé a recepción, dejé la guía en el coche y fui al McDonald's, donde me senté junto a una ventana y me regalé con un par de hamburguesas con queso.

Según los mapas del club del automóvil, Carson City –el último domicilio conocido de Robert Dietz– quedaba a cincuenta kilómetros de allí. Desde la irrupción de Cheney en mi vida, pensaba en Dietz sin amargura pero sin mucho interés. Mientras devoraba las patatas fritas bañadas en ketchup, abrí el mapa urbano de Reno y busqué la calle donde supuestamente vivía Misty Raine. No estaba lejos del restaurante, y pensé que mi siguiente punto en el orden del día era visitar ese lugar.

Vacié la bandeja en la basura y volví al coche. Con el plano apoyado en el volante, estudié el trayecto. En el camino pasé por unos barrios espartanos salpicados de pinos, alambradas y casas de estilo rancho con fachadas de estuco o ladrillo. Pese a ser las siete de la tarde, aún había luz. El aire se notaba caliente y seco y olía a brea de pino y roble chamuscado por los incendios de California. Sabía que las temperaturas descenderían en cuanto anocheciera. El césped de los jardines estaba reseco, y la hierba, abrasada y reducida a un color marrón tirando a amarillo. Los árboles, en cambio, conservaban un sorprendente verdor, de modo que aquel follaje denso y saludable ofrecía un alivio en medio del implacable beige deslavazado del paisaje. Quizá todo ello estaba concebido para mantener a los jugadores en los casinos, donde los chillones colores deslumbraban, la temperatura del aire era siempre la misma y las luces estaban encendidas las veinticuatro horas del día.

Localicé la casa, un bungalow de madera amarillenta con tres exiguas ventanas delante. Las molduras eran marrones y la puerta del garaje de una sola plaza estaba decorada con tres filas verticales de triángulos amarillos sobre fondo marrón. Enmarañadas coníferas marcaban los ángulos de la parcela, y los macizos de flores contiguos al camino de entrada contenían tallos de plantas secas. Aparqué en la acera opuesta a unas cuatro casas de distancia, desde donde disfrutaba de una vista despejada de la casa. Cuando uno vigila desde un coche, existe siempre la preocupación de que un vecino llame a la policía para denunciar la presencia de un vehículo sospechoso aparcado enfrente. Como maniobra de distracción, saqué dos conos de plástico naranja del maletero y abrí la tapa del motor, en la parte trasera. Coloqué los conos a unos pasos para indicar a los curiosos que mi coche estaba averiado.

Me quedé cerca del automóvil y examiné las casas aledañas. No vi a nadie. Crucé la calle, me aproximé a la puerta de Misty y pulsé el timbre. Al cabo de tres minutos, llamé con los nudillos. No hubo respuesta. Acerqué la cabeza a la puerta. Silencio. Recorrí el camino de entrada y examiné el garaje, provisto de un candado, que se comunicaba con la casa mediante un corto pasadizo cubierto. Las dos ventanas del garaje estaban cerradas y los cristales habían sido pintados. Al rodear la casa, advertí que al otro lado, más allá de una cerca de madera, había un jardín deprimentemente yermo. No se advertía ni rastro de animales, ni juguetes, ni muebles de jardín, ni barbacoa. Las ventanas que daban allí estaban a oscuras. Ahuequé las manos ante el cristal y vi un despacho equipado con el clásico escritorio y silla giratoria, un ordenador, un teléfono y una fotocopiadora. No hallé el menor rastro de Misty ni de Reba. Estaba tan convencida de que encontraría a Reba alojada allí que me sentí decepcionada. ¿Y ahora qué?

Volví al coche y, una vez acomodada y dispuesta a esperar, me entretuve hojeando las páginas amarillas de la guía telefónica que había tomado prestada. Ya aburrida, cogí el primero de los tres libros de bolsillo que me había llevado para el viaje. Reconfortaba ver que la mayoría de las casas cercanas seguían a oscuras, señal de que los ocupantes estaban trabajando. A las 20:10 vi que un Ford Fairlane se aproximaba lentamente hacia el camino de entrada de la casa de Misty. En el crepúsculo, la capa de imprimación del lado del conductor resplandeció como si fuese fosforescente. Del coche salió una mujer vestida con una blusa blanca sin espalda, vaqueros ajustados y zapatos de tacón sin calcetines. Extrajo dos pesadas bolsas de supermercado del asiento trasero, se dirigió a la puerta y entró en la casa. Las luces interiores se encendieron a medida que se movía en el interior. Ésa tenía que ser la Misty Raine a la que yo buscaba.

Hasta el momento nadie había recelado de mi presencia en la calle. Me apeé, recogí los conos de plástico y los devolví al coche a fin de prepararme para lo que pudiese venir. Reanudé la lectura con la ayuda de una linterna que había sacado de la bolsa. A ratos levantaba la vista, pero la casa continuó en silencio y nadie entró ni salió. A las 21:40 se encendieron unos reflectores exteriores igual de potentes que los de una cárcel e inundaron el camino de entrada de una agresiva luz blanca. Misty salió de la casa y, dejando las luces encendidas, subió al Ford, del tamaño de un tanque, y salió del camino haciendo marcha atrás. Aguardé quince segundos, encendí el motor del VW y la seguí.

En cuanto llegamos al primer cruce, el tráfico me proporcionó cobertura, aunque dudo que tuviese razones para sospechar que la vigilaban. Condujo con calma, evitando toda maniobra brusca que indicase preocupación por un VW de color azul claro, y trece años de antigüedad, situado tres coches detrás del suyo.

Llegamos al centro de la ciudad. Dobló a la derecha por la Calle 4 Este y a media manzana entró en un pequeño aparcamiento que había entre un restaurante asiático y un pequeño supermercado con una marquesina donde se leía: ALIMENTACIÓN – CERVEZA – MÁQUINAS DE JUEGO. Reduje la marcha y me detuve junto a la acera. Dejé el motor al ralentí mientras desplegaba el plano de Reno y estudiaba el trazado. No sé por qué me tomé tantas molestias para disimular mis intenciones. Misty no parecía que hubiera advertido mi presencia, y desde luego en Reno a nadie le importaba si me había perdido. La vi entrar en el supermercado y aproveché su ausencia para acceder al mismo aparcamiento. Dejé el coche lo más cerca de la entrada posible. Cada plaza tenía un número pintado, y un tablón colgado de la pared de ladrillo indicaba que el precio se abonaba honradamente. Obediente, busqué la ventanilla oportuna e introduje la cantidad de dólares que consideré que costaría mi estancia. Estaba tan absorta en esta demostración de ciudadanía que no vi a Misty hasta que estaba cruzando la calle. Iba comiendo una barra de caramelo y llevaba un cartón de tabaco bajo el brazo.

Su destino se hallaba justo enfrente: un local de entretenimiento para adultos llamado Emporio de la Carne. Bajo la doble hilera de bombillas que deletreaba el nombre del establecimiento, un letrero de neón intermitente anunciaba:

CHICAS, CHICAS, CHICAS
DESNUDAS, LASCIVAS Y ORDINARIAS
(y en letras más pequeñas)
SE REALIZAN TATUAJES Y PEARCINGS
DURANTE EL TIEMPO DE ESPERA
(y en letras aún más pequeñas)
LIBROS, VÍDEOS, REVISTAS

El gorila la dejó pasar. Aguardé un tiempo prudencial y crucé la calle. La entrada costaba veinte dólares, que, a mi pesar, apoquiné. Tomé nota mentalmente para añadirlo a mi cuenta de gastos de un modo que no indujese a pensar en sexo de pago.

En la entrada había un pequeño casino con el aire turbio por el humo del tabaco y arrebolado por la iluminación ambiental de un centenar de máquinas tragaperras dispuestas de dos en dos, una contra otra. Al pasar, oí el estúpido campanilleo que acompaña el juego. El techo acústico estaba salpicado de puntos de luz, cámaras, alarmas de incendio y rociadores. Apenas había nadie sentado ante las máquinas tragaperras, pero más allá, detrás de las mesa de blackjack, vi una barra en penumbra con un ancho escenario a un lado. Sobre tres plataformas intensamente iluminadas, varias bailarinas desnudas se cimbreaban, se contoneaban y exhibían su cuerpo. Nada de lo que hacían resultaba especialmente lascivo u ordinario. Un tanto incómoda, busqué una mesa en un rincón. La mayoría de los clientes eran hombres. Todos bebían y prestaban poca atención a los pechos y las nalgas expuestos en el escenario.

No vi a Misty por ninguna parte. Pero entonces una camarera llamada Joy se acercó a mi mesa y colocó una servilleta frente a mí. Unos redondeles de lentejuelas del tamaño de pastillas de menta protegían castamente sus pezones y lucía una hoja de parra sobre lo que mi tía Gin llamaría sus «intimidades». Pedí una botella de cerveza Bass, embotellada, por miedo a que en un local como aquél me aguasen la bebida. Cuando Joy regresó con mi cerveza y una canastilla de palomitas amarillentas, pagué los quince dólares de la consumición, más otros cinco de propina.

–Busco a Misty. ¿Sabes dónde está?

–Acaba de ir a cambiarse. Saldrá enseguida. ¿Eres amiga suya?

–No exactamente –contesté.

–Dime cómo te llamas y la avisaré de que te he visto.

–Por el nombre no sabrá quién soy. Una amiga de una amiga me dijo que preguntase aquí si alguna vez pasaba por la ciudad.

–¿Cómo se llama la amiga?

–Reba Lafferty.

–Lafferty. Se lo diré.

Bebí un sorbo de cerveza y tomé unas cuantas palomitas frías y gomosas, agradeciendo la distracción, ya que ni siquiera a distancia me entusiasmaba contemplar a mujeres desnudas que meneaban el culo. Me había imaginado unos cuerpos voluptuosos como los de las coristas, y sin embargo sólo tres tenían las tetas del tamaño de un balón de fútbol. Supuse que las otras dos estaban ahorrando.

Como finalmente pude ver, Misty, más que ir a cambiarse de ropa, se había despojado de las prendas que llevaba. Tenía las piernas desnudas y sólo conservaba una correa y los zapatos de tacón. Era alta y desgarbada, con el pelo de color azabache, las clavículas prominentes y los brazos largos y delgados. En contraste, tenía unos pechos descomunales, de esos que provocan molestias de espalda y requieren un sujetador con tirantes tan recios que a una le dejan marcas permanentes en los omóplatos como surcos abiertos en la roca. No es que yo hubiese padecido jamás tan nefasto destino, pero había oído las quejas de otras mujeres. No concebía siquiera que alguien llevase algo así a cuestas por propia elección. Misty tenía los ojos grandes y verdes, y unas oscuras ojeras que el maquillaje no lograba ocultar. Calculé que tendría más de cuarenta años, aunque no sabría decir cuántos exactamente.

–Dice Joy que eres amiga de Reba.

Desconocía las normas de protocolo en el mundo del striptease, pero me levanté y le estreché la mano.

–Me llamo Kinsey Millhone. Soy de Santa Teresa.

–Como Reba –comentó–. ¿Qué tal le van las cosas?

–Esperaba que me lo dijeses tú.

–En eso no puedo ayudarte. Hace años que no la veo. ¿Estás en Reno de vacaciones?

–He venido a buscarla.

Misty levantó un hombro en lo que podía interpretarse como un gesto de indiferencia.

–Lo último que supe de ella es que estaba en la Penitenciaría para Mujeres de California.

–Ya no. La soltaron el 20 de este mes.

–No me digas... Me alegro por ella. Tengo que escribirle. El mundo real es un espanto cuando no estás acostumbrada –dijo–. Espero que le vaya bien.

–Verás, el panorama es más bien desalentador. Al principio iba bien encaminada, pero últimamente las cosas se han torcido.

–Lamento oírlo, pero ¿por qué acudes a mí?

–Me parecía una posibilidad remota –contesté.

–Muy remota, desde luego. Trabajo aquí desde hace una semana. No me explico cómo me has encontrado.

–Por un proceso de eliminación. Reba me contó que eras una bailarina exótica. Con un nombre como el tuyo, no ha sido difícil.

–¡Venga ya! ¿Sabes cuántos locales de striptease como éste hay en la ciudad?

–Treinta y cinco. Con éste, ya he probado en treinta. Debe de ser mi número de la suerte. ¿Te importaría que hablásemos?

–¿De qué? Empiezo a trabajar dentro de dos minutos. Necesito tiempo para concentrarme. Una actuación así es difícil si no tienes la cabeza en su sitio.

–No te entretendré mucho.

Se sentó con cuidado, y me pregunté si notaría el frío del asiento de madera en el trasero desnudo. En todo caso, la sensación no debió de ser muy intensa, porque no chilló ni exteriorizó nada.

–¿Es esto una expedición de sondeo o buscas algo en concreto? –preguntó.

–¿Por qué lo dices?

–Simplemente pensaba que si tenía noticias de ella, podía pasarle el mensaje, pero cuidado, siempre y cuando no sea obsceno.

–He oído que está en el pueblo. Tengo la esperanza de convencerla para que vuelva a California antes de que le retiren la libertad condicional.

–Eso no es asunto mío.

–Hasta donde sé, fuisteis compañeras de celda.

–Durante seis meses o así. Yo salí antes que ella, como es obvio.

–Me dijo que mantuvisteis el contacto.

–¿Y por qué no? Es una chica simpática y divertida.

–¿Cuándo supiste algo de ella por última vez?

Misty fingió pensar.

–Debió de ser en Navidad. Le mandé una postal, y ella me contestó. –Miró por encima del hombro–. Perdona que te deje, pero esta música es mi entrada.

–Si se pone en contacto contigo, dile que estoy en Reno. Es importante que hablemos.

Anoté el nombre del motel, el número de teléfono y la habitación en un papel que le entregué cuando se levantó. La bailarina lo tomó, pero no tenía dónde guardárselo a menos que se lo metiese en el culo.

–¿Quién te paga? –preguntó.

–Su padre.

–Un buen trabajo. Una suerte de cazarrecompensas, ¿no?

–No es sólo un trabajo. Soy amiga suya y me preocupa su bienestar.

–A mí eso no me quitaría el sueño. Si algo tiene Reba, es que sabe cuidarse sola.

La observé encaminarse hacia la barra. Las lunas idénticas de sus nalgas apenas le temblaban al caminar; los músculos de sus muslos se flexionaban y se relajaban a cada paso que daba. Los meneos y contoneos debían de ser más eficaces que el *jazzercise*, y además no tenía que pagar la cuota del gimnasio. Hice un alto en el servicio de señoras, donde aproveché las instalaciones antes de volver al coche.

Una vez dentro encendí el motor y me senté con las ventanillas bajadas, escuchando la radio para matar el tiempo. Una hora después empezó a preocuparme:

Primero. Quedarme sin gasolina.

Segundo. Asfixiarme con los gases de escape de mi propio automóvil.

Apagué la radio y el motor y fijé la mirada en la tapia de ladrillo que tenía enfrente. Era la pantalla perfecta donde proyectar mis recuerdos recientes de Cheney Phillips. Pero tal vez fue una idea poco afortunada, considerando que me encontraba a tantos kilómetros de él.

Me adormilé hasta que las luces de un coche destellaron en mi parabrisas y me desperté sobresaltada. Miré a la derecha en el instante en que el Ford de Misty pasaba por detrás de mi VW y reducía la velocidad. Abandonó el aparcamiento y torció a la derecha. Arranqué, di marcha atrás con un chirrido de neumáticos y salí poco después que ella. Eché un vistazo a mi reloj de pulsera y vi que eran las cuatro de la madrugada. Al parecer, tenía un turno de seis horas en lugar de las ocho habituales en un trabajo corriente. Aunque, claro está, costaba imaginar que alguien pudiera pasarse más de un par de horas seguidas brincando de un lado a otro.

Me mantuve tan alejada del Ford Fairlane como me fue posible para no perderlo de vista. En las calles apenas había tráfico y muchos de los escaparates estaban a oscuras. Los grandes casinos continuaban en plena actividad. Misty paró frente al hotel Silverado. La marquesina que se extendía sobre la entrada de ocho carriles estaba tachonada de bombillas hasta el punto de que el aire parecía estremecerse de calor artificial. Misty salió del coche y entregó las llaves a un empleado. Las grandes puertas de cristal se abrieron y cerraron automáticamente en cuanto se acercó y desapareció en el interior.

Otros dos vehículos en fila separaban mi coche del suyo. Me apeé sin pérdida de tiempo y lancé las llaves a otro empleado de aspecto irritado que charlaba con un compañero.

–No te lleves el coche muy lejos. Hay veinte dólares en juego para ti solo. No tardaré.

Sin esperar respuesta, corrí hacia la puerta y entré en el inmenso vestíbulo, poco concurrido a esas horas. Llevé a cabo un rápido reconocimiento. No vi ni rastro de Misty. Podía haberse metido en un ascensor, en el baño a mi derecha o en el casino, justo enfrente. «Elige una posibilidad», pensé. Cuando entré en el casino, el humo me envolvió como un delicado chal. Los sonidos metálicos y las melodías de las máquinas tragaperras recordaban el ruido de las monedas al caer, el gorjeo del dinero yéndose por el desagüe. Los pasillos formaban una cuadrícula entre las máquinas que resplandecían con destellos de colores rojo, verde, amarillo y azul intenso. Me asombró la paciencia de los escasos jugadores nocturnos; parecían hormigas buscando alimento debajo de una hoja.

Recorrí los pasillos mirando a derecha e izquierda buscando a Misty, quien sin duda destacaría por su estatura y su pelo negro. Al fondo había varios restaurantes. Vi una cafetería, un japonés, una pizzería y un «auténtico» restaurante italiano que servía seis clases de pasta y una gran variedad de salsas, con ensalada César de acompañamiento, por 2,99 dólares. Localicé a Misty en el interior, sentada a una mesa, aunque al principio no me fijé en ella sino en el hombre que tenía delante. Era pelirrojo y enjuto. Tenía la tez rojiza y salpicada de cicatrices de acné juvenil. Ninguno de los dos me vio. Entré en el restaurante, que estaba abierto por ambos lados. Me senté junto a la barra a cierta distancia de ellos y los observé mientras departían. El camarero se acercó a mí parsimoniosamente y pedí un vaso de Chardonnay. Dado que a esa hora la clientela era poco numerosa, me preocupó llamar la atención estando sola.

Fuera, en el casino, se desató un gran vocerío, y poco después entró un grupo de cinco mujeres, ebrias y triunfales. Una agitó un cubo de monedas de veinticinco centavos, el premio de quinientos dólares que había obtenido en una máquina tragaperras. Éstas obstruyeron mi campo visual con su ruidosa presencia, pero a la vez me proporcionaron cobertura. Observé a Misty enfrascada en una larga conversación con el hombre, inclinada y atenta mientras ambos examinaban algo colocado en la mesa frente a ellos. Por fin satisfecha, le entregó un grueso sobre blanco de veinticinco por treinta centímetros que con toda seguridad contenía un fajo de billetes. A cambio, él devolvió el objeto de la mesa a un sobre marrón y se lo dio a ella, que lo guardó en su enorme bolso. Dejé un billete de cinco dólares junto al vaso vacío y me levanté para abandonar el local antes que ella. Me detuve cerca de los ascensores y lancé una mirada en dirección a Misty cuando pasó apresuradamente junto a mí hacia la puerta. La seguí.

Entregó el resguardo al chico del aparcamiento, y mientras esperaba su coche, yo salí en diagonal hacia la izquierda, de espaldas a ella. Tenía el coche aparcado cerca de la entrada. Pedí las llaves, di la propina al empleado y me senté al volante. Dos minutos después apareció el coche de Misty y el chico bajó de un salto. Ella le dio una propina y ocupó su lugar tras el volante. Salió del aparcamiento. Me situé detrás de ella, esta vez con un solo coche en medio. Cuando tuve la certeza de que se dirigía a su casa, doblé a la izquierda y aceleré por una calle paralela. Llegué momentos antes que ella. Apagué los faros y me arrellané en el asiento con los ojos por encima del volante. Torció en el camino de entrada a su casa como había hecho antes, aparcó, se encaminó hacia la puerta y entró.

La luz de la entrada se encendió. Permanecí allí sentada un minuto, muy tentada de regresar al motel y meterme en la cama. Sin duda Misty ya no saldría esa noche, o lo poco que quedaba de ella. Yo estaba cansada, aburrida y famélica. Imaginé un desayuno en una cafetería abierta las veinticuatro horas del día: zumo de naranja, beicon y huevos revueltos, pan de centeno tostado con mantequilla y mermelada de fresa. Luego dormiría. Aún no tenía garantías de que Reba estuviese en Reno. Yo había corrido el riesgo porque la posibilidad tenía sentido, dado lo que sabía de ella. Desde luego las dos habían estado en contacto, si no, ¿por qué aparecía el número de Misty en la factura telefónica de Nord Lafferty? Pero eso no probaba su actual paradero. Me erguí en el asiento, con la mirada puesta en la casa medio a oscuras de Misty y la estrecha franja de luz bajo la puerta del garaje.

¿Por qué aparcaba en el camino de entrada cuando tenía un garaje delante? En uno de esos inesperados pálpitos, lo evidente me entró en la mollera. Si Misty estuviese sola, probablemente no necesitaría dos voluminosas bolsas de comida ni un cartón de tabaco. Las bolsas podían contener su compra semanal, pero ella no fumaba. En el rato que había durado nuestra conversación, la mayoría de los fumadores habría encontrado una excusa para encender un pitillo. En realidad, fue una estrecha franja de luz bajo la puerta del garaje lo que despertó mi curiosidad. Salí del coche y crucé la calle.

27

Primero eché un vistazo por las ventanas del garaje. Los arañazos en la pintura marrón que cubría el cristal me revelaron una habitación de invitados improvisada: una silla, una cómoda, una cama de matrimonio y una lámpara encima de una caja de cartón que hacía las veces de mesilla. Las sábanas revueltas indicaban la presencia de un ocupante, al igual que el jersey rojo de algodón arrojado a los pies de la cama, que identifiqué como el de Reba. En el suelo, cerca de la cómoda, había una maleta gris rígida. Encima de la silla, la bolsa de tela con la cremallera descorrida y la ropa asomando.

Rodeé la casa como la vez anterior. El pasador de la verja de madera no emitió sonido alguno cuando entré en el jardín trasero y me acerqué a la ventana iluminada. Me aproximé agachada y miré por encima del alféizar. Reba y Misty estaban sentadas ante el escritorio de espaldas a mí. No vi qué hacían, y sus voces llegaban demasiado amortiguadas para discernir el tema de conversación. De momento me bastaba con haber localizado a Reba.

He aquí la pregunta que me formulé: ¿sería capaz de volver al motel sin encararme con ellas? Me moría de sueño pero temía esperar hasta la mañana, porque quizá para entonces una de ellas, o las dos, se habría marchado. Naturalmente me enfrentaría a ese mismo dilema siempre que le perdiese la pista a Reba. Pero en esos instantes me resistía a renunciar a mi única ventaja, esto es, que yo sabía dónde estaba y ella lo desconocía.

Afortunadamente, mientras las espiaba, Misty recogió los objetos que habían estado inspeccionando y los guardó en el sobre marrón que había visto antes. Reba salió de la habitación seguida de Misty, que apagó la luz al pasar junto al interruptor. Me dirigí hacia la parte trasera de la casa y me quedé entre las sombras de las coníferas. Diez minutos después la sala de estar quedó a oscuras. Crucé el jardín frente a la casa hasta el camino de entrada. Transcurridos otros quince minutos, se extinguió también la franja de luz bajo la puerta del garaje. Deduje que mis chicas habían dado el día por concluido.

Regresé al motel cruzando una ciudad aún despierta pero en silencio. El sol tardaría una hora más en despuntar, pero el cielo había adquirido ya una claridad gris perla. Aparqué, subí por la escalera hasta la segunda planta y abrí la puerta de mi habitación. Se trataba de una estancia anodina, aunque bastante limpia, siempre y cuando uno no la examinase con infrarrojos ni se arrodillase en el suelo con una lupa. Me desnudé y me di una ducha caliente. Luego hice lo que pude para fijar las cortinas a la ventana. Estaban hechas de un plástico pesado de color rojo oscuro con un elegante flocado. Si a eso le sumaba el papel de vinilo de las paredes con sus relámpagos de colores plata y negro, el conjunto presentaba una decoración de lo más asombrosa. Retiré la colcha de felpilla rosa y me metí entre las sábanas, apagué las luces y dormí como una bendita.

En algún momento el inconsciente me transmitió un aviso. Recordé que Reba me había hablado del talento de Misty para la falsificación de pasaportes y otros documentos. ¿Había sido ése el motivo de la reunión entre Misty y aquel tipo en el hotel Silverado? Incluso dormida, sentí miedo. Quizá Reba planeaba fugarse.

Cuando a las diez de la mañana siguiente sonó el teléfono, descolgué el auricular y me lo apoyé en la oreja sin mover la cabeza.

−¿Qué? −dije.

−Kinsey, soy Reba. ¿Te he despertado?

Me volví para tenderme boca arriba.

−No importa −contesté−. Te agradezco la llamada. ¿Qué tal te va?

—Bastante bien hasta que me enteré de que estabas aquí. ¿Cómo me has encontrado?

—No te he encontrado a ti, sino a Misty —repuse.

—¿Y cómo has dado con ella? Sólo por curiosidad.

—Soy detective, querida. Así es como me gano la vida.

—Ah. Me sorprende.

—¿Qué es lo que te sorprende?

—Suponía que mi padre te contrató porque no eras buena en tu trabajo. Es evidente que no estabas muy ocupada, si no, ¿por qué ibas a aceptar semejante gilipollez de misión? ¿Recoger a su hija en la cárcel y llevarla a casa? Eso no es serio.

—Gracias, Reeb. Es muy amable de tu parte.

—Estoy diciendo que me equivocaba. La verdad es que cuando Misty me ha dicho que te ha visto no he salido de mi asombro. Todavía no entiendo cómo lo has conseguido.

—Tengo mis métodos. Espero que no me hayas llamado para felicitarme por ser menos incompetente de lo que creías.

—Tenemos que hablar.

—Dime cuándo y dónde y allí estaré puntualmente.

—Nos quedaremos en casa de Misty hasta las doce.

—Estupendo. Dame la dirección y llegaré enseguida.

—Pensaba que ya la sabías.

—Supongo que no soy perfecta —dije, aunque en realidad lo era. Fingí tomar nota.

En cuanto colgó, me levanté de la cama y me acerqué a la ventana. Descorrí las cortinas e hice una mueca ante el sol abrasador del desierto. Mi habitación daba a la parte trasera de otro lúgubre motel de dos plantas, así que no había mucho que ver. Al apoyar la frente en el cristal, vi el letrero de neón del casino cercano, que invitaba a entrar con su parpadeo. ¿Cómo podía alguien beber o jugar a esas horas?

Me lavé los dientes y volví a ducharme en un intento por sacudirme el sueño. Me vestí, me senté sobre el borde de la cama y telefoneé a Nord Lafferty. Freddy me hizo esperar mientras pasaba la llamada a su habitación.

–Dígame, Kinsey –dijo con voz quebradiza–. ¿Dónde está?

–En un motel de Reno llamado Paraíso. He pensado que debía ponerle al corriente. Reba me ha llamado por teléfono hace un rato. Salgo hacia la casa de Misty para hablar con ella ahora mismo.

–La ha encontrado, pues. Me alegro. No ha tardado mucho.

–Hice trampa. Una persona me facilitó la dirección de Misty antes de salir de Santa Teresa. Vigilé la casa durante horas, pero no creía que Reeb estuviese allí. Misty tiene una prometedora carrera como bailarina en un local de striptease llamado Emporio de la Carne. La seguí hasta allí y charlé con ella. Cuando le pregunté por Reba, ni pestañeó. Juró y perjuró que no habían estado en contacto desde Navidad. Le di el número del motel y..., quién iba a decirlo..., Reba me ha llamado.

–Espero que consiga convencerla de que vuelva a casa.

–Lo mismo digo. Deséeme suerte.

–Telefonéeme a cualquier hora. Le agradezco sus esfuerzos.

–Es un placer ayudarle.

Cruzamos varios comentarios más y, cuando ya me disponía a colgar, oí un ligero chasquido.

–¿Sí? –Me extrañó el ruido.

–Sigo aquí.

Vacilé.

–¿Está ahí Lucinda?

–Sí. ¿Quiere hablar con ella?

–No, no. Era sólo por curiosidad. Le llamaré en cuanto tenga alguna novedad.

Después de colgar, permanecí sentada un momento con la mirada fija en el teléfono. Estaba casi segura de que Lucinda había escuchado la conversación. Freddy no sería capaz de hacer algo parecido. Lucinda, en cambio, necesitaba erigirse en centro de todas las situaciones; era una persona que necesitaba estar informada para ejercer su control. Recordé cómo había intentado sonsacarme información y lo mucho que se había ofendido al verse excluida de mi charla con Nord Lafferty en el dormitorio. Pretextando una gran preocupación, había causado estragos en la vida de Reba, y volvería a hacerlo si se presentaba la ocasión. Era la clase de mujer a la que no convenía volverle la espalda al salir de una habitación.

Crucé el aparcamiento del hotel y entré en el McDonald's, donde pedí tres cafés grandes, tres zumos de naranja, tres raciones de aros de cebolla y tres bocadillos de huevo, beicon y queso. Según mis cálculos, Misty, Reba y yo –en el supuesto de que termináramos la comida– ingeriríamos cada una seiscientas ochenta calorías, ochenta y cinco gramos de hidratos de carbono y veinte gramos de grasa. Redondeé el pedido con tres panecillos de canela.

Ya en casa de Misty, aparqué el coche en el camino de entrada. Reba me esperaba cuando llamé a la puerta. Iba descalza y vestía un pantalón corto rojo y una camiseta blanca sin sujetador. Le tendí la bolsa.

–Vengo en son de paz –dije.

–¿Por qué lo dices?

–Porque estoy invadiendo tu territorio. Seguro que soy la última persona del mundo a la que deseabas ver.

–La penúltima, sólo por delante de Beck. Será mejor que entres. –Tomó la bolsa y se alejó por el pasillo hacia la cocina, dejando que yo cerrase la puerta.

Por el camino eché un vistazo a la sala de estar. El mobiliario era exiguo: suelo de linóleo, mesita baja de madera contrachapada, un sofá cama de *tweed* marrón, una butaca de *tweed* marrón, rinconera y lámpara con pantalla de volantes. La habitación contigua de la derecha era el despacho que había visto desde fuera. Al otro lado del pasillo se hallaba un reducido dormitorio.

–¿Echando una ojeada? –preguntó Misty.

Estaba sentada a la mesa de la cocina con una bata negra de raso ceñida a la cintura. Las tetas casi se desbordaban entre las solapas. Me sorprendía que con semejante peso no perdiese el equilibrio y se desplomase sobre el plato. Reba, por su parte, tenía un cigarrillo encendido en el cenicero frente a ella. Estaba tomando un Bloody Mary.

«Oh, perfecto», pensé.

–¿Quieres uno? –me ofreció.

–¿Por qué no? Ya son más de las diez –comenté. Metí la mano en la bolsa de McDonald's y desplegué el contenido sobre la mesa mientras Reba me preparaba la copa. Miré a Misty–. ¿Tú no bebes?

–Le he puesto bourbon. –Y señaló el café con un dedo que terminaba en una uña pintada de rojo.

Me senté y repartí los aros de cebolla y los bocadillos, dejando los panecillos de canela, el zumo de naranja y el café en el centro de la mesa.

–Perdonad mi falta de educación, pero estoy hambrienta.

Ninguna de las dos objetó nada mientras desenvolvía mi bocadillo. Las tres comimos durante unos minutos de felicidad. Supuse que el trabajo podía esperar. En todo caso no tenía la menor idea de adónde iría a parar aquello.

Reba fue la primera en terminar. Se limpió los labios con una servilleta de papel que tenía arrugada en la mano y me preguntó:

–¿Cómo está mi padre?

–No muy bien. Espero convencerte de que vuelvas a casa.

La chica dio una calada a un cigarrillo. La casa se notaba tan fría que me maravilló ver sus piernas y brazos desnudos. Probé un sorbo del Bloody Mary, básicamente vodka con una pequeña nube de tomate encima, como sangre en la taza de un váter. Me sentí bizquear al ingerir ese brebaje.

–¿Lo sabe Holloway? –siguió.

–¿Que has salido del estado? Seguramente. Cheney me dijo que se pondría en contacto con ella.

–Menos mal que estoy divirtiéndome.

–¿Por qué te marchaste, si puede saberse?

–Me aburría portarme bien.

–Debe de ser un récord. Aguantaste diez días.

–En realidad –sonrió–, no me porté tan bien, pero me aburría igualmente.

–¿Está Misty metida en esto?

–¿Te refieres a si podemos hablar delante de ella? Es mi mejor amiga. Puedes decir lo que te venga en gana.

–Te has fundido todo el dinero, ¿verdad? Los veinticinco mil dólares de Salustio.

–Todo no –respondió.

–¿Cuánto?

Se encogió de hombros.

–Poco más de veinte mil dólares. En realidad, más bien veintidós mil. O sea, que me quedan un par de miles. Supongo que no tiene sentido hablar con él sin el resto. ¿Qué propones? ¿Ofrecerle pequeños pagos mensuales hasta que salde la deuda?

–Tendrás que hacer algo. ¿Cuánto tiempo crees que podrás evitar a un tío como ése?

–Por eso no te preocupes. Estoy en ello. Encontraré una escapatoria. Además, quizá termine otra vez en la cárcel antes de que me atrape.

–Veo que eres muy optimista –dije–. No entiendo por qué no vuelves a Santa Teresa y hablas con Vince. Existe aún la posibilidad de que los federales te ofrezcan un trato.

–No necesito hacer tratos con los federales. Tengo un asunto en marcha.

–Está chiflada, ¿no? –Me volví hacia Misty–. ¿Hasta dónde llega su locura?

–Vale más que la dejes en paz –comentó la amiga–. No puedes salvar a nadie excepto a ti.

–Me temo que en eso he de darte la razón –contesté. Después me dirigí a Reba–: Lo único que quiero es que vuelvas a Santa Teresa antes de que estés con la mierda hasta el cuello.

–Eso ya lo he entendido.

–¿Por qué no lo dejamos así, pues? Ya sabes dónde me alojo. Me quedaré hasta mañana por la mañana a las siete. Si para entonces no he tenido noticias tuyas, volveré sola. Pero debo advertirte una cosa: llegado ese momento llamaré a la policía de Reno y les diré dónde estás. ¿Te parece justo?

–Vaya, gracias. ¿De verdad crees que eso es justo?

–Sí. Te recomendaría que pasases un tiempo con tu padre mientras puedas.

–Ésa es la única razón por la que volvería, suponiendo que lo haga.

–El motivo me trae sin cuidado; yo sólo quiero llevarte de vuelta.

Regresé al motel, donde pasé uno de los días más siniestramente placenteros que recuerdo. Acabé de leer una de las novelas y empecé la siguiente. Hice una siesta. A las dos y media prescindí del McDonald's y comí en un restaurante de comida rápida de la competencia. Después habría ido a dar un paseo, pero no me interesaba lo que pudiese ver. Probablemente Reno es una ciudad maravillosa, pero hacía un calor insoportable, y mi habitación, aunque deprimente, al menos era habitable. Me descalcé y leí un poco más. A la hora de la cena, telefoneé a Cheney y lo puse al corriente de todo.

Me acosté a las diez y me levanté a las seis de la mañana siguiente, me duché, me vestí e hice el equipaje. Cuando bajé al coche, encontré a Reba encaramada a su maleta y con la bolsa de tela a sus pies. Vestía los mismos pantalones cortos y la camiseta de la mañana anterior y sandalias.

–Esto sí es una sorpresa –dije–. No esperaba verte.

–Yo misma me sorprendo. Te acompaño con una condición.

–No hay condiciones, Reba. Vienes o no vienes. No voy a negociar contigo.

–Vamos, escúchame. No es nada del otro mundo.

–Muy bien. Dime.

–Necesito parar en Beverly Hills.

–No quiero dar ningún rodeo. ¿Por qué quieres ir a Beverly Hills?

–Tengo que dejar una cosa en el hotel Neptune.

–¿El de Sunset Boulevard?

–Ése. Te juro que no tardaré nada. ¿No puedes hacer eso por mí? Te lo pido por favor.

332

Me tragué la irritación, dando gracias porque había accedido a venir. En el coche, abrí la portezuela del copiloto, eché el asiento hacia delante y lancé mi bolsa a la parte trasera. Cuando Reba añadió sus dos bultos, advertí que la bolsa de tela llevaba una etiqueta de United Airlines y un pequeño adhesivo verde que indicaba que había pasado por el control de seguridad. No me había equivocado al suponer que había viajado a Reno en avión.

–Al menos podríamos desayunar como Dios manda antes de salir –dijo–. Invito yo.

Teníamos el McDonald's para nosotras solas. Engullimos lo de costumbre, y mientras comía juré no probar nunca más comida basura, o como mínimo hasta la hora del almuerzo. Detrás de nosotras entraron un par de hombres, y luego el establecimiento empezó a llenarse de gente que iba camino del trabajo. Cuando, después de visitar el servicio de señoras, subimos al coche, eran las 7:05. Cargué el depósito en la gasolinera Chevron más cercana y abandonamos la ciudad.

–Si fumas en mi coche, te mato –le advertí.

–Apágalo con el culo.

Reba, encargada del mapa, me dirigió hasta la 395, que atraviesa en dirección hacia Los Ángeles. Por alguna razón, presentía que ese rodeo nos traería quebraderos de cabeza, pero era tal mi alivio por llevarla conmigo que decidí no armar revuelo. Quizás ella había cambiado de actitud y estaba dispuesta a ser responsable. Con lo veleidosa que era Reba, decidí guardarme mis comentarios y opiniones.

Suspendimos la conversación. El problema de tratar con personas rebeldes es que sólo hay dos posibilidades:

Primera. Una puede hacer el papel de consejera, pensando que nadie (excepto una misma) le ha ofrecido jamás esa rara y exquisita prueba de sensatez que por fin le hará ver la luz.

Segunda. Una puede hacer el papel de perseguidora, creyendo que una fuerte dosis de realidad (también administrada por una misma) inducirá a la otra persona a cambiar de vida por vergüenza o convencimiento.

En ambos casos una se equivoca, pero la tentación de asumir un papel u otro es tan grande que hay que morderse la lengua hasta sangrar para no incurrir en sermones y en gestos de amonestación. Mantuve la boca cerrada, aunque me exigió un notable esfuerzo. Ella guardó silencio, gracias a Dios, quizá porque percibió mi empeño en ocuparme de mis asuntos.

28

En la carretera, Reba toqueteó la radio hasta encontrar una emisora que no sonaba como si emitiesen desde Marte. De modo que escuchamos canciones country mientras yo jugaba al corre que te pillo con los mismos tres vehículos: una furgoneta con chasis de campera, una caravana y un camión de mudanzas en que viajaban un par de estudiantes universitarios. Primero uno rebasaba mi VW, luego el siguiente, y después yo adelantaba a uno de ellos, una especie de juego que nos tuvo entretenidos. En el fondo, me preguntaba si Beck o Salustio nos seguían, pero no se me ocurrió cómo podían habernos localizado.

En el cruce de la 395 con la 14, los chicos del camión siguieron recto, mientras que nosotras nos desviamos por la 14 en dirección sudoeste. Finalmente accedimos a la autovía de San Diego y continuamos hacia el sur. Para entonces, el camión había desaparecido y no se veía el menor rastro de la furgoneta con chasis de campera. «Qué extraño», pensé.

Eran casi las tres cuando dejamos la autovía en Sunset Boulevard, doblamos a la izquierda y continuamos hacia el este a través de Bel Air hasta llegar a Beverly Hills. Reba, metida en el papel de copiloto, comprobó los nombres de las calles, aunque en realidad no era necesario. Unas manzanas más allá de Doheny Street asomó el hotel Neptune, un prodigio de Art Decó que remedaba el Empire State Building, estrechándose hasta lo alto. Había leído un artículo sobre el hotel en un número de *Los Angeles Magazine*. La finca había sido ampliada recientemente con dos extensas parcelas de terreno, una a cada lado, lo que permitió la creación de una espectacular entrada y un aparcamiento para los huéspedes. Un cambio de nombre y las reformas multimillonarias habían dado impulso al viejo hotel y le habían devuelto su anterior esplendor. Desde entonces se había convertido en el nuevo destino de moda para numerosas estrellas del rock, actores y turistas con ganas de estar a la última.

Detuve el coche en la amplia entrada semicircular, ocupando el sexto lugar en la cola detrás de dos largas limusinas, un Rolls Royce, un Mercedes y un Bentley. Llegamos todos de golpe. Un aparcacoches y dos o tres botones de uniforme rondaban a cada vehículo, ayudando a los huéspedes a salir de los coches y descargando un bulto tras otro de los maleteros abiertos para colocarlos en los carritos de equipaje metálicos. Un portero vestido con librea y guantes blancos hizo sonar un silbato para llamar a un taxi, que pasó por mi izquierda y paró delante. Dos clientes con aspecto de vagabundos entraron en el taxi, que se alejó al momento.

–Esto es absurdo –protestó Reba–. ¿Por qué no entro yo un momento y ya está?

–Ni hablar. No quiero perderte de vista.

–¿Qué te crees? –exclamó–. ¿Que voy a escabullirme por la parte trasera y te dejaré aquí sola?

Como ésa era precisamente mi sospecha, no me molesté en contestar. Cuando nos llegó el turno, entregué las llaves al aparcacoches mientras Reba lo deslumbraba con una sonrisa y le ponía un billete doblado en la palma de la mano.

–¿Qué tal? –saludó–. Volveremos en dos minutos.

–Tendré el coche listo.

–Gracias.

Reba entró en el hotel balanceando las tetas y exhibiendo sus esbeltas piernas bajo el pantalón corto. El aparcacoches estaba tan concentrado en comérsela con los ojos que por poco se le cayeron las llaves al suelo.

El interior del hotel era un pastiche de mármol verde oscuro y espejos, apliques, candelabros y macetas con palmeras. La alfombra tenía distintos matices de verde y azul, y unas olas estilizadas que formaban parte de la decoración náutica. Como no era de extrañar, el Dios romano Neptuno aparecía representado en unos enormes bajorrelieves de estuco y colores dorados: ahora abriéndose paso con su carro a través de las aguas o blandiendo el tridente para contener las inundaciones, ahora rescatando a una ninfa de un sátiro. Un surtidor de cristal de cinco pisos irradiaba luz artificial. Las sillas eran de madera clara y las escasas mesas estaban lacadas en negro. Una ancha escalera de mármol ascendía en curva hacia el entresuelo, donde vi unos pedestales negros empotrados en hornacinas verdes acanaladas, y sobre cada uno de ellos, una urna con flores frescas.

Contra las paredes curvilíneas del vestíbulo había unos bancos forrados de una tela cuyo dibujo imitaba las algas fluctuantes. Unas melodías pegadizas sonaban a niveles casi subliminales. Frente al mostrador de recepción revestido de mármol se habían formado dos colas: clientes registrándose o bien clientes recogiendo mensajes, que aprovechaban para charlar con los empleados.

Reba se detuvo para orientarse y de pronto dijo:

–Tú espera aquí.

Tomé asiento en una silla de respaldo curvo, una de las cuatro dispuestas en torno a una mesita de cristal esmerilado. En el centro se alzaba un cuenco de vidrio en el que flotaban unas gardenias. Reba se encaminó hacia el conserje, un hombre de mediana edad vestido con esmoquin. El mostrador constaba de una sinuosa curva de taracea orlada de cromo con una superficie de cristal verde iluminada sutilmente desde el suelo. Sacó un sobre marrón del bolso, anotó algo en él y se lo entregó al conserje. Tras una breve conversación, el hombre colocó el sobre en un casillero adosado a la pared, detrás del mostrador. Reba le hizo una pregunta. El conserje consultó sus carpetas y extrajo un sobre blanco, que le dio a ella. Reba lo guardó en el bolso, fue al teléfono de comunicación interior, tomó el auricular para hablar con alguien y acto seguido regresó.

–Hemos quedado en la coctelería del hotel –me informó.

–Enhorabuena. ¿Puedo acompañarte?

–Claro. Pero no te pases de lista.

La coctelería se encontraba en el lado opuesto del vestíbulo, frente a los ascensores. La barra era una curva aerodinámica revestida de paneles de cristal que tenían grabados arrecifes de coral, criaturas marinas y diosas en distintos grados de desnudez. Ocupaba un espacio extenso y oscuro, realzado por la iluminación indirecta de una vela en el centro de cada mesa. Estaba casi vacío, pero supuse que en menos de una hora empezaría a llenarse de clientes del hotel, jóvenes actrices en ciernes, busconas y gente del mundo de los negocios.

Reba eligió una mesa cerca de la puerta. Eran sólo las 15:10 pero, conociendo a Reba, sin duda estaba ya lista para tomar una copa. Una camarera con un ajustado chaleco de raso color dorado, pantalón corto a juego y medias de malla también doradas sirvió unas copas a una mesa próxima y luego se acercó a nosotras.

–Esperamos a otra persona –dijo Reba.

–¿Quieren pedir ya o vuelvo más tarde?

–Mejor nos sirves ya.

La camarera me miró.

–Tomaré un café –dije pensando en el viaje. Siendo sábado, al menos no encontraríamos el tráfico de hora punta, pero aún nos quedaban dos horas de trayecto.

–¿Y usted?

–Martini con vodka y tres olivas; para mi amigo, un whisky doble.

La camarera se dirigió hacia la barra.

–No lo entiendo –comenté–. Sabes que beber es una violación de la libertad condicional. Si Holloway se entera, se te echará encima como una tonelada de ladrillos.

–No exageres. Sería mucho peor que tomase drogas.

–Pero estás haciendo todo lo demás. ¿No quieres conservar la libertad?

–Era más libre cuando estaba en la cárcel. No bebía, ni fumaba, ni me drogaba, ni follaba con ningún gilipollas. ¿Sabes qué hacía? Mejoré mis conocimientos informáticos, aunque parezca mentira aprendí a tapizar una silla... Leí libros e hice amigas de esas que darían la vida por mí. No supe lo feliz que era hasta que salí a este mundo de lameculos. Holloway me trae sin cuidado. Por mí, puede hacer lo que le venga en gana.

–Yo no tengo inconveniente –dije–. Es tu problema.

Reba mantenía la mirada fija en los ascensores, enfrente de nosotras. Sobre cada ascensor pendía una medialuna de metal con una saeta móvil que señalaba el movimiento de los ascensores arriba y abajo. El último ascensor de la hilera se detuvo en la octava planta y al cabo de un momento inició el descenso. Se abrieron las puertas y apareció Marty Blumberg. Reba agitó la mano; él se encaminó hacia nuestra mesa. Ella ladeó la cara para que la besase en la mejilla.

–Tienes buen aspecto –dijo Marty.

–Gracias. Tú también.

Marty apartó una silla y me miró de pasada.

–Encantado de volver a verte –saludó, y de inmediato concedió su atención a Reba–. ¿Ha ido todo bien?

–Somos de fiar. He dejado una cosa para ti en recepción. Gracias por esto –dijo Reba dando unas palmadas a su bolso.

Marty se llevó una mano al bolsillo de la americana y sacó un resguardo que deslizó encima de la mesa.

–¿Para qué es esto?

–Sorpresa. Un pequeño extra –respondió él.

Reba echó una ojeada al resguardo y se lo metió en el bolso.

–Espero que sea algo bueno.

–Creo que te gustará. ¿Cómo vais de tiempo? ¿Queréis cenar conmigo?

Abrí la boca con la intención de protestar, pero, para mi sorpresa, Reba arrugó la nariz y se excusó:

–Mejor que no. Kinsey está impaciente por llegar a casa. Quizás en otra ocasión.

–Como digáis. Por mí que no quede.

Marty sacó un paquete de tabaco y lo dejó sobre la mesa. Sin preguntar, Reba tomó un cigarrillo, que movió entre los dientes para pedir fuego. Marty cogió una caja de cerillas del hotel, prendió una, acercó la llama al pitillo de Reba y luego se encendió uno para él.

La camarera volvió con nuestras bebidas y dejó la cuenta junto al codo de Marty. Reba tomó un sorbo de su Martini y cerró los ojos, paladeando el vodka con tal veneración que casi yo misma lo saboreé. Los dos se enfrascaron en una conversación intrascendente. A mí me incluyeron de manera tangencial, pero puedo dar fe de que fue una charla muy contenida, una sucesión de temas dispersos sin demasiado sentido. Bebí dos tazas de café mientras ellos apuraban sus copas y pedían otra ronda. Ninguno de los dos parecía ebrio. Marty tenía la cara más sonrojada que la vez anterior, pero no había perdido el control. Finalmente el humo de sus cigarrillos empezó a ponerme nerviosa. Me disculpé y me retiré al servicio de señoras, donde desperdicié todo el tiempo que consideré prudente antes de regresar a la mesa. Volví a sentarme y lancé una ojeada al reloj con disimulo. Llevábamos tres cuartos de hora en el bar del hotel y yo estaba ya preparada para salir a la carretera.

Reba se inclinó y apoyó una mano en el brazo de Marty.

–Tendríamos que ir yéndonos. Voy un momento al servicio y os espero fuera. –Tras ladear la copa y sorber el resto de su bebida, se encaminó hacia los servicios masticando una aceituna.

Marty calculó la propina y cargó la cuenta a la habitación 817.

–¿Desde cuándo estás aquí? –pregunté.

–Hace un par de días.

–Entonces deduzco que no vuelves con nosotras.

–Diría que no –dijo risueño.

Personalmente no le veía la gracia, pero lo que él y Reba se traían entre manos, fuera lo que fuese, le había infundido una gran seguridad en sí mismo.

–¿Qué pasó con el teléfono? ¿Te lo habían pinchado?

340

–No lo sé. Decidí no quedarme a averiguarlo.

Se guardó el ticket en el bolsillo, se levantó y me retiró la silla cortésmente. Nos dirigimos juntos a los ascensores y permanecimos callados mientras esperábamos a Reba. Ella salió del servicio, al otro lado del vestíbulo. Marty siguió mi mirada. Advertí de pronto que desviaba la atención hacia nuestra izquierda. Dos hombres vestidos con pantalones de algodón y chaquetas sport atravesaban el vestíbulo con paso resuelto. Pensé que debían de ir hacia la coctelería. Me volví y miré atrás esperando ver cuál era la causa de semejante urgencia. Marty se hizo a un lado para apartarse de su camino. Uno de ellos detuvo las puertas del ascensor más cercano antes de que se cerrasen. Entró y extendió la mano para sujetar la puerta y dar tiempo a su amigo. El segundo hombre tropezó con Marty, que exclamó:

–¡Eh, cuidado!

El hombre lo agarró del brazo, y con el propio impulso de su avance lo obligó a entrar por delante de él en el ascensor. Marty se sacudió y forcejeó para zafarse. Tal vez lo habría logrado, pero uno de sus agresores le puso una zancadilla. Marty cayó de espaldas y, al ver venir un brutal puntapié, se llevó los brazos a la cara para protegerse. El zapato hizo impacto con un sonido húmedo y espeso y le abrió una brecha en la mejilla. El otro hombre pulsó el botón. En ese momento, antes de que las puertas se cerrasen, Marty y yo cruzamos una mirada.

–¡Marty! –grité.

Las puertas se cerraron y el indicador de planta comenzó a ascender.

En el vestíbulo, otras dos personas se volvieron para ver qué ocurría, pero entonces ya todo parecía normal. La secuencia completa no duró más de quince segundos. Reba llegó con los ojos desorbitados, palideciendo.

–Tenemos que largarnos de aquí –apremió.

Con un gesto brusco, pulsé el botón de subida, atenta a la saeta del indicador, que avanzó lentamente hasta la octava planta y se detuvo. El miedo provocó en mi interior una descarga de ácido suficiente para corroerme las paredes del estómago. Se abrieron las puertas de otro de los ascensores. Agarré a Reba del brazo y la obligué a volverse hacia el vestíbulo.

—Ve a avisar a seguridad y diles que necesitamos ayuda —ordené.

Me apartó los dedos y sacudió el codo para soltarse.

—Y una mierda. Déjame. Marty se ha quedado solo.

No tenía tiempo para discutir. La empujé como si pudiese impulsarla hasta el mostrador de recepción. Acto seguido, entré en el ascensor y pulsé el botón de la octava planta. No confiaba ni remotamente en que Reba me obedeciese. La adrenalina se propagó por mi organismo como si me subiese una droga y el corazón me palpitó con fuerza. Necesitaba un plan de acción, pero no sabía a qué me enfrentaba. En el ascensor rebusqué en el bolso en vano. No contenía ningún arma: ni pistola, ni navaja, ni spray de gas pimienta.

Las puertas del ascensor se abrieron en la octava planta. Salí al rellano y corrí hasta el punto donde se cruzaban el pasillo largo y el corto. Vi el cartel que indicaba qué habitaciones se hallaban a la izquierda y cuáles a la derecha, pero apenas fui capaz de interpretarlo. Hablaba conmigo misma, en una letanía de tacos e instrucciones. Oí un grito ahogado de dolor, un golpe contra una pared en algún lugar a mi izquierda. Me apresuré en esa dirección, mirando los números de las habitaciones a mi paso. El pasillo producía una sensación claustrofóbica: paredes pintadas de color verde Nilo, techos bajos con gruesas molduras escalonadas en torno a un panel central de una luz mortecina. Cada siete metros había una hornacina acanalada como las que se veían en el entresuelo desde el vestíbulo. Cada una contenía dos sillas negras de madera lacada dispuestas a ambos lados de una mesa redonda con la superficie de cristal donde descansaba una urna con flores recién cortadas. Me hice con una silla y, sosteniéndola ante mí, busqué la habitación 817. Aquello me recordaba ciertos sueños que había tenido: me sentía incapaz de mover el cuerpo. Por mucho que caminara no llegaba a ninguna parte.

La puerta de la habitación de Marty estaba entornada. La abrí de una patada, pero los dos hombres se disponían a salir llevando a Marty a rastras entre ambos. Me dije: «¡Elige a uno! Date prisa. ¡Elige a uno!». Escogí al de la derecha, a quien arremetí con fuerza alcanzándole de pleno en la cara con las patas de la silla. El hombre emitió un sonido feroz, pero el golpe no pareció causarle el menor daño. Me arrancó la silla de las manos. Vi venir su puño, rápido y a baja altura, y sentí en el plexo solar un tremendo impacto que me dejó sentada en el suelo. Un sabor acre a café regurgitado me subió a la garganta en medio de atroces náuseas. Se me cortó la respiración y, por unos aterradores instantes, pensé que me asfixiaría allí mismo. Alcé la vista a tiempo de ver bajar la silla hacia mí. Noté el golpe y la sacudida, aunque no me dolió. Había perdido el conocimiento.

29

Yacía en una cama atrapada en un caos de conversaciones que parecían girar en torno a mí. Me recordó los viajes en coche de mi infancia, cuando escuchaba el zumbido suave y lánguido de la charla de los adultos en los asientos delanteros mientras yo dormitaba detrás. Experimenté la misma dulce certidumbre de que si conseguía permanecer inmóvil, haciéndome la dormida, otros asumirían la responsabilidad del viaje. Sentí a un lado de la cabeza el contacto de algo plano y frío que me causó un escozor tan intenso que dejé escapar un silbido. Alguien me puso en la mano una bolsa de hielo envuelta en un paño y me animó a sostenerla yo misma a una presión que me resultase tolerable.

Entonces llegó el médico del hotel, que dedicó un tiempo desmedido a comprobar mis constantes vitales y asegurarse de que recordaba mi nombre, sabía qué día era y cuántos dedos mantenía en alto, que variaba a fin de confundirme y engañarme. Hablaron de la conveniencia de llamar a unos enfermeros, lo que rehusé. Al cabo de un momento había en la habitación otros dos hombres. Deduje que uno era el jefe de seguridad del hotel, un caballero robusto y trajeado con una solapa un tanto arqueada. Al ver algo de cuero esperé que fuese una pistolera, y no un aparato ortopédico para la espalda. La idea de tener cerca a un hombre armado resultaba reconfortante. Era un poco calvo y rollizo de cara, de bigote poblado y canoso, y debía de rondar los sesenta años. Imaginé que el hombre que lo acompañaba formaba parte del equipo de dirección del hotel. Volví ligeramente la cabeza. Un tercer hombre apareció en la puerta walkie-talkie en mano. Estaba delgado, tenía más de cuarenta años, y casi con toda seguridad llevaba peluquín. Entró y conversó con los otros dos.

El hombre de cara rolliza y bigote se presentó:

–Soy el señor Fitzgerald, del servicio de seguridad del hotel. Éstos son mi compañero, el señor Preston, y el gerente, el señor Shearson. ¿Cómo se encuentra?

–Bien.

Fue una respuesta absurda porque estaba tendida de espaldas con un chichón muy doloroso. Alguien me había descalzado y tapado con una manta que no me abrigaba lo suficiente.

El gerente se inclinó hacia Fitzgerald y le habló como si yo no estuviese presente.

–Lo he comunicado a la corporación. El abogado recomienda que le hagamos firmar un documento de renuncia para descargarnos de toda responsabilidad... –Me miró y bajó la voz.

El walkie-talkie emitió un chirrido. El señor Preston salió al pasillo y mantuvo su conversación donde yo no pude escucharlo. Cuando regresó al cabo de un momento, comentó algo con Fitzgerald, pero en tono tan apagado que no oí nada. El gerente se disculpó y, después de una breve charla con el señor Preston, se marchó.

Hice el esfuerzo de adivinar dónde me encontraba. Al parecer, me habían acomodado en una habitación vacía del hotel, pero no recordaba cómo había llegado hasta allí. Era tan poco consciente de lo ocurrido que bien podían haberme llevado a rastras por los pasillos agarrada de los talones. Veía un escritorio, un sofá, dos butacas tapizadas y el armario Art Decó que contenía el minibar y el televisor. Yo nunca me había alojado en un hotel de esa categoría, así que todo me parecía nuevo. La dirección del Paraíso de Reno podía aprender del hotel Neptune en cuanto a interiorismo. Me arreglé la bolsa de hielo y pregunté:

–¿Qué le ha pasado a Marty?

–No lo sabemos –respondió Fitzgerald–. Han conseguido sacarlo del edificio sin que nadie lo viera. Le he pedido al encargado del aparcamiento que comprobase si estaba su coche, pero ya lo había reclamado alguien. Nadie recuerda al conductor, así que ignoramos si el señor Blumberg se ha marchado solo o en compañía de unos individuos que lo han secuestrado.

–Pobre hombre... –Me apiadé de él.

–La policía está hablando con la mujer que la acompañaba. Les gustaría hacerle unas preguntas cuando esté en condiciones.

–Cómo no. Pero no recuerdo gran cosa –contesté.

La verdad era que no estaba para conversaciones. Tenía frío. Sentía una punzada en la cabeza con cada latido. Me dolía el abdomen. No tenía la menor idea de qué les contaría Reba, pero sospechaba que su sinceridad dejaría mucho que desear. La situación era demasiado complicada para explicarla, sobre todo porque yo no sabía qué consideraban confidencial los federales. Estaba muy preocupada por Marty. Al verlo por última vez, con la mejilla herida y la sangre corriéndole por la cara, parecía un hombre resignado a su destino, como si fuera arrastrado a la cámara de gas junto a su sacerdote. Me obsesionaba la expresión de miedo en su mirada, como si supiera de antemano que le esperaba algo mucho peor. Hubiera querido rebobinar la película, volver a vivir los hechos para encontrar una manera de ayudarlo.

Fitzgerald dijo algo que no capté. Me aparté la bolsa de hielo y miré el paño de felpa empapado con los bucles teñidos de rojo por la sangre. Lo doblé de nuevo y me lo llevé a la cabeza maltrecha, apoyándomelo por otra parte para volver a notar el frío. Temblaba, pero me sentía incapaz de pedir otra manta.

–Perdone. ¿Podría repetirlo? –dije.

–¿Había visto antes a esos hombres? –inquirió Fitzgerald.

–No que yo recuerde. Pensaba que iban a reunirse con alguien. Venían derechos hacia nosotros, pero fue como cuando un desconocido saluda con la mano en dirección a ti. Te vuelves y miras atrás, dando por supuesto que no es a ti a quien llama. Quizá Reba lo recuerde mejor que yo. ¿Puedo hablar con ella?

El hombre dudó, deseando presionar para obtener más información sin olvidar la responsabilidad del hotel, que debía mostrarse compasivo e interesado.

–La dejaré entrar en cuanto la policía termine.

–Gracias.

Volví a cerrar los ojos. Me vencía el cansancio y pensaba que ya nunca querría levantarme de aquella cama. De pronto, sentí un contacto en el brazo. Reba se había sentado en una butaca que había arrimado a la cama. Fitzgerald había abandonado la habitación.

–Reba, ¿adónde ha ido Fitzgerald? –dije.

–¿Quién sabe? –contestó–. Le he dicho a la policía que llamen a Cheney y él los pondrá al corriente. Preferiría no meter la pata con el FBI. ¿Te duele la cabeza?

–Sí. Échame una mano. Veremos si puedo estar sentada sin desmayarme ni vomitar.

Extendí un brazo. Ella me sujetó y me ayudó a incorporarme. Aparté la manta y apoyé la otra mano en la mesilla para mayor estabilidad. En realidad, no estaba tan mal como pensaba.

–No planearás ir a ningún sitio, ¿verdad? –comentó Reba.

–No hasta que no sepa en qué condiciones estoy. ¿Habías visto antes a esos hombres?

La chica vaciló.

–Creo que sí. En aquella furgoneta cuando veníamos de Reno. Deben de ser unos matones que trabajan para Salustio. Beck le habrá informado de que me llevé sus veinticinco mil dólares.

–Pero ¿por qué han secuestrado a Marty? Él no tuvo nada que ver.

–No sé qué está pasando. Pero ahora me arrepiento de haberle dicho a Marty que los federales estrechaban el cerco. Sólo sirvió para que se asustase y huyese. Más le habría valido que lo detuvieran. Al menos estaría a salvo.

–¿De qué era el resguardo que te ha dado?

–No lo sé. –Parpadeó–. Me había olvidado de eso. –Revolvió en el bolso, lo sacó y lo volvió de uno y otro lado–. Una consigna del hotel. Hablaré con el portero para ver de qué se trata. ¿Estás bien como para quedarte sola? No tardaré.

—Espérame en el vestíbulo. Bajaré después de hablar con la policía.

—Perfecto —dijo Reba.

En cuanto se fue, me encaminé hacia el cuarto de baño, donde me lavé la cara y puse la cabeza bajo el grifo para limpiarme la sangre seca adherida al pelo. Tomé una toalla y, con suaves toques, me sequé lo suficiente para peinarme. La verdad era que, una vez de pie, me sentía mejor de lo que esperaba.

El agente vestido de uniforme me encontró sentada en una butaca bastante restablecida. Rondaba la veintena, tenía buen aspecto, semblante serio y hablaba con un ligero ceceo que le daba encanto. Le conté cuanto sabía mientras él tomaba nota en su bloc. Repasamos la secuencia de los acontecimientos hasta que consideró que ya le había narrado lo que recordaba. Le di mi dirección de Santa Teresa y mi número de teléfono, así como el de Cheney. Me entregó una tarjeta y me dijo que podía solicitar una copia de la denuncia escribiendo a la Sección de Informes, aunque tardaría unos diez días en tramitarse.

Tan pronto como se marchó y cerró la puerta, me puse las zapatillas. Doblar el cuerpo para atarme los cordones no fue fácil, pero me las arreglé. Agarré el bolso, salí, localicé los ascensores y bajé.

En el vestíbulo miré hacia al mostrador del portero esperando ver a Reba. Pero no estaban allí ni el portero ni Reba. Había hablado con el agente durante diez minutos largos, así que no me sorprendió que hubiese recogido ya lo que Marty le había dejado. Eché un vistazo en la coctelería, el servicio de señoras y el pasillo cercano a los teléfonos públicos. Miré en la tienda de regalos y el quiosco contiguo. ¿Dónde se había metido? Yo esperaba encontrarla, y me molestaba sobremanera que se hubiese alejado sin decir nada. Me quedé sentada en el vestíbulo seis o siete minutos y después salí. El portero etiquetaba unas maletas. Cuando terminó, dije:

—Busco a una amiga. Es menuda y morena. Ha bajado hace un rato con un resguardo para...

—Así es. Ha recogido la maleta con ruedas y se ha marchado.
—¿Sabe adónde ha ido?

El portero negó con la cabeza.

—Lo siento. Lamento no poder ayudarla.

Se disculpó para atender a un cliente y me dejó allí plantada, sumida en la mayor perplejidad. ¿Y ahora qué iba a hacer?

Un aparcacoches se llevó el vehículo de un huésped que acababa de llegar. Al cerrar la puerta, vio que yo lo miraba. Era el chico que nos había recibido.

—¿Busca a su amiga? —dijo.

—Sí.

—Se le ha escapado por muy poco.

—¿Cómo que se me «escapado»?

—El portero le ha llamado un taxi hace unos minutos.

—¿Se ha ido del hotel? ¿Adónde?

—No lo he oído. Le ha dado instrucciones al taxista y se han marchado.

—¿Iba sola?

—Eso parecía. Llevaba una maleta, así que quizá se dirigía al aeropuerto.

—Gracias.

«¿Y ahora qué?», me exasperé.

No entendía qué se traía entre manos. Estaba impaciente por lanzarme a la carretera, pero ¿cómo podía abandonar el hotel si no tenía la menor idea de dónde estaba Reba o si se proponía regresar? ¿Había actuado movida por un impulso o pretendía escabullirse desde el momento mismo en que salimos de Reno? Me parecía oportuno esperar allí un rato, al menos hasta convencerme de que se había marchado definitivamente.

Entretanto, debía de haber algo que pudiese hacer. Volví al vestíbulo, donde tomé asiento en la misma silla que había ocupado cuando llegamos. Cerré los ojos y reproduje la secuencia de los acontecimientos de principio a fin. Me representé a Reba camino del mostrador. Había sacado un sobre marrón del bolso, había escrito algo en él y se lo había entregado al conserje. Luego había pedido y recibido un sobre. ¿A qué conclusión podía llegar?

Me puse en pie y me acerqué a la conserjería. Sólo había un hombre de servicio –CARL, decía su placa de identidad–, quien estaba reservando una mesa para la cena a petición de un elegante caballero de edad madura. Esperé mi turno. En cuanto se fue el caballero, Carl se volvió hacia mí con cierto asombro, posando la mirada en el lado de mi cabeza, donde imaginé un chichón del tamaño de un huevo.

–¿En qué puedo servirla? –dijo.

–¿Podría hablar con el gerente? –Fue mi petición.

–Veré qué puedo hacer. ¿Está usted hospedada en el hotel?

–No, pero parece que tengo un pequeño problema y quizá necesite su ayuda.

–Entiendo. ¿Y sabe él de qué asunto se trata?

–Probablemente no. Dígale que me llamo Millhone.

Sin apartar de mí la mirada, Carl tomó el auricular de su mostrador y marcó un número de teléfono. Cuando descolgaron al otro lado de la línea, se volvió y conversó cubriéndose la boca con la mano como quien intenta parecer bien educado mientras se hurga los dientes en público.

–Estará con usted dentro de un momento –informó.

–Gracias.

Sonrió y desvió la vista. Durante unos minutos permaneció ocupado con un libro de contabilidad y el teléfono. Hice ademán de hablar, pero levantó un dedo –dando a entender: «Un minuto, por favor»– y prosiguió con su tarea. ¿Estaban andándose con evasivas? Recordé el comentario del gerente acerca de la responsabilidad del hotel a la luz del (presunto) secuestro de Marty y la agresión que yo había sufrido. Quizás había llamado a la corporación, y su jefe, o el jefe de su jefe, le había advertido que eludiese cualquier contacto conmigo. Todo lo que dijese podía ser utilizado contra el hotel en un juzgado. Era como si yo tuviese en la frente un letrero intermitente: DEMANDA DEMANDA DEMANDA.

–Disculpe, caballero... –empecé a decir.

–Si desea tomar asiento, el gerente no tardará en venir.

Empleó un tono amable, pero en esta ocasión no me miró siquiera. Tomó un fajo de papeles, lo golpeó contra el mostrador para alinear las puntas y entró en la oficina como si lo aguardase una misión relacionada con la seguridad nacional.

Irritada, noté que mi ángel malo se posaba en el hombro. El sobre marrón que Reba había dejado antes seguía en el casillero a un metro y medio de mí. Desde donde yo estaba, veía el nombre de Marty escrito en tinta negra con gruesos trazos. «Allá voy», me dije. Me acerqué al mostrador y llamé la atención de un recepcionista ocioso, un chico de unos veinte años con pinta de estar en periodo de prueba.

–Sí, señora. ¿Puedo ayudarla?

–Eso espero. Soy la señora Blumberg. Mi marido y yo estamos alojados en el hotel. Ha dicho que me dejaría un paquete y creo que es ése. –Señalé el sobre.

El recepcionista lo tomó.

–¿Es usted Marty? –Comprobó el nombre.

–Sí.

Me lo entregó, contento de ser útil. También yo estaba contenta.

–Gracias.

Fui al servicio y me encerré en un retrete. Me senté en la taza del váter, a pesar de que no tenía tapa. En las penitenciarías se retiran las tapas de váter para prevenir intentos de suicidio, aunque cuesta imaginar el procedimiento mediante el cual alguien se ahorcaría con una tapa, y más aún teniendo en cuenta esa ingeniosa brecha que separa las dos mitades. En algunas instituciones ni siquiera debe retirarse la tapa, ya que se instala un inodoro de una sola pieza sin cisterna, de acero inoxidable. Apoyé el pie en la puerta por miedo a que el recepcionista irrumpiese y armase un alboroto acusándome de posesión ilegal. El sobre abultaba y pesaba como un par de libros de bolsillo. La solapa estaba pegada, pero tiré de ella hasta que se desprendieron las dos líneas de adhesivo. Miré dentro.

Aquél era el ejemplo perfecto de por qué nunca podré dejar de mentir descaradamente. Tengo comprobado que las trolas y otros engaños suelen proporcionar las más notables recompensas. Dentro del sobre encontré lo siguiente: un pasaporte de Estados Unidos, expedido a nombre de un tal Garrisen Randolph pero con fotografía de Martin Blumberg; un carnet de conducir de California a nombre de Garrisen Randolph, con una versión un poco reducida de esa misma fotografía. Constaba como dirección el código postal 90024 de Los Ángeles, que de hecho correspondía a Westwood. Sexo: varón. Pelo: castaño. Ojos: castaños. Estatura: 1,78. Peso: 123 kilos. Fecha de nacimiento: 25-08-42, esta última escrita en rojo. Encima de la fotografía, también en rojo, aparecía la fecha de caducidad: 25-08-90. Además contenía una tarjeta American Express y una MasterCard a nombre del mismo Garrisen Randolph, junto con un certificado de nacimiento del condado de Inyo, California.

Naturalmente, aquéllos eran los documentos falsificados que Reba había robado del cajón oculto en el escritorio de Alan Beckwith. El nombre que en ellos constaba era una variación de Garrison Randell, probablemente para evitar que una búsqueda por ordenador detectase la coincidencia. En principio, Marty podía abandonar el país cuando le viniese en gana y sin levantar sospechas. No me cabía duda de que el trabajo era obra de Misty Raine. Reba me había contado que Misty, gracias a su redescubierto talento para la falsificación, había reunido la pasta necesaria para aquel descomunal par de tetas. Casi con toda seguridad el individuo con quien se había encontrado en el restaurante del hotel Silverado le suministraba tarjetas de crédito y sellos falsos.

Pero ¿a qué conclusión podía llegar? Unos documentos falsificados como aquéllos costaban una fortuna. Reba lo había organizado todo, pero ¿a cambio de qué? Obviamente, ella y Marty tenían un trato. Y yo ya entendía qué era lo que él obtenía, pero ¿de qué modo se beneficiaba ella? Pensé en el sobre que le habían entregado en conserjería. Tal vez él le había dado los veinticinco mil dólares que necesitaba para pagar a Salustio. Pero quedaba por explicar la cuestión de la maleta, su contenido. Miré el reloj. Ya eran cerca de las seis. Guardé el sobre marrón en el bolso y salí del servicio.

Subí en ascensor a la octava planta. Como preveía, el pasillo estaba salpicado de los carritos de las camareras. Muchos clientes habían salido a cenar o a pasar fuera la velada. Las camareras iban de una habitación a otra vaciando las papeleras, cambiando las toallas, avituallando los minibares y abriendo las camas. Aguardé hasta que una de ellas entró en la habitación de Marty y corrí hacia allí por el pasillo. Me detuve junto al carrito, donde encontré una caja de guantes de látex desechables. Metí un par en mi bolso y llamé a la puerta. Me preguntaba si la policía habría registrado la habitación. Quizá no, ya que no había precinto.

La camarera, que en ese momento enrollaba el extremo del grueso edredón dándole forma de caramelo gigante, levantó la vista.

–Perdone que la interrumpa –la abordé–, pero ¿le importaría terminar lo que está haciendo más tarde? He quedado para cenar dentro de veinte minutos y aún tengo que vestirme.

Se disculpó con un susurro, tomó la bolsa de plástico con suministros y salió de la habitación.

Colgué en el pomo exterior el cartel de SE RUEGA NO MOLESTAR, me puse los guantes e inicié el registro. Marty debía de llevar encima la cartera, la llave de la habitación y otros objetos personales cuando los dos hombres lo agredieron. Revisé la maleta rígida que había dejado abierta sobre la banqueta: ropa interior, camisas, calcetines, artículos de aseo que no había colocado en la repisa del cuarto de baño. Abrí la puerta del armario y busqué en los bolsillos de los pantalones que había dejado. Todos vacíos. Entonces llevé a cabo un registro sistemático de los colgadores, pero sólo contenían lo que cabía esperar: trajes, pantalones, cinturones, zapatos. Aparte de eso y la bata del hotel, no había más ropa en el armario, ni indicio alguno de la caja fuerte con combinación de cuatro dígitos que solía haber en las habitaciones de los hoteles.

Inspeccioné el cuarto de baño, mirando incluso debajo de la tapa de la cisterna, pero no hallé nada. Abrí los cajones del tocador y deslicé las manos en el interior. También vacíos. Saqué cada cajón cuanto daba de sí, por si había algo adherido debajo o detrás. Cuando llegué a la mesilla de noche, repetí la misma rutina. Saqué una Biblia. Dentro, tras la portada, encontré un pasaje de Delta Air Lines, sólo ida, a Zúrich en primera clase a nombre de Garrisen Randolph. El avión salía a las nueve y media de la mañana siguiente.

Coloqué el pasaje otra vez entre las hojas, devolví la Biblia al cajón y lo cerré. Dudaba que Marty regresase pero, por si acaso, el pasaje estaría allí esperándolo. Me quité los guantes, retiré el cartel de SE RUEGA NO MOLESTAR y lo colgué dentro. Bajé en ascensor, entré en el quiosco y compré tres dólares en sellos, que pegué en el sobre marrón. Escribí mi dirección bajo el nombre de Marty y luego pellizqué el adhesivo para fijar el cierre. Me senté con la conserjería a la vista y esperé a ver si Carl seguía de servicio. Transcurrieron diez minutos sin que yo lo viera. Una mujer elegantemente vestida, con una placa de identificación prendida de la solapa, lo había relevado.

Me acerqué al mostrador. La conserje, con una sonrisa debidamente neutra y profesional, parecía competente.

–Sí, señora –dijo.

Puse el sobre encima del mostrador.

–Desearía dejar esto para el señor Blumberg, de la habitación 817, pero quería saber si es posible adjuntar una nota. Si no lo ha recogido mañana por la tarde, agradecería que alguien lo echase al buzón.

–Naturalmente.

Escribió la nota correspondiente y la sujetó con un clip en la esquina del sobre.

–¿No tendrá una grapadora? –pregunté–. La solapa se ha levantado.

–No hay problema.

Alargó el brazo detrás del mostrador y sacó una grapadora.

La observé mientras grapaba repetidas veces la esquina del sobre, cerrándolo firmemente. Lo devolvió al casillero donde había estado antes. Le di las gracias y, para mis adentros, elevé una plegaria por la supervivencia de Marty.

A las siete y cuarto apoquiné veinticinco dólares al portero y recuperé el VW. Me dirigí al oeste por Sunset Boulevard hasta el acceso a la 405 en dirección norte, donde ascendí la larga cuesta hacia el valle y empecé a descender por el otro lado. En cuanto llegué a la 101, enfilé hacia casa.

30

Llegué a Santa Teresa a las nueve de esa misma noche. Las temperaturas veraniegas habían caído rápidamente conforme el sol declinaba lentamente hacia el horizonte. En Cabana Boulevard las farolas estaban ya encendidas y la inmensidad del mar se había teñido de un color entre blanco y plata. Pasé por el estudio, donde descargué el equipaje y escribí una breve nota a Henry para informarle de que había vuelto a casa. Dejé un mensaje a ese mismo efecto en el contestador de Cheney anunciándole que lo pondría al corriente de todo en cuanto me fuese posible.

A las 21:20 estaba otra vez en el coche, camino de Montebello y la casa de Nord Lafferty. Me llevé con cuidado una mano al chichón, aún inflamado y del mismo tamaño que antes. Por suerte, ya no me dolía la cabeza y me parecía razonable suponer que mejoraba. No saldría a correr en un par de días, pero al menos tenía las ideas más claras.

El viaje desde Los Ángeles me había dado tiempo para reflexionar. Aún no podía imaginar, ni remotamente, cómo aquellos matones nos habían localizado en Reno. Por detestable que fuese Beck, no creía que tuviera gorilas en nómina, lo que significaba que los había mandado Salustio Castillo. Tampoco alcanzaba a explicarme el secuestro de Marty. Reba había robado los veinticinco mil dólares a Salustio; ella era el objetivo lógico. A no ser que Marty hubiese cometido un disparate aún mayor... ¿Como qué? Me pregunté si había metido el resto del dinero de Salustio en la maleta con ruedas. ¿Y con qué finalidad? Por lo que había comentado aquella noche en el Dale's, había ahorrado dinero suficiente para cubrirse las espaldas. Si ése era el caso, ¿por qué robar más dinero y entregárselo a Reba cuando eso la pondría en un peligro aún mayor? ¿Y dónde estaba ella?

Me dije que era muy posible que hubiese encargado a Misty un pasaporte y demás documentos falsos también para ella. De ser así, Reba podría estar de camino al extranjero, aunque me costaba creer que no se hubiera despedido de su padre. Quizá no le confiase su destino, pero sin duda buscaría la manera de hacerle saber que estaba bien. No fue aquélla la primera vez que pensé que mi relación con Reba había tocado a su fin. La chica echaría a perder la libertad condicional y asumiría el riesgo de fugarse.

Cuando llegué a la entrada de la residencia de Nord Lafferty, la verja estaba cerrada. Me acerqué al portero electrónico, bajé la ventanilla y pulsé el botón. Oí el timbre interior. Freddy descolgó y su voz me llegó chirriante a través del intercomunicador.

Asomé la cabeza por la ventanilla y grité a pleno pulmón:

–¿Freddy? Soy Kinsey. ¿Puede dejarme entrar, por favor?

Oí varios pitidos consecutivos y luego el leve zumbido de la verja que se abría. Encendí las luces largas y avancé por el camino. Entre los árboles veía parpadear las luces de la casa. Cuando superé la última curva, advertí que el piso superior se hallaba a oscuras, pero en la planta baja muchas de las habitaciones tenían luz. El coche de Lucinda estaba aparcado en su sitio de costumbre. Torcí el gesto ante la perspectiva de encontrarme con aquella mujer. Al salir del coche, percibí movimiento a mi derecha. *Rags* se aproximó lentamente por el camino a un paso calculado para interceptarme. Cuando llegó a mi lado, me agaché y le rasqué entre las orejas. Tenía suave el largo pelo de color calabaza. Su ronroneo fue en aumento cuando arqueó el cuello y apretó contra mi mano su enorme cabeza.

–Escucha, *Rags* –dije–, me gustaría llevarte adentro, pero si abre Lucinda, será mejor que no lo intente.

Me acompañó por el camino, a veces corriendo en círculos frente a mí para recibir más caricias y palabras. Entonces compren-

dí por qué tener un gato puede llegar a entontecer a un adulto.
Hice ademán de pulsar el timbre, pero la puerta se abrió de par
en par antes de que llamase. Lucinda quedó encuadrada en la luz
del porche, enfundada en un vestido amarillo entallado que parecía recién planchado, zapatos de tacón a juego y medias claras.
Se la veía bronceada y en forma, con el cabello a mechas rubias
peinado como si el viento lo agitase permanentemente.

–¡Ah! –exclamó–. Freddy ha dicho que había llamado alguien
a la verja, pero no sabía que fuese usted. Creía que estaba de
viaje.

–Lo estaba. Acabo de volver y tengo que hablar con el señor
Lafferty.

Lucinda asimiló la información.

–Supongo que no hay inconveniente.

Se hizo a un lado para dejarme entrar y, al ver a *Rags*, arrugó
el entrecejo con manifiesto enojo. Moviendo el pie con rapidez,
le cortó el paso y lo apartó de un empujón. Ella era esa clase de
persona: una pateadora de gatos. ¡Vaya un mal bicho! Cuando
entré en el vestíbulo, vi una bolsa de viaje pequeña cerca de la
puerta. Había dejado el bolso en la consola. Lucinda se detuvo
ante el espejo, se miró, se arregló un pendiente y se atusó un mechón de pelo. Abrió el bolso, al parecer para buscar sus llaves.

–Nord no está en casa. Esta mañana ha sufrido un colapso y
he tenido que llamar a una ambulancia. Lo han ingresado en el
Hospital Clínico de Santa Teresa. Yo iba ahora a llevarle su neceser y la bata.

–¿Qué le ha ocurrido?

–Está muy enfermo –explicó como si fuese una estupidez preguntarlo–. Los disgustos que le da Reba le han pasado factura.

–¿Ha vuelto?

–Claro que no. Nunca está cuando se la necesita. Esa tarea
recae en Freddy o en mí –contestó con una sonrisa de autosuficiencia y en un tono cortante–. ¿Y bien? ¿En qué puedo
ayudarla?

–¿El señor Lafferty puede recibir visitas?

–Me parece que no me ha oído. Está enfermo. No hay que molestarlo.

–No le he preguntado eso. ¿En qué planta está ingresado?

–En la sala de cardiología. Si insiste, supongo que podría hablar con su enfermera. ¿Qué es lo que desea?

–Me encargó un trabajo. Me gustaría informarle.

–Yo preferiría que no lo hiciese.

–Pero yo no trabajo para usted. Trabajo para él –aduje.

–Reba vuelve a estar metida en un lío, ¿me equivoco?

–Eso parece.

–Usted no entiende lo que ha sido esto para él. Ha tenido que rescatarla toda su vida. Reba lo pone una y otra vez en la misma posición. Provoca situaciones en las que, si él no interviene, acabará condenada al desastre, o eso le gustaría a ella que él creyera. Seguramente lo negaría, pero sigue siendo una niña dispuesta a hacer lo que sea por atraer la atención de su padre. Si le ocurriera algo, él se sentiría culpable el resto de su vida.

–Es su padre. La ayudará si quiere.

–Pues puede que yo haya puesto fin a eso.

–¿Cómo?

–Telefoneé a Priscilla Holloway, la asistenta social que supervisa a Reba. Consideré oportuno que estuviese enterada de lo que ocurría. Sin duda, Reba ha estado bebiendo y probablemente también jugando. Le conté a la señora Holloway que Reba había salido del estado, y se puso hecha una furia.

–Así conseguirá que la mande de vuelta a la cárcel.

–Ésa es mi esperanza. Todos saldríamos ganando, ella incluida.

–Estupendo. ¿A quién más le ha ido con el cuento? –Planteé la pregunta con sarcasmo, pero el posterior silencio me indicó que sin saberlo había dado en la diana. Fijé la mirada en ella–. ¿Es así como descubrió Beck dónde estaba?

Lucinda bajó la vista.

–Mantuvimos una conversación sobre ese tema –reconoció.

–¿Se lo dijo?

–Así es. Y volvería a hacerlo.

–¿Cuándo habló con él?

–Vino el jueves. Puesto que Nord dormía, fui yo quien lo atendí. Parecía muy preocupado por encontrar a Reba. Me aseguró que no quería causar problemas, pero sospechaba que ella se había llevado algo. Se lo veía muy incómodo, y me representó un gran esfuerzo convencerlo de que me dijese qué era. Al final, admitió que había robado veinticinco mil dólares. Insistió en que no quería causarnos complicaciones, pero yo le dije dónde estaba Reba.

–¿Cómo encontró la dirección de Misty?

–No tenía la dirección de ella; tenía la de usted. Nord la anotó la noche en que le telefoneó. Motel Paraíso. La vi escrita en el bloc junto a su cama.

–Lucinda, Beck la ha manipulado, ¿no se da cuenta?

–Me extrañaría. Es un hombre encantador. Después de lo que Reba le hizo, se lo habría dicho aunque no me lo hubiese preguntado.

–¿Tiene idea de lo que ha provocado? Un hombre ha sido secuestrado por su culpa.

Lucinda se echó a reír y, tras ponerse el bolso bajo el brazo, levantó la bolsa de viaje.

–Nadie ha sido secuestrado –dijo como si la posibilidad misma fuese inconcebible–. La verdad es que es usted como Reba, siempre dramatizando. Todo es una crisis. Todo es el fin del mundo. Ella nunca ha hecho nada. Siempre es la víctima, siempre espera que otro arregle lo que ella estropea. Pues esta vez tendrá que asumir las consecuencias. Y ahora, si me disculpa, desearía acercarme al hospital y dejarle esto a Nord.

Abrió la puerta, salió y cerró de un portazo. En vista de su convicción, yo no había sido capaz de ponerla en tela de juicio ni de expresar siquiera la menor protesta. Había cierta verdad en sus palabras, pero no era toda la verdad.

–¿Señorita Millhone?

Al volverme, vi a Freddy de pie en el pasillo, detrás de mí.

–¿La ha oído? Esa mujer es espantosa –dije.

–Ahora que ella se ha ido, quiero informarle a usted de algo. Reba ha estado aquí. Ha llegado poco antes de que la señorita Cunningham pasase a recoger las cosas del señor Lafferty.

–¿Adónde ha ido?

–No lo sé. Ha venido en taxi y sólo ha estado en casa el tiempo necesario para coger su coche y una muda. Ha dicho que iría al hospital a ver a su padre, pero buscaría el momento idóneo para no cruzarse con la señorita Cunningham. Va a telefonear al médico del señor Lafferty para pedirle que restrinja las visitas a la familia únicamente, incluida yo, claro está. –Freddy se permitió una sonrisa maliciosa–. Eso ha sido idea mía.

–A Lucinda le está bien empleado. ¿Cómo se encuentra el señor Lafferty?

–Dice el médico que se recuperará. Estaba deshidratado y tenía los electrolitos alterados. Creo que también padece anemia. El médico quiere tenerlo ingresado un par de días.

–Me alegro. Una preocupación menos, sobre todo si en el hospital consiguen mantener a raya a Lucinda. ¿Ha dicho Reba dónde estaría?

–Con un amigo.

–No tiene ningún amigo. ¿Aquí en el pueblo?

–Eso creo. Con un hombre al que conoció al volver a casa.

Reflexioné unos instantes.

–Quizá sea alguien de Alcohólicos Anónimos..., aunque, ahora que lo pienso, no parece probable. No me la imagino en una reunión a estas alturas. ¿Hay alguna manera de ponerse en contacto con ella? ¿Ha dejado algún número de teléfono?

Freddy negó con un gesto de la cabeza.

–Ha dicho que pasará por casa a las nueve, pero le preocupaba que el señor Beckwith la encontrase otra vez.

–No me sorprende. Lucinda ha estado dando información a diestro y siniestro –comenté–. Por favor, si la ve dígale que es importante que hablemos. ¿No habrá dejado una maleta por casualidad?

–No, pero llevaba una. La ha metido en el maletero del coche antes de irse.

–En fin, espero que aparezca. –Consulté el reloj–. Estaré en mi despacho un par de horas y luego me marcharé a casa.

De noche mi despacho siempre me produce una extraña sensación. La luz artificial exageraba sus imperfecciones y su cochambroso estado. Sentada a mi escritorio, lo único que veía por la ventana era el reflejo de la deprimente oscuridad; las manchas de polvo y las gotas de lluvia antigua me impedían contemplar la calle. Durante los fines de semana esta parte del centro de Santa Teresa está muerta a partir de las seis de la tarde: los edificios municipales permanecen cerrados, el juzgado y la biblioteca pública, a oscuras. Mi despacho ocupaba un bungalow entre otros dos iguales, cuyas idénticas estructuras de estuco antiguamente albergaron unas modestas viviendas. Desde que me instalé, los bungalows contiguos al mío continuaron vacíos, lo que me proporcionó la tranquilidad que yo andaba buscando, creando a la vez una inquietante sensación de aislamiento.

Revisé la montaña de correspondencia que el cartero había echado por la ranura del buzón. En su mayoría se trataba de correo basura, más varias facturas, para las que preparé las órdenes de pago. Estaba nerviosa, impaciente por llegar a casa, pero tenía la sensación de que debía quedarme, pues conservaba aún la esperanza de que Reba telefonease. Archivé papeles, puse en orden el cajón del material de oficina. Tal vez era un trabajo rutinario, pero me sentí útil. Con todo, miraba una y otra vez el teléfono, deseando que sonase. Me caí del susto al oír que llamaban a mi ventana.

Reba estaba fuera, oculta en el espacio en penumbra entre mi bungalow y el siguiente. Se había cambiado el pantalón corto por unos vaqueros, y la camiseta blanca parecía la misma que llevaba al salir de la penitenciaría. Descorrí el pestillo de la ventana de guillotina y levanté la hoja.

–¿Qué haces? –Me alarmé.

–¿Tienes acceso a los garajes? –dijo ella.

–Sí, al de esta unidad. Nunca lo he utilizado, pero el casero me dio las llaves.

–Tómalas y vámonos. No puedo dejar el coche en la calle. Los matones me han seguido desde que he salido de casa.

–¿Los que hemos visto en Los Ángeles?

–Sí, sólo que ahora uno de ellos tiene un ojo morado, como si hubiese tropezado con una puerta.

–Vaya por Dios. Me pregunto si eso se lo he hecho yo con mi contundente silla –comenté–. ¿Cómo los has esquivado?

–Por suerte, conozco este pueblo mucho mejor que ellos. Me han seguido durante un rato; luego he acelerado, he apagado las luces, he doblado por una calle secundaria y me he escondido detrás de un seto. En cuanto he visto que el coche pasaba, he retrocedido y he venido aquí.

–¿Dónde has estado todo este tiempo?

–No preguntes. –Parecía agitada–. He dado más vueltas que una noria. Vamos, muévete. Tengo frío.

–Te espero en la parte trasera.

Cerré la ventana y eché el pestillo. En el fondo de un cajón del escritorio, aparté el listín telefónico y tomé las dos llaves plateadas sujetas mediante un clip. En el bolso, busqué mi fiel linterna y, mientras recorría el pasillo y salía por la puerta trasera, comprobé las pilas. Una estrecha franja de hierba separaba los bungalows de la hilera de tres garajes que daban al callejón. Reba había escondido el coche detrás de un arbusto que probablemente le había arañado la pintura del lado derecho del coche. Me esperaba al volante fumando un cigarrillo.

Había un aplique con una bombilla de cuarenta vatios sujeto a la viga de madera en lo alto del garaje central, que era el que me correspondía. La bombilla daba luz suficiente sólo para quienes tenían muy buena vista. Manipulé el candado y finalmente conseguí abrirlo. Lo desenganché de la armella y tiré de la puerta, que subió con un trabajoso gemido de madera y goznes herrumbrosos. Alumbré con la linterna las paredes y el suelo, que estaban desnudos. El aire olía a aceite de motor y a hollín y pendían telarañas por todas partes.

Reba lanzó el cigarrillo por la ventana y puso el coche en marcha. Me aparté y entró en el garaje. Salió, cerró el coche con llave, abrió el maletero y sacó un bulto del tamaño del equipaje de mano de los aviones, aunque requería un esfuerzo levantarlo. Tenía un asa extensible y ruedas. Reba parecía preocupada, pero no supe interpretar su estado de ánimo.

—¿Estás bien? —pregunté.

—Sí.

—Sólo por curiosidad, ¿vas a decirme qué hay ahí dentro?

—¿Quieres verlo?

—Sí.

Plegó el asa, colocó la maleta en posición horizontal, descorrió la cremallera de la parte superior y la abrió. Ante mis ojos apareció una caja metálica, de unos cuarenta centímetros de alto, cincuenta de largo y veinte de hondo.

—¿Qué demonios es eso? —dije.

—Estás de broma. ¿No lo sabes?

—Reeb, si lo supiera no te lo preguntaría. Lanzaría una exclamación de alegría o de sorpresa.

—Es un ordenador. Marty se llevó el suyo cuando se fue. Además, pasó por el banco y recogió todos los disquetes de la caja de seguridad. Estás viendo los datos empresariales de Beck. Conéctalo a un teclado y un monitor y tendrás acceso a todo: cuentas bancarias, ingresos, compañías ficticias, sobornos, hasta el último centavo que ha blanqueado para Salustio.

—Vas a dárselo a los federales, ¿no?

—Probablemente. En cuanto termine..., aunque ya sabes lo puntillosos que se ponen con las propiedades robadas.

—Pero no puedes siquiera contemplar la posibilidad de quedártelo. Por eso aquellos tipos fueron detrás de Marty, para recuperarlo, ¿no?

—Exactamente. Así que llamemos a Beck y propongámosle

un trato. Nos entrega a Marty, y nosotros a cambio le ofrecemos esto.

—¿No acabas de decir que ibas a dárselo a los federales?

—No me escuchas. He dicho «probablemente». No estoy muy segura de que su investigación de mierda valga más que la vida de Marty.

—No puedes resolver esto tú sola. ¿Negociar con Beck? ¿Has perdido el juicio? Tienes que decírselo a Vince. Informar a la policía o al FBI.

—Ni hablar. Ésta es la única posibilidad que tengo de ajustar cuentas con ese hijo de puta.

—Ya entiendo. Aquí la cuestión no es Marty, sino tú y Beck.

—Claro que es Marty, pero es también un ajuste de cuentas. Es como una prueba. Veamos de qué material está hecho Beck. A mí no me parece tan mal trato: Marty a cambio de esto. El hecho de que lo quieran los federales lo hace muy valioso.

—En la vida hay cosas más importantes que la venganza —dije.

—Eso es una gilipollez. Dime una sola cosa —contestó—. Además, yo no hablo de venganza. Hablo de ajuste de cuentas. Son cosas distintas.

—No, no lo son.

—Sí. La venganza es: tú me haces daño y yo te pisoteo hasta que desees estar muerta. Un ajuste de cuentas devuelve el equilibrio al universo. Tú lo matas a él; yo te mato a ti. Ahora estamos en paz. ¿En qué consiste, si no, la pena de muerte? En un ajuste de cuentas. Lo uno por lo otro. Tú me haces daño; yo te lo devuelvo. Estamos iguales y aquí paz y después gloria.

—¿Por qué no ajustas las cuentas entregándolo a Hacienda?

—Lo nuestro no es un asunto profesional. Se trata de algo personal entre él y yo.

—No entiendo qué es lo que quieres.

—Quiero obligarle a disculparse por lo que hizo. He malgastado dos años de mi vida pensando en él. Ahora tengo algo que él quiere, así que se verá obligado a suplicarme.

—Eso es una necedad. Beck hace una carantoña y pide perdón. ¿De qué te sirve? Tú sabes cómo es él. No se puede hacer tratos con una persona así. Acaba jodiéndote.

–Eso no puedes saberlo.

–Créeme, lo sé. Reba, ¿quieres escucharme? Te la jugará a la primera de cambio.

–¿Por qué no traes el coche? –Mantuvo una expresión imperturbable–. Te espero aquí.

Apreté los labios y cerré los ojos. ¿Para qué intentaba que entrara en razón si ya estaba decidida?

–¿Quieres que te ayude con la puerta del garaje?

–Ya me las arreglaré.

Volví al despacho. Cerré la puerta trasera con llave y recorrí el pasillo apagando las luces. Agarré el bolso, salí por delante y cerré la puerta. Escruté la calle a oscuras un momento: todos los vehículos que vi pertenecían a los vecinos. Entré en mi coche y encendí el motor. Avancé hasta la esquina y enfilé el callejón.

Reba había cerrado el garaje y había echado el candado. Abrió la portezuela del copiloto, dejó la maleta en el asiento trasero y entró. Yo alargué el brazo hacia atrás y tomé mi cazadora vaquera.

–Póntela si no quieres resfriarte. –Se la tendí.

–Gracias.

Se puso la cazadora y se abrochó el cinturón de seguridad.

–¿Adónde vamos? –pregunté.

–A la cabina más cercana.

–¿Por qué no telefoneamos desde mi despacho?

–No quiero relacionarte con esto de ninguna manera.

–¿Relacionarme con qué?

–Tú busca un teléfono –dijo.

31

Reba quería que yo llamase a Beck. Al final encontramos una cabina enfrente de un supermercado: era una isla de claridad donde unas frías luces fluorescentes se reflejaban en la brillante pintura de la docena de coches estacionados en el aparcamiento. Yo solía hacer mi compra semanal allí. Nada deseaba tanto como comprar leche y huevos e irme a casa.

Reba dejó un puñado de monedas y un papel con el número de teléfono particular de Beck y el de la oficina en el estante de metal debajo del teléfono.

–Prueba primero en su casa. Si contesta Tracy, quizá piense que tiene una amiga –dijo.

–La tiene. Se llama Onni.

–De eso probablemente ya está enterada. Hablo de una nueva amante. ¿Por qué no le hacemos la pascua, ahora que podemos?

–Pensaba que las mujeres éramos más sensibles.

–Yo que tú no apostaría por eso.

–¿Y qué tengo que decirle? –Descolgué el auricular.

–Cítalo en el aparcamiento de East Beach dentro de un cuarto de hora. Si nos entrega a Marty, tendrá el ordenador.

Sostuve el auricular contra el pecho.

–No lo hagas, por favor –le rogué–. ¿Qué va a impedirle quitarte ese trasto sin más? Ni siquiera tienes pistola.

–Claro que no tengo pistola. Soy una ex convicta. No puedo llevar armas –dijo como si le ofendiese la sola idea.

–¿Y si Beck viene armado?

—Nunca ha tenido pistola. Además, estará a la vista de todos. Cualquiera que pasee por Cabana Boulevard puede vernos. Trae. Dámelo.

Agarró el auricular y me lo acercó al oído; a continuación tomó unas monedas y las introdujo en la ranura. Además del tono de marcado, hubiera jurado que oí el zumbido de la electricidad que recorría mi cuerpo. Se me aceleró el corazón y mis entrañas parecían una caja de fusibles con todos los cables cortocircuitados. Para no perder tiempo, marcó ella misma el número particular de Beck. Al primer tono, Reba arrimó la cabeza a la mía y ladeó el auricular para escuchar.

—Esto parece el instituto. No me gusta nada —me quejé.

—¿Puedes callarte? —farfulló Reba.

Beck descolgó al tercer tono.

—Sí —dijo.

Yo tenía la boca seca.

—Beck, soy Kinsey.

—¡Maldita sea! ¿Dónde está Reba? La muy zorra... Quiero lo que es mío y más vale que se dé prisa.

Reba me quitó el auricular y se permitió su tono más almibarado, ahora que lo tenía cogido por las pelotas.

—Hola, encanto. ¿Qué tal? Estoy aquí mismo.

Fuera cual fuese la respuesta de Beck, debió de ser áspera, porque ella se echó a reír de pura satisfacción.

—¡Vaya, vaya, vaya! No seas tan desagradable. He pensado que deberíamos vernos y charlar un rato.

Con la mirada fija en el extremo opuesto del aparcamiento, esperé mientras ella exponía su proposición y la naturaleza del trato. Después acordaron el lugar de encuentro, no sin antes pelearse para ver quién se salía con la suya. La caseta de baño de East Beach, en la esquina de Cabana Boulevard y Milagro, era el sitio donde yo daba la vuelta cuando corría por las mañanas. Incluso de noche, se trataba de una zona abierta y bien iluminada, y en la otra acera, frente a la entrada del aparcamiento, se hallaba el hotel Santa Teresa Inn. Había un pequeño solar abandonado en el extremo opuesto del edificio, pero Reba optó por el espacio más público de los dos. Esto reveló un sentido común poco habitual en ella. Insistió en que el encuentro tuviese lugar en quince minutos, y él juró que no podía llegar allí en menos de media hora. Reba terminó accediendo. Un punto a favor de él. Yo estaba intranquila porque me temía que cuanto más tiempo le diese, más probabilidades tendría de buscar refuerzos. También eso debería habérsele ocurrido.

–Una cosa más, Beck. Si traes a alguien, aparte de Marty, vas a enterarte... Sí, vale, lo mismo digo, mierdecilla. –Colgó el teléfono con brusquedad y hundió las manos en los bolsillos de la cazadora–. Dios mío, lo odio. ¡Vaya un tarado!

Descolgué e hice ademán de tomar unas monedas.

–Voy a llamar a Cheney.

Me arrebató el auricular y lo devolvió a la horquilla.

–No quiero a Cheney en esto. No quiero a nadie excepto nosotras.

–No puedo hacer una cosa así. Tú y Beck podéis jugar a lo que os apetezca, pero yo me apeo –dije.

–Ah, muy bien. Pues vete a paseo. Llévame hasta mi coche y quedas libre. –Se volvió y se alejó.

Yo había albergado la esperanza de inducirla a pedir ayuda, pero Reba no estaba dispuesta a ceder. Parpadeé con la mirada fija en la acera. ¿Qué opciones tenía? Hacerlo a su manera o arriesgarme... ¿a qué? ¿A que muriese o sufriera algún daño? Como Marty había robado el ordenador, ella daba por supuesto que Beck había mandado a los secuestradores, pero ¿y si se equivocaba? Podía haberlo hecho Salustio Castillo, que tenía también mucho que perder. Lo de Beck podía ser un farol. Tal vez no tuviese la menor idea de dónde retenían a Marty, y entonces ¿qué? Le bastaba con agarrar la maleta, ¿y cómo íbamos a impedírselo nosotras? O, más exactamente, ¿cómo iba a impedírselo yo? Imposible. No obstante, Reba sabía que no la abandonaría. Había demasiado en juego.

La seguí a mi pesar. Las portezuelas del coche estaban cerradas con llave, y ella, mirando en otra dirección, esperó a que yo entrase y echase el bolso en el asiento trasero. Una vez sentada al volante, me incliné hacia la portezuela de su lado y la abrí. Reba entró y permanecimos allí en silencio. Con las manos en el volante, dejé pasar el tiempo a la vez que me devanaba los sesos buscando alternativas.

–Tiene que haber una mejor forma de resolverlo –argumenté.

–Genial. Soy toda oídos –dijo.

Pero no tenía respuesta alguna. El encuentro se había concertado a las once de la noche, y faltaban poco más de veinticinco minutos. En rigor, teníamos tiempo de sobra para pasar por el estudio y recoger mi pistola. Casi me di de cabezazos contra el volante. ¿En qué estaba pensando? La pistola estaba descartada. No iba a disparar contra nadie. ¿Por un ordenador? ¡Qué absurdo!

Aunque..., coño..., si Marty tenía pinchado el teléfono de su casa, el FBI debía de haber pinchado también las líneas de Beck. Seguramente uno de sus agentes había escuchado la discusión entre Beck y Reba, así que quizás habían tomado nota y la caballería iba ya de camino.

Con el rabillo del ojo, vi que Reba consultaba el reloj a la vez que decía:

–Tictac... Tictac. Estamos perdiendo el tiempo.

–¿Y dónde ha tenido a Marty todo este tiempo?

–No lo ha dicho. Supongo que no muy lejos.

Sacudí la cabeza en un gesto de frustración.

–Me cuesta creer que me haya prestado a una cosa así. –Hice girar la llave de contacto y di marcha atrás–. Al menos dediquemos un momento a inspeccionar la zona. ¿O ya lo has hecho?

–La verdad es que no. ¿Para qué? Tú eres la experta.

El viaje se me hizo interminable. Atajé hasta la autovía para ir más deprisa. Error garrafal. Debido a un accidente en uno de los carriles en dirección norte, la circulación era densa y las luces de posición se sucedían en dos largas filas. Veía los destellos allí donde habían confluido la policía de carreteras y los vehículos de emergencia. De hecho, en nuestro lado no había ningún obstáculo, pero estábamos completamente parados porque la gente se detenía a curiosear.

Una vez en la salida de Cabana Boulevard, llegaríamos en un minuto. Admito que en los últimos dos kilómetros pisé a fondo el acelerador con la esperanza de que un policía nos viese y nos detuviera. Pero no hubo suerte. El mar quedaba a la derecha, separado de la carretera por la playa, un carril bici y una ancha franja de hierba salpicada de palmeras. A la izquierda, dejamos atrás una serie de moteles y restaurantes. Los turistas pululaban por la acera; por una vez, verlos era reconfortante.

En Milagro, entré en el aparcamiento acordado. No se veía ningún coche, lo que significaba (quizás) que si Beck traía a sus matones, al menos no habían llegado antes que nosotras. Reba me dijo que fuese hasta el fondo del aparcamiento y diese la vuelta para regresar a la entrada. Seguí sus instrucciones y, maniobrando marcha atrás, ocupé una plaza con el coche de cara a la calle por si era necesario marcharse precipitadamente. Salimos del coche. Echó el asiento hacia delante y sacó la maleta. Extendió el asa y tiró de la maleta para colocarla frente al coche.

–Que Beck sepa que vamos al grano –afirmó.

A nuestras espaldas, las olas batían contra la arena, cobrando impulso antes de romper en la orilla. El agua tenía un color negro intenso con una fina pátina blanca allí donde la luna hería las crestas de las olas. Una brisa húmeda me alborotaba el cabello y me agitaba las perneras de los vaqueros. Di media vuelta y recorrí la playa con la mirada, saltando de un pie a otro para calentarme. En apariencia, estábamos solas.

Reba se apoyó en el guardabarros delantero y encendió un cigarrillo. Tras diez minutos, miró el reloj por enésima vez.

–¿A qué viene esto? ¿Quiere el ordenador o no?

Al otro lado de la calle, los huéspedes del hotel Santa Teresa Inn se detenían a la entrada. Había dos aparcacoches y varios transeúntes. En el restaurante de la segunda planta, las mesas estaban dispuestas a lo largo de un ventanal curvo. Se veía a los comensales, pero, siendo ya noche cerrada, dudaba que éstos nos distinguiesen a nosotras. Un coche patrulla blanco y negro se acercó, dobló a la derecha en Milagro y aceleró. Noté que mis esperanzas crecían antes de desvanecerse.

–Deberíamos marcharnos de aquí –dije–. Esto no me gusta.

Volvió a consultar su reloj.

–Todavía no. Si a las once y media aún no ha aparecido, ahuecamos el ala.

A las 23:19 dos coches entraron despacio en el aparcamiento. Reba tiró el cigarrillo y lo pisó.

–El de delante es el coche de Marty –informó–. El segundo es el de Beck.

–¿Ves a Marty al volante?

–No lo sé. Parece él.

–Bien. Ahora tranquila. Acabemos de una vez con esto –dije.

Reba cruzó los brazos; no sabría decir si por el frío o por la tensión. Ya dentro del aparcamiento, el coche de Marty giró a la izquierda, trazó un círculo como habíamos hecho nosotras antes y regresó despacio. Se detuvo a diez metros de distancia y allí permaneció, al ralentí, mientras Beck paraba cinco metros más cerca. Los dos pares de faros formaron una hilera de intensos puntos de luz. Levanté una mano para protegerme los ojos. Vi a Beck al volante de su coche, pero no tenía tan claro que el segundo conductor fuese Marty. Transcurrió un minuto. Reba, nerviosa, cambió de posición.

–¿Qué hace? –susurró.

–Reba, vámonos. Aquí pasa algo raro.

Beck salió del coche. Se quedó de pie junto a la portezuela abierta, su atención fija en la maleta con ruedas. Vestía una gabardina oscura, abierta de arriba abajo, con los faldones ondeando al viento.

–¿Es eso? –dijo Beck.

–No, no lo es. Si te parece, he decidido marcharme del pueblo –contestó Reba.

–Tráela aquí y le echaremos un vistazo.

–Dile a Marty que salga para que podamos verlo.

–¡Eh, Marty! –gritó Beck por encima del hombro–. Saluda a Reeb. Cree que eres otra persona.

El conductor del coche de Marty nos saludó con el brazo e hizo parpadear los faros. A continuación revolucionó el motor igual que haría un piloto al principio de una carrera. Toqué el brazo a Reba y, con voz entrecortada, grité:

–¡Corre!

Me precipité hacia la izquierda mientras el coche de Marty, con un chirrido de neumáticos, se ponía en marcha y aumentaba la velocidad en dirección a nosotras. Reba agarró el asa de la maleta y me siguió a trompicones. La maleta se tambaleó sobre la superficie irregular del aparcamiento y finalmente se volcó. Ella siguió arrastrándola hacia la calle. Oí el roce en el pavimento. La dichosa maleta era un lastre peor que un ancla en nuestro intento de escapar.

–¡Reba, déjala! –grité a pleno pulmón.

El conductor del coche de Marty pisó el freno y giró el volante de modo que la parte trasera del vehículo se deslizó a un lado y no chocó contra el VW de milagro. Dos hombres saltaron del interior: el conductor y otro hombre que apareció súbitamente del asiento trasero, donde se había escondido.

Beck permaneció con las manos en los bolsillos, observando con indiferencia a Reba mientras dejaba la maleta y se alejaba a todo correr. Los dos hombres eran rápidos. Ella había recorrido una distancia insignificante cuando uno le hizo un placaje desde atrás y ambos cayeron al suelo.

Me di la vuelta y me encaminé hacia allí. No tenía ningún plan. La maleta me importaba una mierda, pero no iba a abandonar a Reba a su suerte. Ella forcejeaba, lanzando puntapiés al tipo que la había derribado. Él le asestó un puñetazo en la cara. Con la sacudida, se golpeó la cabeza contra el asfalto. Lo alcancé cuando levantaba el puño para golpearla de nuevo. Me aferré firmemente a su brazo derecho con los míos. El otro tipo me agarró por detrás. Me inmovilizó los brazos a los costados y me alejó de su compañero llevándome en volandas. Alargué el cuello para ver a

Reba, que se había vuelto de costado. La observé mientras intentaba incorporarse apoyándose en manos y rodillas. Parecía aturdida y la sangre le manaba de la boca y la nariz. El tipo que la había golpeado se volvió hacia mí. Me levantó los pies y, entre los dos, me llevaron al coche de Marty. Arqueé la espalda, tratando de liberarme, pero él se limitó a sujetarme con más fuerza y no pude hacer nada.

Beck se acercó al coche de Marty y abrió una de las portezuelas traseras. El tipo que me tenía aprisionada entre sus brazos cayó en el asiento trasero y me arrastró consigo. Se revolvió; yo quedé debajo de él, con la cara contra la tapicería. Su peso me oprimía de tal modo que no podía respirar. Pensé que mis costillas cederían y se me aplastarían los pulmones. Intenté gemir, pero sólo conseguí emitir un grito ahogado.

–Apártate de ella –ordenó alguien.

El tipo me hincó un codo en la espalda al levantarse. Simultáneamente, me agarró la muñeca izquierda y me retorció el brazo hacia atrás a la vez que me empujaba la cabeza hacia el suelo. Tenía ante mis ojos las alfombrillas del coche, a unos quince centímetros de la nariz. Alguien me dobló las piernas y cerró la portezuela. Al instante, se oyó el golpe de la portezuela del coche de Beck al cerrarse. Puso el motor en marcha mientras el conductor del coche de Marty se sentaba al volante, cerraba la portezuela y arrancaba. No hubo chirridos de frenos ni nada que llamase la atención. Que yo supiese, Reba seguía tumbada en el asfalto, intentando restañar la hemorragia de la nariz. Yo había alcanzado a ver a mi acompañante en el asiento trasero, que llevaba un parche de gasa blanca sujeto al ojo izquierdo con esparadrapo. Dos contusiones de intensos colores rojo y morado surcaban su mejilla como brochazos. Debía de haber estado a punto de sacarle el ojo con la pata de la silla, y por eso probablemente se había ensañado tanto al atacarme.

Me concentré en el trayecto en coche. Supuse que los dos vehículos circulaban uno detrás del otro. Pensé en los secuestros que había visto en las películas, y en cómo la heroína comprendía su destino final por el sonido de las ruedas al cruzar la vía de un tren o el ululato de una sirena a lo lejos. Yo básicamente oía la respiración entrecortada de mi acompañante. Por lo visto, ninguno de los dos estaba en buena forma. O, quizás, más halagüeño para nosotras, Reba y yo habíamos ofrecido más resistencia de la que preveían.

Doblamos a la izquierda por Cabana Boulevard y seguimos a marcha lenta durante menos de un minuto hasta detenernos. Supuse que era el semáforo del cruce de State Street con Cabana. El conductor encendió la radio y la música llenó el coche, una voz masculina que cantaba: «*I want your sex...*».

Mi nuevo mejor amigo dijo:

–Quita esa mierda.

–Me gusta George Michael –dijo el conductor, pero la radio se apagó.

–Baja la ventanilla. A ver qué quiere Beck.

Imaginé a Beck en el carril contiguo, haciendo un gesto rotatorio e inclinándose sobre el asiento de su coche para hablar. Molesto, nuestro conductor farfulló:

–Vale, vale. Ya lo he entendido. Eso estoy haciendo. –Y dirigiéndose a su compañero del asiento trasero–: Él tiene la tarjeta de acceso, así que en principio debemos seguirlo nosotros. ¿Cuántas veces tiene que repetirlo?

A lo lejos, tenuemente, oí que se acercaban unas sirenas cuyo sonido aumentó y acabó dividiéndose en dos. «Que sean dos coches de policía, por favor», pensé.

Intenté volver la cabeza con la esperanza de ver algo por la ventanilla, pero no conseguí más que un violento tirón en el brazo. Las sirenas estaban casi a nuestra altura. Vi las luces estroboscópicas de dos coches patrulla que pasaron en rápida sucesión. Las sirenas se alejaron por Cabana Boulevard; el volumen disminuyó hasta desvanecerse por completo. «Olvídate de la ayuda en carretera», rectifiqué.

Torcimos a la derecha en lo que supuse que era Castle Street. Cuando aminoramos la velocidad para detenernos por segunda vez, imaginé que se trataba del semáforo de Montebello Street. Nos pusimos de nuevo en marcha y avanzamos a unos quince kilómetros por hora. Oí la reverberación hueca de la calzada al pasar por debajo de la autovía. Subimos por la pendiente del otro lado, que nos llevaba hasta Granizo Street. Luego a la izquierda por Chapel Street. Debíamos de dirigirnos a la oficina de Beck, que se hallaba a sólo un par de manzanas de allí. Sabía que las tiendas del centro comercial estarían cerradas y también los bloques de oficinas. La «tarjeta» que el conductor había mencionado probablemente accionaba la barrera mecánica del aparcamiento subterráneo. Como preveía, noté que el coche reducía la velocidad y doblaba a la derecha para bajar por una rampa. A esa hora, el aparcamiento estaría vacío. Atravesamos de punta a punta aquel cavernoso espacio y el coche se detuvo. Beck debía de haber aparcado enfrente, porque oí el portazo de su vehículo antes de que nuestro conductor tuviese ocasión de apagar el motor.

Me sacaron del asiento trasero sin contemplaciones y me pusieron de pie. Albergaba la esperanza de cruzar una mirada con Beck, establecer un contacto, pensando que tenía más opciones de persuadirlo a él que a los matones que me flanqueaban. Él, inexpresivo, evitó mi mirada. Esperamos mientras abría el maletero de su coche y extraía la maleta con ruedas. Tras el accidentado recorrido a rastras por el asfalto, la maleta tenía arañazos grises y arena de la playa incrustada en ambos lados. El asa se había partido. Beck la tumbó en el suelo y se arrodilló junto a ésta. Descorrió la cremallera y la abrió. Estaba vacía.

La miré fijamente como si intentase descubrir el truco del juego de magia. Reba me había enseñado el ordenador. Estaba allí dentro hacía menos de una hora... ¿Adónde había ido a parar? Sólo nos habíamos separado cuando la dejé en el callejón para ir a buscar mi coche. Debía de haber aprovechado mi ausencia para sacar el ordenador y guardarlo en el maletero del suyo. De ahí se desprendía, pues, que había previsto la traición de Beck y se le había adelantado. Del mismo modo, él debía de haber sabido que ella se la jugaría. En caso contrario, ¿por qué me habían secuestrado?

Beck se irguió y, con expresión pensativa, empujó la maleta con la puntera del zapato. Yo esperaba una reacción colérica; sin embargo, parecía desconcertado. Quizá le complacía que Reba llevase el conflicto a tales extremos, imaginando que así su victoria final sería más dulce. Dio media vuelta y se dirigió hacia los ascensores.

Los tres lo seguimos. Nuestros pasos resonaron como las pezuñas de una manada de animales en un inmenso espacio vacío. El tipo de la herida en el ojo mantenía una presión constante en el brazo que me había retorcido tras la espalda. Al menor movimiento, se me desgarraría como el ala de un pollo asado. Las puertas del ascensor se abrieron y los cuatro entramos. Beck pulsó el botón. Las puertas se cerraron y el ascensor empezó a subir.

—¿Por qué me has traído aquí? —pregunté.

—Para que Reba sepa dónde encontrarme —dijo Beck—. Por si no te has dado cuenta, nos hemos enzarzado en una pequeña batalla de ingenio.

—Es difícil pasarlo por alto.

Beck me dirigió una breve sonrisa.

Las puertas se abrieron en la planta baja. Salimos al edificio Beckwith y cruzamos el vestíbulo de mármol hacia los ascensores públicos que nos conducirían a la cuarta planta. Me volví para mirar a Willard, sentado tras su mostrador. Nos observó sin hacer comentarios, con el rostro tan agraciado e inexpresivo como siempre. Le lancé lo que, esperaba, se interpretase como una mirada suplicante, pero no recibí nada a cambio. ¿Cómo era posible que un hombre tan atractivo tuviese tan poca vida en los ojos? ¿Acaso no veía lo que ocurría? Beck era su jefe. Tal vez le pagaba generosamente para que hiciese la vista gorda.

Subimos a la cuarta planta. Las puertas del ascensor se abrieron y revelaron la oficina bañada en luz artificial, en que los colores deslumbraban como los de una película de dibujos animados de Disney. Las largas tiras de moqueta verde, los luminosos cuadros abstractos alineados en el pasillo, las plantas saludables, el mobiliario moderno... Yo esperaba que me llevasen al despacho de Beck, pero dobló el recodo en dirección al montacargas. Pulsó el botón y las puertas se abrieron. Se acercó a la pared del fondo y apartó el revestimiento de tela acolchada gris. Marcó la clave en el teclado numérico instalado en la pared del ascensor. Se abrió la puerta de la contaduría. Beck le dio al botón para dejar el montacargas en espera y se hizo a un lado. Se volvió y se quedó mirándome. Tenía las manos en los bolsillos de la gabardina. Nadie pronunció una sola palabra.

De soslayo, vi las máquinas de contar y fajar. Al instante advertí que habían vaciado todas las cajas de cartón de billetes sueltos y que ahora éstos se hallaban amontonados en fajos sobre la repisa. También reparé en Marty. Lo habían atado a una silla y golpeado hasta dejarlo casi irreconocible. La cabeza le caía sobre el pecho. Incluso sin verle la cara, supe que estaba muerto. Tenía la mejilla hinchada y marcada, y sangre seca, ya casi negra, en el nacimiento del pelo. Le había salido sangre de los oídos, que se había coagulado en el cuello de la camisa. Ahogué un grito y sacudí la cabeza para no verlo. Me traspasó una punzada de dolor, como si me hubiesen disparado con un arma de electrochoque. Se me humedecieron las palmas de las manos y me recorrió una oleada de calor. Sentí que la sangre abandonaba mi cabeza. Me flaquearon las piernas. El hombre del parche en el ojo me sostuvo de pie. Beck pulsó un botón y las puertas de la contaduría se cerraron.

Con paso vacilante, me dejé llevar al despacho de Beck, donde me hundí en el sofá y posé la cabeza entre las manos. La imagen de Marty era como una fotografía que ahora veía en negativo, unas luces y sombras invertidas. Una conversación se desarrollaba por encima de mi cabeza: Beck daba instrucciones a los dos matones para que sacasen el cuerpo de allí y lo hiciesen desaparecer. Supe que lo bajarían en el montacargas hasta la planta baja, donde podían llevarlo a rastras por el corredor de servicio y sacarlo al garaje. Lo meterían en el maletero de su coche y abandonarían el cadáver junto a la carretera. Era extraño: yo había visto en sus ojos ese final, esa muerte, pero había sido incapaz de intervenir.

Se me nubló la visión. La oscuridad estrechó el cerco y tuve esa curiosa sensación en los oídos –un ruido blanco– que indicaba que estaba a punto de perder el conocimiento. Puse la cabeza entre las rodillas. Me esforcé en respirar. Al cabo de un minuto, el aire pareció refrescar y noté que la oscuridad retrocedía. Cuando alcé la vista, los dos matones se habían ido y Beck estaba sentado tras su escritorio.

–Disculpa. –Se refería a Marty–. No es lo que piensas. Ha tenido un ataque al corazón.

–Está muerto y tú eres el responsable –repuse.

–Reba tiene parte de culpa.

–¿Y eso?

–Fíjate en lo que ha hecho. Teníamos un trato y se presenta con la maleta vacía. ¿Qué se ha creído? ¿Que puede joderme y quedarse tan ancha?

–Ella no robó el ordenador. Marty se lo llevó al irse.

–Me da igual quién se lo llevó. Bastaba con que Reba me lo devolviese. Quizás ahora él estaría vivo. Lo ha matado la tensión. Un par de puñetazos inofensivos y la ha palmado.

Era imposible discutir con él. Estaba muy seguro de sí mismo y actuaba con absoluta determinación. ¿Adónde iría a parar aquello? La pugna entre Beck y Reba se había descontrolado y las cosas sólo podían agravarse. Ahora Beck llevaba la voz cantante. Era así de sencillo. Me tenía a mí.

Esbozó una sonrisa.

–Albergas la esperanza de que Reba avise a la policía, pero no lo hará. ¿Y sabes por qué? Porque no sería divertido. Es una jugadora. Le gusta apostar contra la casa. La pobre no es tan lista como se cree, ni muchos menos.

–No me metas en esto –amenacé–. Arregladlo entre vosotros.

–Por supuesto.

Permanecimos los dos allí sentados, inmóviles, esperando a que sonase el teléfono. Ya había renunciado a predecir los acontecimientos. Ahora mi objetivo consistía en salvar el pellejo. El problema era que estaba cansada y el pánico hacía mella en mí.

Me temblaban las manos por el nerviosismo y me costaba poner en orden mis ideas. Beck se retrepó en la silla giratoria y empezó a juguetear con un pisapapeles, lanzándoselo de una mano a la otra.

Advertí que había una hilera de cajas de cartón contra la pared, todas bien cerradas con cinta adhesiva y listas para trasladarse. El despacho estaba patas arriba: anaqueles medio vacíos, un gran número de voluminosas carpetas en el escritorio. Daba la impresión de que Beck tenía ya los bártulos a punto para la huida. No era de extrañar su obsesión por recuperar el ordenador y los disquetes. Éstos y el disco duro contenían toda la información de la empresa, hasta su último centavo, todo el dinero que había guardado, las compañías ficticias, las cuentas de bancos panameños... Era un hombre incapaz de recordar números o fechas. Tenía que anotarlos o se le perdían. Sabía tan bien como yo que si esos datos caían en malas manos sería su ruina.

–Tengo que ir al baño –dije.

–No.

–Por favor, Beck. Acompáñame y te quedas delante de la puerta escuchando mientras meo.

Movió la cabeza en un gesto de negación.

–No puedo. Quiero estar al lado del teléfono cuando Reba llame.

–¿Y si tarda una hora?

–Mala suerte.

Aguardamos en silencio. Miré mi reloj. El cristal estaba hecho añicos y las manecillas se habían detenido exactamente a las 11:22. No veía ningún reloj desde donde me hallaba. La espera se me hizo eterna. Cuando Reba telefonease, si es que telefoneaba, yo dispondría de una nueva oportunidad para mandar alguna señal a los agentes que grababan las llamadas de Beck. No tenía muy claro cómo me las arreglaría ni qué diría, pero allí estaba la posibilidad.

El silencio se prolongó durante tanto tiempo que cuando por fin sonó el teléfono, me sobresalté. Beck agarró el auricular y, relajándose, se lo acercó al oído. Se acodó en el escritorio sonriendo.

–Buena chica, Reeb. Sabía que me llamarías. ¿Estás lista para hablar de negocios? Ah, espera un segundo. Tengo aquí a una amiga tuya y me preguntaba si querrías aprovechar la ocasión para hablar con ella.

Activó el altavoz del teléfono y el sonido hueco de la voz de Reba llenó el despacho.

–¿Kinsey? Dios mío, ¿estás bien?

–No me vendría mal un poco de ayuda –dije–. ¿Por qué no llamas a Cheney y le cuentas lo que está pasando?

–Olvídate de él –contestó irritada–. Déjame hablar con Beck.

Ahora que tenía las manos libres, Beck abrió un cajón del escritorio y sacó una pistola. Quitó el seguro y me apuntó.

–Oye, Reeb. Perdona que te interrumpa, pero vayamos al grano. Escucha esto.

Apuntó a la pared por encima de mi cabeza y disparó. Un sonido escapó de mi garganta, a medio camino entre el gemido y el grito. Se me arrasaron los ojos en lágrimas.

–¡Vaya! –exclamó Beck–. He fallado.

–¡Beck, no lo hagas! –gritó Reba.

–Esto no se me da muy bien. Willard intentó enseñarme pero, por lo que se ve, no acabo de cogerle el tranquillo. ¿Pruebo otra vez?

–¡Dios mío! Por favor, Beck, ¡no le hagas daño!

–No he oído tu respuesta. ¿Estás lista para hablar de negocios?

–No dispares otra vez. No lo hagas. No. Te lo llevaré. Lo tengo. Está en el maletero de mi coche. Lo he metido en una bolsa de tela.

–Eso me lo has dicho antes. Te he creído, y ya ves lo que has hecho. Me has dado gato por liebre.

–Esta vez no te engañaré, lo juro. No estoy muy lejos. Dame dos minutos. Espera, por favor.

–En fin, Reeb, no sé –dijo él con escepticismo–. He confiado en ti. Pensaba que jugarías limpio. Lo que has hecho está mal. Muy, muy mal.

–Ten por seguro que esta vez te lo llevaré. Sin trucos. Te lo juro.

Beck no me quitaba el ojo de encima mientras hablaba. Me guiñó un ojo y sonrió. Lo estaba pasando en grande.

–¿Cómo sé que no volverás a hacerme la misma jugada, es decir, que volverás a darme una bolsa de tela sin nada dentro?

Me levanté y señalé la puerta al tiempo que formaba las palabras «Tengo que mear» con los labios. Beck me ordenó por señas que me sentase. Mientras, Reba, desesperada, decía:

–Tengo una idea. Entraré por el corredor de servicio. Tú puedes ir al mostrador de Willard y mirar por el monitor. Abriré la bolsa y te enseñaré el ordenador. Podrás verlo con tus propios ojos.

Me llevé las manos a la entrepierna de los vaqueros y luego, entrelazándolas en un gesto de súplica, articulé: «Por favor». Volví a señalar en dirección al pasillo.

Blandió el arma hacia mí, distraído, e insistió en que me sentara. Entretanto, yo avanzaba poco a poco hacia la puerta. Alcé un dedo y susurré:

–Enseguida vuelvo.

Salí y me alejé a toda prisa por el pasillo, mis pasos acallados por la moqueta. Entretanto, iba dando portazos en cada despacho. Lo oí gritar:

–¡¡Eh!! –Más que colérico, parecía molesto por mi desobediencia.

Aligeré el paso. Llegué a recepción. Por fortuna, las puertas del montacargas estaban abiertas. Me acerqué a la pared del fondo y pulsé la clave de la contaduría: 15-5-1955. La fecha de nacimiento de Reba. Las puertas se abrieron.

Fuera, en el pasillo, Beck gritaba mi nombre irrumpiendo en los despachos. De repente, disparó un tiro; yo me sobresalté a pesar de la distancia. Del mismo modo que antes creía que sería incapaz de disparar contra él, ahora no estaba tan segura de que él no disparase contra mí, aunque fuese por accidente. Me quité una zapatilla y la coloqué en el recorrido de la puerta abierta del ascensor. La puerta se cerró, tropezó con la zapatilla y se abrió de nuevo, proceso que se repitió como un tic. Me volví y pulsé el botón *A* en el panel opuesto para mandar el montacargas al aparcamiento. Las puertas tardaron en reaccionar, lo que me dio tiempo de sobra para cruzar hasta el segundo par de puertas. Retiré la zapatilla y entré en la contaduría a la vez que se cerraban las puertas del pasillo. Las puertas de la contaduría se cerraron unos segundos después. Estaba a salvo. Al menos, momentáneamente.

El cadáver de Marty seguía allí. Desconecté y bloqueé todas mis emociones. No era momento para eso. Lancé la zapatilla a un lado, sin atreverme a ponérmela por no perder el tiempo. Miré la escalerilla empotrada en la pared y la seguí con la vista barrote a barrote hasta lo alto. Empecé a subir, con un pie calzado y el otro no. Sabía que la trampilla daba al terrado. Una vez allí, me escondería o gritaría asomada al parapeto hasta que apareciese la policía. Quizá los agentes estaban ya de camino –la policía municipal de Santa Teresa, el equipo de asalto, los negociadores de secuestros–, todos provistos de chalecos antibalas.

Lancé una ojeada a Marty, que seguía atado a la silla. ¿Por qué aquellos tipos no habían cumplido las órdenes de Beck? Tenían que llevárselo de allí y, sin embargo, lo habían dejado donde estaba. Me sudaban las manos, pero me aventuré a mirar por segunda vez algo en lo que no me había fijado antes. Las máquinas de contar y fajar continuaban en la repisa. Pero el dinero había desaparecido. En lugar de deshacerse del cadáver, los matones debían de haberse llevado los fajos de billetes.

Llegué al último barrote y alargué el brazo hacia la trampilla que había encima de mi cabeza. No encontré un pasador, ni un picaporte, ni medio alguno para abrirla. Recorrí la superficie a tientas, buscando un gancho o un tirador, cualquier clase de palanca que pudiese activar el resorte. No había nada. Entonces me aferré desesperadamente al último barrote mientras intentaba introducir las puntas de los dedos en el resquicio. La golpeé con la palma de la mano y luego la empujé con todas mis fuerzas. En la planta inferior, la puerta del montacargas se abría. Apoyé la cabeza en el barrote y contuve la respiración.

–Esa trampilla está cerrada. Será mejor que lo dejes –dijo Beck como si tal cosa–. Reba viene de camino. En cuanto zanjemos este asunto, podrás marcharte con entera libertad.

Lo miré. Vestía su gabardina, como si hubiera llegado el momento de marcharse. Empuñaba la pistola y me tenía encañonada. Probablemente no sabía siquiera cuánta presión se requería para accionar el gatillo. Si me volaba la cabeza sin querer, yo moriría de todos modos. Se agachó y recogió mi zapatilla. Después blandió la pistola.

–Vamos, Millhone –dijo–. No quiero hacerte daño. Esto casi ha terminado. Es mal momento para fugarse. Estamos ya en la última etapa.

Bajé tanteando cada barrote con el pie, presa de un súbito terror a las alturas. Contemplé la posibilidad de soltarme y caer sobre él, pero me haría daño y no había ninguna garantía de que le hiciese el menor daño a él. Beck me observó pacientemente hasta que puse los pies en el suelo. Supongo que prefería mantener la vista fija en mí antes que mirar a Marty. Al parecer, no había reparado en que no se habían llevado el cadáver.

Esbozó una sonrisa y comentó:

–Buen intento. Me has despistado. Pensaba que te habías escapado en dirección contraria.

Me entregó la zapatilla. Yo, por mi parte, me apoyé en la pared para calzármela. Él me tomó del codo y me apremió a cruzar el montacargas hasta el pasillo. No le faltaba razón. Aquello ya casi había terminado. ¿Qué sentido tenía, pues, jugarse el cuello? Al fin y al cabo, no era asunto mío. Me agaché para atarme las zapatillas con calma. A Beck se le empezaba a agotar la paciencia, pero a mí nunca me ha gustado andar con los cordones sueltos. Me sujetó del codo otra vez y me obligó a doblar en dirección a los ascensores. Había dejado su maletín en el pasillo. Lo recogió y pulsó el botón de *Llamada* con la punta del dedo. El ascensor debía de estar allí mismo, porque las puertas se abrieron al instante. Entramos los dos. Beck apretó el botón para bajar al vestíbulo. Permanecimos en silencio como dos desconocidos, apoyados contra la pared del fondo, la mirada fija en el indicador digital mientras los números de planta descendían. Acaricié la efímera esperanza de que, al abrirse las puertas, apareciesen varios agentes de policía, con las armas desenfundadas, dispuestos a detenerlo y poner fin a aquello.

El vestíbulo estaba vacío excepto por Willard, como siempre sentado detrás de su mostrador. La fuente del centro se arremolinaba como el agua de un inodoro. Yo tenía la vejiga tan llena que podría haber trazado un diagrama de su forma y tamaño. Más allá de las ventanas de cristal cilindrado, en el exterior, el paseo estaba a oscuras y no se veía un alma. Al otro lado, las tiendas permanecían cerradas. Willard se puso en pie sin desviar la atención de la hilera de los diez monitores. Extendió un brazo y chasqueó los dedos. Beck y yo cruzamos el vestíbulo y rodeamos el mostrador de Willard. La imagen de una de las pantallas en blanco y negro mostraba el aparcamiento subterráneo. Reba, al volante de mi VW, descendió por la rampa y dobló a la derecha. El coche se perdió de vista. Al cabo de tres minutos, la vimos entrar en el corredor de servicio, en la planta inferior. Se valía de las dos manos para cargar la bolsa, que obviamente era pesada. La dejó con suavidad en el suelo y alzó la vista para mirar hacia la cámara de seguridad instalada en el rincón.

–¿Beck? –dijo la chica.

Tenía la mejilla tumefacta a causa del golpe recibido, los labios hinchados y un ojo morado. Daba la impresión de que le hubiesen aplastado el puente de la nariz.

Esperó mirando a la cámara. Willard entregó a Beck el auricular del teléfono de su mostrador. Pulsó un botón y oímos que sonaba el teléfono mural en el corredor de servicio. Sin apartar la mirada de la cámara, Reba descolgó el auricular.

–Hola, encanto. –Beck reprodujo con sorna el anterior saludo de Reba–. ¿Qué tal?

–Corta el rollo, Beck. ¿Quieres esto o no?

–Primero enséñamelo.

Reba soltó el auricular, que osciló en el extremo del cable en espiral y golpeó contra la pared. Beck echó atrás la cabeza y dijo entre dientes:

—Mierda.

En la planta inferior, Reba se inclinó y abrió la bolsa de tela. El ordenador quedó a la vista.

—¿Y los disquetes? —preguntó Beck.

Ella abrió un bolsillo lateral y extrajo unos veinte disquetes. Los tendió de cara a la cámara para que Beck leyese la secuencia de fechas que probablemente había escrito él.

—De acuerdo —dijo Beck—. Está bien.

Reba volvió a guardarlos y cerró la cremallera de la bolsa.

—¿Ya estás contento, gilipollas? —soltó Reba.

—Sí. Gracias por preguntarlo. Sube al vestíbulo y compórtate. Tengo a Kinsey a mi lado. Lo digo por si intentas pasarte de lista.

Reba le hizo un corte de mangas. «Bravo, chica», pensé. Así aprendería. Lancé una mirada a Willard.

—¿Va a quedarse ahí sin hacer nada? —le espeté al vigilante.

No respondió. Quizá Willard había muerto y nadie se había acordado de mencionarlo. Estuve a punto de agitar una mano ante sus ojos para ver si pestañeaba.

El montacargas llegó al vestíbulo y se abrieron las puertas. Reba salió acarreando la pesada bolsa. Beck, pistola en mano, atendió cualquier asomo de rebeldía o traición. Ella dejó la bolsa en el suelo frente a él. Beck hizo una seña con la pistola.

—Ábrela —ordenó.

—¡Por Dios! ¿Crees que he puesto una bomba? —gritó ella.

—Viniendo de ti, todo es posible.

Reba se agachó, descorrió la cremallera y dejó el ordenador a la vista por segunda vez. Sin esperar a que él se lo pidiese, sacó los disquetes y se los entregó.

—Atrás —le ordenó.

Reba, con las manos en alto, retrocedió unos tres metros.

—Te noto preocupado —comentó.

—Vigílelas. —Beck dio la pistola a Willard.

Se arrodilló y extrajo el ordenador de la bolsa. Se llevó la mano al bolsillo de la chaqueta y sacó un pequeño destornillador de estrella, que utilizó para aflojar los tornillos que mantenían la caja en su sitio. Tiró los tornillos a un lado y retiró el panel posterior. Yo no entendía qué se proponía.

Las tripas del ordenador quedaron expuestas. Puesto que no tengo ordenador, nunca había visto uno por dentro. Vaya un complejo surtido multicolor de conectores, cables, circuitos, transistores o comoquiera que se llamen... Willard sostenía con firmeza la pistola, encañonándonos alternativamente a Reba y a mí. Me dije: «Parece despreocupado». Beck abrió el maletín y extrajo un vaso de precipitados con tapón de cristal. Lo destapó y vertió un líquido transparente sobre los circuitos como si fuese el aliño de una ensalada. Debía de ser ácido, porque se oyó un silbido y un olor de combustión química impregnó el aire. Los cables aislados se disolvieron; unas pequeñas piezas se abarquillaron como si tuviesen vida propia, arrugándose y encogiéndose al entrar en contacto con el líquido cáustico. Sacó un segundo vaso de precipitados y lo derramó sobre los disquetes, extendiéndolos para no dejarse ninguno. Al instante se formaron agujeros y, en medio de la crepitación, mientas los disquetes se desintegraban, se elevó una nube de humo.

–Perderás toda esa información –dijo Reba.

–Descuida. Tengo copias en Panamá.

–Me alegro por ti –repuso ella con un extraño tono de voz.

La miré. Los labios habían empezado a temblarle y tenía los ojos arrasados en lágrimas.

–Te he querido con toda mi alma, Beck –dijo con aspereza–. Lo eras todo para mí.

–Reeb, nunca aprenderás, ¿eh? ¿Qué hace falta para que te entren las cosas en la cabeza? Eres como una niña. Alguien te cuenta que Santa Claus existe y tú te lo crees.

–Me dijiste que podía confiar en ti. Que me querías y cuidarías de mí. Lo dijiste.

–Ya lo sé, pero mentí.

–¿En todo?

–Prácticamente –contestó él compungido.

Vi movimiento en uno de los monitores. Dos coches patrulla de Santa Teresa bajaban por la rampa del aparcamiento subterráneo. Los seguían otros dos automóviles sin distintivos.

Entretanto, Beck seguía absorto en su tarea. Tomó el destornillador y, llevando cuidado para que el ácido no entrase en contacto directo con sus manos, lo hundió entre los componentes del ordenador, retorciendo piezas de metal, rompiendo cables. Puesto que estaba de espaldas a las enormes ventanas de cristal cilindrado, no vio cómo Cheney salía de la oscuridad con el arma desenfundada. Le seguía Vince Turner, acompañado de cuatro agentes vestidos con chalecos del FBI.

Ya era demasiado tarde para rescatar la información del ordenador, pero di gracias de todos modos. Reba advirtió su presencia. Su mirada osciló de la ventana a Beck.

–¡Oh, pobre Beck! ¡La has cagado! –exclamó.

Él se irguió y tendió la mano hacia su maletín. La miró con expresión afable.

–¿En serio? ¿Qué te hace pensar eso?

Reba guardó silencio y una sonrisa le iluminó su maltrecho rostro.

–Nada más llegar al pueblo, he telefoneado a un hombre que trabaja para Hacienda. He descubierto el pastel, lo he contado todo... Nombres, números, fechas..., todo lo que necesitaba para conseguir las órdenes judiciales. Ha tenido que llamar al juez a su casa, pero éste ha colaborado gustosamente.

–Por Dios, Reba, contrólate –dijo Beck con sorna–. Sé desde hace meses que andaban detrás de mí. Esto era lo único que me preocupaba realmente, y ahora ya está resuelto. ¿Cuántos datos comprometedores crees que recuperarán de ese desecho?

–Seguramente ninguno.

–Exacto. Muchas gracias.

Beck notó que Reba desviaba la atención. Miró por encima del hombro y vio a Cheney, a Vince Turner, a varios policías y agentes federales en la entrada. Quizá su sonrisa vaciló, pero no exteriorizó la menor inquietud. Hizo una seña a Willard para que les franquease el paso. Éste dejó la pistola en el suelo, levantó las manos para mostrar que no iba armado y abrió las puertas con su manojo de llaves.

Reba no había terminado.

–Hay sólo un problema –continuó.

–¿Cuál? –Beck se volvió hacia ella.

–Ése no es el ordenador de Marty.

Beck rompió a reír.

–No digas más mentiras.

Reba negó con la cabeza.

–No. Nada de eso. A los federales no les ha gustado que el ordenador fuese robado, de modo que lo he cambiado por otro.

–¿Cómo has entrado en el edificio?

–Me ha dejado él –dijo Reba señalando a Willard.

–Ríndete, nena. Ese hombre trabaja para mí.

–Puede ser, pero soy yo quien se lo folla. Así están las cosas. –Levantó la mano izquierda y formó un círculo con los dedos pulgar e índice. Metió el índice de la mano derecha en el agujero y lo deslizó como un pistón.

Beck hizo una mueca de aversión ante tal vulgaridad, pero Reba soltó una carcajada. Lancé una breve mirada a Willard, que bajó la vista con el debido pudor. Los policías y los agentes del FBI invadían el vestíbulo. Cheney tomó la pistola de Beck y puso el seguro antes de entregársela a Vince.

–Cuando Willie me ha dejado entrar –explicó Reba–, he llevado el ordenador de Marty a tu despacho. He desconectado el tuyo, lo he sacado y he puesto el de Marty en su lugar. Luego he colocado tu ordenador bajo el escritorio de Marty. Ése es el de Onni. Había correspondencia personal y varios juegos absurdos. Me parece increíble que le pagues tan bien si no hace más que perder el tiempo.

Beck seguía sin darle crédito. Negaba con la cabeza y se pasaba la lengua por los incisivos a la vez que intentaba reprimir una sonrisa. Hubiera reaccionado de la misma forma si le hubiera contado que la habían abducido los alienígenas para usarla en experimentos sexuales.

–¿Sabes qué más he hecho? –continuó Reba–. Te lo aseguro, Beck, he estado muy ocupada. Después de cambiar los ordenadores, he ido a ver a Salustio y le he entregado los veinticinco mil dólares que había robado. Marty me ha dado el dinero en pago por los documentos que no ha llegado a usar. La verdad es que a Salustio le traía sin cuidado de dónde saliese el dinero. El problema es que le he pagado y seguía furioso conmigo. Así que una forma de compensarlo, me he dicho, era prevenirle de la redada. Eso le ha dado el tiempo necesario para sacar su dinero de aquí, y ahora ya me ha perdonado. Él y yo estamos en paz. Y tú te has quedado al descubierto.

La expresión de Beck era inescrutable. No le daría la satisfacción de admitir su derrota, pero ella sabía que había ganado la partida.

Epílogo

La cosa no terminó ahí, claro está.

Beck fue acusado de asesinato, asalto a mano armada, secuestro, blanqueo de dinero, evasión de impuestos, complicidad en un delito de estafa al gobierno de Estados Unidos, manipulación de pruebas, obstrucción a la justicia, transacciones financieras clandestinas y cohecho. Al principio Beck se quedó impertérrito. Al fin y al cabo, sabía que tenía acumulado dinero de sobra para mantener una legión de abogados mientras fuese necesario. Sin embargo, faltaba un pequeño detalle, el pequeño detalle que Reba había omitido.

Yo simplemente lo conjeturé, pero no logré convencerla de que me lo confirmase. Antes de cambiar los dos ordenadores, había accedido a las cuentas de Beck, había consolidado todos sus fondos y transferido el dinero fuera del país, probablemente a otra de las cuentas numeradas de Salustio. Tenía la certeza de que se le había ocurrido alguna manera de compensarlo por retener el dinero hasta que ella pudiese reclamarlo.

Los federales lo sospechaban también, porque los muy picajosos se negaron a ofrecerle un trato. Reba volvió a la Penitenciaría para Mujeres de California en el primer autobús del sheriff. No me preocupo por ella. En la cárcel tiene buenas amigas, aprecia a las celadoras y sabe que no le queda más alternativa que comportarse. Entretanto, su padre va tirando. No morirá mientras Reba lo necesite.

En cuanto a Cheney y yo, todo sigue en el aire, pero, a decir verdad, empiezo a sentirme optimista respecto a nosotros. Ya iba siendo hora, ¿no creen?

He aquí, pues, lo que he aprendido: en el pasajero drama de la vida, normalmente soy yo la heroína, pero de vez en cuando hago el papel de personaje secundario en la obra de otra persona.

Atentamente,
Kinsey Millhone

Últimos títulos

550. Todos cometemos errores
      Christopher Wakling

551. El taller del tiempo
      Álvaro Uribe

552. Verdes valles, colinas rojas
      Ramiro Pinilla

553. El poder de las tinieblas
      John Connolly

554. Y la familia se fue
      Michael Kimball

555. Las edades de Lulú
      Almudena Grandes

556. Cortafuegos
      Henning Mankell

557. Inventario secreto de La Habana
      Abilio Estévez

558. Vida de un piojo llamado Matías
      Fernando Aramburu

559. Una dama africana
      Erik Orsenna

560. La sed
      Georges Simenon

561. La cresta de Ilión
Cristina Rivera Garza

562. Reconstrucción
Antonio Orejudo

563. Entre el cielo y la tierra
Andreï Makine

564. Otras maneras de contar
Lino Novás Calvo

565. California
Eduardo Mendicutti

566. El telescopio de Schopenhauer
Gerard Donovan

567. Klausen
Andreas Maier

568. La velocidad de la luz
Javier Cercas

569. Perfil asesino
John Connolly

570. Un as en la manga
Annie Proulx

571. Venas de nieve
Eugenio Fuentes

572. La pirámide
Henning Mankell

573. La verdad sobre mi mujer
Georges Simenon

574. Bami sin sombra
Fernando Aramburu